サイレント・ブラッド

北林一光

角川文庫 16973

長野県大町市

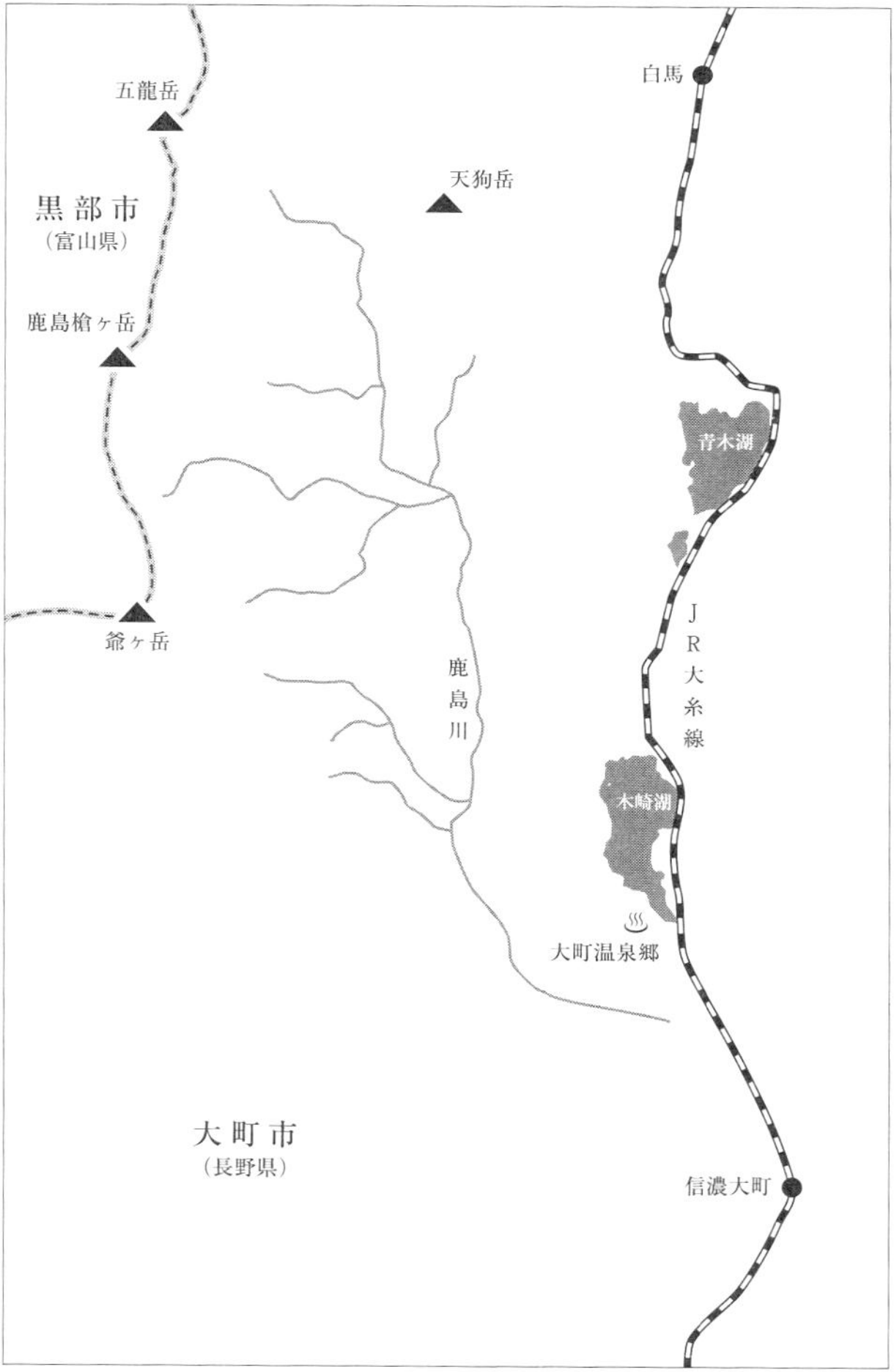

白馬
五龍岳
天狗岳
黒部市
(富山県)
鹿島槍ヶ岳
青木湖
爺ヶ岳
JR大糸線
鹿島川
木崎湖
大町温泉郷
大町市
(長野県)
信濃大町

プロローグ――昨年の夏――

　雲ひとつない夏空はまだ昼の輝きをとどめているものの、典型的な水蝕《すいしょく》地形のV字谷《ブイじこく》には確実に黄昏《たそがれ》が迫りつつあった。渓底は急速に翳《かげ》り、えもいわれぬ至福感をもたらしていた木洩《こも》れ日は消滅し、樹々の梢《こずえ》を揺らす川風は冷たさを増した。斧鉞《ふえつ》を知らぬ渓流端の原生林には早くも闇が宿り、ついさっきまで山の豊かな緑を映して快活に流れくだっていた碧流《へきりゅう》も次第に色を失って黒味を帯びはじめていた。ニホンザルの群れがかまびすしく哭《な》き叫びながら左岸の樹林を渡っている。彼らもねぐらへ急いでいるのかもしれなかった。

　相田孝太郎《あいだこうたろう》が手にしている二万五千分の一の地形図によると、目的地まではあと二キロあまり。急げば踏破できない距離ではないが、渓相はこれまでにも増して険悪になりそうだった。その上、さっきから小さな雪渓がちらほら出現しはじめており、標高が増すほどにそれはより堅牢《けんろう》なスノーブリッジ※となって行く手を阻むであろうことは想像に難くなかった。単独遡行《そこう》ならまだしも、学生たちに無理はさせられないし、徒渉《としょう》や高巻き※のたびにザイルやスリング※を駆使して学生たちの安全確保に努めてきた相田も少なからず精神的疲労を募らせていたので、彼は即座にビバークを決断した。今回はフィールドワークとは名ばかりのお遊びのようなものだから、先を急ぐ必要もなかった。

　それにしても、ここに至るまでに思いのほか時間を喰《く》ってしまった。川歩きに慣れていない連れにペースを狂わされたとはいえ、この川の水量と水温を見くびっていた相田自身が遡行に難渋したことも否定できない事実だった。長梅雨の間に畜えられた膨大な地下水と全長一キロにもおよぶ大雪渓から流れ落ちる融雪水を呑んだこの川の流れは太く、重く、そして血を凍らせるほど冷たかった。大きな滝や圧するような※廊下帯《ゴルジュ》といった悪場こそないものの、水という名の障壁との際限がない格闘を強いられる川だった。

「一時休戦だ。この先が広河原になっているはずだから、今日はひとまずそこに泊まろう」振り返って相田が告げると、全身びしょ濡れですっかり体力を消耗している様子の三人の男子学生は一様にほっとした表情を滲《にじ》ませた。

　広河原に到着すると、相田は適当な砂地を見つけてアタックザック※をおろし、すぐさまビバークの準備に取りかかった。学生たちは精も魂も尽き果てたという体《てい》で崩れ落ちるように地べたに座り込み、それぞれのザックに凭《もた》れかかってぐったりと四肢を投げ出した。太陽は右岸側にそそり立つ山稜《さんりょう》に遮られ、開豁《かいかつ》な河原にあってさえ陽光はすでに力を失いつつあった。夜がもうすぐそこまで迫っていた。

「僕が泊まり場を造ろう。柳沢君と林君は薪《まき》をありったけ集めてくれ。西田君は今夜のおかずの調達係だ。これからイブニンググライズがはじまるはずだから、最低でも人数分くらいのイワナは確保してもらいたいね」

疲労の極みにある三人の若者の反応は鈍かった。

「ぐずぐずしていると真っ暗になってしまうよ。さあ、早く」

若者たちはようやく重い腰をあげた。釣り係に任ぜられた西田はフライフィッシング用の竿《さお》を手に川の上流へ向かい、柳沢と林は流木を拾い集めるために八十歳の老爺《ろうや》のようなおぼつかない足取りで河原を徘徊《はいかい》しはじめた。そんな彼らを眺め遣《や》る相田の相好は知らず知らずのうちに崩れていた。彼は当初の予定にはなかったこのビバークを、そして手強《てごわ》い川そのものを愉《たの》しんでいた。若い頃に登山で培った体力は齢《よわい》五十をすぎた今でもどうやら錆《さ》びついてはいないらしい。その自覚と自信が相田を昂揚《こうよう》させていた。そして、こうして若い連中と一緒に厳しいフィールドのただなかにいられることを誇りに思い、一本の草木のごとく悠々と大自然に溶け込もうとしている自分を心地好く感じていた。

相田がタープを張り、その下にツェルトを吊りさげ終えた頃、薪を抱えた柳沢と林が戻ってきた。濡れた服のままでいるので寒いのだろう、ふたりとも少し顔が青ざめていた。

「どうかね、沢登り初体験のご感想は？」と相田が笑いながら訊《たず》ねた。「愉しいだろう」

「冗談じゃないっスよ。マジで、死ぬかと思いました」と林が顔をしかめた。

「先生はもっと簡単そうにいってたじゃないですか」

「実をいうとね、僕もこの時期にこれほど水量が多いとは思っていなかったんだ」

「たしかに先生だけはすごく愉しげでしたよ。冒険ごっこに夢中の子供みたいに」と柳沢。

「〝信大〟のインディ・ジョーンズってところだな」と林が茶化した。「でも先生、少しは年を考えた方がいいんじゃないですか。文字通り、〝年寄りの冷や水〟ってことになりかねませんよ」

柳沢が汗とも水滴ともつかぬもので濡れた額を拭《ぬぐ》いながら川の上流を振り仰いだ。「それにしても、ここは大変な川ですね。水はめちゃくちゃ重たいし、冷たいし……。とても真夏の水温とは思えない。全身が痺《しび》れて、まだ感覚が戻ってきませんよ。ここの雪渓の研究が進まないのもむべなるかな、ですね。これじゃあ、容易に人は近づけない」

相田は頷《うなず》いた。「今西錦司《いまにしきんじ》や五百澤智也《いおざわともや》といった御大の報告以来、ここの実地調査・研究には見るべきものがほとんどない。もう半世紀も手付かずのままだ。なにしろこのルート以外だと、北壁直下か天狗《てんぐ》尾根を降りるしかないからね」相田の相貌《そうぼう》に悪戯《いたずら》っ子のような笑みが広がった。「どうだきみたち、この際、本格的なロッククライミングを習得してみる気はないか。そうすれば、アプローチの選択肢が増えるんだけどね」

「遠慮しときます」林が言下に拒否した。「僕は高所恐怖症なんです。それに先生、僕たちは山岳部に入ったわけじゃないんですよ」

信州大学理学部物質循環学科の〈相田研究室〉では、この川の最源流部のU字谷に残る長大な多年生雪渓の〝地球科学的意義〟を研究テーマとして掲げ、その実地調査を模索しており、今回は研究室を代表して四人が下見に訪れたのだった。

柳沢と林が拾い集めてきた流木で焚火《たきび》を熾《おこ》し、飯盒《はんごう》で米を炊こうとしているところへ西田が駆け足で戻ってきた。

「ずいぶん早いご帰還じゃないか。おれたちのおかずは手に入れたんだろうな？」と林が訊ねた。西田の釣果がボウズであることを見越しての皮肉だった。

「先生、上流に人がいました」と西田はなぜか引き攣《つ》った顔で相田に報告した。

「ほう、釣り人かね？」

「いや、それが……妙ちきりんな女なんです」

「女だって？」

「ええ。しかも、すごく若く見えました」

「へえ、よく登ってきたなあ」林が感心したようにいった。「最近は釣りや沢登りをやる女の子も増えたらしいけど、それにしても物好きというかなんというか……。可愛かったか。どうせならナンパしてくりゃよかったのに」

「そんな感じじゃないんだ。セーターかカーディガンみたいな普通の格好で、川向こうの茂みの中に突っ立っていて……」

「登山者が道に迷ったんじゃないのか」

「こんなところに登山者がくるわけないだろう。ザックも背負ってなかったし……。とにかく様子が変なんだよ。なにをするでもなくぼうっと佇《たたず》んで、じっとおれの方を見つめてさ。そのくせ声をかけても返事をしないんだ。まったく気味が悪いったらないぜ」

「そりゃおまえ、もしかしたら幽霊でも見たんじゃないか」

林がからかったが、対する西田の顔には恐怖の表情が貼りついており、「冗談じゃなく、そうかもしれないぞ」といった。たしかに、若い娘が、しかも登攀《とうはん》具や遡行具を持たない空身の女がこんな場所にきているというのはおかしな話だった。西田の怯《おび》えた様子に、座が静まり返った。どういうわけか相田も教え子のこの怪談じみた報告にゾッとするような寒気を感じた。山では時折、謂《いわ》れのない恐怖や不安に搦《から》め取られることがある。だが、今はもっと切迫した恐怖、生々しい恐怖に取り憑《つ》かれそうな気がした。理由はわからなかったが……。

「この暗さだし、樹かなにかを見間違えたとか？」と柳沢が冷静にいった。

「いや、たしかにあれは女だった。ぉれは視力だけはいいんだ」

「じゃ、見に行ってみようぜ」と林が腰を浮かした。

「よしなさい！」相田が語気鋭く制した。自分でも思いのほか大声になってしまったと思った。それが恐怖心によるものだと教え子たちに悟られないように、ことさら静かに付け加えた。「暗くなる一方だから、河原を歩くのは危険だ」

「でも、先生……」

「誰か、クマ避《よ》けの爆竹を鳴らしてみなさい。もしほんとうに道迷いの遭難者だったら、音を聞きつけてこっちにくるだろう」

柳沢がザックのポケットから爆竹の束を取り出し、ライターで火をつけて抛《ほう》った。激しい破裂音が山の静寂を打ち破り、硝煙の匂いがひとしきり漂った。

再び戻ってきた静けさの中で西田がぽつりと呟《つぶや》いた。「なんだったんだろうな、あの女は……？」

と、その時だった。相田は奇妙な声らしきものを聞いたような気がした。それが彼だけの幻聴ではなかった証拠に、ほかの三人も同時に息を呑み、声のした方角に怯えた視線を漂わせた。どう耳を凝らしても、それは赤ん坊の泣き声以外のものには聞こえなかった。必死な、そして悲しげな無垢《むく》の叫び――。

「風の音……じゃないですよね？」

ついにたまりかねた林が恐怖をまぎらわすようにおどけた口調で皆に問うた。

「しっ！」柳沢が人指し指を唇に押し当てた。「静かにしろ」

泣き声は間断なくつづいている。柳沢が解答を求めるように相田を見た。

「赤ちゃんの泣き声のように聞こえるね……」

相田とてそう応《こた》えるよりほかになかった。

「盛りのついた猫じゃないですか。よくこんな声で騒いでいるじゃないですか」と西田。

「野良猫がこんなに標高の高いところにいると思うかね？」

若者三人は背中に恐怖を感じたらしく、ほとんど同時に後方に眼を配った。

相田は今まさに夜の闇に溶け込もうとしているブナの森をゆっくりと見渡した。まるで泣きわめく赤ん坊に呼応するように、あるいはあやすように、どこかで甲高く鳥が哭《な》いていた。

1

ほとんど刹那《せつな》のような短い栄華を極めた桜の花が散り、それまで街のそこここに未練がましく潜んでいた冬の残り香が急速に遠のいて、季節が加速度的に移り変わる頃のことだった。夏の到来を気早《きばや》に予感してしまいそうな華やいだ陽射しが降り注ぐ土曜日の昼さがり、遊びに出かける予定もなくたまたまひとりきりで家にいた一成《かずなり》がその電話を取った。

しゃがれ声の相手は調布警察署生活安全課の磯辺と名乗ったあと、痰《たん》が絡まったような耳障りな咳払いをひとつした。「……失礼。沢村《さわむら》さんのお宅ですね」

警察からの電話に一成は身構え、「はい」と応える声が強張《こわば》った。

「史子《ふみこ》さんはご在宅じゃありませんか」と磯辺は訊ねた。

「いいえ、仕事で出かけております。帰りは夜の八時くらいになると思いますが」

「ああ、そうですか」風邪でもひいているのか、そこでまた磯辺は咳《せ》き込んだ。「ええと……あなたは息子さんかな？」

「はい。息子の一成といいます。昨年十月、そちらへ母と一緒に捜索願いを提出しに行っているので、もしかしたら磯辺さんともお逢いしているんじゃないかと」

「ああ、あの時の……」

「なにか進展があったんでしょうか」と一成は気忙《きぜわ》しく訊ねた。そして、想定し得る最悪の事態に備えるあまり、ついつい自分の方からそのことを口走っていた。「父の遺体でも見つかったとか」

磯辺は慌てて「いやいや、そんなんじゃありませんよ」と否定し、そして告げた。「実はですね、お父さんの車が発見されたんです」

「車が？　場所はどこですか」

「長野県の大町《おおまち》市内です」

「大町？」一成には縁も所縁《ゆかり》もない土地だった。「大町というと、たしか白馬の近くでしたっけ？」

「そうですね。駅でいうと、松本から出ているＪＲ大糸線《おおいと》の信濃《しなの》大町駅。立山黒部アルペンルートの長野県側の入口にあたる街ですよ」

「なんでそんなところに……」

一成の中でささくれた苛立《いらだ》ちと静かな憤怒《ふんぬ》が蠕動《ぜんどう》しはじめた。それはここ半年あまりの間ずっと一成が付き合っている父親に対する理不尽ともいえる負の感情だった。

「車は山間部の林の中にずっと放置されていたらしく、大町署の所見によれば、ほぼ間違いなく一冬《ひとふゆ》の間は野晒《のざら》しになっていたと思われるそうです」と磯辺はつづけた。

「父は……父本人は見つかっていないんですか」

「ええ、残念ながら」

「やはりなんらかの事件に巻き込まれたということでしょうか」

「さあ、そのあたりはなんとも……」

「今、一冬の間は放置されていたとおっしゃいましたね。ですが、車みたいに大きなものが野晒しになっていて、半年以上も見つからないなんてことがあるものですか」

「発見現場は滅多に人の訪れないところだそうです。冬の間は雪に埋もれていたようですし、仮に誰かの眼に触れていたとしても、不法投棄の廃車かなにかと思われていたのかもしれません。田舎のことですから、そのあたりはおおらかというか無関心というか……まあ、そういうこともあるんじゃないでしょうか」

それから一成は矢継ぎ早にいくつかの質問を浴びせたが、磯辺としてもそれ以上のことはまだ把握していないようだった。磯辺は最後に、今後のこともあるのでお母さんにぜひとも署までご足労いただきたいといって電話を切った。

父と大町という街との接点を訝《いぶか》りつつ、一成は母の携帯電話番号を登録してある短縮ダイヤルボタンを押した。

母の史子から一成の携帯電話に連絡が入ったのは夜の九時すぎだった。

「今ね、警察から出てきて甲州街道を歩いてるの」史子の声はさすがに沈んでいた。「ねえカズ、母さん、なんだか怖くて」

「元気を出しなよ」と一成は母親を慰めた。「それにしても、なぜ大町なんだろう？」

「わからないわ。ところであんた、晩ご飯はもう食べちゃった？」

どうしてそういう話の展開になるんだと一成は苦笑しながら、「まだだよ」と応えた。

「母さんが帰ってくるのを待ってたから」

「なんか作っちゃったの？」

「タイ風チキンカレー。すごく辛いやつ」

「わっ、おいしそうだなあ」史子はおよそ今の状況とは不釣り合いな長閑《のどか》な声を発した。

「でもさ、せっかく作ってくれたのに悪いんだけど、それ明日にまわさない？　これから一緒に外で食べようよ」

「これからかい？」

「なんか家《うち》に帰るの嫌になっちゃって……。時間が時間だからファミレスがいいね。世田谷通りの〈ロイホ〉にしようよ。母さん、すぐにタクシー拾うから」

史子は息子の事情を斟酌《しんしゃく》せず、一方的にいった。以前なら母親とふたりきりの外食なんて頑《かたく》なに拒否したであろう一成も、今夜は母の心中を慮《おもんぱか》って承知した。「わかったよ」

「じゃあ、あとでね」と史子は電話を切った。

まるで恋人同士の会話みたいだなと一成はまたも苦笑を洩《も》らした。父が消えてしまってからの自分は不自然なほど母に優しく振る舞っている。一成はそのことがひどく面映《おもは》ゆかった。だが、たとえまがい物の優しさであっても、付け焼き刃の振る舞いであっても、それがすなわち一成自身をも励まし、律しているのだということを自覚していた。

一成は外出着に着替え、火の始末と戸締まりを確認してから自転車で家を出た。和泉多《いずみた》摩川《まがわ》の一軒家の自宅から史子が指定したファミリーレストランまではほんの十五分ほどの距離だ。夜になっても、外は意外なほどの暖かさだった。一成は世田谷通り沿いの歩道を渋谷《しぶや》方面へ急いだ。ペダルを踏むごとに服の下で汗が噴き出すのを感じ、そのぶん頬や額に受ける風を心地好く感じた。しかし、その暖気が一成を妙にふわふわとした、現実味のない感覚に陥れてもいた。思えばここ半年、一成は……いや母親の史子もまた同じようなとりとめのない感覚に囚《とら》われ、夢幻の中で泳ぎ漂うように日々をすごしてきたといえるのかもしれなかった。一成はふいに「まったくリアリティがねえなあ」と大声を出してみた。ついでに「なにやってんだ、あのクソ親父！」とも毒づいてみた。

レストランには史子の方が先に到着しており、レジに近い窓際の席で息子の到着を待っていた。史子は白黒のチェックのショートトレンチに白いボトムという出《い》で立ちで、息子の一成の眼にもおしゃれで颯爽《さっそう》とした女に映った。今年の九月で四十六歳になるはずだが、母はなんだか年齢を重ねるごとに垢抜《あかぬ》けてゆくみたいだなと一成は思った。

史子はグラタンとコーヒーを、一成はハンバーグステーキのセット料理を註文《ちゅうもん》した。料理を待っている間、一成は警察でどんな話があったのかと訊《たず》ねたが、要するに電話での磯辺の報告以上のことが聞けたわけではなさそうだった。

「大町へ行かなくちゃいけないわね」と史子がいった。「お父さんの車も引き取らなくちゃならないし」

「母さん、今、忙しいんだろう？」

「うん、まあね。入稿が近いから」

「明日は休み？」

「ダメ。タイアップ記事のブツ撮りの現場に立ち会わなくちゃいけないの」

「無理することないよ。大町へはおれが行くから。警察の担当者は誰だか聞いている？」

「うん。袴田《はかまだ》さんとかいう人。さっき電話で話したけど、すごく感じのいい人だったよ」

「向こうの都合さえよければ、早速明日にでも行ってみるよ。警察は日曜だって関係ないだろう。早い方がいいもんな、こんなことは」

「じゃあ、頼んじゃおうかな。ごめんね」

「いいよ。おれも成人したことだし、負担は分け合わなくちゃ」

「あんた、成長したわね」と史子は笑った。

　そうはいいつつも、史子が最初から息子を当てにしていたことは明らかだった。たしかに仕事の忙しさ故ということもある。だが、詰まるところ史子は恐れているのだ。夫の身に降りかかったかもしれない悲劇を至近距離に感じることを。そして、なにかが詳《つまび》らかになることを。某大手カード会社のPR誌の編集長を務めている史子は、世間的には「できる女」とか「気が強い」とか「切れ者」と見做《みな》されることが多い。たしかにそういう一面がないとはいえない。が、ひとり息子の一成は知っている。母親の心が実はひどく脆《もろ》くて、少女のような現実逃避癖すらあるということを。不可解な出来事をいまだに真正面から受け止めきれていないのだ。事実、健一《けんいち》がいなくなってからの史子はますます自分を仕事に追い込んでいるフシがあった。

「でも、遠いから泊まることになるんじゃないの。大学の方は大丈夫？」と史子が訊ねた。

「別に平気だよ」

「あのね、たまたまさっき自分のところの雑誌を見ていて気づいたんだけど、〈大町温泉郷〉というところにスポンサー筋のホテルがあるのよ。予約してあげるから、いい部屋に泊まっちゃいなさいよ」

「いいよ、泊まることになったら自分で手配するから」

「そう？　じゃ、軍資金だけでも提供しておくわ」

すぐさまハンドバッグの中を探りはじめた史子を見て、一成は呆《あき》れ顔でいった。「なにもこんなところでお金のやり取りする必要ないじゃないか。それに、一昨日《おととい》バイト代が入ったから、そっちの方も心配ないって」

史子は不満げな顔を晒《さら》しつつ、それでも息子の諭しを聞き入れた。「あんたにはいろいろ迷惑をかけるわね。母親らしいこともなにひとつできないし」

「母さんは頑張っているじゃないか。変に自分を責めるなよ」

「ありがとう」

「ひとつ訊くけど、親父にはほんとうに家出や自殺をするような理由はないよな？　人知れず悩みを抱えていたとかさ」

「あんただってわかっているじゃないの。お父さん、そんな風に見えた？」

「最近はろくろく口もきいていなかったから、よくわからないよ」

「あんた、お父さんのこと嫌いなの？」

「そんなことないさ。でも、あの人ってなにを考えているかわからないところはあるよね」

「やめてよ、〝あの人〟だなんていい方。すごく優しい人だよ」

「わかってるって。だけど、こっちも成長しているんだから、父親と距離ができるのは仕方ないことじゃないか」

「そりゃそうかもしれないけど……」

「リストラ候補に挙がっていたとか、そういうことはない？」

「それはない。ああ見えてもお父さん、仕事はすごくできたらしいから。そりゃ、仕事だから大変なこともあったでしょうけど、そんなことに押し潰《つぶ》されるような人じゃないわ」

「じゃあ、やっぱり犯罪に巻き込まれたってことかな？」

「警察は自殺したんじゃないかと考えているみたい」

「捜査するのが面倒だから、そういう方向で片付けたいのさ」

そこへ註文の品が運ばれてきた。しばらく無言の食事がつづいた。

「ただね……」

ふいに史子がそう洩らし、フォークを持つ手を止めて寂しげに外を見遣《みや》った。窓ガラスに映った彼女の顔が世田谷通りの車の往来を通り越し、ひどく遠くを見ているようだった。

「どうしたの？」

「うん」史子は力のない笑みを漂わせ、すっかり食欲を失くしたようにグラタンの残りをフォークで徒《いたずら》につつきながらいった。「母さんね、お父さんのことをすべてわかっていたかというと、そうでもないような気がするの」

「どういう意味さ？」

「なんとなく……。いくら夫婦でも、心の奥底に隠し持っていることなんてわからないじゃない」

「親父がなにかを秘密にしていたってこと？」

「そうじゃなくて……ほら、心の流れとか、機微とか、原風景とか……そういうこと」

「そんなこと、わかろうって方が不遜《ふそん》じゃないか。おたがい独立した人間なんだから。また自分を責めているような顔をしているよ。笑って食べなよ」

「そうね」

またもや一成のあの苛立《いらだ》ちと怒りが燻《くすぶ》りはじめた。どんな事情があるにせよ、母にこういう顔をさせる父親のことを恨めしく思っていた。

2

一成は信濃大町駅の南側に位置する大町署へ徒歩で向かった。道すがら西の方角に蜿蜒《えんえん》と連なる山稜《さんりょう》を何度も仰ぎ見た。まるで眼球の水晶体を研磨し、網膜を煤払《すすはら》いしたとでもいうような清澄な眺めだった。駅で手に入れた観光用の簡易パンフレットの山岳略図を参照し、蓮華岳《れんげだけ》とか鹿島槍ヶ岳《かしまやりがたけ》とか五龍岳《ごりゅうだけ》とか、登山やスキーとはまったく無縁の一成ですらどこかでその名を耳にしたことがある山々を確認することができた。それらはいまだに氷雪の鎧《よろい》を身につけ、しかし、確実に冬とは違う明るい陽光に照り映えて穏やかに下界を睥睨《へいげい》していた。安曇野《あづみの》を縦断する特急電車の車窓からも同じ風景がずっと見えていたとはいえ、こうして自分の二の足で地面に立ち、大地の隆起のダイナミズムに間近に触れると、また格別の感慨があった。最初、都会育ちの彼は視界を遮る巨大極まりない土塊の存在に軽い閉塞感を憶《おぼ》え、心細くさえなった。だが、やがてそれが眼に馴染むと、今度は身の裡《うち》に凜《りん》とした風が吹き抜けるのを感じ、かつて味わったことのない開放感に浸ることになった。一成は山々から眼が離せなくなった。季節を逆行してしまったような冷たい空気も肌に心地好く、一成はこの土地を訪れた本来の目的、その深刻さをふと忘れてしまいそうになった。

携帯電話の時計は午後二時三十分を示していた。往路に要した時間を考えれば、やはり宿を手配しておいた方がよさそうだった。宿泊施設の広告でもないかとパンフレットに眼を落とした時、一成は背後にクラクションの音を聞いた。振り返ると、彼が歩いてきた歩道の脇に泥だらけの濃紺のジムニーがハザードを点滅させて停車しており、運転席の窓から中年の男が身を乗り出していた。「もしかしたら、沢村さんじゃありませんか」

「はい、そうですけど」

「ああ、よかった」男は呻くようにいって車から飛び出し、「袴田ですわ。大町署の」とにこやかに歩み寄ってきた。「やっぱり都会の人はちょっと雰囲気が違うから、そうじゃないかと思って……」

一成はぺこりと頭をさげた。「どうも」

「いえね、電話で到着時間を聞いていたから駅まで迎えに行ったんです。それが、どこでどうなっちゃったのか、擦れ違っちまったようで。申し訳なかったですね」

「わざわざ迎えに来てくれたんですか」

「東京からだっていうから、こっちの方は不案内だろうと思って」

一成は人情過多のできすぎたドラマの中にでもいるような錯覚に陥った。こんな警察官も実在するんだな……。

袴田は上下にカーキ色の作業着を着ており、靴は編みあげの革ブーツだった。これでヘルメットでもかぶれば、工事関係者か林業関係者といっても通用しそうな風体だ。一成の視線の意味を察したようで、袴田は「ああ、この格好ですか。警官らしくないでしょう」

と顔をくしゃくしゃにして笑った。「これでもれっきとした〝お巡《まわ》りさん〟ですから、安心してください。所属は地域課というところで、私は山岳遭難救助隊員でもあるんです」

「救助隊員……ですか」

「はい。このあたりだと、うちの署と豊科《とよしな》署にそういう連中が何人かおりまして、通常勤務をこなしながら遭難者が出ると山の方にも出かけるんですわ。ぼちぼちシーズン本番になるから、これから出動機会も多くなる」

　袴田は眼を細めて峨々《がが》とした山脈《やまなみ》を見遣った。

「こっちへは初めてきたんですが、いいところですね。山がすごく綺麗で」

「都会からこられた人にはそう見えるかもしれないですね。でも、山以外にはなんにもない退屈な田舎ですよ」と袴田は笑った。「さあさあ、立ち話もなんですから、どうぞ車に乗ってください。乗り心地は保証できませんけどね」

　一成は助手席に乗り込み、ショルダーバッグを膝《ひざ》の上に抱えた。ジムニーが袴田の自家用車なのか警察車輛なのかは推し量りかねたが、インパネの周辺には個人仕様にしてはいささか大袈裟《おおげさ》すぎると思えなくもない無線機器類が備え付けられていた。そういえば、車外のルーフにも複数の太いアンテナが立っていた。泥はねも激しいし、この車が日頃から山岳地帯で活躍していることだけはたしかなようだった。

「さてと、どうしましょうかね？　まずは車の発見現場に行ってみましょうか」と袴田はいった。「お渡しするものがあるので、いずれにしても署の方にも寄っていただくことになりますが」

「袴田さんにお任せします。よろしくお願いします」

「そう堅くならんでください。あなたは大学生ですか」

「はい」

「私の息子といくらも変わらないなあ」袴田はそう呟き、ふと表情を引き締めて一成の方に向き直った。「いやいや、心中お察しします。ご家族の方はさぞかしご心配でしょうな」

「いったいどうなっているのか、わけがわかりません」

袴田は「う〜ん」と一声唸ってから、マニュアルのギアをローに入れてアクセルを踏んだ。ひどいノッキングのあと、ジムニーは苦悶のようなエンジン音を響かせて山脈の方角へ走りはじめた。

「現場は遠いんでしょうか」

「この車だと、二、三十分ってところですかね。鹿島や爺ヶ岳《じいがたけ》に向かう登山道の入口に近いところです。ほら、あの双子みたいな峰がキリッと迫《せ》りあがっている山があるでしょう」と袴田が指差した。「あれが鹿島槍ヶ岳、その手前が爺ヶ岳ですわ」

パンフレットで予習していたので、一成にもそれらの山はすぐに見分けがついた。

「お父さんが山に登ったという可能性はまったくないですか」

「ちょっと考えられません。無趣味な人で、登山はおろか旅行にだって滅多に出かけたことがありませんでした」

「そうですか」と袴田は嘆息した。「私もね、念のためにと思って去年の登山届を調べたり、いくつかの山小屋に問い合わせたりしてみたんだが、沢村健一さんというお名前はどこのリストにも見当たらなかったですね」

「そこまでしてくださったんですか。すみません」

「いえいえ、そんなに手間隙のかかることじゃないですから」

ジムニーは道を左折し、だだっ広い郊外の一本道を〈黒部ダム〉の方角に向かって疾走した。眠たくなるほど長閑《のどか》な田園風景が広がっており、上空にはトビらしき猛禽《もうきん》が何羽も旋回していた。好天に恵まれた休日のせいか、行き交う車には県外ナンバーも目立った。やがて広大な河原を持つ川の橋に差しかかったところで、袴田が「これが鹿島川です」といった。「現場はこの川の上流の方です」

「父の車はまだそこにあるんでしょうか」

「はい、そのままになっています。うちで保管することも考えたんですが、なにしろ手狭なんでね」

史子がいっていた〈大町温泉郷〉の大看板が見えた。一成と同じことに袴田も思い至ったらしく、「そういえば、今日はこちらにお泊まりですか」と訊ねた。

「はい。そのつもりです」

「宿は？」

「まだ決めていません」

「もしお困りだったら、遠慮なくそういってください。知り合いの宿がないこともないんで、予算をいってもらえば、それなりのところを紹介できると思いますよ」

都会的で稀薄《きはく》な人間関係をスマートで心地好いと感じていて、他人の干渉をことのほか忌み嫌っている一成が、一警察官としてはいささか過剰ともいえそうな袴田のこの心遣いには素直に「ありがとうございます」と頭をさげることができた。人の親切に頭をさげるなんて何年ぶりのことだろうと彼は考えた。なにやら眼の前の風景と同じように自分が無色透明な存在になってゆくようで、一成は不思議な心持ちがした。不思議といえば、ジムニーが信号を右折し、眼に見えて勾配《こうばい》を増した道を駆け登りはじめた頃から、一成の中に妙な感覚が兆した。眼にするものすべてが無性に懐かしく感じられるのだ。茅葺《かやぶ》きの民家、シーズンが終わって人気の消えたスキー場、ペンキの剝《は》げ落ちた民宿の看板、静謐《せいひつ》を湛《たた》えた森、親子連れなどで賑《にぎ》わう釣り堀……過去にこれらとまったく同じものを見たことがあるような気がした。もちろんそんなはずはないから、既視感《デジャヴュ》というやつに違いない。一成がこの不思議な感覚に身を委《ゆだ》ねている間に、ジムニーは舗装道路をはずれ、車一台がなんとか通れる幅員しかない杣道《そまみち》めいたところに入り込んでいた。まだ厚い残雪に覆われているその道は起伏があって、ジムニーは車体を揺らしながらゆっくりと徐行した。そして、まったくふいに現れたものを見て、一成は絶句した。

かつてブルーバードだった鉄の塊が十坪ほどの広さの草地に放置されていた。タイヤは四輪ともはずされており、フロントガラスには蜘蛛《くも》の巣じみた亀裂が走っている。腹這《はらば》いであるというだけで、車は車らしさをまったく欠き、ひどく滑稽《こっけい》で哀れな物体に見えた。ふたりはジムニーから降り、〝車の成れの果て〟に近づいた。

「ひどいもんですね」

一成はふらふらと歩み寄って氷のように冷たいボンネットに手で触れ、「こいつはひどい」と同じことを吐息のように呟いた。間近に見ると、車の惨状はさらに際立った。ワイパーはもぎ取られ、フロントだけではなくすべてのウィンドウが割られ、開けっ放しのトランクには枯れ葉が溜《た》まり、それは大量の水分を含んでほとんど腐葉土のようになっていた。一冬《ひとふゆ》どころか、まるで十年の風雪に晒《さら》されてきたかのように、ところどころ塗装の剥げたボディには錆《さび》が噴き出している。人為的な力が加わっていることは明らかだが、それにしても金属でできあがったものが半年あまりでこれほど朽ち果ててしまうことに一成は驚きを憶えた。と同時に、父親の安否についても悲観的な考えに取り憑《つ》かれ、暗澹《あんたん》たる気分に陥った。

「タイヤはおそらく盗まれたんでしょうな、放置されている間に」と袴田がいった。「ガラスが割られているのも誰かの悪戯《いたずら》でしょう。まったく手癖の悪いやつらがいるもんです」

「そう断言できますか」

「はっ？」

「タイヤのことはともかく、父が車に乗っている間に誰かの襲撃を受けたとは考えられませんか。たとえば暴走族みたいな連中に」

袴田は微《かす》かに笑ったようだった。「下の集落の老夫婦が、去年の十一月頃にこの車をこの場所で目撃しています。炭焼き用の樹を伐採にきて気づいたんですが、その時はまともな形だったらしい。春になって今度は山菜を採りにきて、同じところでまた車を見かけた。そこで初めて警察に〈不法投棄ではないか〉と通報してきたんです」

「必ずしもそれが同じ車だとは限らないんじゃないですか」

一成の口調が少し興奮を帯びた。

「婆さんの方がナンバーの一部を憶えていましたし、まず間違いないと思いますよ」袴田は一成の興奮を嗅《か》ぎ取ったようで、ことさら穏やかにいった。「いろいろと悪いことばかりが思い浮かんでしまうでしょうが、ここはひとつ、冷静に考えましょう」袴田は今度こそはっきりと笑みを見せた。「外見こそこんなふうですが、中は意外なほど荒らされていません。というか、まったく物色の形跡が見られない。結構無造作に小銭が置かれてあったりしたんだが、そいつは無事でしたからね。手間隙かけてタイヤを盗むような連中が車内のものを見すごすというのも妙な話だが、まあ、人間のすることですから、よくわからないこともあります。ナンバープレートや車検証も奇跡的に残されていました。ああいうものが他人の手に渡ると、犯罪的な行為に使われないとも限らないですから、これは不幸中の幸いでした。放置されていたといっても、ほとんどの期間は雪に埋まっていましたから、それほど人眼を引かなかったんでしょう。あっ、そうそう。お父さんの免許証もグローブボックスの中にありました。署の方でお渡ししたいといったのは、そういった類いのものです」

「携帯電話はありませんでしたか」

袴田は首を横に振った。「見当たりませんでしたね。ああいうものは本人が持ち歩くんじゃないですか」

「そういえば、そうですね」

「さてと、この車ですが、どうします？　修理して修理できないことはないと思うが……」いっていることとは裏腹に、袴田の表情はそれがほとんど徒労に等しいと物語っていた。一成は質問には応《こた》えずに車の周囲をゆっくりと一周した。そして、袴田に向き直って訊ねた。「警察では詳しく調べていただいてるんでしょうか。その……鑑識係がやるような専門的なやり方で」

「この車を、ですか。正直、そこまで大事《おおごと》にはできません。はっきり事件性が認められるわけじゃないですから」

「調布署の人はどうやら父が自殺を図ったと考えているようですが、僕にはとてもそんなことは信じられません。自分の意思ではどうにもならない不測の事態に父は巻き込まれたんだと思うんです。そのあたり、警察で捜査していただくわけにはいきませんか」

「お気持ちはわかります」といいながら、しかし、袴田の顔には困惑が滲《にじ》んでいた。「ですが、先ほども申しあげた通り、事件性がはっきりしませんからね。それともなにか心当たりがおありですか」

一成は力なく首を振った。「いいえ、ありません」

客観的に見て、警察がこれ以上介入できる余地はなさそうだった。一成はふうっと息を吐き、眼の前の事務的な問題を処理することにした。「こんな状態ですから、車は廃車処分にしたいと思います」

袴田は死体でも見るような眼つきで車を一瞥《いちべつ》した。「それも致し方ないでしょうね」

「こちらの解体業者を紹介していただけますか」

「わかりました。交通課の者に訊けば、適当なところを教えてくれるでしょう。おそらく移送込みで二、三万くらいの費用がかかると思いますが」

「結構です。現金で精算していきます」

「当然、抹消登録手続きは東京でということになりますから、それはご自分でやってください」

「はい、そうします。長い間こんなところに放置してしまって、そのことに関しては反則金や罰金みたいなものは発生しないんでしょうか」

「そんな心配はご無用」

一成は深々と頭をさげた。「ほんとうにご迷惑をおかけしました」

「いえいえ、お父さんが早く見つかるといいですね」

「あっ、それから念のために一応写真を撮っておこうと思うんですが、ちょっと待ってていただけますか」

「どうぞ、どうぞ」

一成はジムニーに取って返し、ショルダーバッグからデジカメを持ち出してきた。なにかの役に立つとはとても思えなかったが、それでもあらゆる角度から父の車を撮影した。この車がスクラップにされれば、父に繋《つな》がる糸が完全に断ち切られてしまう。そんな焦りに駆られ、一成は執拗《しつよう》なまでにシャッターを押しつづけた。

不思議な連打音を耳にして一成は撮影の手を止め、つと視線を擡《もた》げた。白黒の躰《からだ》に赤い帽子を被《かぶ》ったような鳥が一本の樹にしがみつき、嘴《くちばし》で盛んに幹を叩《たた》いていた。

「ああ、あれはアカゲラという鳥です。キツツキの一種ですよ」と袴田が教えてくれた。

一成の中では相変わらず既視感が揺曳《ようえい》していた。見るもの聞くものすべてが初めてのはずなのに、なぜかひどく懐かしい。自分はたしかにあの鳥を見、森に響くこのドラミングを聞いたことがある。それを今、追体験しているのだという不思議な思いを拭《ぬぐ》うことができなかった。

と、その時だった。50ccのバイクがふたりの方に近づいてきた。乗っているのは赤いヘルメットの女だった。

「なんだ、深雪《みゆき》ちゃんじゃないか」と袴田が声をかけた。「どうしたんだい、こんなところで？」

「こんにちは」深雪と呼ばれた女はシールドを指で撥《は》ねあげてお愛想程度に頭をさげ、すぐに一成の顔を見て奇妙なことをいった。「ちょっとお訊《たず》ねしますけど、あなたの名前はタケルさん？」

唐突な質問と女の視線の強さに、一成は一瞬たじろいだ。

3

女の問いかけに先に反応したのは袴田の方だった。「だしぬけになんだい、深雪ちゃん。この人はだね……」

「僕は沢村一成」と一成があとの言葉を引き取った。「タケルなんて名前じゃないよ」

「ほんと？」

深雪はまだ疑わしげな眼つきで一成を見た。

「こんなこと、嘘をいってもはじまらないじゃないか。いったいなんなんだよ、きみは？」

深雪はひどく落胆したらしく、「なぁんだ」といって突っ伏すようにバイクのハンドルに凭《もた》れた。

「深雪ちゃん、どういうことなんだい？」と袴田が訊ねた。

「……オババにいわれたの」

「〈ヒスイのオババ〉か」

深雪は頷いた。「このオンボロ車のそばにタケルっていう男の人がいるはずだから、呼んできてくれって」

「ご覧の通り、そんな人はいやしない。オババの千里眼も衰えたってことだよ」

「でも、ここに人がいることはいい当てたわ」深雪は鋭く切り返し、また一成を見据えた。「ねえ、あんた、本人じゃないとしても、タケルって人に心当たりはない？」

「ないよ。そんな名前の知り合いはいない」一成はこの少女の傍若無人さに腹を立てるというより、むしろ呆れていた。「ちなみにこの〝オンボロ車〟の持ち主の息子が僕だよ」

「へえ、そうなんだ。なんでこんなところに置きっ放しなのよ？」

「きみには関係ないことだ」と一成はそっけなくいった。

「あら、ずいぶん挑戦的な口振りじゃない」

「どっちがだよ」

「まあまあ」と袴田が割って入った。「それより、オババの具合があまりよくないって聞いたが、どうなんだい？」

深雪は力なく首を振った。「めっきり弱っちゃって……。ずっと寝たり起きたりの繰り返しだったけど、この頃は寝ている時間がうんと長くなったわ。自分でも、もうすぐ逝くって、そんなことばっかりいってる」

袴田は眉宇《びう》を曇らせ、深々と嘆息した。「そうか、あのオババがねえ……」

「袴田さん、いったいなんの話ですか」と一成が訊ねた。「オババって誰なんです？」

「ああ、すみません。最初からちゃんと説明しなくちゃいけませんね。まずこの子ですが……〈鹿島荘《かしまそう》〉という近くの民宿の娘さんで、今岡《いまおか》深雪ちゃんといいます。見ての通りのおてんばですが、悪い娘じゃありません」

「余計なお世話」と深雪が茶々を入れた。

「たしか今は名古屋の短大に行っているはずなんだが……はてさて、どうしてこんなところにいるんだか」

「私、しばらくこっちにいることにしたわ」

「おいおい、ひょっとして学校を辞めちゃったのか」

「休みよ、休み。自主休暇。学校、おもしろくないんだもん。女ばっかりで陰険な雰囲気だし、街なんかつまらないし」

「そんなことをやっていると、ご両親が泣くぞ」

「お生憎《あいにく》様。喜んでますよ。私はよく働くし、よく手伝うから」

袴田はやれやれといった感じで首を振り、あらためて一成を見た。「で、オババというのはこの子のお祖母ちゃんじゃなくて、隣の家の人なんですが……」

なぜか袴田はいいにくそうだった。

「スーパー婆ちゃんなのよ」と深雪が口を挟んだ。「人の心を読んだり、病気を治したり、千里眼も遣えるし……」

一成は呆れ、「へえ、その人は超能力者なんだ？」と苦笑混じりにいった。「きみ、それ本気でいってるの？」

「あっ、あんた今、ちょっと笑ったでしょ？　絶対、笑ったぞ。なんにも知らないくせに」

「知るわけないだろう。おれは今日、初めてここへきたんだぞ」一成も喧嘩《けんか》口調になり、〝僕〟が〝おれ〟に変わった。「なんなんだよ、さっきから。わけのわからないことばっかりいって」

「オババの力はほんものよ。そこいらのインチキ超能力者と一緒にしないで」

「だけど、その千里眼とやらも怪しいもんじゃないか。おれはタケルじゃないぜ」

深雪は顔を真っ赤にしてむすっと黙り込んだ。本気で怒っているようだった。やり込めた一成の方が少し後悔した。彼女の佇まいがほんとうに悲しげに見えたからだ。

「深雪ちゃん、そうムキになっちゃいけない」と袴田がいった。「事情を知らない人には誤解を与えるよ、そういう話は」

「袴田のおじさんも馬鹿にしてるんだ、オババのこと」

「そんなことないよ」

「おじさんだって若い時に膝《ひざ》を治してもらったじゃない。だから今でも山に登れるんでしょう。それなのに、オババが倒れてから一度でもお見舞いにきた？　そういうのって恩知らずっていうんじゃないの？」

「……」

「みんなそうなのよ。みんな恩を忘れちゃって……。昔は拝むようにしてたくせに」

袴田が取り繕うように一成に笑ってみせた。「まあ、たしかに不思議な老人ではあるんです。どう説明すればいいんでしょうか、ちょっと我々には理解しがたい精神世界を持っているというか……。で、深雪ちゃん、そのタケルという人は誰なんだい？」

深雪は仏頂面のまま眼も合わせず、頭を振った。「わかんない。オババはなんにもいってくれないの」

「とにかく、沢村さんは関係ないんだから、迷惑をかけちゃいけない」

成り行きを見守っていた一成は、不思議と深雪に対する悪意が雲散霧消するのを感じていた。少々エキセントリックだが、袴田がいうように性根は悪くない娘のようだった。

「そうだ」と袴田が膝を打った。「沢村さん、もしよかったら〈鹿島荘〉に泊まっていきませんか。ひとり娘はこんなふうですが、親御さんは物静かでいい人たちです。値段も手頃だし、この子のお母さんが作る料理は絶品ですよ」

袴田としては話題を変えたい一心の提案なのかもしれなかった。

「えっ、この人がうちに泊まるの？」

深雪の眼にはまだ怒りが燻《くすぶ》っていたが、戸惑いの方が勝っているようでもあった。

「こちらは東京からきていてね、今夜の宿を探してたんだ。せっかく大町まできたんだから、こういう山の中の方が風情があっていいかもしれない。どうです、沢村さん？」

「ええ、僕は構いませんが」

「深雪ちゃん、部屋はあるんだろう？」

「……あるけど」

「じゃあ、そうしよう。食事の支度もあるだろうから、すぐお母さんに報《しら》せてくれよ」

「なんだかなあ」

「沢村さんはこれから大町署に行くけど、あとで私が送って行くから」

「あっ、いいですよ。僕はタクシーを拾いますから」

「いや、私もオババのところに行きたいんでね。この子のいう通り、ずいぶんと不義理をしていますから」

深雪はそれを聞いてようやく笑みを見せ、「じゃ、あとでね。料金は勉強しないわよ」と憎まれ口を叩いて走り去った。

残された男ふたりは無言で苦笑を交わし合った。

しかし、その日、袴田は結局オババに逢うことはできなかった。夕方、大町署から〈鹿島荘〉へ一成を送り届けた袴田が隣家を訪ねた時には、オババは座敷に敷いた万年床の中で正体なく眠りこけていたという。一成はそのことをあとで深雪の口から聞いた。

一成には〈鹿島荘〉の一階の角部屋があてがわれた。〈鹿島荘〉は造りこそ古い木造だが、一成が想像していたよりはるかに立派な宿泊施設だった。黒光りする重厚な二階建ての建物に客室八室を備え、屋内の檜風呂《ひのきぶろ》とは別に庭園露天風呂まであり、民宿というより小さな旅館といった趣があった。家族以外のアルバイト従業員もいて、厨房《ちゅうぼう》あたりからは存外に賑《にぎ》やかな声が聞こえてきた。深雪によると、今日は五部屋が埋まっているそうで、ほとんどが登山が目的の常連客とのことだった。部屋に荷物を置いた一成は早速、露天風呂の柔らかい湯に浸《つ》かり、それから一時間ほど後に囲炉裏のある板張りの座敷でほかの宿泊客とともに夕食を食した。山の幸をふんだんに使ったメニューは袴田の称賛通りの味だった。いや、料理を苦手にしている母親を持つ一成にすれば、あまり開発されていない味覚を刺激されるような味だったといえるかもしれない。ことに初めて口にした蕗味噌《ふきみそ》の奥深くて微妙な旨《うま》さには驚かされた。役所勤めをしているという深雪の父親とはまだ顔を合わせていないが、母親とは親しく会話した。陽だまりのような笑顔が印象的な女性で、常連客から母とも姉とも慕われていることが一成にもよくわかった。夕食前後は深雪も忙しく立ち働いていた。「働き者」という自己評価はあながち自惚《うぬぼ》れだけではなさそうで、所作はきびきびとして要領がよく、なにより仕事を愉《たの》しんでいる様子がうかがえた。

夕食後の一成は部屋に籠《こも》ってぽつねんと時間をすごした。夕暮れの風情に誘われて近所を散策することも考えたが、陽が翳《かげ》った山岳地帯は急激に冷え込み、それこそ冬に逆戻りしてしまったような夜気の冷たさだったので、すっかり気持ちが萎《な》えてしまっていた。

まったく前触れもなく深雪が部屋のドアを開けたのは、一成がもう一度風呂にでも浸かろうかと思いはじめた矢先だった。深雪はミネラルウォーターのペットボトルを片手にずかずかと部屋にあがり込み、「ああ、疲れた。片付けだけは苦手だわ」といって床に大の字になった。

「なんだよ、客室で勝手にくつろぐなよ」

　一成は非難したが、それほど不愉快ではなかった。

「聞いたよ、お父さんのこと」と深雪はいった。「袴田のおじさんが帰りがけに教えてくれた」

「そう」

「大変だね。どういう気持ち？　父親が突然消えちゃうって」

「それが不思議と悲劇的な気分じゃないんだな。夢を見ているみたいで、時々笑っちゃいたくなる時があるよ。さもなけりゃ、無性に腹が立つとかね。ある種の精神的ショックアブソーバーが働いているのかもしれないな」

「それは真正面から問題を見つめていないってことじゃないの？」

　いいにくいことをずけずけという女だった。

「そうかもしれない」と一成は認めた。

「お父さんって、なにをしてる人？」

「ごく普通のサラリーマン。勤務先は中堅どころの印刷会社だよ」

「どういうふうにしていなくなっちゃったわけ？」

「どうもこうも、ふらっと近所に煙草を買いに行くみたいだったな」最後に父を見たのは自分だったことを一成はあらためて思い出した。「土曜日でさ、おふくろは仕事で出かけていて、親父とおれだけが家《うち》にいたんだ。朝の九時頃だったと思うけど、おれが洗面所で歯を磨いていたら、親父が顔を覗《のぞ》かせて〈ちょっと出かけてくるから、朝飯を喰《く》うんだったら適当にひとりでやってくれ〉っていったんだ。それからすぐに車で出て行った……。それっきりさ」

「行き先は訊かなかったの？」

「ああ」

「訊きなさいよ、それくらい」

「みんなそんなふうにいうけど、日常生活なんてそんなもんだろう。父親がどこへ行ってなにをしようと、息子なんてそれほど興味を持っていないんだよ」

「私だったら訊くな」深雪はきっぱりといった。「家出したり、自殺しそうな理由は？」

「見当もつかないね」

「印刷会社とかってさ、今は結構大変なんじゃないの？　これだけパソコンやらなにやらが普及しちゃったし、世の中不景気だし……。あんたの知らないところで、すごいプレッシャーがかかっていたとか」

「そりゃ楽じゃなかったとは思うけど、家出や自殺の理由にはならないよ。おれはもっと違うことが起きたんだと思っている」

「犯罪に巻き込まれたとか？」

「よくわからないけど……」

深雪が入ってきて部屋の温度があがったような気がした。一成は窓辺ににじり寄って北向きの窓を開けた。背の低いイチイの垣根の向こうにオババの家が見えた。〈鹿島荘〉から洩れ出る照明を受けて入母屋《いりもや》造りの木造二階建ての建物がぼうっと闇に浮かんでいた。「意外と立派なんだな、オババの家って。お寺みたいな屋根でさ」と一成がいった。「昼間の話だと、なんとなく薄暗い廃屋みたいなところを想像していたんだ」

「想像力貧弱」と深雪が切り捨てた。「あれ、オジジがひとりで造ったんだよ。オババのために」

「オババの旦那さん？」

「うん」

「その人は元気なのかい？」

深雪は首を横に振った。「三年前に死んじゃったわ」

「そうなんだ。オババのために造ったってどういう意味だよ？」

「偏見のある人には教えてあげない」と深雪はいい、ミネラルウォーターをがぶ飲みした。

一成は舌打ちした。

「じゃ、いいよ。その代わりひとつだけ教えてくれ。明るいうちに隣の家を見ていて気づいたんだけど、門柱や屋根の瓦《かわら》にやたらと鳥の模様が彫られてあるんだ。あれはどういう意味？」

「それも教えない」

「なんだよ、クソッ！」

「あの鳥の種類はわかった？」

「アカゲラ……かな？」と一成はあてずっぽうをいってみた。

深雪はげらげらと笑いこけた。「教養ないなあ」

「悪かったな。おれは都会人だから、鳥なんてスズメとハトとカラスくらいしか見たことないんだよ。いったいなんの鳥なんだ？」

「カワセミよ。川にいるすごく綺麗《きれい》な青い鳥」深雪は笑いを引きずりながら起きあがり、「しょうがない、質問に応《こた》えてあげようか」といった。「カワセミっていうのは漢字だと〈翡翠《ひすい》〉って書くの。ヒスイの字はわかる？」

「宝石の翡翠なら、なんとなくわかるけど」

「同じ字よ」

「そういえば、袴田さんが〈ヒスイのオババ〉とかいっていたな」

「その昔、隣の家は近所の駆け込み寺みたいなもんだったのよ。あんたは胡散臭《うさんくさ》く思ってるかもしれないけど、オババは人の悩みを聞いてあげたり、特別な力を遣って問題を解決してあげたり、時には病気を治してあげたり……そういうことをしていたの。でもね、オババ自身はあまり大袈裟《おおげさ》にはしたくなくて、近所の人や親しい人だけのために好意でやってたのよ。それが口コミで評判が広まっちゃってさ、遠くからもたくさんの人が押しかけてくるようになって、いつの間にかオババは生き神様みたいに祭りあげられちゃったの。で、とうとう周囲の人たちに乗せられて〈翡翠教〉っていう名前で宗教法人登録をすることになったわけ。それまではあんたの想像通り隣は茅葺《かやぶ》きのあばら屋だったんだけど、世間体もあるからって、オジジがひとりで家を改築したの」

「そうか、オババは新興宗教の教祖様ってわけだ」

「でも、それはオババの本意じゃなかったのよ。オババはああいう力をこれみよがしに遣いたがる人じゃないし、ましてや宗教の名のもとにその力を換金するなんてゆめゆめ思ってもいなかったんだから。周囲の人に踊らされたのね。それが証拠に、オババもオジジも結局は騙《だま》されて喰い物にされちゃったのよ」

「騙されたって、誰に？」

「宗教法人にしろって勧めた人たちよ。そいつらが信者のお金を全部持ち逃げしたの。だけど、当の悪人たちは捕まらなくて、オジジとオババが矢面に立たされちゃってね。ひどいもんだったわ。みんな掌《てのひら》を返したように寄ってたかってふたりを嬲《なぶ》り物にしてさ」喋《しゃべ》っているうちに深雪の怒りがぶり返してきたようで、眼が据わり、声にも熱が籠った。「そのゴタゴタがあったのは子供の頃のことだけど、私、今でもはっきり憶《おぼ》えてるの。隣の家からすごい怒鳴り声が毎日のように聞こえてきたわ。時には殴る音だって……」今まさにその肉の音を耳にしているかのように深雪は顔をしかめた。「オババに救われた人たちが平気でそういうことをしたんだよ。私、そいつらのこと絶対許さないんだから」

「きみもオババに救われたひとりなのか」

「私はオババのそばにいるだけで救われたわ。すごく安心できるのよ、あの人の声を聞いたり、体温みたいなものを近くに感じていると。だから子供の頃から隣の家にしょっちゅう入り浸ってたの」

「ふ〜ん、そういうことってあるのかなあ?」

「あるわよ。あんたも捨てちゃいなさいよ、つまらない偏見なんて」

「オババに訊けば、親父のことも教えてくれるだろうか」

その問いに対する深雪の反応は鈍かった。「今のオババは弱ってるし、それに……」

深雪の沈痛な表情を見て、一成ははたと気づいた。昼間の〈タケル〉の一件だ。オババの千里眼がはずれたことに一番ショックを受けているのは深雪なのだ。ずっと信頼し、慕いつづけてきた者の衰えを目の当たりにし、彼女こそが動揺している。だからあんなに苛《いら》立《だ》ち、自分や袴田に喰ってかかったりしたのだ。

「それに……なんだよ?」

「今のオババの頭の中にはタケルっていう人のことしかないみたいなの。いったい誰なんだろう?」

「生き別れになった息子とかじゃないの?」

「そんな人いないわよ。私が生まれるずっと前に、娘さんは亡くしてるらしいけど」

「オババに救われたきみが、今度はオババの胸のつかえをはずしてやれるといいな」

「私だってそうしたいわ」

それからふたりはオババのことや一成の父親のこと、そしておたがいの学園生活や私生活のことまで脈絡なく話し込んだ。一成は時間が経つのを忘れた。同じ年端の異性とふたりきりでいて、これだけリラックスできることが不思議だった。やがて夜も更け、忍び込む夜気の冷たさに気づいて一成は窓を閉めようとした。と、すぐ眼の前の闇の中に男の顔がぼうっと浮かんでいた。一成は「わっ！」と短い悲鳴を発し、跳ぶように退いた。

「なによ、びっくりさせないで」と深雪がなじった。「どうしたのよ？」

「窓の外に男がいた。この部屋を覗《のぞ》いていた」

深雪が弾《はじ》かれたように立ちあがり、気丈にも窓から半身を乗り出して外の様子をうかがった。

「よせよ」と一成が制した。

「トンチ、覗いちゃダメでしょ！」深雪はそう大声を出すと、振り返って馬鹿にしたように一成を見おろした。

「なによ男のくせに、青い顔しちゃってさ。臆病ね」

「普通、びっくりするだろう。誰だよ、トンチって？」

「オババの息子。うちの仕事を手伝ってもらってるの」

「えっ？　さっきは息子はいないって……」

「ほんとうの息子じゃないの。養子なのよ」

「ちょっと質《たち》が悪くないか。客室を覗き見するなんて」

「私のことが好きなのよ、トンチは。気になったんじゃないかな、あんたとずっと一緒にいるから」

「きみのことが好きって……明らかに五十をすぎているように見えたぞ」

「トンチは年齢なんか関係なく生きてるから」

「オババとかトンチとか、隣の家の人にはちゃんとした名前ってものがないのか」

「だってトンチはトンチなんだもん。あの人、子供の頃に大町駅のプラットホームに立っているところを保護されたんだって。きっと捨てられたのね。家がどこかも、家族の名前も、自分の年齢すら応えられなかったけど、唯一自分のことだけは〈トンチ〉っていったらしいの。それ以来、誰もがトンチって呼んでるわ。昔は施設に預けられていたんだけど、オババに見初められて養子になったのよ」

「見初められた？」

「そう。オババがいうには、トンチにも不思議な力があるんだって」

「なんか熱が出てきそうだ」一成は大袈裟に床に倒れ込んで仰臥《ぎょうが》した。「おれは不思議の国に迷い込んじまったのか」

深雪はさも愉快そうに笑い、いった。「いい経験なんじゃないの。常識だけに縛られてる人には」

4

翌日、一成は午前中に大町を発ち、帰京の途に就いた。

信濃大町駅までは深雪が家のRV車で送ってくれた。別れ際、もしもお父さんのことでなにかわかったら連絡するといってくれたので、一成は自分の携帯電話番号を彼女に教えた。しかし、深雪の番号を聞き出すことはできなかった。いや、そうではない。なんと深雪は携帯電話を持っていないというのだ。パソコンのメールアドレスもないという。これだけ親しくなったつもりでもまだ警戒されているのかなと一成は疑ったが、それはどうやら嘘ではないらしく、深雪は「そんなもの必要ないもん」と真顔でいった。〝千里眼〟を信じている娘にとっては、〝携帯〟なんてものは無駄の骨頂なのかもしれなかった。彼女は代わりに〈鹿島荘〉の電話番号が印刷された紙マッチをくれた。今時、携帯やメールと無縁に暮らしている十九歳の女子大生――一成は軽いカルチャーショックを受けて車中の人となった。

和泉多摩川の自宅に戻ってきたのは午後三時近くだった。玄関で靴を脱いだその足で、一成は二階の自室ではなく、階段下の健一の部屋へ向かった。そこは本来、物置として設計された三畳ほどの部屋だった。沢村家がこの建売住宅を購入した時、家族三人の間で部屋割りに関するちょっとした話し合いが持たれた。史子としてはその部屋を当時小学三年生だった一成の勉強部屋に当てる腹づもりだった。一成本人にも別に不服はなかった。いや、むしろ階段の踊り場の下に位置するその小さな部屋はいかにも秘密めいて愉しそうな気さえしたのだ。ところが、健一が異議を唱えた。「一成はこれから躰が大きくなる一方だから、ここでは狭すぎる。二階の洋間を使いなさい」と。そして、この部屋は自分の書斎にするといった。以降、ここが健一の城となり、休日の彼はここに籠りきりになることが多かった。なにをしていたのか一成は知らないし、また知ろうともしなかった。

　ドアのノブに手をかけた一成はいささか愕然《がくぜん》とした。自分はこの部屋に入ったことがない！　少なくともここ数年間は。同じ屋根の下に暮らしながら、自分は一分でも一秒でも父親の生活を凝視したことがあっただろうか。慮《おもんぱか》ったことがあっただろうか。いや、父の失踪後もそれは同じだった。父はここから姿を消した。一成は初めて自分を恥じた。それなのに、自分はこの部屋を覗くことさえしなかった……。ここが出発点なのだ。その無関心ぶりを呪った。と、次の瞬間、このドアの向こうに健一の遺体が横たわっているような気がして、一成は緊張した。

　もちろん、そんなものはありはしなかった。健一の部屋は、大の男がここに押し込められていたかと思うといささか同情を禁じ得ないほど貧相だった。もともと狭い上に、階段の下なので天井の一部が斜めにカットされており、ひどく使い勝手が悪そうだった。奥の壁の天井近くにサッシの小さな窓があって辛うじて採光はできているものの、薄暗くて湿っぽく、そのくせ部屋の向きを考えると真夏にはさぞかし西陽がきついだろうと思われた。量販店で購入したような安っぽいセットのパイプ机とパイプ椅子以外は、えび茶色の大きな本棚とやはり本棚として使用されている白いカラーボックスがスペースのほとんどを占めていた。蔵書に関しては、健一が仕事の関連で入手したものもありそうだが、その多くが文庫版の小説であることを考えると、彼の趣味嗜向を反映していると見てもよさそうだった。といって、特に偏った傾向は見受けられず、時代小説、ミステリー、純文学などが渾然《こんぜん》と収められている。藤沢周平は好きだったようで、かなりの冊数にのぼっていた。本棚に『白夜行』という背表紙を見つけた時、一成はほとんど狼狽《ろうばい》に近い気持ちを味わった。父親が東野圭吾を読んでいたことも意外だったが、自分もごく最近までその作品を読み耽《ふけ》っていたということが一成の動揺を誘った。偶然ともいえないような小さな偶然に心をざわつかせる一成は、たしかに大町に行って少し変化したようだった。

本棚の観察はひとまず置いて、一成は机に眼を向けた。書類を入れたいくつものクラフト封筒、雑誌、印刷関係の専門書などが雑然と片隅に積まれ、ほかには辞書、メモ用紙、ペン立て、計算機、黒革のシステム手帳などが載っていた。この手帳は一成も見たことがある。まずはそこに失踪の謎を探るヒントを得ようとして史子が健一の鞄《かばん》から持ち出し、母子で協力して中身を精査したのだ。しかし、結局なにもわからなかった。もっとも、失踪当日以降のスケジュール表にも仕事に関するいくつもの書き込みがあったことが、「自殺説」「家出説」を否定する根拠のひとつにはなった。手帳が入っていた鞄は机の下にあった。こちらにも会社のロゴ入り封筒、クリアファイル、ポスター刷りの色校、計算機などが入っているだけだった。

一成は机の上を整理し、空いたスペースに袴田から受け取った物品を広げてみた。ナンバープレート、免許証を入れたパスケース、車検証や保険証書を挟み込んだファイル、小銭、ライター、サングラス、交通安全祈願のお守り、首都圏道路マップなどといった、車のオーナーなら誰しも自家用車に置いておくであろうごくありきたりのものしかなかった。この部屋で手がかりを見つけることはやはり難しそうだった。一成は探偵気取りの自分の行為を、一時の気の迷いのような興奮を笑った。そして、パイプ椅子にぐったりと腰をおろし、しばらく放心した。

——待てよ。

一成はあることに思い至り、もう一度、大町から持ち帰った品々を眺めた。そして、自分の迂闊《うかつ》さに舌打ちした。なんのために大町くんだりまで足を運んだのだ！　すぐに携帯電話のメモリーダイヤルで大町署をコールし、電話口に出た相手に名前を告げると、袴田を呼び出してもらった。ほんの数秒の待ち時間にもじりじりさせられた。

「お電話代わりました、袴田です」袴田がきびきびとした口調でいった。「昨日はご苦労様でした」

一成は挨拶もそこそこに、「袴田さん、業者さんはもう車を撤去しましたか」と訊《たず》ねた。

「ええ、そのように聞いていますが」

「車はすぐにスクラップにされてしまうんでしょうか」

「さあ、どうでしょう。すぐにやってしまうとは思えませんけど……なにか？」

「ひとつ見落としたことがあるんです。お返しいただいたものの中に高速料金の領収書が見当たりません。もし父が自分の意思でそちらへ行ったなら、当然高速道路を利用したはずですし、領収書が残されていてしかるべきだと思うんです。発見当時、そういうものは車内にありませんでしたか」

「いや、気づきませんでした。ですが、あんなものはすぐに捨ててしまうんじゃないですか。私なんかはそうですよ」

「しばらくは車内に残っていたりしませんか」

「う〜ん、お釣りと一緒に受け取って、そのままコンソールボックスあたりに抛《ほう》っておくこともないことはないですが……いや、しかし、あれば気づいたと思うんですがね」

「僕もうっかりしていて確認しなかったんですけど、ひょっとしたらサンバイザーのところに挟み込んであるかもしれません。父に車に乗せてもらう時、よくそんなふうにしているのを見たので」

「なるほど。もしそういうものがあれば、日付もわかるだろうし、お父さんの足取りが少しははっきりするかもしれませんね」

「業者さんに問い合わせてみようと思うんですが」

「いや、こちらでやりましょう。すぐに調べてご連絡します」

「お願いします」

一旦、電話が切れたものの、十分とかからずに折り返しの連絡が入った。

「ありました」と袴田は勢い込んで報告した。「ご想像の通り、サンバイザーのところに挟み込まれていたそうです。車は〈豊科インター〉で降りていますね。日付は去年の十月二十六日だそうです」

健一が姿を消したまさにその日だった。

「インターの通過時刻はわからないでしょうか」

「いや、領収書には時間までは表記されませんよ」

「大町を目指すのであれば、〈豊科インター〉で降りるというのは妥当な選択なんですか」

「至極妥当です。最短ルートですから」

「そうですか。お手間を取らせてすみませんでした」

「いやいや、こちらもうっかりしていた。申し訳ありません」と袴田は恐縮した。「領収書の現物は解体証明書と一緒にご自宅にお送りします」

もう一度礼をいって一成は電話を切った。興奮したわりには、大したことが判明したわけではなかった。あの日のうちに健一はどうやら大町方面に移動していたらしい。ただそれだけのことだ。第三者の関与を否定できたわけでもない。しかし、半年間の停滞を考えれば、一成にとっては大きな前進といえた。現金なもので、この部屋を本格的に物色する気力が湧いてきた。本棚はあとまわしにすることにした。最初は鞄、そして机まわりを一成は調べた。封筒類もすべて開封し、中身を点検した。仕事関係の書類、パンフレット、色校や清刷といったものが出てくるばかりで、なにかの異変を告げるようなものは皆無だった。早くも徒労を感じはじめたその矢先、なにげなく雑誌の束をパラパラと捲《めく》っていて一成は息を呑んだ。もし車が大町で発見されなければ見すごしてしまったかもしれないもの——事実、この半年間ずっと見すごされてきたものが眼に止まったのだ。

〈信濃毎日新聞〉。長野県の地方紙だ。日付は去年の八月二十九日。新聞は雑誌と雑誌の間に挟まれていた。沢村家が購読しているのは〈読売新聞〉だし、駅売りのスポーツ紙や夕刊紙なら持ち帰ってそのままにしていたという可能性もあるだろうが、地方紙がこんなところにあるのはいかにも解せなかった。なぜ地方紙なんだ？　父はどこでこれを手に入れた？　去年の八月にも長野へ行っていたということなのか？　湧き出る疑問に一成の思考は掻《か》き乱された。冷静になるために深呼吸をひとつし、システム手帳の同じ日付の頁を開いてみた。

〈出張。カスガ印刷〉

ごく簡単にそう書かれてあった。一成はすぐさまクラフト封筒に印刷されている〈パイオニア印刷〉の代表番号に電話を入れていた。交換手に取り次いでもらうと、短いコール音のあとに若い男性が「はい、第二営業です」と電話口に出た。

「お忙しいところをすみません。沢村健一の息子で、一成と申します」

「あっ、これはこれは」男の声は戸惑いがあらわだった。「木谷《きたに》といいます。お父さんの部下の者です」

「父が大変ご迷惑をおかけしております」

「いいえ、そんな……。その後、いかがですか。なにかわかりましたか」と木谷は神妙な口調で訊ねた。

「父の車が大町市で見つかりました」

「大町? 信州の大町ですか」

「はい。木谷さん、大町と聞いてなにか心当たりはありませんか」

木谷はしばらく考え込み、結局は「いや、ちょっとわからないですね」と応えた。

「そうですか。ところで、父は去年の八月に〈カスガ印刷〉というところに出張に行っているようなんですが……」

「ああ、〈カスガ印刷〉ですか。それ、たぶん僕も一緒に行ってますよ」

「〈カスガ印刷〉というのはどこにあるんですか」

「下諏訪《しもすわ》です。長野県の」

やはり長野だった。「父はよくそこへ行っていたんでしょうか」

「よくってほどでもありませんね。うちで扱っている自然科学系の本や医学関連書の書籍印刷をそこに委託していて、打ち合わせなどで行くことはありましたけど、年に一回あるかないかってとこですよ」

「〈カスガ印刷〉以外に、父が仕事で関係している長野県の企業はありますか」

「長野県内にはうちのクライアントがあることはありますが、お父さんは関係していないはずですよ。まったく別の部署の扱いですから」

「そうですか。もうひとつお訊ねしますが、この厳しいご時世に、〈パイオニア〉はどうして半年も音沙汰《おとさた》なしの社員を休職扱いにしてくれているんでしょうか」

「う〜ん、僕にもよくわからないんですが」と木谷はなぜか声を潜めた。「お父さんはうちの社長の大のお気に入りですからね、特例中の特例じゃないですか」

それから通り一遍の会話をして一成は電話を切った。

間違いない。父は八月の出張の際に〈信濃毎日新聞〉を入手したのだ。確たる目的があってそうしたのか、たまたま手にしたのが地方紙だったというだけなのか、そのあたりはわからない。しかし、肝心なのはそれが今もここにあるということだ。はからずもこの小さな部屋が証明しているように、父は無駄を溜め込むような人間ではなかった。新聞を持ち帰り、自室に保管してあったのにはそれなりの理由があるはずだ。気になる記事でもあったのだろうか……。一成は自分の疑問が、そして解答が有機的に繋がりはじめたような気がして再び興奮を憶えた。とにかく、〈信濃毎日新聞〉の記事を一面からすべて読んでみることにした。長丁場になることを覚悟し、一度キッチンへ行って冷蔵庫からペットボトルの清涼飲料水を持ち出してきた。だが、一成の意気込みはいい意味で裏切られた。熟読する前に見出しだけをざっと拾い読みした段階で、もしやと思われる記事が早くも見つかったのだ。無視できない符合がそこにはあった。

その記事は〈リレーエッセイ　信州の自然の摩訶不思議《まかふしぎ》〉というシリーズものだった。新聞記者ではなく、外部の寄稿者による読み物記事で、連載五回目に当たるらしいその回は相田孝太郎という大学教授が執筆していた。一成はその小文を読みはじめた。

5

リレーエッセイ　信州の自然の摩訶不思議⑤【大雪渓と伝説と　鹿島川源流部カクネ里】

松本市内に住んでいるわたしは、朝な夕なに北アルプスの山並みを眺めて暮らしています。そのなかでもひときわ目をひくのはやはり常念岳《じょうねんだけ》（二八五七ｍ）の均整のとれたシルエットでしょう。我が国における近代アルピニズムの始祖、ウォルター・ウェストンも愛したこの山のほれぼれするほどみごとな三角錐《さんかくすい》の山容は、この地域に暮らす人々の目と心に焼きついて、共通の原風景になっているといってもよいでしょう。

しかし、わたしがその姿にもっとも北アルプスらしさを感じるのは実は常念岳ではなく、後立山《うしろたてやま》連峰の盟主である鹿島槍ヶ岳（二八八九ｍ）なのです。安曇野のどこからでも望めるこの山は北槍・南槍の双耳峰とそれを結ぶ吊尾根《つりおね》が描くカーブが優雅で美しく、そのくせ突兀《とっこつ》として男性的な偉容を誇っています。『日本百名山』の著者、深田久弥《ふかだきゅうや》氏も「その品のいい美しさは見飽きることがない」と称賛しています。

一方、鹿島槍周辺はわたしたち人間が勝手にこしらえた「花鳥風月」的な自然観をあざ笑うかのような、苛烈《かれつ》きわまりない自然の猛威にさらされる場所でもあります。冬季に卓越する季節風の風下にあたるこの地域の降雪量は想像を絶し、日本国内はもとより世界的《きゅう》に見ても有数の豪雪地帯に数えられるといってよいでしょう。ことに長野県側は北槍の急峻《しゅん》な北壁に象徴されるように、氷雪の洗礼をまともに受けていることをうかがわせる特異な地形を見せています。厳冬期、このあたりには「ヒマラヤひだ」とよばれる雪稜《せつりょう》や巨大な雪庇《ゆきびさし》が出現しますが、それはあたかも氷河時代がよみがえったような壮絶な景観です。

この鹿島槍の北壁基部から北東の方向へ延びる約二・五㎞のU字谷、それが「カクネ里」です。まことに「里」と呼ぶにふさわしいひらけた土地で、ここは鹿島川の最深部にあたり、真夏でも消えずに越年するいわゆる「多年生雪渓」があることで知られています。もっとも、大勢の観光客で賑わう白馬の大雪渓、あるいは剣沢《つるぎさわ》、針《はり》ノ木《き》などのそれとは異なり、「知る人ぞ知る存在」といった方がいいかもしれません。カクネ里はそれと対峙《たいじ》する遠見《とおみ》尾根の登山道あたりからはその全容を眺望できますが、大町側からは決して見ることができません。また登山道なども存在しないため、容易に人は近づくことができません。文字通り「隠れた名所」「近くて遠い秘境」なのです。

カクネ里の雪渓は実に一㎞にもおよびます。とてつもない降雪量に加え、平均斜度五〇度を超える北壁やU字谷特有の急斜面からの雪崩による涵養《かんよう》が盛んなこと、融雪期の日照時間が極端に短いこと、複雑な地形が産むガスが日射を遮ることなど、多年生雪渓を生成する好条件が奇跡のように重なり、これほど長大なものになるわけです。

現在、わたしたちの研究室ではカクネ里の雪渓調査を試みています。その詳細を報告することはこの文の使命ではないので割愛しますが、地球温暖化の危機が叫ばれる昨今、たとえば「気候変動の指標としての雪渓」の調査・研究に着手できれば、地球科学的意義の高い試みになるのではないかと考えています。そういう意味で、カクネ里は非常に貴重な自然の財産であり、学問的興味を喚起するまことに魅力的なフィールドといえるでしょう。

ところで、このカクネ里は落人《おちうど》伝説の舞台にもなっています。鹿島川を遡《さかのぼ》った平家の落武者たちが一時ここに隠れ住み、狩りや山仕事をして生きながらえ、やがて再び川をくだって定住したのが現在の鹿島集落だと伝えられています。カクネ里とはつまり「隠れ里」が転じたものというわけで、今なおこの説は一部の人たちの間で根強く信じられているようです。わたしとしては、あれほど過酷な自然環境のなかで人が暮らせたとはとても信じられないので、いささか眉に唾をつける思いです。ところが、雪渓が消耗する盛夏から秋にかけてのシーズン、みずみずしい緑と色とりどりの花々、あるいは艶《あで》やかな紅葉に彩られたカクネ里を遠見尾根から遠望するわたしは、この伝説をあながち否定できなくなります。いや、むしろ信じたくなります。そこはまさに俗世から隔絶された楽園、至福の光に包まれた天国のようで、遠いいにしえの人々がそこで傷ついた羽根を休めている様をまざまざと見るような気がするのです。

そういえば、過日、鹿島川の大川沢《おおかわさわ》を遡ってカクネ里に赴いた際、同行した学生のひとりが大沢出合いの広河原で年若い女の幽霊に遭遇したといって一騒動になりました。さらに、居合わせた者全員がそこで人間の赤ちゃんの泣き声のようなものを耳にしたのです。山に怪談はつきもので、なかにはそれこそ眉唾、噴飯ものの話も多くあります。しかし、鹿島のふところで体験したこの不可思議な現象を、わたしは一笑に付すことができませんでした。科学者のはしくれであるわたしがこういう発言をするのはあまり褒められた話ではないかもしれません。ですが、「不信」と「妄信」の根はえてして同じです。不思議を不思議として受け止める「中庸」の精神を尊んであえて告白すると、その時のわたしは正直にこう思ったものでした。

もしかしたらわれわれは川とともに時をも遡り、かの伝説がつたえる人々の生命の残照に触れ、その声を聞いたのかもしれない、と。

相田孝太郎（信州大学理学部教授）

6

とうに日付が変わって近所も寝静まった頃、史子がタクシーで帰宅した。雑誌の編集長といっても携わっているのが一般の商業誌ではないので、普段の史子はさほど時間に追われることもなく存外に規則正しい生活サイクルを堅持しているし、金遣いも控え目な方だった。そんな彼女が深夜タクシーを利用するということは、月に一度は必ず巡ってくるタイムリミットが目前に迫り、編集作業がいよいよ佳境を迎えている証だった。眼のあたりに化粧では隠しきれない疲労を滲《にじ》ませ、心なしか洋服も着崩れて見える史子は、冷蔵庫のミネラルウォーターを取りにキッチンへ直行した。一成が「食事はどうする？」と訊ねると、史子は「食欲がぜんぜんないのよ」と溜息混じりに応えた。それでもと思って一成は信州土産のワサビと野沢菜を入れた茶漬けを手際よく作り、キッチンテーブルに置いた。するとと、史子の表情がパッと輝いた。彼女は照れ隠しのように笑って椅子に腰かけ、はしたないくらいの勢いで茶漬けを掻《か》き込んだ。

「おいしい。もう一杯いいかな」と史子は茶目っぽく舌を見せた。

「食欲がないんじゃなかったっけ？」と一成は笑った。

「あっ、でも、やめとこうかな。こんな時間に食べると、太っちゃいそうだもんね」

「喰《く》えよ。毎日のことじゃないんだし、躰《からだ》が求めているんだからいいじゃないか」一成は新しい茶漬けを作った。

「民宿で分けてもらった蕗味噌《ふきみそ》も食べてみる？」

「食べる食べる」

蕗味噌を盛った小皿がテーブルに置かれた途端に史子は箸《はし》ですくって口に運び、大仰に眼を丸くした。「わっ！　めっちゃおいしいじゃん、これ」

「やめろよな、ガキみたいな喋《しゃべ》り方」

「ごめん。だけど、ほんとうにおいしいんだもん。これだけでご飯三杯はいけちゃうね」

「自分ん家《ち》の庭に生えるフキノトウで作るんだってさ。味噌も自家製らしい」

「へえ、やっぱり田舎はいいねえ」

史子が食べ終わるのを待って一成はようやく椅子に腰を落ち着けた。それから、大町でのことを報告した。デジカメの映像を見せると、史子は顔を強張《こわば》らせ、ほとんど涙をこぼしそうになった。息子と同じく、車の惨状に夫の運命を重ね見たようだった。史子の動揺を鎮めるために、一成は自分が父の部屋で考え、調べたことを口早に告げた。

「そうか……お父さん、あの日のうちに大町へ行ったんだ」史子はなぜか安堵したように呟いた。「ありがとね、カズ」

「どうして礼なんかいうのさ？」

「それがわかっただけでも、なんかお父さんが近くなったような気がする。よく気づいてくれたわ」

「やめてくれよ。大したことじゃないさ」

「でもね、半年もの間、カレンダーはずっと空白のままだったのよ。そのうちの一日だけでもたしかなことを書き込めたんだから、母さんにとってはすごいことよ」史子は吐息のように微笑んだ。「母さんね、なんにもわからないものだから、過去の時間を奪われちゃったみたいで、ずっと今の自分を頼りなく感じていたの。変なたとえだけど、記憶喪失者の心理ってこんな感じかもしれない。今を頑張って未来を作ればいいのに、頑張っても頑張っても過去の空白に精気を吸い取られちゃって、そこから全部が崩れてゆくみたいな気がして……。ああ……」史子はそこで喘《あえ》ぐように背凭《せもた》れに躰を預けた。「疲れているせいかな、自分でもなにをいっているのかよくわからない」

「いや、なんとなくわかるよ。おれも同じだと思う。宙に浮いて歩いているみたいな頼りなさをずっと感じていたな」

「でしょ？　それがちょっとだけ救われたわけよ」

「これが空白を埋めるもうひとつのヒントになればいいんだけど」一成は〈信濃毎日新聞〉を史子の方に押し遣《や》った。「〈パイオニア〉や〈カスガ〉絡みの記事でもあるのかなと思ったけど、そんなものは見当たらなかった。おれが見た限りではこの記事くらいなんだよ、親父と繋がりそうなのは」一成は例の記事を指し示した。「母さんも読んでみてくれよ。親父との付き合いはおれより長いんだから、なにか引っかかるものがあるかもしれない」

史子は片肘《かたひじ》をついて記事を読みはじめた。原稿を読み耽《ふけ》るその横顔や、箸をペンのように弄《もてあそ》んでいる仕草はいかにも編集者っぽいなと一成は妙なことに感心した。

史子は新聞から視線をあげ、「なんなの、これ？」といった。「雪渓だとか、落人伝説だとか、これがお父さんとどういう関係があるわけ？」

「それはおれに訊かれても困るけどさ、〝鹿島川〟っていうのが気になるんだ。まさしくその川の畔《ほとり》に車は放置されていたんだぜ」

「そんなことといったって」史子は明らかに落胆の色を顔に浮かべていた。「この記事を読んで、お父さんが雪渓を見物しに行ったとでも？」

「そう気落ちしたような顔をするなよ。テンションがさがるじゃないか。おれだって、いっぺんになにもかも解決されるなんて思っちゃいないさ。馬鹿馬鹿しく思えるかもしれないけど、ひとつずつ検証してみようよ。おれが質問するから、イエス、ノーで応《こた》えて」

「いいわ」

「これはこの間も訊いたと思うけど、親父と大町はなにかしらの縁があった？」

「ノー」

「ふたりで旅行に行ったことがあるとか」

「ノー。信州なら、軽井沢には一緒に行ったことがあるけど」

「親父は若い頃に登山や渓流釣りの趣味はなかった？」

「ノー」

「カメラは？　風景写真や山岳写真を撮っていたとか」

「ノーだわ。趣味のない人だってことは、あんたも知っているでしょう」

「おれは昔の話をしているんだ。質問に応えて。民族学とか歴史とか、そういうものに特別な興味を持っていた？」

「ノーよ」

「親父が浮気をしていたような気配はなかった？」

「ちょっと、どうしてそういう話になるわけ？」

「大町はすごく風光明媚《ふうこうめいび》なところでね。山は綺麗だし、〈黒部ダム〉なんかも近いし、温泉だってある。愛人がいれば、ああいうところへ浮気旅行に出かけるかもしれない」

史子は険のある表情を息子に向けた。「あんた、本気でいってるの？」

「なんだよ、怖い顔して。可能性の問題だよ、可能性」

「そんな可能性はゼロよ。あり得ない」

「そういいきれる？」

「いいきれるわよ」

「いいかい母さん、おそらく親父は自分の意思で大町へ行ったと思うんだ。心の中になにか切実な理由を抱えていたに違いない。でも、おれたちはその理由を知らない。見当もつかない。つまり、母さんやおれが知らない親父が確実に存在したってことだよ。母さんも自分でいったはずだぞ、親父のすべてをわかっていたかどうか自信がないって。男にとって女は切実な理由になる。愛人がいなかったとはいいきれないんじゃないか」

「……」

「希望的観測は捨ててくれよ。なにかがわかりそうなんだ。シビアに行こうぜ。ほんとうに夫婦仲に問題はなかったの？　浮気を感じさせるようなことは？」

「しつこいわね、あんたも。お父さんが浮気相手と山で心中でもしたっていうの？」史子は不快をあらわにした。

「夫婦仲に問題はなかったかですって？　余計なお世話よ。息子でも踏み込んじゃいけない領域ってもんがあるでしょうが」

「質問が浮気のことになったら、急にムキになりはじめたように見えるぞ」

「そんなことないわよ。あんたが変なことをいうから……」

史子の様子に腑《ふ》に落ちないものを感じつつ、一成は「まあ、いいや。オール・ノーってことだね」と引きさがり、用意していたＡ４版のペーパーを手渡した。受け取った史子はしばらくそれを眺めていたが、戸惑い顔を一成に向けて、「なんなの？」と訊ねた。

「その記事を書いた大学教授の履歴。検索したものをプリントアウトしてみた。記事の内容は関係なくて、親父が執筆者本人に興味を持ったのかもしれないって考えたんだ」

「よくわからないなあ」

「昔の友達、生き別れになった人、親父とトラブルを起こしながら未解決のまま現在に至っている人、逆にすごい恩義を感じている人……そういう過去に因縁のあった人の名前を偶然見つけて、矢も盾もたまらず逢《あ》いに行った。そんな可能性を考えてみたんだよ」

「松本清張か誰かの推理小説みたいね」史子は揶揄《やゆ》するように笑った。「お父さんが人の名前に興味を持ったという前提に立つなら、この大学教授だけに注目するのは片落ちじゃない。長野の新聞なんだから、それこそ長野の人の名前がごまんと出てるでしょう」

一成は痛いところを衝《つ》かれたという顔をし、それでも「今のところは鹿島川という共通項にこだわりたい」と苦しい弁明をした。

史子は「ちょっと頼りなくなってきたな」と笑い、もう一度ペーパーに視線を落とした。

「ええっと、この人は……〈信大〉の先生でしょう。〈信大〉って大町にあるの？」

「理学部は松本にある」

「だったら松本へ逢いに行くんじゃない？」

「その人の研究フィールドは大町だろう。面会のアポを取ったら、そこに呼び出されたとかさ」話しているうちに一成もだんだん馬鹿らしく思えてきた。「違うかなあ」

史子はペーパーを手にし、声に出して読みはじめた。「相田孝太郎。長野県松本市在住。一九五二年四月三日、岐阜県高山市生まれ。七六年、東京都立大学理学部卒業。八一年、同大学院理学研究科博士課程修了。日本学術振興会奨励研究員を経て、八三年に都立大学理学部助手。八六年、信州大学理学部助手。九〇年、同学部助教授。九六年、同学部物質循環学科教授……嫌だなあ、人ってこんなに簡単に丸裸にされちゃうわけ？」

「大学教授だからよ。そういう人の履歴はどこかしらで公表されているからね。その気になれば、自宅の詳しい住所も電話番号もすぐに調べられるよ。見ての通り、本も何冊か出版している。おれが最初に引っかかったのは、そこなんだ。親父の会社は自然科学系の本も取り扱っているらしいから、仕事で面識があったんじゃないかって」

「あったのかな？」

「〈パイオニア〉の木谷さんに電話で訊ねたけど、まったく心当たりはないそうだよ。母さんはそれを見て親父との接点は思いつかない？」

史子は首を横に振った。「ぜんぜん畑違いだもん」

「ずっと長野に住んでいるってわけじゃなさそうだし、親父とどこかで知り合ったってことはないかな？」

「あんた、この人がお父さんをなんとかしたんじゃないかって考えているわけ？」

「飛躍しすぎだってことは自分でもわかっているさ」

「そうね。ちょっと無理があるような気がするな、この記事に活路を見出《みいだ》そうとするのは。出張に行ったお父さんがたまたま向こうの駅の売店かコンビニで新聞を買った。ちょっと眼先を変えてみるつもりで地方紙にしてみた。それを鞄に入れて持ち帰って、机の上になんとなく抛《ほう》っておいた。そう説明できるんじゃないかしら」

一成も脱力したように吐息を洩らした。「たぶんそんなところだろうな。高速の領収書の件で少し進展があったし、そこにきて鹿島川の文字に出くわしたもんだから、ちょっと興奮しちゃってさ」

「わかるわ。でも、焦ってどうなるものでもないし、半年待ったんだから、ゆっくり構えようよ」

「だけど、警察なんか当てにできないぜ。おれもここ半年ぼうっとすごしてきて今さらこんなこといえた義理じゃないけどさ、もう先延ばしにしないでアクションを起こすべきだと思うんだ」

「でもねえ……」

「とにかく、おれはその相田っていう大学教授に連絡を取ってみるつもりだよ。どんなにくだらない疑問でも、疑問のまま残しておくのは精神衛生に悪いからね。今はそれくらいしかできることがないし……。それに、おれの中には母さんとは逆の心理もあって、取っかかりができてしまったことで、かえって焦っている部分もあるんだ。急いでなにかをしないと、取り返しがつかなくなるような……」

史子は眉宇《びう》を曇らせた。「その人に連絡してなにを訊くつもり？」

「単刀直入に〈親父のことを知らないか〉って訊いてみるよ。実はさっきも連絡してみようかと思ったんだけど、やめたんだ。変な想像が膨らんじゃって——母さんがいったように、頭の中でその人のことを完全に犯人扱いしちゃってさ——こっちから連絡するのはいかにもマズいぞって思い直したんだ」一成は自嘲《じちよう》の笑みを浮かべた。「考えてみれば、たとえその人が怪しいとしてもだよ、それこそミステリー小説じゃあるまいし、素人探偵が疑惑の断片《かけら》を拾い集めて外堀を埋めるなんて芸当はできないもんな。こうなったら単純に行くよ。大学の研究室に連絡してみる。今思ったんだけど、もしかしたらその人が大町で親父を目撃していないとも限らないしさ、連絡してみる価値はあると思うよ」

史子は薄く笑った。「まあ、あんたがそれで納得できるならそうしなさいよ。でも、部外者が簡単に連絡なんか取れるの？」

「そのへんは大学ってところはおおらかだからね、たぶん大丈夫」

健一の小さな城に籠った時から燻《くすぶ》りつづけていた熱気が急激に退《ひ》き、ようやく一成は自分が冷静な思考を取り戻したことを自覚した。

7

翌日の午前中に一成が自らかけた電話と先方からかかってきた電話、その二本が一度は冷めかけた熱をぶり返すことになった。

かけた電話というのはもちろん〈信州大学〉の相田教授へのものだった。公表されている理学部の番号に電話を入れると、案外簡単に〈相田研究室〉に内線をまわしてくれた。相田本人は不在だったが、一成にとってはむしろ幸運なことに、相田は昨日から東京都内のホールで開催中の〈山岳科学フォーラム〉という催しに出席しているとのことだった。応対した林という若い男は見ず知らずの人間からの電話にも無防備で、というより気味が悪いほど親切で人懐こかった。一成がその方が通りがいいだろうと思って氏名とともに大学名を告げ、「相田先生に個人的にお話をうかがいたくて電話をしました」といっただけで、林は一成を同じ研究畑の学生と早合点したらしく、「先生の講演演目は昨日終わっちゃってますけど、今日はパネルディスカッションに出席するので、行ってみたらどうですか。ざっくばらんな人ですから、ロビーででも声をかけてみてください」とわざわざ教えてくれた。今日は出席日数にうるさい教授の講義があるので、一成は午後から学校に顔を出すつもりでいたが、もちろんサボタージュすることに決めた。話したかった遠方の相手がこのタイミングで上京しているという偶然を無視することなどできなかった。

それからさほど時間を置かず、今度は携帯電話に今岡深雪から連絡が入った。

「あの、ちょっと確認なんだけど」深雪は無駄な挨拶《あいさつ》抜きで、すぐさま切り出した。「あんたのお父さんがこっちへきたと思われるのはいつだっけ?」

「去年の十月二十六日だけど」

「何曜日？」

「土曜日」

「そう……やっぱりそうかもしれない」

「どうしたの？」

「偏見を捨ててよく聞きなさいよ。この前、私はオババにいわれてタケルを探しに行って、結局そこにいたのはあんただったわね」

「なんだよ、またタケルの話？」と一成は失望をあらわにした。

「ちゃんと聞けよ、馬鹿！」と深雪が怒鳴った。「電話切るぞ」

「わかった。ごめん」

「同じようなことがあったのよ、それくらいの時期に。つまり去年の十月頃に」

「えっ？」

「日にちははっきり憶《おぼ》えてないの。私はまだ高校生だったんだけど、だいたい今も昔もスケジュール帳なんかとは無縁の生活をしてるからさ、今となっては正確な日付はたしかめようがないのよ。でも、昼日中に家《うち》にいたんだから、土曜か日曜のどっちかなわけよ。その日、オババのところに顔を出したら、〈大谷原《おおたんばら》にタケルがいるはずだから探してきておくれ〉っていわれたの」

「大谷原って？」

「ああ、あんたがいた場所よりもっと上よ。登山口に当たるところ。で、私はすぐに原チャリ飛ばして行ったんだけど、そこは登山者や観光客みたいな人たちでごった返していて、誰がタケルなのかたしかめようがなかったのよ」

「ふ〜ん」

「ふ〜ん、じゃないでしょ！　これって偶然とは思えないよ」

「どういうことさ？　意味がわからないよ」

「オババはあんたのお父さんを〝見た〟んじゃないかな、十月に。どういうわけかオババはお父さんのことを〝タケル〟って認識していて、その波動を一昨日《おととい》も感知した。でも、それはあんただった」

「波動？」

「そうとしかいいようがないの。タケルと同じ波動を発してるのよ、あんたは。なんてったって親子なんだからさ。あんたは馬鹿にしてたけど、あの時だってオババは自動車のそばに人がいることはちゃんと見えていたわ。でも、躰を悪くして力が弱っていることは否めないから、お父さんとあんたを混同してしまった。そんな事情のような気がするの」

オババを慕い、その力を妄信するあまりの深雪の屁理屈《へりくつ》、こじつけと思えなくもないが、なぜか一成は気圧《けお》されるような説得力を感じていた。

「ちゃんと聞いてる？」

「……ああ、聞いているよ」

「ウソ、聞き流してるんじゃないの？　頭が堅いんだから」

「いや、ちょっとゾクッとした。奇妙奇天烈《きてれつ》な話ではあるけれど、そうかもしれないって思った」と一成はいった。深雪に対する追従ではなく、たしかに恐怖にも似た確信が背中をひやっとさせるのを感じたのだ。「オババにタケルのことを詳しく訊けないかな？」

「オババの体調を見て、私が訊いてみるよ。でも、とにかく躰が辛《つら》そうだし、タケルのことに関しては口が重いから、焦らずに待っててよ」

「うん、頼む」

「それからさ、あんた、さっさとチラシを作りなさいよ」

「チラシ？」

「尋ね人のチラシよ。パソコン持ってるんだから、簡単にできるでしょう。あんたのお父さんは絶対こっちにきてるのよ。きっと誰かがどこかで姿を目撃しているわ。うちのお客さんとか登山者に配ることもできるし、オババにも見せたいし……とにかく私がなんとかするから、お父さんの写真入りのチラシを何百枚も印刷して、こっちに送りなさい」

「なるほど、チラシか。そういう手もあったな」

「早く気づけっちゅうの。常套手段《じょうとうしゅだん》じゃない」

「いざ当事者になってみると、案外頭がまわらないもんなんだよ。いや、ありがとう。いいアドバイスをもらったよ。チラシはすぐにでも作って送るから」

「写真はさ、顔写真だけじゃなく、全身写真も入れるのよ。躰つきは人を判別する時の大きなヒントになるから。あっ、それから、連絡先には〈鹿島荘〉の電話番号も併記しときなさいね。東京だと、億劫《おっくう》がったり、電話代をケチる人もいるかもしれないから」

よく気のつく娘だと一成は感心した。「いいのかい、親父のためにそこまでしてもらっちゃって」

「オババのためでもあるの。オババとあんたが直面している問題はきっと同じ……少なくとも関連はある。誰がなんといおうと、とっくに私はそう確信してるからね。なにかわかったらまた連絡するわ」

「うん。ほんとうに、なんて礼をいって……」

「じゃあね」

礼をいわれることを拒むように深雪は一方的に電話を切った。それが照れ隠しだということは一成にも察しがついた。


〈有楽町マリオン〉の中にあるホールに一成が到着したのは午後二時前だった。ホール内のエレベータをあがったところに〈大学関係者〉〈団体関係者〉〈御招待者〉〈報道〉〈一般〉などと分類された受付の長机があり、その周辺には何者とも知れないスーツ姿の男女がたむろしていた。一成は一同の視線を一斉に浴びることになり、場違いなところへきてしまったと怖《お》じ気《け》づいた。それでも、ハッとするほど美人の受付嬢の魅力的な笑顔に誘われて長机に歩み寄ると、受付嬢が気安い口調で「学生さん？」と訊ねた。一成が「はい」と応《こた》えると、彼女は〈一般〉の芳名帳に学校名と氏名を記帳するように告げ、二十種類はくだらない印刷物と記念品らしきカモシカのデザインのキーホルダーを納めた封筒を手渡してくれた。青い封筒には〈山岳科学フォーラム〉という催し物名、主催者である新聞社名、そのほか後援団体、協賛社などの名前が列記されていた。入場料はタダだった。

ロビーを通って会場内に入ると、パネルディスカッションは今まさにはじまったところのようで、ステージ上には六人のパネリストが勢揃いし、一成も見知っている〝文化人臭〟の強いタレントが司会進行役として各々を紹介していた。客席は半分ほどしか埋まっておらず、ざっと見渡したところでは一成と同じ年頃の聴衆はほとんど見当たらなかった。一成は小走りに前列の席へ急いだ。相田は右端に座っており、一番最後に紹介された。

それから一時間半あまり、〈山岳科学に期待するもの――人間と自然との共生をめざして〉なるテーマの議論に一成は付き合わされることになった。彼にすれば、それはほとんど不毛としか思えない議論だった。論点は嚙《か》み合わず、表層的で熱気もなく、なにより面白くなかった。一成は何度も睡魔に襲われた。ただし、相田という男には興味を惹《ひ》かれた。相田が発言する機会は少なかったが、時折発する言葉はどれもこれも喧嘩《けんか》口調だった。ある女性パネリストが「もはや人間のモラルには期待できない。山岳地域の環境保全のためには入山料徴収や入山制限といった規制導入にも積極的になるべき」と声高に訴えかけると、相田は「利便性のみを求めて山や自然を蹂躙《じゅうりん》してきた〝お上《かみ》〟から今さらそんな規制を押しつけられたくない。山は常に何人《なんぴと》に対しても開かれているべきだし、裏切られても裏切られても最後まで人間のモラルと自然科学教育に期待すべき。それで日本の自然が滅びようとも、所詮《しょせん》はその程度の国民ということ。規制、規制とうるさいが、あなたは千代田区の役人ですか」と〈禁煙区域〉を引き合いに出して挑発した。また、全国的に〝キャッチ&リリース〟のネットワーク運動を推進して成果をあげているという自然保護団体の若く雄弁な代表者に対しては、「食欲に根ざしているのが釣りや狩猟。スポーツフィッシングだかなんだか知らないが、魚を喰《く》わないなら潔く釣りをやめなさい」と切り捨てたりした。議論の方向やその場の雰囲気をことさら無視し、揶揄《やゆ》するような天の邪鬼《あまのじゃく》的発言、あるいは時勢に逆らうような諫言《かんげん》が目立ったが、相田が醸し出している雰囲気と相俟《あいま》って、一成はその言葉に少なからず共感を覚えた。

演目終了後、ほかのパネリストが舞台の下手袖《そで》に捌《は》けたのに対し、相田だけはステージ脇の階段を客席の方に降りてきて、最前列の席に腰をおろした。どうやら次のプログラムを聴講するつもりのようだった。相田は隣り合った老人となにやら親しげに言葉を交わし合っていた。一成はこの休憩時間の間に声をかけるつもりだったが、どうにも無駄なことをしているという思いを拭《ぬぐ》いきれずに躊躇《ちゅうちょ》した。しかし、無駄といえば、すでに二時間近くもここで無駄な時間をすごしているのだと思い直し、意を決して相田に歩み寄った。

「お話し中に申し訳ありません」と一成は声をかけた。

「はい、なんでしょう？」と相田が顔を向けた。

「相田先生、僕は沢村と申しますが、実は……」

「ああ、きみ、うちの研究室に電話をくれませんでしたか」と意外な反応が返ってきた。

「さっき研究室の者に電話で聞きました。そういう人がここを訪ねるかもしれないって。僕になにか訊きたいことがあるそうですね？」

「はい、しました」

「そうなんですが……」

ステージ上の様子とは一転、人当たりの柔らかい相田の鷹揚《おうよう》な物腰に一成はいささか戸惑った。

「感激ですね、ほかの学校の学生に興味を持たれるなんて」相田は相好を崩し、腰を浮かした。「なんでも訊いてください。ロビーへ行きましょう」

「いやしかし、先生は次の演目をご覧になるんじゃ……」

「いいんです、いいんです。中身はわかっているから」と相田はすでに歩き出していた。

一成としては少々焦り、相田の背中にいった。「お訊きしたいといっても、先生のご専門のことではないんです。まったくプライベートなことでして」

相田は振り返って初めて表情を曇らせた。が、すぐに笑顔を取り戻し、「なんにしても、ここにいるよりはマシでしょう」と会場のドアを押し開けた。

通路を無言で歩き、ロビーのソファセットに向かい合って腰を落ち着けた。

「きみはなんだか切羽詰まったような顔をしていますね」と相田がいった。「まあ、そんなに緊張しなさんな」

「はい……」

さっきの受付嬢が小走りに飛んできて、「先生、なにかお飲み物でも召しあがりますか」と訊ねた。相田は「じゃあ、コーヒーをふたつお願いします」といった。すぐに運ばれてきたのは紙コップのコーヒーだった。

相田がコーヒーを口に運びながら訊ねた。「で、なんでしょう、話というのは？」

「さきほどもいいましたが、先生のご研究にはまったく関係ないことで、僕の父に関することなんです」と一成は切り出した。

「お父上のこと？」

一成は話した。健一の失踪。半年後の車の発見。鹿島川という心許《こころもと》ない符合だけで健一と繋がっているあの新聞記事。もっとも一成は記事については事実をいささか粉飾し、「父が先生のお書きになった文章に興味を示していたフシがある」といかにも根拠がありそうに聞こえるいい方をした。ここまできて格好をつけていても仕方がないと腹を括《くく》り、相田と健一が知り合いではないかと邪推したことも正直に話し、健一の顔写真も見せた。

「僕がお訊ねしたいのはふたつです。先生が父のことをご存じではないか。そして、フィールドワーク中に鹿島川近辺でそれらしき人間を目撃したというようなことはないか……ということです。まったく根拠薄弱なのは自分でも承知しています。正直いって、こうしてお時間を割いていただいていることが心苦しくて逃げ帰りたい気分です。ただ、どうしても確認せずにはいられなかったので」

「それはご心配でしょうね。いや、まったくお気の毒な話です」相田は神妙な顔つきでいった。「警察は動いていないんですか」

「はい。今のところ事件とは認識されていませんので」

「なるほど。お父上のお名前はなんとおっしゃいましたっけ？」

「沢村健一です」

相田は顔写真を睨《にら》んでしばらく考え込んでいたが、やがてゆっくりと頭を振った。「やはり心当たりはありませんね。お勤め先の〈パイオニア印刷〉さんともご縁はない。ただね、いくら世間の狭い学者でも、これまでに逢ったすべての人を憶えていられるもんじゃないから、絶対に面識がないとはいえないが」

「そうですか」

「こうしましょう。僕なりの住所録、名刺録などはパソコンに入力してある。年齢からいっても教え子であるはずはないから、そういうリストははずして検索してみる。該当する名前があったらきみにお報せする。そういうことでどうですか」

「いいえ、それにはおよびません」と一成は恐縮した。やはり自分はとんだ見当違いをしていた。ようやくそう認める気になった。

「藁《わら》にも縋《すが》る思いであることは理解できますよ。そう気を遣わなくてもいい」

「ほんとうに結構です。もともとこちらの勝手な思い込みにすぎませんから、これ以上ご迷惑をかけるわけにはいきません」

「それほど面倒なことではないから、たしかめるだけたしかめてみましょう。可能性は低いと思うが……。それから二番目の質問ですが、こちらも残念ながらノーですね。去年の十月は僕は一度も鹿島には出かけていない。学生たちもです。お役に立てなくて申し訳ないが……」

「とんでもないです」

「お父上が山に入られたということは考えられないんですね？」

一成は首を横に振った。「そんな趣味はありませんでした」

「う〜ん、あのあたりの山は散歩気分で気楽に行けるようなところではないから、うっかり迷い込んだとも考えにくいし、そもそもお父上がご家族の方に黙ってあんなところに出かけたこと自体が謎ですね」

「そうなんです」と一成は首肯した。「参考までにお訊ねしますが、あの記事の中にあったカクネ里というところへは素人が行けるものでしょうか」

相田は否定の意味を込めた笑みを浮かべた。「まったくの初心者が単独で、しかも装備も持っていないということであれば、まず命を捨てに行くようなものでしょう。なにしろ道はなく、水量の多い川を遡《さかのぼ》らなくちゃいけませんから。鹿島槍や天狗尾根の岩場をロッククライミングの技術でくだるという方法もあるが、これは論外ですね。遠くから眺めるだけなら、鹿島槍に登れば見おろせるし、遠見尾根からも眺望できます。もっとも、遠見となると、これはまた登り口が違ってくるんだが……」

「今、命を捨てに行くようなものとおっしゃいましたね」

「はあ……それが？」

「警察は父が自殺したと考えているようなので、もしかしたらと思ってしまったんです」

相田は慰めるように笑った。「それはまたずいぶんと体力を必要とする自殺計画ですね。あそこを遡る気力があるくらいなら、生きる道を選ぶと思いますよ」

一成はそろそろ潮時だと考え、腰をあげるタイミングを見計らっていた。

相田はふいに顔をしかめ、腕を組んで背凭《せもた》れに深く沈み込むと、「いやはや、あの記事はまったくいろんな波紋を投げかけてくれる」と嘆息するようにいった。「つくづく文章というのは怖いものだと思いますよ」

一成は浮かしかけていた腰をまた沈めた。「どうかなさったんですか」

「あれはすこぶる評判が悪くてね。文中に幽霊がどうのこうのという件《くだり》があったでしょう。あれがマズかった。学者たるものがああいうことを軽率に書いてはいけないと、各方面からお叱りを頂戴しました」

「そうでしょうか。徒《いたずら》に怪奇趣味を煽《あお》るような文章とは思いませんでしたが」

「そういう感性の人ばかりではないということですね。実際、山には様々な不思議が満ち充《み》ちているし、僕としては嘘を書いたわけではないからなんら恥じることはないと思っていたが、そうものんびり構えていられなくなった」

「というと？」

「あれがきっかけで事故が起きてしまってね」

「事故？」

「高校生三人組がハイキングにでも出かけるような気楽な格好で鹿島川に入って流され、危うく命を落としかけたんです。彼らはあろうことか僕の文章を読んで〝幽霊見物〟に出かけたんだそうだ。日頃は新聞なんぞろくに読みもせんくせに、そういうことだけはチェックしている」相田は皮肉な笑みを漂わせた。「それだけならまだよかったが、その事故が〝落人《おちうど》の祟《たた》り〟みたいに若者たちの間でまことしやかに噂されるようになってね。そうなると、余計に興味を持つ者がいるらしくて、同じようなことが立てつづけに起きてしまった。そしてある日、ほんとうに死亡事故が発生した。今度は中学生の男子がふたり流されて溺死《できし》したんです。まったく呆れ返るような話だが、とばっちりはこっちにきた。亡くなった男の子の父親のひとりがうちの大学のOBで、地元では結構名の通った有力者でもあるんですが、その人が〈相田はけしからんやつだ〉と方々でいいはじめた」

「そんな理不尽な」

「それだけではありません。次は地元の県会議員だか市会議員だかが騒ぎはじめた。大町を化け物が出現する場所のように喧伝《けんでん》した大学教授は許せないってわけですよ」

一成は思わず吹き出した。

「笑いごとではないんですよ、これが。実際に地元の人によるわれわれ研究チームへのあからさまな妨害行為もあったし、学内にも有形無形の圧力や中傷が存在します。そんなわけで、地元といざこざを起こした愚かな大学教授は実質的な謹慎を強いられている。はっきりいって、僕は干されているんです。去年の十月に鹿島へ行っていないというのは、そういう事情もあるんですよ。しかも、事故がつづいたので、あのあたりを入山禁止にしようとする動きまである。誰がどう圧力をかけているのか知らないが、近々、大谷原より上流の大川沢《おおかわさわ》は永久禁漁地域に指定されるらしい。名目上の目的は〝魚族保護〟を謳《うた》っているが、なんのことはない、さしあたって釣り人の排除からはじめようってわけですよ。おかげで僕は釣り仲間からも顰蹙《ひんしゅく》を買っている次第です」

「ずいぶん過剰反応ですね」

「そう、なにか別の事情があるような気がして仕方ない」

「別の事情？」

「いや、確たる根拠があっていっているわけではありませんよ」

「雪渓の研究はどうなさるんですか」

「実地調査は無期延期。当面、遠見尾根からの観察だけということになってしまいますね。あるいはフィールドを変更するか」と相田は苦笑した。「事故を起こした連中が〈雪渓を見たくて行きました〉といっていたら、こんな騒ぎにはならなかったでしょう。幽霊のことを書いたばっかりにとんだことになったが、僕にすれば世間に蠢《うごめ》いている人間の方がよっぽど化け物に見えますよ」

　話がだいぶ逸れてきたので、一成は今度こそ腰をあげようと思ったが、最後にひとつだけ訊ねてみることにした。

「ところで、先生は〈翡翠《ひすい》のオババ〉という人をご存じじゃありませんか」

「知っていますよ。その昔、〝鹿島の生き神様〟と崇《あが》められた人だ。ご存命なのかな？」

「生きてらっしゃいます。だいぶ躰《からだ》の具合がよくないようですが」

「かなりのお年でしょうからね。それにしても、実に懐かしい名前を聞いた。あの人にお父上のことを訊いてみるつもりですか」

「馬鹿げているでしょうか」

相田は否定も肯定もせず、遠い眼つきをした。「あれはいつでしたかね……僕がまだ助手の頃だから十数年前のことになるのかな。鹿島集落の小さな女の子が行方不明になって、たまたま近くの宿に泊まっていた僕も捜索活動に参加したんです。結果的にそれは道迷いだったんだが、僕は〈翡翠のオババ〉が子供の行方をピタリといい当てた、まさにその場に居合わせたんです。あれは実に不思議で、衝撃的な体験だった」

一成は謂《いわ》れもなくその女の子が深雪ではないかと思った。

「僕はこれでも科学者ですから、神秘主義には陥るまいと自分を戒めています。そんなものの誘惑に負けてしまったら、僕らのやっていることなんて無に帰してしまうからね」と相田は笑った。「しかし、人間を五十年以上もやっていると、人智のおよばない出来事というのはたしかに存在するかもしれないと思うことはある。オババの一件もそうだったし、新聞に書いたこともそうです。こんなことをいうと、また誰かに叱られそうだが、あの人の言葉に耳を傾けることは無意味ではないと思いますね」

「そうですか」

「ただし、きみ自身が神秘主義に逃げ込んではいけない。赤の他人であるオババに責任を丸投げしてはいけない。お父上のことなんですから、息子さんであるきみが一生懸命に考え、行動するべきだと思いますね」

「肝に銘じておきます。ありがとうございました」一成は一礼し、立ちあがった。「お時間を拝借して申し訳ありませんでした」

「お父上が無事に帰ることを祈っています。検索結果をお送りしますから、きみのメールアドレスを教えてください」

ふたりはアドレスを交換し合い、別れた。

結局、相田との会見に収穫はなかったが、あの新聞記事に格別な意味はなかったのだと自分を納得させられたことで一成は満足することにした。ホールを出てエレベータを待っている間に携帯電話が鳴った。史子からだった。

「あんた、今夜はバイト？」と史子は訊ねた。

「そうだけど」と一成は応えた。一成は業務用クリーニングの配送のアルバイトをしており、週に三日ほどは深夜まで働いている。「どうしたの？」

「さっき〈パイオニア〉の富田《とみた》社長から電話があってね、お父さんのことで折り入って話があるっていうのよ」

「社長さんが？」

「あんたに付き合ってもらおうと思って連絡したんだけど……いいわ、母さんひとりで行ってくる」

「行くよ」一成は即座に決めた。「バイトの方はシフトを変えてもらうように頼んでみる」

「大丈夫なの？　迷惑じゃない？」

「なんとかする。母さんの方こそ忙しいんだろう」

「こっちこそなんとかするわよ。社長さんが直々に連絡をくれたんだから」

「何時にどこへ行けばいい？」

「九時に〈帝国ホテル〉のスカイラウンジっていう約束なんだけど、できたら一時間前にきてくれない」

「どうして？」

「社長さんと逢《あ》う前に、あんたに話しておきたいことがあるのよ」

史子の声が暗く沈んだ。両親にはやはり自分の与《あずか》り知らぬ重大な秘密があるのかもしれない。一成はそう予感し、胸が締めつけられるような気がした。

8

花ビクを腰に提げた深雪が透明度を失った午後の陽射しを浴びながらトンチと並んで鹿島川の土手をのんびりと歩いていた。雪が残る広大な河原のただなかをキラキラと波頭を輝かせて川が流れくだっている。まだ水量は少なく、川は本来の躍動感を取り戻してはいない。これはいわば胎動の流れだ。やがて雪代（雪解け水）が大量に入り込む季節になると、川は水嵩《みずかさ》を増して冬の間に溜め込んだ垢《あか》を一気に流れ落とし、本格的に覚醒《かくせい》する。そんな日もさほど遠くないと感じさせるのは、堰堤《えんてい》下の淵《ふち》に立ち込んで釣り糸を垂れている男の姿だった。渓流釣りはとっくに解禁になっていて日毎に川に入る人間が増えているし、〈鹿島荘〉にも釣客が投宿するようになっていた。春がきたのだ。ミソサザイの甲高い啼《な》き声もどこかしら浮かれているように聞こえる。しかし、川の上流の方角にすくっと屹立《きつりつ》している鹿島槍ヶ岳はまだ厚い雪に覆われていた。瑠璃色《るりいろ》の空にその白い姿が鮮やかに映え、父親がよく口にするように、深雪もつくづく「男前《おとこまえ》の風景だなあ」と思った。

深雪とトンチは泊まり客に出すための山菜を採りにきたのだが、この時期の山はまだ積雪が多いので、ふたりは里の周辺を歩きまわってフキノトウやナズナなどを摘んだ。花ビクはすぐ一杯になった。こうして里に芽吹いた春を拾い集めるのも一興だが、深雪には少し物足りなく感じられる。人気《ひとけ》のない山の奥深くに分け入って本格的な山菜採りができる日を彼女は心待ちにしていた。路傍に黄色いヤマブキの花が咲き乱れるその頃には、タラの芽やウドやコシアブラといった客から喜ばれる山菜が最盛期を迎えていることになる。トンチとふたりで出かける時、深雪の役割はもっぱら監視役だった。抛《ほう》っておくと、トンチは眼についた山の幸を片っ端から採り尽くして根絶やしにしかねないので、深雪が適当なところで制止するのだ。深雪は親子以上も年の離れた——ひょっとすると孫と祖父くらいの差があるかもしれない――トンチとの間に何年もかけて信頼関係を築きあげてきた。
　トンチは色黒の顔に四六時中だらしのない笑みを漂わせ、ある種の痙攣《けいれん》なのか、短軀《たんく》を常にせわしなく揺すっている。白いものが目立ちはじめた角刈りの頭に今は客から貰《もら》った〈ニューヨーク・ヤンキース〉の帽子を載せ、後生大事にしているカーキ色の革製のショルダーバッグをいつものように袈裟《けさ》掛けに掛けていた。トンチが肌身離さず持ち歩いているので、バッグの四隅はささくれ、手垢で色は黒ずみ、形は原形をとどめないほど崩れている。ファスナー式のポケットからトンチが煙草や飴玉《あめだま》を取り出すのを深雪も見ることはあるが、中身のすべては知らないし、オババですらそれは同様で、「よっぽどの宝物をしまってあるんだよ、きっと」と呆れたように笑うのだった。どうかすると子供のようにも見える愛嬌《あいきょう》ある風貌《ふうぼう》のトンチだが、幼い頃の深雪はこの男が怖くて仕方なかった。彼が近づいてきただけで恐怖に身を竦《すく》ませ、大声で泣いたものだ。しかし、小学校の高学年になった頃から深雪は徐々にトンチと普通に接することができるようになった。いや、慣れてみると、オババが常日頃いっていたようにトンチは怖くもなんともなく、むしろ周囲の大人や友達よりもはるかに魅力的で興味の尽きない人物だった。ふたりは暇さえあれば山でよく遊んだ。トンチは山の中でこそ活《い》き活《い》きとし、文字通り〝水を得た魚〟になる。山菜採りにしろ茸《きのこ》狩《が》りにしろ、あるいは釣りにしろ、山を駆けまわることが大好きで、やはり山暮らしに長《た》けていたオジジの熱心な教えもあってそれなりの知識や技量を備えてもいた。健脚で、強靭《きょうじん》な体力を持ち、なかなか器用なところもある。しかし、深雪がなにより驚かされたのはトンチの五感の鋭さだった。トンチはどんな鳥の啼き声も聞き分けられる。誰よりも早くなにかを見つけ、もしくは察知する。それは茸の群生している場所であったり、上空高く飛翔《ひしょう》するイヌワシの姿であったり、薄暗い森の奥に潜んでいる獣の気配であったり、天候が急変する予兆であったりした。その五感の鋭さゆえに山の中のトンチは誰よりも頼りがいのある男だった。〝獲物〟と見れば狩り尽くそうとしてしまう性癖だけが玉に瑕《きず》ではあったが。

鹿島川の畔《ほとり》を歩いていた深雪とトンチは少し足を止め、しばらく釣り人の様子に眺め入った。水温が低くて魚の活性がまだ低いのだろう、なかなか難しい釣りを強いられているようで、さっきから一向に竿《さお》の動く気配はなかった。それでも年老いた釣人は川に立てることだけで充足しているとでもいうように泰然と水面《みなも》と向き合っている。

「そろそろ帰ろうか」

さすがに見飽きて深雪はそう促し、先に歩き出した。しかし、トンチは動こうとしなかった。深雪は振り返り、

「トンチ、帰るよ」ともう一度声をかけた。

トンチはじっと河原を見つめたままだ。釣りをやりたいのかもしれなかった。

「風も冷たくなってきたし、早く帰ろうよ」深雪の声に苛立ちが混じった。「釣りはまた別の日にやればいいじゃん」

その時、深雪はようやく異変に気づいた。トンチの横顔から弛緩《しかん》した笑みが消えている。

能面のごとく無表情になり、どこか遠くを——あたかもこの世ではないどこかを見ているようだった。トンチのその顔を見て、深雪はハッとなった。「トンチ、どうしたの？」

反応はなかった。一種のトランス状態なのか、トンチは微動だにしない。こんなトンチを見るのは彼女も初めてだった。

深雪は（もしや）と思った……。

深雪がまだトンチを恐れていた頃のことだった。オババは遊びにきた深雪を膝《ひざ》の上に乗せて優しく問いかけた。

「そんなにトンチが怖いかい？」と。

幼い深雪は頷《うなず》いた。「あたし、トンちゃんのこと大っ嫌い」

「あらあら、トンチはフラれちゃった」オババは心底愉快そうに笑った。「あの子はミーちゃんのことが大好きなのにねえ」

「トンちゃんは馬鹿だもん」と深雪は子供の残酷さもあらわにいい放った。

「女の子がそんな言葉を遣っちゃいけませんよ」とオババは穏やかに深雪を窘《たしな》めた。「トンチはたしかに何かが足りないかもしれないけど、決して馬鹿じゃあないよ。オババやミーちゃんにできないことで、あの子ができることはたくさんあるだろう。ミーちゃんはお魚を何十匹も捕まえられるかい？　トンチはすごく上手だよ。鳥や花の名前も誰よりもたくさん知っているし」

「だって深雪はまだ子供だから」

「トンチにはね、オババにもない力があるんだよ」

「ウソッ！」

「嘘なんかいわないよ、オババは。あの子はね、自分が愛している人の心の声を聞くことができるのさ」

「心の声？」

「そう。その人がほんとうに思っていることだよ」

相手が子供のことゆえ、その時のオババはそれ以上のことをいわなかった。深雪がもう少し成長して中学にあがり、トンチへの恐怖心もすっかり消えた頃、あらためてオババとの間にトンチに関するやり取りがあった。

「ねえオババ、ほんとにトンチには不思議な力なんてあるの？」

ある日、深雪の方からそう訊ねた。

「ありますよ」とオババは微笑んで応えた。「オババなんかとても足許にもおよばないような力がね」

「あの普通じゃない視力や聴力のことをいってるの？」

オババはゆっくりと首を横に振った。「昔、オババが話したことを憶えてないかい？」

「憶えてる。オババは〈トンチは自分が愛している人の心の声を聞ける〉っていったよね。あれってどういうこと？」

「言葉通りのことさ。いいかいミーちゃん、よくお聞き。トンチはね、これはと思った人とは心を通わすことができるんだよ。相手が生きていようが死んでいようがね」

深雪はびっくりした。「死んでいても？」

「そう。いくら逆立ちしたってオババには死んだ人の声を聞くことなんかできない。でも、トンチにはそれができるのさ」

訝《いぶか》しげな表情を浮かべる深雪の方に膝を詰めてオババは話しはじめた。「前にも話したことがあるけれど、オババは若い頃に〈ひまわり学園〉という養護施設の賄《まかな》いをやっていたことがあって、そこでトンチと知り合ったんだよ。初対面の時から不思議な雰囲気を持った子で、まるでオババの力を見透かしたようにじっとこっちを見つめて、なにごとかを訴えかけてくるんだよ。でも、あの子の心はなかなか読めなくてねえ。それは昔も今も変わらない。まるで霧が立ち込めている森を眺めるようなもんなのさ。それがある日、あの子が急に〈大きな水溜まりに行きたい〉といい出したんだよ。そばにいた園長先生もオババもびっくりしてねえ。なにしろあの子はそれまでろくろく口をきいたことがなかったんだから。〈それはどこにあるの？〉と園長先生がお訊ねになっても、トンチはにこにこ笑って〈大きな水溜まり〉としか応えない。その日は雨が降っていたわけじゃないし、もちろん水溜まりなんかどこにもありゃしません。園長先生は戸惑っておられたけど、オババには不思議とトンチが青木湖のことをいっているってわかったんだよ。ここらへんには木《き》崎《ざき》湖も中綱《なかつな》湖もあるし、小さな池や沼なんかそれこそ数えきれないくらいあるけれど、オババの頭には青木湖のことしか思い浮かばなかった。ずっとトンチの心を読めずに苦労していたのに、あの時だけは特別でしたねえ。それで、オババは園長先生に無理をいって、三人してバスで青木湖まで出かけて行ったんだよ。向こうに着いてしばらく湖畔を歩いていたら、トンチが突然立ち止まった。見ると、あの子はなんともいえない忘我の表情というか、まるで悟りを開いたお坊さんみたいな凪《な》いだ顔をしていてねえ。ところが、それはほんの短い時間のことで、それからすごい形相になって〈トンチ、ごめんね。トンチ、ごめんね〉って泣き騒ぎはじめたのさ」

「トンチが自分に謝ったの？」

「それがねえ、まったく聞いたこともない他人の声だったんだよ。〈ごめんね〉〈許してね〉って、そんな切れ切れの言葉の繰り返しだったんだけれど、オババはあんなに哀しげな人の声というのを聞いたことがありません。それはそれは辛《つら》そうで、苦しそうで、まるでこっちの心臓が抉《えぐ》られるような切ない叫び声だったねえ。園長先生もオババも慌てたけれど、そんな状態も長くはつづかなかった。そのうちトンチは泣き出した時と同様、なんの前触れもなく急に黙り込んでしまい、そのあげく失神して倒れ込んでしまったのさ……。ミーちゃん、これがどういうことかわかるかい？」

深雪は首を横に振った。

「あの子の母親が乗り移ったんですよ、きっと」

「お母さんが？」

「母親はその時はもう青木湖の水の底に沈んでいたんだろうねえ」

「湖の底って……自殺したってこと？」

「おそらくね。さっきもいったけれど、オババに死者のことはわからないから、はっきりそうだとはいえません。遺体が見つかったわけでもないしねえ。でも、まず間違いない。あの子を駅に置き去りにしたあと、母親は湖に身を投げたんだろうよ」

「……」

「あの時、トンチはたしかに母親そのものになっていた。我が子をこの世に遺して勝手に逝ってしまった母親の懺悔《ざんげ》の叫びを心に受け取り、自分の口で言葉にした。そうとしか思えないんですよ」

「トンチは霊媒体質なのね」

「あら、ずいぶん難しい言葉を知っているんだねえ。でも、その質問には迂闊《うかつ》に応えられないよ。白状してしまうと、オババには霊媒がなんたるかもよくわからないんだよ」

「えっ、オババにもわからないことなんてあるの？」

「もちろんですよ。死後の世界のこととなればなおさらね。トンチを見ていると、余計にわからなくなる。トンチが特異能力者であることは間違いないけれど、あの子はその力を自在に操れるわけではないし、誰彼かまわずそういう力が発揮できるわけでもないしねえ」

「愛しているお母さんの声だから受け取れたってこと？」

オババは頷いた。「なんとも皮肉なものじゃないか。愛しているがゆえに、よりによって自分を捨てた母親の声を聞いてしまうなんて。考えようによっては残酷な力だよ」

深雪の心はひどく掻《か》き乱され、知らず知らずのうちに涙がこぼれていた。彼女がトンチのために流す初めての涙だった。掠《かす》れ声で深雪は訊ねた。「いったいどういう気持ちなんだろう、死んでしまった人の——しかも自分が愛していた人の声を受け止める時って？」

「さあ、それはトンチに訊《き》いてみないことにはわからないねえ。はたしてあの子の心がそういうことをちゃんと自覚しているかどうかも定かじゃないけれど……。ミーちゃんはどうだい、死んだ人の声を聞きたいかい？」

「うん……聞いてみたい気がする」

「オババはちょっと怖いねえ。いや、ちょっとどころじゃない。そんな声が聞こえたら、きっと辛くて耐えられないかもしれないよ。幸せな死者ばかりとは限らないし、なんといっても生きている者の声を聞いているだけでオババの鼓膜は破れてしまいそうだからねえ」とオババは穏やかに笑った。「ただ、こうはいえると思うんだよ。あの時、トンチは自分の母親を許した。誰にも覗《のぞ》くことができない、本人にすら見通せない心の深いところで母親を許し、それであの子自身も救われたんじゃないかってね。オババはね、トンチはそんなふうに強くて優しい子だと思うのさ」

それ以来、深雪は遊んでいる時に密《ひそ》かにトンチを盗み見るようになった。しかし、トンチが誰かの声を受け取っていると思われるような顕著な行動を見せることはなかった。時折、物音に警戒するカモシカのような仕草であらぬ方角につと視線を擡《もた》げたりすることはあるが、それは山の中では誰しもがやりかねないことだったし、たとえトンチがなにかを感受していたのだとしても、深雪には彼の胸中を推し量れる術《すべ》はなかった……。

今もトンチは魂を抜き取られたような表情で虚空に視線を漂わせている。もしやと思って深雪は駆け戻り、「なにか聞こえるの？」とトンチの肩に手をかけた。

その途端、深雪はひどい熱気を感じた。まるで四方を炎に囲まれてしまったような絶望的な熱さだ。気のせいか周囲の風景が紅蓮《ぐれん》に染まり、煙の匂いまで吸い込んだような気がした。思わず深雪は「きゃっ」と小さく叫び、トンチの肩から手を離した。すると熱気は急速に萎《しぼ》んだ。しかし、火傷《やけど》でもしたのではないかと思われるほどの刺激と火照りが皮膚に生々しく残っていた。

――今のはなに？

恐ろしかったが、もう一度たしかめずにはいられなかった。今度は覚悟して恐る恐るトンチの肩に手を伸ばしかけた。

と、トンチがふいに深雪に顔を向けた。深雪はギョッとし、反射的に手を引っ込めた。

「あいつはダメだ。ヘタクソだ。ちっとも釣れない」

トンチの顔にいつもの笑みが戻っていた。笑いながら年老いた釣り人をこきおろした。呆気《あっけ》に取られている深雪をよそに、トンチは足早に〈鹿島荘〉に向かって歩きはじめていた。

9

ガラスの向こう側には皇居の暗がりとそれを取り囲む光のパノラマがあった。展望用に照度が調節された薄暗いホテルのラウンジから眺める都心の夜景を一成は美しいと思ったが、どこか見知らぬ街と対峙《たいじ》しているような違和感もあった。間断なく流れる車の赤いテールライトによるある種の催眠効果だろう、眼下の景色にじっと見入っていると、まるで精緻《せいち》なジオラマを覗き込んでいるような幻惑に囚《とら》われた。そして、街の灯は一成をひどく不安にさせた。健一が消えて以来ずっと彼の心を蝕《むしば》みつづけている浮遊感が今夜はことに著しく、現実世界に生きているという実感がますます遠のいてゆく気がした。だだっ広いフロアの客席を埋めている人々はそれぞれに満ち足りた表情をしているように一成には見える。誰もがリラックスし、静かな会話を心から愉《たの》しみ、今宵《こよい》を、そして人生そのものを満喫しているという気がした。一成は再び場違いなところへ迷い込んでしまったという気分に陥った。

午後八時少し前。ラウンジの入口、チェックカウンターの前に人影が立った。史子だった。黒い細身のパンツスーツで、スタンドカラーのジャケットがいかにも働く女という自己主張をしているようだった。従業員が案内しようとするのを制してひとしきりラウンジを見渡していた彼女は、一成が片手をあげたのを見つけて歩み寄ってきた。いつもの笑みはなく、その表情は心なしか強張《こわば》って見えた。

「ごめんね、呼び出しちゃって」服装にそぐわない大きすぎるショルダーバッグを抛《ほう》り投げ、椅子に腰をおろしながら史子がいった。「バイトの方は大丈夫だったの？」

「ああ」

「ちゃんと晩ご飯は食べた？」

一成は思わず笑った。「おれたちさ、顔を合わせれば飯《めし》の話ばっかりしていないか」

史子も笑みを返した。「そういえばそうだね」

オーダーを取りにきた女性従業員に、ふたりともコーヒーを註文《ちゅうもん》した。

一成は早速切り出した。「どうして社長さんが電話をくれたんだい？」

「大町のことを木谷さんから聞いたようで、社長はなにか心当たりがあるらしいのよ」

「えっ？」

「電話じゃなんだから、逢って話そうってことになったんだけど」

「そうそう、それを訊こうと思っていたんだ。中小企業とはいえ、社長は社長だろう。そんな人が直々に連絡をくれるなんて、母さんと富田社長はそんなに親しいわけ？」

「実はね、そもそもお父さんと私の間を取り持ってくれたのが富田社長なのよ」

「そうなの？　そんなの初耳だな」

「母さんがまだ駆け出しの編集者でミニコミ誌を作っていた頃、〈パイオニア〉とは仕事上の付き合いがあったの。その頃はあそこも今みたいに大きな会社じゃなくて、どこにでもある〝街の印刷屋さん〟っていう感じでね、社員も数えるほどで、富田社長も作業服を着て写植を拾っていたりしたのよ。お父さんはその数少ない社員のひとりだった」

「そこでふたりは知り合ったわけか」

史子は頷《うなず》いた。「お父さんが担当者だったの」

「なるほどね。で、そのうち親父に口説かれたってわけだ」

「逆よ。母さんの方が熱をあげたの」史子は照れたように笑った。「母さんは昔からドジでね、しょっちゅう原稿を間違えたり、ポジを失くしたり、入稿がギリギリだったり……編集者としては致命的なミスばっかり繰り返して、自分の会社だけじゃなくて〈パイオニア〉にもずいぶん迷惑をかけてしまったの。おまけにうちの会社は自転車操業もいいところだったから支払いも滞ったりして……。それなのに、富田社長もお父さんも嫌みひとつ いうでもなく、ほんとうに母さんによくしてくれたのよ」

「親父は昔から優しかったんだ」

「優しかったわ。それに、なかなかハンサムだったたし。お父さん、若い頃は結構モテたんだよ。で、いつ頃からか、この人と一緒に暮らせたらいいなあって思いはじめて……知り合ってから二年目くらいだったかな、母さんの方から思いきってプロポーズしてみたの」

「そうなんだ」

「でも、断られちゃった。それも一度や二度じゃないんだから。〈あなたに限らず、僕は誰とも結婚する気はありません〉なんていって、ちっとも相手にしてくれなかったのよ」

「信じられないな。親父ってそんなにハードボイルドだったの？」

「見るに見かねた富田社長の説得でようやくお父さんもその気になってくれて、めでたく結婚ということに相成ったわけ。母さんたちは結婚式を挙げていないけど、実質的な仲人《なこうど》が富田社長なのよ」

一成が両親の馴《な》れ初《そ》め話を聞くのは初めてだった。息子としてはどこかこそばゆいような気恥ずかしさを憶《おぼ》えた。そこにコーヒーが運ばれてきて会話が一時中断した。

「ところで、社長が連絡してきたってことは、仕事絡みのトラブルでもあったのかな？」

と一成は話題を変えた。

「違うと思う」と史子はやけに断定的にいった。

一成は小指を立てた。「やっぱり〝これ〟絡みってこと？」

史子はキッと息子を睨《ね》めつけた。「やめなさいよ、そういう品のないことは。何度いったらわかるの。お父さんはそんな人じゃないわ」

「じゃあ、なんなんだよ？　察しはついてるんだろう」

「たぶん……たぶんお父さんの出生にまつわることだと思う」

「出生？」

「富田社長の電話の様子からして、そんな気がしたの。ううん、それは正直ないい方じゃないな。母さん自身もね、ほんとうはとっくにそう感じていたんだと思う。今度のことは、お父さんの過去とちゃんと向き合わなくちゃ解決しないって。だからこうしてあんたにも話す気になったの」

「出生ってどういうことだよ？　親父が養子だってことは知っているけど、そこに重大な秘密でも隠されているわけ？」

史子は眼線をさげた。

「母さん、いったい今までおれになにを隠してきたのさ？」

史子はめずらしくコーヒーに砂糖とミルクを入れ、スプーンでゆっくりと搔《か》き混ぜた。そうやって頭の中を整理していることがわかったので、一成は黙って見守っていた。

「あんたについていた嘘がふたつあるわ」やがて史子は静かに口を開いた。「ううん、そのうちひとつは嘘とはいえないと思う。別に息子のあんたに報告する必要もないことだから、黙っていただけ」

一成は緊張した。

「お父さんは早くに両親を亡くして沢村家に養子に入った——あんたにはそう説明していたけど、実はね、お父さんは婚外子だったの。つまり戸籍の父母欄には母親の名前しかないってこと」

「未婚の母か。認知は？」

「されていない。少なくとも母さんは、お父さんの実の父親という人を知らないわ」

「ふ〜ん」一成はひとつ唸《うな》り、史子を安心させるように笑みを浮かべた。「でもさ、おれに隠す必要なんてないじゃないか。そんなことでショックを受けたりしないのに」

「ごめんね」

「おれが大学に入る時、学校が戸籍謄本を提出しろっていったじゃないか。そしたら母さん、学校に喰《く》ってかかったよね。どうして教育を受けるのに戸籍なんか必要なんだって。百歩譲って抄本なら出しましょうってことで落ち着いたけど、あれもおれに隠すため？」

「それは違うわ。母さんはそもそも戸籍制度というものに懐疑的……いいえ、それじゃあ婉曲《えんきょく》すぎるいい方だわね。断固、否定したいの。あんなものは差別と偏見の温床よ。同じ子供なのに生まれた順番で差別する。身分事項欄というところで個人史を蹂躙《じゅうりん》する。養子や捨て子をそれとわかるように表記する。西暦を認めずに元号を強要する。結婚を入籍とかいって本質的には女の自立を認めていない……細かいことをいい出したらキリがないけど、明らかな人権侵害だと思っているわけ。世界的に見たら、あんな制度は非難されても仕方ないんだから」

「そういわれてみればそうだな。今まで戸籍なんて当然のように受け入れていたけど」

「あの時は母さんのそういう信条から物申したわけで、お父さんのことは関係ないわ」

「でも、矛盾しているじゃないか。そんなふうに思っているなら、ちゃんと話してくれればよかったのに」

「それについては一言《ひとこと》もないわ。猛省しています。お父さんは別に話しても構わないっていったのに、母さんの一存で嘘をつきました。母親っていうのは時に愚か者になるわね。ごめんなさい」と史子は頭をさげた。

「わかったよ」一成も穏やかに謝罪を受け入れた。「で、親父の実のお母さんはほんとうに亡くなったの？」

史子は頷《うなず》いた。「お父さんが六歳くらいの時に亡くなって、その後、お父さんはしばらく母方の実家に預けられていたらしいわ」

一成ははたと膝《ひざ》を打った。「もしかしたら、その実家が大町にあるとか？」

史子は首を横に振った。「住所はたしか杉並だったはずよ。その家からお父さんは沢村の家に養子に入ったの」

「どうして？」

「さあ、そのへんの細かい事情はわからない」

「実家ということは、お祖父さんやお祖母さんに育てられたんだろうから、その人たちが高齢で、親父の将来のためにはその方がいいとでも考えたのかな？」

「かもしれないわね」

「養子に入ったのは親父がいくつの時？」

「十五か十六だったと思う」

「なるほどね。〝人に歴史あり〟だな。ちょっと嫌なことを訊《き》くけどさ、親父の生い立ちは結婚する時の障害にはならなかった？　ほら、母さんの実家はそういうことにうるさそうだから」

「どうして障害になるのよ」と史子は語気を荒げた。

「ごめん」

「な〜んてね。お察しの通りよ。猛反対されたわ。最後は喧嘩《けんか》別れも同然だった。うちの両親はそれこそ戸籍や育ちが人間を作るとでも思っているみたい。母さんね、今も心のどこかでそんな親を軽蔑しているのよ」

「だから母さんは実家と縁遠くなっちゃったのか」

「人の生い立ちが結婚の障害になるなんて発想が湧くこと自体、あんたも世間のくだらない常識に毒されている証拠よ。心を入れ替えなさい」

「はい」

「そんなことよりお父さんの話よ。お祖父さんお祖母さんのこともそうだけど、昔の話をしようとすると、お父さんは途端に無口になってしまうのよ。二十年以上の付き合いなのに、あの人の子供時代の話なんてほとんど聞いたことがない。あんたは、ある？」

一成は首を横に振った。「憶えがないな。なんてったって、極端に会話の少ない父子《おやこ》だったから」そこでふと思い出した。「ああ、そういえばこんなことがあったよ。おれ、表《おもて》参道《さんどう》で親父と偶然出くわしたことがあってさ。おれは友達と遊んでいて、親父は仕事中だったんだけど、その時、〈原宿《はらじゅく》や表参道はどんどん変わってしまうなあ。昔、おれは原宿のオンボロアパートに住んでいたことがあって、その頃は信じられないくらい田舎だったんだぞ〉なんて懐かしそうに話していたな」

「そんなことがあったの。それってたぶんお母さんとふたりきりで暮らしていた頃の話よ。

私もその話は聞いたことがある。でも、それくらいなのよ。杉並に移ってからのことはとんと聞いたことがない。それに……お父さんと私はほぼ同世代だから、普通は共有できる思い出話ってあるじゃない？　昔の歌謡曲とかテレビアニメとか。そのての話がちっとも出てこないの」

「複雑な家庭環境に育って辛いこともあっただろうから、口が重かったんじゃないの？」

「それもあるかもしれないけど、なんかもっと重大で深刻な欠落感っていうか、喪失感っていうか、そんなものを感じることがあったのよ」

「母さんを悩ませていたのは、それだったのか。親父のことがよくわからないっていってたけど」

史子の表情がさらに翳《かげ》りを帯びた。

「どうしたの、母さん？」

史子はコーヒーカップに手を伸ばしたが、それを口に運ぼうとはしなかった。

「そうか。母さんはもうひとつおれに嘘をついていたんだったね」

史子が静かに視線を擡《もた》げ、疲れたような笑みを漂わせた。「お父さんの生い立ちについてはあんたは冷静に受け止めてくれた。母さんも肩の荷が降りた気分だわ。でも、これから話すことはいろんな意味で息子のあんたにとってはショックだと思う。たぶん世界中で私だけかもしれないわ、こんなことを我が子に白状する母親は」

「どういうこと？」

「夫婦の性生活のことよ」

　一成は母親の唐突な言葉に顔を赤らめた。

「息子が成人したからって、こんなことを話すのはどうかと思うけど、どうか我慢してちょうだいね」

「ああ……」

「あんたが生まれて二十年、その間、私たちふたりの間に夫婦生活はなかったの」

「なんだって？」一成は眼を丸くした。「ちょっと待ってよ。一度も？」

「一度も、よ」

「冗談だろう？」

「ほんとうの話よ」

「そんなことってあり得るわけ？　健康な男と女の間で」

「原因はお父さんの方にあったの。つまり……性的不能《インポテンツ》ね」

「でも、おれが生まれたってことは……」

「そう、あんたが生まれる前は正常だった。ところが、お父さんは妊娠の事実を知ると、どういうわけかひどく動揺して、それからだんだんそういう兆候が顕《あらわ》れはじめたの。母さんはあんたに弟か妹を作ってあげたかったんだけど、どうしても無理だった」

「医者には相談したの？」

「したわ。でも、結局改善しなかった」史子は歯の痛みにでも耐えるように顔をしかめた。

「母親と息子の間でこんな話をするのは生々しくてあんたには気の毒だけど、男の人が女の人を求めるように、女の側にだって当然そういう欲求はあるのよ」

「おれだってもう子供じゃない。それくらいのことはわかるよ」

「母さんもまだ若かったし、やっぱり辛かったわ」

「正直いって、それでよく二十年も我慢したね」

「離婚寸前っていう危機的状況もあったわ。異常でしょ？　こんな夫婦が実在するなんて」

一成はたしかにショックを受けていた。父親の出生の秘密なんぞよりはるかに激しく。そして、そういう事情なら愛人疑惑など一顧だにされないわけだと納得した。

「もともと母さんは専業主婦になるつもりはなかったけど、そんなこともあってますます仕事にのめり込んじゃった。お父さんやあんたにはずいぶん迷惑をかけたけど、そうやってなんとか心の平衡を保ってきたのかもしれない」

「おれが原因？」

史子は激しく首を横に振った。「あんたがどうのこうのじゃなくて、お父さんは妊娠自体を恐れていた。だから深層心理ではセックスを忌避していた。そんな気がするのよ」

「なぜだろう？」

「それがわからないの」

「自分が不幸な子供時代を送ったから、子供を作ることを異様に恐れていたとか？」

「そんなのは親の決心でどうにでもなることじゃない。お父さん自身が子供を不幸にしないように頑張ればいいんだから」史子は怒ったようにいった。「それもこれもお父さんの過去に原因があるんじゃないかな。すべてはそこに集約すると思うのよ」

母と息子の会話は途切れ、ふたりは沈黙に沈んで行った。

10

富田社長がラウンジに姿を見せたのは約束の午後九時を十五分ほどすぎた頃だった。数人の連れと賑《にぎ》やかに談笑しながら入ってきた富田を、史子が入口まで迎えに出た。富田は連れと別れ、史子とともに一成が座っている席までやってくると、「きみが沢村君の息子さんですか。富田です」といい、握手のために手を差し出した。慌てて起立した一成は「初めまして。一成といいます」と挨拶し、昔は職人だったという富田の無骨な手を握った。富田は健一といくらも違わない年齢のはずだが、やはり地位というものがそう見せるのか、一成の眼にはずいぶん年配のように映った。ゴルフ焼けとおぼしき色黒の顔に見事な銀髪。年のわりにかなり長身で肩幅もあり、筋肉質の引き締まった躰つきをしていた。その見栄えのする体格に安からぬチャコールグレーのスーツがよく似合い、かつて作業服を着て写植を拾っていたという姿は想像しにくかった。

母子《おやこ》が並んで富田と向かい合う格好で三人は腰をおろした。富田もコーヒーを註文《ちゆうもん》した。

「お待たせして悪かった」と富田は上着を脱ぎながらいった。「下の宴会場で付き合いのある広告代理店のパーティがあって顔を出したんだが、なかなか抜け出せなくなってね」

「お忙しいのに申し訳ございません」と史子が頭をさげた。

「いやいや、こっちが誘ったんだから」

「お連れの方たちはよろしいんですの？」

「ああ、あれはうちの役員連中なんだ。どうせこれから銀座にでも繰り出すんだろう。抛《ほう》っておいても構わないよ。それにしても、史《ふみ》ちゃんの顔をこうして拝むのは久しぶりだな。もう何年くらいになるだろうね？」

「最後にお逢《あ》いしたのは、たしか創立二十周年記念パーティの時だったと思います」

「ああ、そうか。あれもずいぶん昔のことだなあ」

「ご無沙汰《ぶさた》してしまって、ほんとうにすみません」

「史ちゃん、編集長なんだって？　すごいね」

「すごいだなんて……。だらだらと仕事をつづけてきて、年を喰《く》ったんでお鉢がまわってきただけですわ」

「そんなことはないだろう。きみは頑張り屋さんだから。しかし、きみは年を取らないなあ。ますます綺麗《きれい》になったみたいだ。とてもこんなに大きなお子さんがいるとは思えない」

「からかわないでください。もう五十に手が届きそうなんですよ」

「へえ、あの史ちゃんが……。いやはや月日が経つのは早いねえ。まったく恐ろしいくらいだ」

「ほんと、隔世の感がありますわ。私が〈パイオニア〉さんにお世話になっていた頃と比べると」

「あの頃は実に愉《たの》しかった。うちも今のような大所帯じゃなくて、毎日毎日がその日暮らしみたいなものだったが、なにかを育《はぐく》んでいる醍醐味《だいごみ》というか、独特の活気があったねえ」

「やっぱり会社が大きくなると、ご苦労も多いでしょうね」

「できることなら早く隠居してしまいたいよ。父親から引き継いだ会社を大きくすることが僕の夢だったが、いざそうなってみると、意外なほど達成感というものが感じられない。会社にも僕自身にも昔のような破天荒なエネルギーはないしね。まあ、なにごとも青春時代が一番ということなんだろう。前途ある若者の前でこんなことをいうのは気が引けるが、つくづく中小企業の社長になんてなるもんじゃないよ。毎日気が滅入《めい》ることばかりで、愉しいことを探す方が難しい」

「お察しします。こんな景気ですし」

「いや、景気がどうのこうのというより、僕の器量の問題だろう」運ばれてきたコーヒーを一口啜《すす》ると、富田は身を乗り出した。「さてと、沢村君の車が大町で見つかったと聞いたが、史ちゃんは現地へ行ってきたのかい？」

「いいえ、息子が」

富田は一成に視線を移して訊《たず》ねた。「場所は具体的にはどこなんですか」

史子にはざっくばらんな口調で語りかける富田が、一成には丁寧語を使った。

「大町市を流れている鹿島川という川の畔《ほとり》です」と一成は応《こた》えた。

「鹿島川というと、〈爺ヶ岳スキー場〉や〈サンアルピナ〉の近く？」

「そうです。富田社長はあのあたりをご存じなんですか」

富田は頷《うなず》いた。「こう見えても学生の頃はスキー部でね、大町や白馬にはよく通ったものですよ。大きな釣り堀があるレジャー施設が近くになかったですか」

「ああ、〈鹿島槍ガーデン〉ですね。車が発見されたのはそこの少し上で、鹿島槍ヶ岳や爺ヶ岳に向かう登山口に近いところです」

「そうですか……」富田は前傾していた躰を反らし、椅子に深く沈み込んだ。「あんなところにねえ」

「父はなにか大町と因縁でもあるんでしょうか。僕と母には心当たりがないんですが」

「いや、はっきりした根拠があるわけではないんですよ。僕もね、車が大町で発見されたと聞くまでは忘れていたも同然のことなんだ」富田は再び躰を起こし、史子に眼を向けた。「史ちゃん、息子さんはもちろん沢村君が養子だってことは……」

「知っています」と史子は即座に応えた。

「そうか」富田は再び一成の方を見てつづけた。「お父さんの実家……今はもうなくなってしまった〈沢村洋品店〉というのは、旧《ふる》くからうちを支えてくれた有力スポンサーのひとつでね。いやいや、そんな表現ではとてもいい足りないな。今日〈パイオニア印刷〉があるのも沢村さんのお陰。恩人なんですよ」

「そうなんですか」

「亡くなった沢村君のお義父さんと僕の父親がもともと戦友同士だったらしいが、生半可な友情ではできないような多大な尽力をいただいたと聞いています。〈パイオニア印刷〉を株式会社にする際には資金的な援助も受けたようだし、会社が軌道に乗る前、明日の食い扶持《ぶち》もままならないなんて時期には、〈沢村洋品店〉が発注してくれるチラシ広告を唯一の頼りにしていたこともあったらしい。そんなわけで、僕なんかは沢村家のお墓には足を向けて寝られないんです」

健一が会社内において優遇されていた事情がようやく一成にも飲み込めた。

「もっとも、親しかったのは沢村君のお義父さんと僕の父親であって、僕自身は沢村家の内情をそれほど存じあげているわけではない。従って、沢村君があの家に養子に入ることになった細かい経緯《いきさつ》なども知りません。だが、ある時、うちの家族の間で沢村君のことに話がおよんだ時、どうやら養子縁組をセッティングしたのが信州の人だというようなことを聞いた憶《おぼ》えがあるんです」

「信州の人……ですか」

「名前も住所もわかりません。大町という地名を耳にしたかどうかも定かではない。僕はまだ若くて、他人《ひと》の家の事情をあれこれ詮索《せんさく》するのは野暮だと思っていたんでね、その時はなんとなく聞き流してしまったんだ。ただ、沢村君のお義母《かあ》さんの遠縁にあたる人で、地元ではなかなかの有力者だと聞いたような気がする」

「ですが、父は杉並の母方の実家で育って、そこから沢村の家に養子に入ったんですよね」

「養子縁組のような話に仲介者が存在するのは不思議ではないと思うが、それがなぜ信州の人なのかは僕にもよくわかりません」

「もともと父のお母さんの家というのは信州の出なんでしょうか」

「さあ？　ほんとうに詳しいことは知らないんです。沢村君のお義父さんもお義母さんも亡くなり、うちの両親も逝ってしまった今となっては、たしかめようもない。頼りない話で申し訳ないが」富田は史子に顔を向けた。「そのあたり、史ちゃんはなにか聞いていないのかい？」

「いいえ。お恥ずかしい話ですけど」

「そう……」富田は喉を潤すようにコーヒーに口をつけ、「それからもうひとつ、僕が信州や大町を気にする理由があるんだよ」と今度は史子に向けて説明をはじめた。「ずいぶん昔の話……きみたちが結婚する以前のことなんだが、沢村君が仕事で写真集を扱ったことがあってね。無名のカメラマンが撮った自費出版の山岳写真集で、普通なら出版社がやるような編集の真似事もうちの会社でやらせてもらった。その時の仕事ぶりからいって、沢村君が相当に山に精通しているという印象を受けたんだ」

　史子と一成は顔を見合わせた。

「現物を捜してみたんだが、残念ながらうちには在庫もサンプルも残っていなかった。そのカメラマンの名前も忘れてしまったが、『アルプス礼賛』という本のタイトルだけははっきり憶《おぼ》えている。うちには珍しい印刷物だったし、沢村君がかなり入れ込んで作っていたんでね。彼が山登りをやっていたなんて話は聞いたことがあるかい？」

「ありません」

「僕も、ない。ひと頃、自分の趣味に沢村君を巻き込もうとして、盛んにスキーに誘ったりしたんだが、彼はちっとも興味を示さなかった。しかし、その写真集の経緯があったんで、〈でも、登山はやるんだろう？〉と訊ねたら、彼はきっぱり否定したよ。山に関する知識は書物で蓄えたそうだ。〈付け焼き刃ですよ〉と笑っていたが、こいつはどうも疑わしいという気がするね。彼の知識はそんな類いのものではない。生きた知識だ。実際に山に登った経験のある者でなければわからないことだよ、あれは。アマチュアに毛の生えた程度のカメラマンとはいえ、山を専門に撮っている者と丁々発止のやり取りができるんだから、ほんものだ。事実、そのカメラマンもすっかり沢村君を頼りにして、いろいろなアドバイスを受け入れていたし、場合によっては写真の撮り直しもしていた」

「たとえば沢村はどんなことを知っていたんでしょう？」

「そう、まず驚かされたのが、彼の頭の中には北アルプスの三次元の山岳地図がほぼ完璧《かんぺき》に入っているということだった。カメラマンがどんな写真を差し出しても、山容をうかがわせるものが微《かす》かにでも写っていれば、それがどこで撮られたかを即座にいい当てることができた。いいかい、〝どこで〟だよ。〝どこを〟ではない。つまり、被写体とカメラマンの位置関係を正確に把握できたんだ。これは驚くべきことだろう？」

史子は夫が魔法使いだったと教えられたような顔で、「そうですね」と呟《つぶや》いた。

「ほかにもある。黒部川の水量の多さ、世間にはそれほど知られていないアルプス山中の隠れた名所の所在、小さな沢の名前、山の動植物の生態、職漁師と呼ばれる人たちが作った隠れた登山ルート……それはもう実に様々なことを、微に入り細に渡り知っていた。そのカメラマンが主に歩きまわっていたのは後立山連峰なんだが、沢村君は膨大な数のポジを眺めたあげく……」富田はそこで言葉に詰まった。「ええと……なんだっけかな？　なにかを撮らなければ、ほんとうの鹿島槍を撮ったことにはならないと彼はいったんだ。妙な名前だった。あのあたりのカール地形かなにかを指す言葉で、地名みたいな……」

「もしかしたら、カクネ里じゃありませんか」と一成がいった。

「そう、それだよ」富田が驚いた。「一成君、きみはどうしてそんなことを知っているんです？」

「僕も最近、知ったところなんです」

またカクネ里だ。二十年間生きてきて一成がずっと知らずにいた言葉を、ここ一日、二日の間に何度も耳にし、また眼にしている。もはやこれは偶然とはいえないのではないか。

「さきほどの仲介者の件と考え合わせると、沢村は大町に——少なくとも長野県内に住んでいた経験があるということでしょうか」と史子がいった。

「そういう推論が成り立ちそうだね。しかし、ちょっと辻褄《つじつま》が合わないというか、矛盾する点もあると思うんだよ」

「というと？」

「史ちゃん、考えてもみてくれ。彼が沢村家に入ったのは高校生の時で、在学中は同人誌かなにかを作るクラブに属していたと聞いている。沢村さんのところは当時としてはかなり裕福な家だったが、養子だという遠慮があったのだろう、彼はずっと新聞配達のアルバイトをしていた。高校卒業後は〈法政〉の夜学に通いながらすでにうちの会社で働いていた。きみと知り合ってからのことは、もちろんきみの方がよく知っているだろう。彼が山に出かける暇なんてなかったはずなんだ」

「ええ」

「それなら、いったい沢村君はいつ山のことを学んだんだい？」

「でも、仮に子供の頃にあちらで暮らしていたことがあるとしたら……」

「それこそが矛盾点、収まりの悪いところなんだ。いっただろう、彼の山に関する知識はほんものだ。子供の頃のあどけない思い出だけであれほど山について語れるものではない。〈黒部ダム〉を見学したことがあるとか、学習登山だか体験登山だかでどこそこの山に登ったことがあるとか、そんな程度じゃないんだよ、沢村君の博識ぶりは」

「沢村はほんとうに〝本の虫〟でした。本人がいうように、書物から得た知識なのでは？」

「そんなことは僕にはとても信じられないね」

史子は陰鬱《いんうつ》に眉根《まゆね》を寄せた。「ということは、いったいどういうことになるんでしょうか。私、頭が混乱してしまって……」

「申し訳ない。きみに情報を提供しようとしたんだが、僕自身が混乱してしまっている。ただね、沢村君が信州と――おそらくは大町と所縁《ゆかり》があるのはほぼ間違いないことだと思うんだよ」

テーブルの会話がしばらく途絶えた。

「おふたりにうかがいますけど」沈黙を破ったのは一成だった。「タケルという名前に心当たりはありませんか」

富田と史子の視線が同時に一成を射た。

「なによ、それ？」と史子が問うた。

「心当たりはない？」

「ないわ」

「富田社長はどうですか」

富田は首を傾げた。「さあ？」

「いったいなんなのよ？」

「親父がタケルから健一に改名したなんてことはないかな？」

史子はきょとんとした顔をした。「いっている意味がわからないわ」

「そういう事実があれば、母さんが嫌っている戸籍には記載されるだろうか」

「もちろんよ。でも、そんな事実はないわ。名前を変更するって、そんなに簡単なことじゃないのよ」

「親父は過去のある時期に大町に暮らしていた――おれもそんな気がする。親父のプロフィールを検討すれば、どうやらそれは沢村家に養子に入る以前の子供時代と断言してもよさそうだ。富田社長が指摘されている矛盾点については今のところ説明のしようがないけどね。正直者を絵に描いたようなあの親父が、その頃のことを富田社長や母さんにまで敢《あ》えて隠していたフシがあるということは、他人にはあまり触れられたくない思い出や体験があるのかもしれない。そのことと関係あるかどうかはわからないけど、親父はそこで本名の健一ではなく、タケルと名乗っていたんじゃないかな」

「なぜタケルなの？」

「それはね、ちょっと説明しにくいんだ」

「説明しなさいよ。わけがわからないじゃない」

一成は史子の言葉を上の空に聞いていた。

「親父はきっと自分の過去と向き合うために大町へ出かけたんだ」と一成はいい、史子を睨《ね》めつけた。「母さん、おれはもう一度、大町へ行ってみるよ。ゴールデンウィークを利用して、向こうで親父のことを調べてみる」

一成はすぐさま席を立って出発したいと思うほど昂《たか》ぶっていた。

11

ゴールデンウィーク初日にあたる四月二十九日の午前中、一成は再び信濃大町駅のプラットホームに立っていた。特急電車が吐き出した観光客の列に混じって改札を出ると、そこには今岡深雪の姿があった。ショートだった髪をさらに切り、ますますボーイッシュな風貌《ふうぼう》になっていた。服装はまだ冬を感じさせるような赤いキルティングのブルゾンにジーンズだった。実際、吹き抜ける風は身を切るほどで、過日ここを訪れた時よりも寒く感じられ、一成は思わずデニム生地のジャンパーの襟を立てた。空は今にも泣き出しそうなほど暗く、山脈は厚い雲に覆われて見えなかった。ふたりは駅舎前の狭い車廻《ロータリー》しに停めてあったRV車に乗り込んだ。

車を発進させた運転席の深雪がいった。「あんたのお父さん、ほんとにこっちで暮らしていたことがあるのかな?」

「おれはそう確信している」と一成は断言した。「電話でも話したけど、おれ、自分でも少し呆《あき》れているんだよ。親父のことをほんとうになにも知らなかったんだなって。家族がそんなことでいいわけないよな」

「でも、お父さんが話さなかったんでしょう」

「それは裏返せば、親父が家族に心を許していなかったってことだろう。なんだか自己嫌悪に陥っちゃうよ」

それは一成だけのことではない。史子もまた富田との会談後はひどく意気消沈し、口数も減ったように一成には感じられた。二十数年間ともに歩いてきたつもりの相手が、まったく別人に豹変《ひょうへん》してしまったようなショックを受けているようだった。その史子とは一成がこちらに滞在している間に一度は合流しようと話し合ったが、今朝方の話では仕事の上で軽視できない冠婚葬祭の予定が立てつづけに入ってしまったらしく、その約束も反故《ほご》にされそうな雲行きだった。

「あのさ……たとえば老人ホームとかで院内感染とか火事とか、そういう不測の事故があって犠牲者が出ると、ヒステリックに賠償を求める家族ってあるじゃないか」

「突然、なんの話よ？」

「おれ、そういうのを見ていて〈親の面倒も見ないくせに、勝手なやつらだ〉って思っていたけど、自分も同じ穴の狢《むじな》だってことに気づいたよ」一成はそういい、窓の外の薄暗い景観を眺め遣《や》った。さすがにこちらの桜も散ってしまっていたが、それはつい最近のことのようで、道路上に散乱した花びらが風に吹かれて舞い踊っていた。「なんかバラバラなんだよなあ、おれは。両親に優しくしてやりたい気持ちはあるのに、実際はそう親身にもなれないし……。親父がいなくなってからは、おふくろに対して妙に孝行息子を演じているけど、そんなのはおれの実像じゃないっていう気持ち悪さもどこかで感じているし……。自分と折り合いが悪いっていうか、ちゃんと地に足がついていないっていうか……。人間っていうのは、もっと大人になれば心と行動がごく自然に一致するようになるのかな？」

深雪が笑った。「久しぶりに聞いたなあ、そのての青臭い話」

「悪かったな、青臭くて」

「老人ホームに親を預けてほったらかしにするのは例外なく大人じゃない。心と行動なんて、年を取れば取るほどズレてゆくのよ」

「だとすると、生きてゆくのってなかなかしんどそうだな」

「自分と折り合いが悪くたっていいんじゃない？　演じたっていいんじゃない？　最終的には正しいと思うことをやればいいのよ。法律とか世間の常識なんかじゃなくて、自分の良心や信念に照らし合わせて」

「強いんだな、きみは」

「私だってバラバラよ。矛盾だらけよ。眼ん玉が飛び出るくらい高い入学金を親に払わせておいて、むざむざそれをドブに捨てさせようとしてるんだから」

「学校、辞めちゃうのかい？」

「まだ考え中」と深雪は短く応えた。「ところでさ、親とも相談したんだけど、あんたの今回の宿泊費はサービスすることに決めたから。ロハよ、ロハ。しかも、無期限。ありがたく思いなさいね」

「えっ、それはマズいよ」

「いいの、いいの」

「今は書き入れ時だろう。いくらなんでも無料《タダ》っていうのは……。かえってこっちも気兼ねしちゃうしさ、ちゃんと商売してくれよ」

「商売のしようがないもん。白状するとね、客室じゃないのよ。さすがにこのシーズンはうちも予約で一杯だから、あんたに使ってもらうのは母屋の空き部屋。もともと死んだお祖母ちゃんの部屋だったから、線香臭いのは我慢してね。その代わり、ご飯は食べ放題よ」

「いや、それにしてもさあ……」

「なにをグズグズいってるの。素直じゃないわね。だから都会の人は嫌いなのよ。他人《ひと》の好意は黙って受け取りなさい」

「……わかった。ありがたくそうさせてもらうよ。仕事が忙しい時はそういってくれよな。手伝うからさ」

「あら、ずいぶん殊勝なことをいうじゃない。大丈夫？　うちは力仕事ばっかりよ」

「おれのバイトも力仕事だから大丈夫。いやぁ、ほんとうに助かるよ」

「でも、朗報はそれくらいよ。ひとつ悪い報《しら》せがあるの」深雪はちらと一成を一瞥《いちべつ》し、告げた。「オババが入院しちゃったわ」

「えっ！」

「あんたがチラシを送ってくれたんで早速見せに行ったんだけど、ちょうどその時に倒れたのよ」

「容体は？」

「一時はすごく危なかったわ。今は少し落ち着いてきたけど」

「オババはなんの病気なんだい？」

「老人性の肺気腫《はいきしゅ》。肺の弾力がなくなっちゃう病気なのよ。肺がずっと膨張したままで収縮が不十分なもんだから、吸い込んだ空気を十分に吐き出せなくて呼吸困難になっちゃうの。倒れた時はもうダメかと思ったわ。胸を掻《か》きむしってすごく苦しんでいたから」

「危険な病気なの？」

「とりあえず今のところ命に別状はないようだけど、オババの場合、若い時に喘息《ぜんそく》を患ったこともあって、かなり重症なの。そうでなくても高齢で体力が落ちている上に、心臓にもすごく負担がかかってるみたい。肺がちゃんと機能しない分、血液中の酸素の不足を補うために心臓が頑張りすぎちゃうんだって。右心室が異様に肥大してるらしいわ」

「治るのかい？」

深雪は首を横に振った。「根本的な治癒は望めなくて、対症治療を繰り返すしか手がないそうよ」深雪がそこで急にハンドルを右に切ったので、タイヤが悲鳴をあげた。「着いて早々悪いけど、これから病院へ直行するからね。オババの様子を見て行きたいから」

「ああ」

車は高瀬川《たかせがわ》の方角に向かった。

「そんなわけで、オババの話はまだちゃんと聞けてないのよ」と深雪はつづけた。「チラシはうちのお客さんにはもちろん、登山者や釣り人に配ったり、知り合いの宿泊施設、山小屋、お店なんかに頼んで貼り出してもらってるけど、今のところ反応はなし。そっちにはなにか連絡が入ってない？」

「いや、まだなにも」

「まあ、すぐに期待するのは無理か。せいぜい気長に頑張ろうね」

「そうだな。チラシは何枚くらい捌《は》けているんだい？」

「私が直接、人に手渡しただけで三百枚くらいかな」

深雪が精力的に動いてくれていることに対して、一成はあらためて礼をいった。

「これからどんどん山に人が入ってくるよ。千枚なんてあっという間に失くなっちゃいそうね。足りなくなったらどうしよう？」

「カラーコピーを撮ればいいよ。今時はコンビニにだって機械は置いてあるんだから」

「そうか。文明の利器にもいいところがあるんだね」

「そんなに大層なもんじゃないだろう。ほんとうにきみは時代遅れだな」

揶揄《やゆ》しながらも、一成は心から深雪に感謝し、彼女の横顔を好もしく眺めていた。

五分後に〈岳影《がくえい》の里老人養護センター〉に到着した。白樺《しらかば》林に囲まれた広大な敷地を誇るその施設は、山岳地帯の景観を損ねないようにという配慮からだろう、建物は一階建てで、一寸見《ちょっとみ》には美術館か博物館を思わせる白壁の瀟洒《しょうしゃ》な造りだった。深雪の話によれば、老人ホームと病院が一体になったような比較的新しい施設とのことだった。駐車場に車を駐《と》め、ふたりは長いポーチを通ってエントランスに入った。その間にも深雪は行き交う入所者や職員と親しげに挨拶《あいさつ》を交わし合っていた。受付窓口に立ち寄って面会にきた旨を告げ、開放的で清潔な雰囲気のロビーを抜け、壁と天井の三面がガラス張りになっている明るい渡り廊下を歩いて入院病棟へ向かった。途中、老婆を乗せた車椅子を押している中年の女性看護師が深雪を認め、「あれぇ、深雪ちゃんも隅に置けないなあ。今日は彼氏を連れてきたの?」とからかった。深雪はいささかムキになって否定し、「オババの様子はどうですか」と話題を変えた。

「だいぶ安定してきたわ。朝方に酸素吸入器も取れたし、もう大丈夫でしょう」と看護師は微笑んだ。「一両日中にも大部屋へ移ってもらうことになるわ」

「話せますか」

「さあ、それはどうかなあ。さっき覗《のぞ》いた時は眠っているようだったよ」

立ち話は適当に切りあげ、ふたりは病棟へ急いだ。オババの個室は病棟の一番奥まったところにあった。一成はドアの脇に掛かっている名札を見て、オババの本名が「武居《たけい》絹《きぬ》代《よ》」であることを初めて知った。病室に入り、ベッドで眠りこけているオババを見て一成が最初に感じたのは、気の毒なほど小さくて頼りなげな老婆だということだった。そして、不謹慎なことにSF映画に出てくるような異形の創造物《クリーチャー》を連想した。高齢になると躰が縮んでしまうというのはよく聞く話だが、それにしてもシーツの膨らみから察知できるオババの矮小《わいしょう》さは尋常ではなかった。幼児とはいわないまでも、小学校の低学年児童ほどの体格だ。白くて薄い頭髪や皺《しわ》深い顔は老婆のそれに違いないから、その対比《コントラスト》がなんとも不可思議だった。一成の握り拳《こぶし》ほどしかないのではないかと思われる小さな顔はひどく青っぽく見え、唇の色も悪い。光線の加減でそう見えるのではなく、おそらく血液中の酸素の不足に起因していると思われた。寝息は不規則で、ゼイゼイと苦しげに聞こえる。そして、なにより一成を驚かせ、気後れさせたのは、ベッドの脇に垂れているオババの左手だ。枯れ枝のように細いのはまだしも、指先が膨れて太鼓バチのようになっているのはいかにも異様だった。一成の視線に気づいた深雪が、「あれもこの病気特有の症状なのよ」と説明した。それから深雪は枕元に歩み寄って「オババ、大丈夫？　早く元気になってね」と囁きかけ、垂れていた手をシーツの中に戻してやった。それは一成が初めて眼にする深雪の女性らしい所作だった。

「よかった」深雪は一成に微笑みかけた。「ここに運ばれてきた時のことを考えれば、ずいぶん楽そうだわ」

一成の眼にはそうは映らなかった。オババは死の際で喘《あえ》いでいるように見える。もちろん話を聞くことなど叶いそうもない。オババの言葉がすべての端緒になると信じていた一成は深く失望したが、それを深雪に気取られないように、「よかったね」と明るくいった。

「今日のところは帰ろうか」と深雪がいった。

「そうだね」

ふたりがそっと足音を忍ばせて部屋を出ようとしたその時だった。背後で唸《うな》り声があがった。振り返ると、オババが眼を開けてふたりを見ていた。

「オババ！」

深雪が駆け寄った。

「……ミーちゃん、とんだ迷惑をかけてしまったねえ」とオババはいった。空気が抜けるような、力のないしゃがれ声だった。「オババは三途《さんず》の川を渡りそこねちゃったよ」オババの顔が苦痛に歪んだように一成には見えたが、その実、本人は笑ったつもりなのかもしれない。「あんまり弱音は吐きたくないけど、死ぬということは決して楽じゃなさそうだねえ。やっぱり苦しかったよ」

深雪が両の掌《てのひら》でオババの手を握った。「もう大丈夫よ。でも、喋《しゃべ》らないで。ゆっくり休まなくちゃいけないわ」

オババの眼が戸口に立っている一成に向けられた。思いのほか強い視線だった。

「あのね、この人は……」

「わかっているよ」オババが深雪の言葉を遮った。視線は一成に向けられたままだ。「よくきなすったね」今度こそオババははっきりと笑みを見せた。「待っていたよ、坊や」

「待っていた……。僕のことを、ですか」

「近くにきて顔を見せておくれ。この年寄りはね、今は躰のどこにもいいところなんかないけど、眼は特にいけないんだよ」

深雪とは反対側の枕元に恐る恐る近づいた一成は、オババに眼で促されてしゃがみ込んだ。すると、やにわに枯れ枝のような手がシーツから飛び出してきて一成の頬に触れた。オババは慈しむような手つきで何度も頬を撫《な》で擦《さす》り、「男前だねえ」といった。

近くで見ると、オババの眼は黒眼がちで存外可愛らしかった。そして、一成は不思議に心地好い花のような香りに包まれるのを感じた。

「〈翡翠《ひすい》のオババ〉も耄碌《もうろく》したもんだ」とオババはいった。「とんだ勘違いをしていたよ」

「勘違い？」

「私はてっきりタケルが過去を正しにきたんだと思っていた。でも、違った。どうやらそれは坊やの役目のようだ……」

オババはそこで激しく咳き込みはじめた。

「もういいよ、オババ。喋っちゃダメ！」

深雪が叫ぶようにいい、オババの背中に手をまわして擦った。一成は立ち尽くし、ただ呆然とふたりの様子を眺めていた。オババの咳はなかなか治まらない。咳をひとつするたびに命を削っているような苦しみ方だった。

「早く、早くナースコールを押してよ！」

深雪に怒鳴られて一成は我に返り、慌ててナースコールに手を伸ばした。

12

駆けつけた若い医師の処置が功を奏し、オババの発作は間もなく治まった。だが、今朝はずされたばかりだという酸素吸入器が女性看護師の手で再び取り付けられることになり、その痛々しい姿と吸入器に籠《こも》る荒い息の音に忍び寄る死を感じて一成は暗澹《あんたん》たる気分に陥った。病室の隅に追いやられた深雪は祈るような表情で成り行きを見守っていたが、彼女のそんな様子にも一成の胸は痛んだ。「もう大丈夫でしょう」と医師が請け合い、オババが眠りに就いたのを確認して一成と深雪は病院を辞した。というより、「きみたちがここにいてもなんにもならない」という医師の諭しを無視して強硬に病室にとどまろうとする深雪を、一成が無理やり手を引いて連れ出したというのが実情だった。

車で〈鹿島荘〉へ移動中も運転席の深雪は〝心ここに在らず〟という様子だった。

「そんなに心配するなよ。先生も大丈夫だっていったじゃないか」と一成は慰めた。

深雪は怒ったように前方を見据えて唇を嚙《か》み、押し黙ったまま運転をつづけている。勝ち気でヘソ曲がりの娘だが、ことオババのことになると正直な胸の裡《うち》を表にさらけ出す。他人が傍らにいるからなんとか泣き出さずに済んでいる——そんな表情だった。灰色の雲が低く垂れ籠《こ》める空もまた深雪の心情を映すかのように雨粒を落とさずに耐えていた。しかし、それも長くはつづきそうになかった。さっきから降雨の前兆のような風が勢いを増し、樹々の梢《こずえ》が激しく揺れはじめている。

十五分ほどで〈鹿島荘〉に到着し、裏庭の土蔵造りの納屋を改装したガレージに車は入れられた。深雪はエンジンを切ってもハンドルに手を添えたまま動こうとしなかった。

「降りないのかい？」と一成が訊《たず》ねた。

深雪はふいにハンドルに突っ伏し、「オババ……死んじゃうのかな？」と呟いた。久しぶりに発せられた彼女の声は心なしか震えて聞こえた。「オババだけは絶対死なないと思っていたのに」

「大丈夫だよ」

一成がそういうと、深雪にキッと睨《にら》まれた。気休めをいったことを咎《とが》められるのかと思ったら、違った。

「オババはあんたを待っていたといった。過去を正すのがあんたの役目だともいったわ」

「うん、あれはいったいどういう意味なんだろう？」

「よくわからないけど、これだけはいえると思う。あんたがここにきたのは運命なのよ、きっと。私と逢ったことも、オババと話をしたことも、すべて導かれたことなんだわ」

「……」

「しっかり腹を括《くく》って、オババがいったことをまっとうしてよね。じゃなきゃ、東京へなんか帰さないから」

「そういわれても、おれには見当もつかないよ。自分がどうすればいいのか」

「オババがあんなことをいうってことは、間違った過去、歪められた過去が存在するということよね。いったいなにがあったのかな？」

「おれにわかるわけないよ。オババの恢復《かいふく》を待つよりほか……」

「そんな悠長なことはいってられないわ。あんたがこっちにいられる時間は限られているし、オババだって……。もう一分一秒だって無駄にできない。ふたりでできるだけのことをするのよ」

「しかしなあ、なんにも取っかかりがないし」

「私、思うんだけど、間違った過去というのは、あんたの血筋に関わることなんじゃないかな。だからこそ、本来はお父さんの役目だったものが息子のあんたに引き継がれた。そういうことなんじゃない？」

「血筋ねえ……」

「お父さんのお母さん――つまり、あんたのほんとのお祖母《ばあ》さんは信州の人じゃないの？」

一成は首を横に振った。「違う。それについてはおれも少し調べてみた。お祖母ちゃんの実家は東京都の杉並区にあって、今もその住所にはお祖母ちゃんの妹の息子――親父にとっては従兄弟《いとこ》だね――という人の家族が暮らしている。電話番号を調べて連絡したんだけど、最初はけんもほろろで、まったく相手にしてくれなかった。たぶん遺産でも狙われていると思ったんじゃないかな。まあ、こっちの電話も不躾《ぶしつけ》といえば不躾だったから無理もないんだけどさ」と一成は苦笑した。「何度目かの電話でようやく話を聞くことができて……先方はうちの親父やお祖母ちゃんのことはよく知らないし、信州とはなんの所縁《ゆかり》もないと断言していたよ。最後まで警戒していてつっけんどんだったけど、嘘をついているようではなかったな」

「伯母さんや従兄弟のことを知らないなんて、なんだかおかしくない？」

「そんな人がいたらしいってことは聞いていたようだけどね。お祖母ちゃんは早くに死んでいるし、親父は他人の家にもらわれたわけだから、必ずしも不自然ではないと思うよ」

「お祖母さんの実家の名字《みょうじ》は？」

「飯干《いいぼし》だよ。お祖母ちゃんの名前は飯干寿美子《すみこ》」

「調べてみようか、電話帳で。飯干っていう家がこっちにあるかもしれないじゃない」

そういうなり、深雪は慌ただしく車を降りて母屋へ走った。一成も荷物を抱えてあとを追った。玄関先で深雪の母親と鉢合わせした。一成としてはきちんと挨拶し、今回の配慮についてお礼もいっておきたかったのに、深雪が急《せ》かして手を引いたので、ずいぶんそっけない対面になってしまった。深雪は一成を居間に案内すると、電話台の〈ハローページ〉を摑《つか》んで床に置き、早速ページを繰った。だが、すぐに彼女の表情が曇った。

「ないわ。飯干なんて名字の家《うち》、このあたりには一軒もない」と深雪は嘆息した。

「電話帳にすべての電話番号が記載されているわけじゃないよ。それに、これは長野県全域をカバーしているわけじゃないんだろう？」

「そうだけど……」

深雪の失望を見て取った一成は慰めるように笑った。「気長に頑張ろうっていったのはどこの誰だっけ？　そう焦るなって」

深雪も苦笑を返した。

「おれ、こっちにきて最初にやろうと思っていたことがあるんだ」

「なあに？」

「チラシ配り。本来はおれが汗をかいてやらなくちゃいけないことなのに、きみに任せっきりにしていて心苦しかったんだ。まずはそこからはじめたいと思う」

「わかった。じゃあ、これから登山口の大谷原《おおたんばら》へ行きましょうか」深雪はそこで窓の外にふと眼を遣《や》った。「でも、こんな天気で山に登る人がいるかなあ？」

「大谷原って、オババが親父を〝見た〟場所だろう。現場を確認しておきたいし、とにかく連れて行ってくれよ。それからこのあたりの地理や距離感をちゃんと把握したいから、車でざっとひとまわりしてもらえないかな」

「いいわ」深雪は腰をあげた。「あんた、車の免許はあるんでしょ。だったら自分で運転してみなさいよ。その方が早く道を憶《おぼ》えるよ」

「そうだね」

ふたりは母屋を出て、ガレージへ取って返した。

車を走らせている間にとうとう雨が降りはじめた。霧のように細かい小糠雨《こぬかあめ》だった。大谷原に到着したふたりは車を降りて鹿島川の支流である大冷沢《おおつべたさわ》に掛かる橋の上に立った。時折吹く突風に雨が煽《あお》られてふたりの躰を濡《ぬ》らした。一成はその冷たさに耐えきれず、車にあった深雪のウィンドブレーカーを借りて着たが、それでも躰の震えは熄《や》まなかった。

登山口といっても、ここは上高地《かみこうち》のように一般の行楽客も集める賑《にぎ》やかな観光地ではなく、登山者のための無料駐車場として開放されているそっけない広場にすぎなかった。売店も自動販売機もないし、袴田の話から一成が想像していたような入山管理所や小屋といった建造物はもちろん、一張のテントすらもなかった。代わりに登山届を投函《とうかん》する黄色いポストがぽつんと置かれてあった。登山者は一成と深雪が立っている橋を起点に、川の左岸側の道を辿《たど》って爺ヶ岳や鹿島槍ヶ岳を目指すのだ。大型連休初日ということでさすがに車の数は多かった。広場に収まりきらない車が近くの林の中や草むら、未舗装の道路の路肩などに駐《と》められていた。しかし、人影はまったくなく、閑散としていた。眼につく車のほとんどが県外ナンバーで、一成がざっと見渡した限りでは西日本のものが目立ち、中には〈北九州〉や〈鹿児島〉というプレートもあった。一成は呆れた。遠く九州からわざわざ車を飛ばしてきて、さらに山登りという難行苦行に挑もうとする人の気が知れなかった。山のなにがこうも人を惹きつけるのか。たしかに間近に見あげる後立山連峰の山容には息を呑むほどの迫力があり、見る者の胸を打ちはする。今は山頂部は濃いガスに隠されているが、遠眼にはわからなかった中腹部の山襞《やまひだ》までもが手に取るように見えて、その複雑かつ猛々しい造形を一成も美しいと思った。だからといって、そこに足を踏み入れる気には到底なれない。むしろ畏怖《いふ》し、遠ざかろうとする気持ちの方が勝っていた。

――沢村君は山に精通していた。山に登った経験がある者の知識を持っていた。

富田社長の言葉が一成の頭の中に蘇った。が、圧するような山の迫力を、ましてや悪天候に煙《けぶ》る荒々しい山のそれをこうして肌に感じると、やはりなにかの間違いではないかという気がした。父と山――まるで結びつかない。雄々しく山頂を目指すその姿を一成はどうしても想像することができなかった。

「無駄足になっちゃったね」と深雪がいった。「みんな、午前中に山へ向かってしまったんだと思う」

「いや、構わないさ。ここにくることが目的のひとつだったから。親父もこの場所に立ったと思うと、ちょっと感慨深いものがあるな」

「あれ」深雪が意外そうな顔をした。「ずいぶん素直に認めるじゃない。オババの千里眼を信じる気になったの？」

「とっくに信じているよ。自分では現実主義者のつもりで生きてきたんだけどね」

「へえ、宗旨替えしたんだ。どうして？」

「きみに何度も説教されたからかな」と一成は悪戯《いたずら》っぽく笑った。「嘘だよ。このところはボーダーライン上にいたんだけど、さっきオババと逢って確信したな。そういう世界もあるに違いないって。あの人にはたしかに常人にはないパワーがあるよ」

「そう？」

「オババに頬を撫《な》でられた時、すごくいい気分になったんだ。あの人のそばにいると安心していられるといったきみの気持ちがわかったよ」

「オババはいい匂いがしなかった？」

「した、した。花の匂いみたいだった。きみも感じるの？」

深雪は頷いた。「不思議なのよねえ。ずっと昔からなのよ。香水をつけているわけでもないのに」

「正直いって最初は少し気味悪かったんだ。オババに対する先入観もあったし、ベッドの上のあの人の様子は普通じゃなかったからね。それに、おれはそもそも老人というものに慣れていないし」

「どういうこと？」

「考えてみれば、おれは老人とは縁遠い暮らしをしていたんだよ。親父の育ての親はおれが生まれる前に死んでいる。おふくろは実家と疎遠で、お祖父ちゃんやお祖母ちゃんとは数えるほどしか逢っていない。子供の頃から近くにそういう人がいなくて、接し方をよく知らないのさ」

「私は正反対ね。子供の頃から年寄りばっかりの中で育ったようなもんよ」

「だからか、きみがアナクロの権化なのは」

「ほっといてよ！」

「そういえば、〈信大〉の教授と逢ったことは報告していたっけ？」

「うん、電話で聞いた」

「その教授がいっていたよ。〈オババの言葉に耳を傾けるのは無意味じゃない〉って」

「その人、オババのことを知ってるの？」

「昔、オババが道迷いの女の子の行方をいい当てるところを目撃したそうなんだ。おれはその女の子がきみじゃないかと思ったんだけど、違う？　きみは昔からおてんばだったに違いないから」

「残念でした。私はそんなドジじゃないわよ。でも、それっていつの話？」

「十数年前らしい」

「誰のことだろう？　そんなことはたくさんあったからなあ。私は一度や二度じゃないわよ、そういう場面を目撃したのは」

「そうなんだ」

「宗旨替えのほんとの理由がわかったぞ。大学教授のお墨付きがあったからなのね」

「それは違うよ。さっきもいった通り、オババと逢って初めて確信できたことさ」

その時、二組の初老の男女の姿が見えた。橋を渡って左が登山道だが、それとは逆側、川の下流の方角からこちらへ向かって歩いてくる。装備を見ても本格的な登山者という感じではなく、おそらくハイキングか山菜採りの一団と思われた。

深雪が一成を促した。「ほら、あんたが配るチラシ第一号にしなさいよ」

一成は車に戻って四枚のチラシを持ち出してきたが、いざその役目がまわってきてみると、チラシを手渡すことはおろか、赤の他人に話しかけるだけでも結構な勇気が要るということに気づかされ、臆《おく》してしまった。どんな顔をすればいいのか、どう話を切り出せばいいのか、父親の謎めいた失踪の経緯をなんと説明すればいいのか……そんなことをあれこれ考えて逡巡《しゅんじゅん》している間に、四人は橋を渡りはじめた。おずおずと近づいてはみたものの、自分がひどく現実離れしたことをやっているという思いが拭いきれず、どうしてもぎごちない動作になった。思いきって声をかけてみたが、案の定、相手に警戒心を与えてしまったらしく、まるで山中でキャッチセールスに出くわしたとでもいうような顔をされた。深雪が近づいてきて、要領よく四人に事情を説明してくれた。すると、四人の顔は途端に同情的になった。「それはご心配ねえ」「気を落とさずに頑張りなさい」などと励まされたあげく、「しょっちゅうこのあたりに遊びにくる友達にも渡してあげるから、チラシを余分にちょうだい」と催促までされた。

　四人が立ち去ったあと、深雪がすかさず一成の尻に蹴りを入れ、「腹を括れっていったでしょう、馬鹿！」と叱責した。「なに格好つけてんのよ。あんなふうに陰気な顔で近づいたら、怖がられるに決まってるじゃん」

「なるほど。チラシ配りひとつにも要領っていうものがあるんだな」と一成は頭を掻いた。

「修行になったよ」

　と、さっきの一団の中の男がひとり小走りに引き返してきて深雪に声をかけた。「お嬢さんは地元の人かな？」

「そうですけど」

「ちょっとうかがうが、この奥ではなにか工事でもしているのかい？」

「奥って、大川沢の方ですか」

「そう。このあたりには毎年のように山菜採りにくるんだが、営林署小屋の近くにいい場所があってね。今日もそこへ行こうとしたら、道が〈立入禁止〉になっているんだよ」

深雪は小首を傾げた。「さあ？　私は工事のことなんて聞いてませんけど」

「そうか。また性懲りもなく砂防堰堤《えんてい》でも造りはじめるのかな？　まったく、どのくらい山や川を壊したら気が済むんだろうね。ほとほと嫌になるよ」

男は憂憤の表情で仲間の方へ戻って行った。

「なんだろう、工事って？」と深雪は訝《いぶか》り、「ちょっと付き合ってよ」といって川の下流の方へ歩きはじめた。

大冷沢沿いにしばらく行くと、鹿島川の本流筋に当たる大川沢に突き当たり、欄干のない木橋が掛かっていた。ふたりは橋を渡り、その先で二股になっている林道を左に折れ、狭い山道に入った。すると、ほどなく男のいっていた〈立入禁止〉の看板がたしかに見えた。道を塞《ふさ》ぐように樹と樹の間に鎖が渡され、その中央にトタン製の看板が垂れさがっている。赤いペンキの手書きで〈危険！　この先立入禁止〉とだけあり、工事の告知や掲出者の名前の表示もなかった。

「なんだ、これ？」深雪は行儀悪く看板を蹴飛ばした。看板が揺れてギシギシと嫌な音を発《た》てた。「どうやら工事じゃなさそうね。誰がこんなものを出したのかしら？」

「役所じゃないのかい？」

「こんなお粗末なものを？　役所ならそれとわかるように書くでしょうが」

「この上はどうなってるの？」

「二キロくらい先の取水施設まで道があって、そこで行き止まりよ」

一成ははたと気づいた。「そうか、ここは本流沿いの道なんだね。じゃあ、川を遡《さかのぼ》れば
カクネ里ということだ」

「そうよ」

「去年、この川では水難事故が起きたんだろう？」

「ああ、中学生が死んじゃったとかいう事故ね」

「ほかにも何件かあったと聞いたよ」

「ずいぶんローカルなニュースを知ってるのね」

「例の大学教授に聞いたんだ。そのせいじゃないかな、〈立入禁止〉にされているのは」

「でも、事故があったのは川よ。道まで〝通せんぼ〟にする必要ないじゃない。それに、
あの事故はどう考えたって本人たちが悪いのよ。遊び半分で川に入ったんだから。そんな
ことでこんな看板を出されたら、たまったもんじゃないわ」

「このあたりから人を締め出そうとする動きがあるって大学教授はいっていたよ。川の上
流も近々、永久禁漁区域になるそうじゃないか」

「えっ？」

どうやら深雪は知らなかったようだ。不審顔の彼女の傍らで、一成もまたなんともいえない嫌な感じに囚《とら》われた。この道の遥《はる》か先にはカクネ里がある。ここ最近、一成の頭から決して離れることのない不思議な名称の場所だ。そこに人を行かせまいとする誰かの意思が働いているような気がする……。それともこれはある種の被害妄想か。

最初は翳《かげ》のように漠としていた予感は、やがて痼《しこり》のように固まって一成の胸に重く沈み込んだ。

13

翌朝、激しい風雨の中を一成は深雪の家のＲＶ車を借りて大町市街地へ向かった。深雪は泊まり客の朝食の準備や後片付けなどに忙殺されて同行できなかった。昨日から崩れはじめた天候はますます険悪さを増し、すっかり春の嵐といった様子になっていた。横殴りの雨に視界を阻まれ、間断なく吹きすさぶ強風に何度もハンドルを取られた。送電線の鉄塔が揺れ、樹木は折れそうなほど撓《たわ》み、道路上には木の葉や折れた枝、ゴミなどが薄汚く散乱している。風を孕《はら》んで今にも崩壊しそうなビニールハウスが沿道にあり、補強に駆けつけた農家の夫婦が右往左往している様子も見て取れた。深雪ら今岡家の面々は家屋すらも軋《きし》ませる風にも存外平気な顔をしていたが、一成は正直、恐ろしかった。東京では決して感じることのない剝《む》き出しの自然の猛威、まるで裸で外に抛《ほう》り出されてしまったような原初的な恐怖を感じた。風の凶暴な音、カオスのような雲、地を抉《えぐ》らんばかりの雨の勢い、邪気を帯びて奔馬のように猛《たけ》り狂う川、山脈の暗い佇《たたず》まい……それらがこぞって一成のひ弱い部分を攻め立て、雷鳴に怖気《おぞけ》をふるった子供時代そのままの恐怖を蘇らせた。ここでは自然の美しさや長閑《のどか》さだけではなく、その熾烈《しれつ》さもまた純化し、際立つようだった。

悪天候を押して一成が出向いた先は〈市立大町図書館〉。目的は長野県全域の電話帳を閲覧することだった。深雪が健一の母方の家の出自にこだわっており、とにかく長野県内の「飯干」という家を拾い集め、ふたりで手分けして片っ端から問い合わせてみようということになったのだ。一成自身はそのことにはあまり光明を見出《みいだ》せないような予感がしたが、オババがああいう状態である以上、ほかに手掛かりはないし、こんな天気ではチラシ配りをするわけにもいかず、とにかく調べてみることにした。パソコンがあれば、手軽に検索もできただろうが、一成は自分のノートパソコンをこちらに持参していなかったので、直接図書館へ足を運ぶことになった。しかし、結果的にその仕事は拍子抜けするほど簡単に終わった。飯干という姓は——少なくとも電話帳に記載されている限りでは——松本市に二件、伊那《いな》市に一件の合計三件しか見当たらなかった。高校時代の同級生に同じ姓の女子生徒がいたせいか今までは特にそんな意識もなかったのだが、この姓は案外珍しい部類に属しているのかもしれない。それとも地域性の問題か。いずれにしても、深雪と手分けするまでもなかった。一成は図書館を出て駐車場の車の中に籠り、携帯電話で該当する三軒の家に連絡した。どの家も誰かが在宅しており、直接話すことができた。そして、込み入った事情をかなり苦労して説明し、相手の不審と警戒を買いながらも、なんとか三軒とも杉並の飯干家とは無関係であるとの確証を得た。予想通りのことだった。一成は図書館で電話帳を閲覧している時からすでに調べるべきはむしろ沢村の祖母の実家ではないかと考えはじめていた。富田社長が「養子縁組をセッティングしたのは沢村君のお義母さんの遠縁の人らしい」といっていたからだ。しかし、問いつめてみると富田のその記憶も曖昧《あいまい》だったし、史子に確認したところでは、沢村の祖母の家はもともと神奈川県の出であることがはっきりしていた。旧姓は「伊藤」だ。仮に信州に親族がいたとしても、これはさすがに「飯干」と同じような手軽な手段で調べるわけにはいかない。その親族が同じ姓とも限らない……。

深雪から一成の携帯電話に連絡が入ったのは、彼が見ず知らずの飯干家の人々との会話に一段落をつけ、落胆とも安堵《あんど》ともつかぬ溜息《ためいき》を洩《も》らした時だった。一成が経過を説明すると、深雪は「そうかあ」と残念そうな声を出したが、唐突に話題を変えて「こっちでちょっと妙なことが起きたのよ」といった。どうやらそれが電話の主旨のようだった。

「どうしたの？」

「あんた、すぐ帰ってこられる？」

「うん」

「じゃあ、〈大町温泉郷〉の〈りんどう〉っていうお土産物屋さんまできてよ。〈ニューオオタニホテル〉のすぐ前。昨日、道は教えたから、場所はわかるわよね」

「ああ……」

「頼りない返事ね。まあ、〈温泉郷〉までくればわかるわ。とにかくそこで待ってるから」

「こんな天気できみはどうやってそこまで行くんだい？　迎えに行こうか」

「いいの。うちに配達してくれているお肉屋さんが車に乗っけてくれるっていうから」

「なにがあったんだよ？」

「向こうで話すわ」

電話は無愛想に切れた。一成は携帯電話を助手席に抛り、車のイグニションキーをまわした。

〈りんどう〉は土産物屋兼茶店という風情の店だった。店舗の前に葦簀《よしず》張りの開放的な喫茶スペースがあるが、今日は天気が天気なので客はひとりもいなかった。深雪はそこで一成を待っていた。駐車場に車を置いた一成はすぐさま彼女に促されて店舗の中に入った。地元の名産品などのほかに、手作りと思われる木工クラフト製品や装飾品が所狭しと並べられている。レジのところに眼鏡をかけたエプロン姿の中年の女が立っており、深雪は彼女が店の経営者だと紹介した。

「そう、あなたが息子さんなの。お父さんのこと、ご心配ねえ」と女は眉根《まゆね》を寄せ、「わざわざ東京からいらっしゃってるんでしょう。ご苦労様」と一成をねぎらった。

深雪が「このお店でもチラシを貼り出してもらっていたの」と説明した。

「そうでしたか」一成は恐縮し、頭をさげた。「お世話になります。ご迷惑だと思いますが、どうかご協力ください」

「迷惑だなんて……そんなことはちっとも構わないのよ」

なぜか女は戸惑い顔を隠せないでいた。一成はそこであらためて気づいた。深雪が「貼り出してもらっていたの」と過去形でいったことを。訝《いぶか》しい視線を深雪に向けた。

その視線を受け止めた深雪が「貼り出してもらっていたんだけど、それが盗まれちゃったのよ」といった。

「盗まれた？」

「ご覧のようにうちには人が集まるああいう場所があるから」と女が外の喫茶スペースに眼を遣《や》り、補足説明をはじめた。「あそこの支柱に貼り出しておいたのね。ところが、今朝になって失くなっていることに気づいたの。それで深雪ちゃんにもう一枚チラシをもらおうと思って電話したのよ」

「この風で飛ばされたんじゃないですか」

「それはあり得ないわ。天気が悪い日のことも考えて、ビニールでコーティングした上に、しっかり釘《くぎ》で打ちつけておいたんだもの」

「ここだけじゃないの」と深雪。「屋外に貼ってあったやつが結構やられてるらしいわ」

「ほんと？」

「何件か同じような電話をもらったのよ。ここにくる間に確認してきたんだけど、私が電柱や樹に貼りつけたやつも失くなっていた」

「それって掲出の許可を取ったの？」

「そんな面倒っちいことしてないわよ」

「所有者だか管理者だかが怒って剝《は》がしたんじゃないのかい？」

「だったら、あんたの携帯か〈鹿島荘〉にお叱りの電話が入るんじゃない？　ご丁寧にもふたつの電話番号を書いてあるのよ。それに、このお店やほかのところのことは説明がつかないでしょう。間違いないわ、誰かが故意にチラシを剝がしたのよ。盗んだのよ」

「……」

「これってさあ、犯罪の匂いがしない？　この近くに、あんたのお父さんの行方を探されたくない人がいるってことじゃないのかな」

「嫌ねえ、深雪ちゃん。怖いこといわないでよ」と女が苦笑した。「子供の悪戯か、酔っ払いの仕業じゃないの？」

「おれもそんなところだと思うな」と一成はいった。「いくらなんでも〝犯罪〟は飛躍しすぎだよ。仮に親父の行方を捜されるのを嫌がっている人間がいるとして、こんなことをしたら自分の存在をわざわざアピールするようなもんじゃないか。第一、屋内に貼ってあるものやきみが直接手渡しているものもあるんだから」

「そうかなあ……」

深雪も確信が揺らぎはじめたようだ。

「それにしても手癖の悪い人がいるものねえ」と女が首を振って嘆息した。

「こういうことは考えられませんか」と一成はいった。「このあたりは観光地ですし、今は書き入れ時です。このてのチラシは観光地のイメージと美観を損ねることになるから、それを快く思っていない人がいるんじゃありませんか。たとえば、〈温泉組合〉みたいな組織の人たちとか」

　女は思案顔になった。「たしかに〈温泉郷観光協会〉というのはあるけど……」そこで深雪に眼を遣った。「深雪ちゃん、この人のいうことにも一理あるかもしれないわよ。ちゃんと筋を通した方がいいんじゃない？」

「面倒臭えなあ」と深雪が顔をしかめると、女が呆《あき》れたように笑って「まあ、なんて言葉遣いでしょう。少しは女の子だっていう自覚を持ちなさい」と叱った。

「でもね、おばちゃん、もしそういうことなら、それこそ私の家《うち》に直接文句をいえばいいじゃない。こんな陰険な手を使わないでさあ」

「協会がどうのこうのっていうより、個人レベルで気に障っている人がいるのかもしれないわよ。心の狭い人はどこにでもいるし、ただでさえ景気が悪くてどこの宿も青息吐息だから、こんなちょっとしたことにもナーバスになっているのかも」

「そうなのかなあ……？」

「お母さんにいって、しかるべき人に頼んでもらいなさいよ。その方が精神衛生にもいいでしょう」

深雪は大仰に溜息をついた。「まったく、大人の世界は段取りばかりで嫌になっちゃう」

女は「コーヒーでも飲んで行きなさいよ」といい、ふたりを椅子に座らせて厨房《ちゅうぼう》の方に引っ込んだ。

一成は深雪にいった。「協会の件、おれからも頼むよ。親父のことで地元と変な軋轢《あつれき》は起こしたくないからさ」

「私、絶対違うと思う。温泉関係者じゃないわよ、犯人は」と深雪はいい張った。「子供や酔っ払いの仕業でもない」

「犯人とかいうなよ。物騒だな」

「犯人は犯人でしょうが、人のものを勝手に盗んだんだから」

「根拠はないんだろう。きみだって無許可で貼っていたところもあるんだから、どうこういえないぞ。協力してくれるのはありがたいけどさ」

「突き止めてやる」深雪は一成の言葉など聞いていなかったように呟《つぶや》いた。「絶対に突き止めてやる、犯人を」

「おいおい……」

「協会の件はしばらくペンディングね。これからじゃんじゃん貼りに行くよ。挑発してやろうじゃないの、相手を。そうすれば尻尾《しっぽ》を出すかもしれないわ」

「勘弁してくれよ」

チラシの件は一成としても決して気持ちのいい話ではなかった。直接こちらにクレームが寄せられていないのもたしかに腑《ふ》に落ちない。だが、深雪の思い込みに追従する気にはなれなかった。単なる悪戯だと思いたい。いや、その実、心のどこかでは深雪と同じ疑いを持ちながら、それを認めたくないのかもしれない。特定の第三者の関与を認めてしまうと、事態がいよいよ混沌《こんとん》とした様相を呈してくる。深雪が指摘したように単なる失踪が犯罪へと変質する。そうなれば、とても自分ごときが真実には近づけないという気がした。〈りんどう〉の女主人が出してくれたコーヒーはとても旨《うま》かった。旨かったが、一成は自分がどこに向かって進んでいるのかわからないという苛立《いらだ》ちと焦燥に駆られ、ついつい不機嫌な表情になっていた。

「お口に合わないかしら？」と女が気遣った。

「いいえ、そんなことありません。とてもおいしいコーヒーです」

一成は慌てて笑顔を取り繕った。

14

午後になって風雨は次第におさまり、雲が素晴らしい速度で東の方角に流れはじめると、その隙間を縫って幾筋もの光芒《こうぼう》が山脈《やまなみ》を射し照らした。気温も急激にあがり、梅雨時を思わせるようなむっとする蒸気が立ち込めた。しかし、切れ切れの雨雲が未練がましくどこかに居座っているようで、時折、思い出したように弱い雨が降り注いだ。陽光と雨。相反するものが共存する下界は、人間でいえば苦笑にも似た表情をしていた。傍若無人な嵐に散々嬲《なぶ》られて疲労困憊《こんぱい》し、と同時に今は嵐が去ったことに安堵《あんど》の微笑を漂わせている——そんな感じだった。そして、最初に活気を取り戻したのは鳥たちで、あちこちから彼らの歌声が響きはじめた。そして、人間たちもまた空の機嫌をうかがいながらおずおずと動き出した。

一成と深雪はまだ誰もが屋内にとどまっている時から動きまわっていた。雨の中、全身ずぶ濡れになってチラシ貼りに励んでいたのだ。もっとも、「励んでいた」といえるのは深雪の方で、一成は当惑しつつ彼女の指示に従っていたにすぎない。チラシが失くなってしまったと連絡してきた施設へ補充に走ったあと、深雪は〈大町温泉郷〉から大谷原に至る道の途中で何度も車を停めるよう一成に命じ、電柱、集落の掲示板、公民館の壁、他人の家の塀、沿道の樹木、橋の欄干、登山届を投函《とうかん》するポスト……およそ眼につく場所すべてにチラシを貼りかねない勢いだった。一成が窘《たしな》めて諦めた場所もあったが、それでも二時間あまりの間にチラシの百枚束はすっかり消えていた。

「ちょっとやりすぎじゃないか」

作業終了地点の登山口で一成がいった。

「これだけ派手にやれば、犯人もカッとなるでしょう。それが誰でも、なんらかの反応を見せるんじゃないかしら」と深雪は得意顔だ。

一成はやれやれと首を振った。

深雪は大きく息をつき、「お腹すいちゃったねえ」といった。

ふたりは昼食を摂っていなかった。

「家《うち》に帰ってご飯を食べようか」深雪はそういったものの、すぐに気を変えた。「あっ、そうだ。コンビニへ行こう。お弁当を買って、ついでにチラシのコピーも取っちゃおうよ。このぶんだと、ほんとにすぐ無くなっちゃうもの」

「わかったよ」

車を走らせて十分ほど経った頃、携帯電話が鳴った。一成はハッとした。自分でも聞き慣れない着信音。それはチラシに連絡先として記載してある専用の携帯電話だった。一成は車を路肩に寄せて停め、ポケットから電話を取り出した。液晶画面には「ヒツウチ」と表示されている。通話ボタンを押して電話口に出た。「はい、沢村ですが」

最初に耳障りな雑音が入った。その次に「もしもし」という割れるような声。先方もどうやら携帯電話からかけているようだった。「もしもし聞こえますか」

「はい、聞こえます」

「……ええと、これはあのチラシに書いてある電話番号に間違いないですね？」

通話状態が良好になった。音声がクリアになると、声の主がかなり若そうな男であることがわかった。

「間違いありません。僕は沢村健一の息子です」

「ああ、そうですか。僕は渡辺といいます。昨日、僕の両親が鹿島の大谷原であなたらしき人からチラシを受け取ったようなんですが……」

昨日の山菜採りのメンバーに違いない。皮肉なもので、深雪が大量に捌《さば》いてくれたものではなく、一成が最初に配ったチラシに最初の反応があったということだ。

「はい、もちろん憶《おぼ》えています。山菜採りにおみえになっていた方ですね」

「そうです。で、両親にこのチラシを見せられたんですが、もしかしたら僕はあなたのお父さんに逢っているかもしれません」

「ほんとうですか！」

一成は興奮を隠せなかった。事情を察した深雪の顔も緊張で引き締まった。

「たぶん間違いないと思うんですよね。顔もそうですが、ここに印刷されている服装に見憶えがあるような気がするんです。スケジュール帳で確認したので、日にちははっきりしています。たしかに去年の十月二十六日でした」

「どこでお逢いになったんでしょう？」

「大谷原ですよ」

悪戯や冷やかしではなく、非常に信憑性《しんぴょうせい》のある情報だと一成は確信した。「あの、もしよろしければ直接お目にかかれないでしょうか。詳しくお訊ねしたいので」

「詳しくといわれても……。ほんの短い時間のことで、取り立ててなにがあったというわけでもないんですが」

「構いません。今はどんなに些細《ささい》な情報も欲しいんです」

「そうですか。そういうことなら、僕の方も構いませんよ。仕事も休みだし、今日にでも早速、逢いましょうか」

「願ったり叶《かな》ったりです。渡辺さんのお住まいはどちらの方ですか。場所を指定してくだされば、こちらからうかがいます」

「自宅は松本なんですが……」渡辺はそこでしばらく思案し、そして告げた。「僕がそっちへ行きますよ」

「えっ、それでは申し訳ない」

「いえいえ。実はキャンプに行く予定が、こんな天気で中止になっちゃって、どのみちすることもないですから。それに、現地の方が臨場感というか、生々しいものがあって僕も説明しやすいし、細かいことを思い出すかもしれません」

「ありがとうございます」と一成は思わず頭をさげていた。

「すぐ出発しますから、一時間後に大谷原で……いや、待てよ。今の時期、あそこは混んでいるだろうから……そうだな、〈鹿島槍ガーデン〉の駐車場で落ち合いましょうか。場所、わかります？」

「大丈夫です」

「じゃあ、一時間後に〈鹿島槍ガーデン〉で。僕の車は赤いフォレスターです。ボディにステッカーをベタベタくっつけてあるので、すぐわかると思いますよ」

「わかりました。お待ちしています」

一成と深雪が〈鹿島槍ガーデン〉の前で待ち受けていると、約束の時間を十分あまりすぎてから赤いフォレスターが猛スピードで道路を駆け登ってきて、ほとんどスピンといってよい急なハンドル捌きとブレーキ操作で駐車場に滑り込んだ。本人がいった通り、その車はオーナーの正気をいささか疑いたくなるほど数多くのステッカーで装飾されており、乱暴な運転と相俟《あいま》って、いったいどんな人物が降りてくるのかと一成を不安にさせた。

運転席のドアから飛び出してきた渡辺は一成といくらも違わない年齢に見える痩《や》せた男で、〈モンベル〉のキャップをかぶり、ラガーシャツにフィッシングベスト、下は厚手のコットンパンツに軽登山靴という格好だった。予期せぬことに同乗者がおり、助手席から渡辺と同じような服装の若い女が少し遅れて降り立った。

「渡辺さんですね」一成の方から声をかけた。「沢村一成です。お電話ありがとうございました」

「いいえ。お待たせしちゃって申し訳ありません」

渡辺は顎《あご》を突き出すように一礼した。その仕草も笑顔も人の好《よ》さを感じさせるもので、一成はひとまず安心した。一成が女の方に眼を遣《や》ると、渡辺は「友達です」とはにかんだようにいった。恋人ということらしかった。「実は、彼女も一緒だったんですよ。去年、お父さんと思われる人と逢った時」

「そうなんですか」

女が軽く頭をさげた。大柄でスタイルがよく、なかなかの美人だった。

一成は深雪のことを「協力者」と紹介した。彼女が〈鹿島荘〉の娘であることを知った渡辺は、「高校時代、友達と〈鹿島荘〉に泊まったことがあるんですよ」と懐かしそうにいった。深雪が「じゃあ、初対面じゃないかもね。渡辺さんはどこの高校の出身？」と例によってざっくばらんに応じると、ふたりはたちまち旧知の仲のように打ち解けた雰囲気になった。人間関係の構築において、必ずしも丁重であるばかりが能ではないということらしかった。誰に対してもあけすけな態度を取る深雪を見ていると、一成はたくましさを感じて時に羨《うらや》ましくなる。

社会人になって間もないと思われる渡辺はそういうことをしたがる時期なのか、一成と深雪に名刺を手渡した。あるいは、素姓をはっきりさせることで情報の信憑性を示そうとしたのかもしれない。フルネームは渡辺琢也《たくや》。勤務先の〈菱田《ひしだ》産業〉は松本市内にある金属を取り扱う商社とのことだった。女は山本千佳《ちか》と名乗った。

「渡辺さんは釣りをやるんですか」

一成が服装から察してそう訊ねると、渡辺は首を横に振り、「僕ら、こっちの方なんです」とシャッターを押す真似をしてみせた。

「ああ、カメラですか」

「今日は乗鞍《のりくら》で撮影キャンプの予定だったんですが、あっちも大荒れで取り止めたんです」渡辺はだいぶ晴れてきた空を見あげた。「でも、天気も恢復してきたんで、こっちに泊まることに決めました。お父さんと逢ったのも、やっぱりこっちで撮影キャンプを張った時なんですよ」渡辺はもはやその男が健一であることを疑っていないようだった。「立ち話もなんですから、大谷原へ移動しましょうか」

「そうですね」

二組はそれぞれの車に乗り込み、渡辺のフォレスターを先導に出発した。このあたりには通い慣れているようで、渡辺は混んでいる駐車場へは向かおうとせず、もっと手前の草地に車を駐《と》めた。一成もその横に車を置き、四人はしばらく山道を歩いて登山口に到着した。五人の登山パーティが山岳地図の看板の前で出発の記念撮影に臨んでいた。彼らの間には賑《にぎ》やかな関西弁が飛び交っていた。

「あそこです」と渡辺が川沿いの休憩所を指差した。「あそこにいらっしゃったんです」

四人は休憩所のベンチに腰を下ろした。

「あの時、僕らはまさにこのベンチに座っていました。ふたりでこのあたりの紅葉を撮るつもりできたんですが、こいつのお腹の調子が悪くなって休んでいたんです」渡辺はそういい、山本という女を見た。「十月二十六日であることは確実だけど、あれは何時くらいだっけ？」

「はっきりしないけど、一時か二時くらいじゃなかったかしら」

当日、健一が家を出たのが午前九時頃。女の証言を鵜呑《うの》みにすれば、四、五時間後にはここに到着していたことになる。途中、どこかに立ち寄ったりはせず、まっすぐここへきたようだ——一成はそう考えた。

「念のためにお訊《き》きしますけど」一成はコンビニでコピーしてきたばかりのチラシをふた

りの前に差し出した。

「それは父に間違いありませんか」

即座に頷《うなず》いたのは山本で、渡辺の方は一応チラシを確認する素振りを見せてから「間違いないと思います」と応えた。「電話でもいったように、チラシにある〈失踪当時の服装〉そのままの格好でしたから。とにかく、ここでは雰囲気が異質だったんで眼につきました」

「異質というと？」

「いや、それほど大それた意味はありません。雰囲気ですよ、雰囲気。服装からして山や釣りとはまったく無縁な感じだったし、観光客にも見えなかったし、かといって地元の人でもなさそうだし……。僕らがここにくる前から同じ場所にいたようで、なにをするでもなく、ずっと川の方を見ていたので、なんだか不思議な人だなあと思ったんです」

「あの……」山本が横から口を挟んだ。「このチラシには書いてないんですけど、お父さん、ロレックスの時計をしていませんか？」

一成は思わず「しています」と叫ぶようにいった。

それは健一にしてはめずらしい高級品だが、自分で購入したわけではなく、仕事関係のなにかのパーティのビンゴゲームで当たった賞品だった。人眼につく洋服のことばかりに気が行って、腕時計のことをチラシに記載するのを忘れていた。一成は自分の迂闊《うかつ》さに今さらのように臍《ほぞ》を嚙《か》んだが、この場合、ミスがかえって決定打となった。

「やはり父に間違いないようですね」

「まったく、女の子っていうのはどうしてそういうことに目敏《めざと》いのかな。僕は他人《ひと》の時計なんか気にしたこともない」と渡辺は笑った。

「正直いって、ほんとうに父と断定できるのかなって半信半疑だったんですが、その一言で決まりです。山本さんの観察眼に助けられました」

一成の言葉に、山本はチャーミングな笑みをこぼした。

「いったい親父はここでなにをしていたんだろう？」

一成は独りごちるようにいった。実際、渡辺たちに問いかけたつもりはなかった。

「なにって……さっきもいいましたけど、最初はそこに凭《もた》れて」渡辺は休憩所の柵《さく》を指し示した。「ぼうっと川を眺めていましたよ。それはもう、よく飽きないなあっていうほど長い時間」

「でも、なんかいい雰囲気だったよね」と山本がいった。「渋い中年の男の人がひとりで黄昏《たそがれ》ているって感じで。お父さんってすごくハンサムですよね」

一成に褒められて気をよくしたのか、山本の口調はずいぶん親しげなものになった。

渡辺はそんな彼女をうるさそうに眼で制し、話をつづけた。「そのうちお父さんが、こいつの具合が悪いことに気づいたみたいで、〈どうしたんですか〉と声をかけてきたんです。ただの腹痛でどうってことはなかったんですが、それがきっかけで少し話し込むことになりました。お父さんもそこに座って」と深雪が座っている位置に眼を遣った。「僕たちが写真を撮りにきたって話すと、かなり興味を示していましたね。専門的なこともよくご存じでしたけど、お父さんも写真が趣味なんですか」

「いいえ。仕事が印刷関係なので、普通の人よりは知識があったみたいですが」

「そうですか。話は写真のことに終始して、おたがい名乗りもしなかったんですが、東京からきたとはいっていたな」

「ほかになにかいってませんでしたか」

「いいえ、これといってなにも……」

「ここで話し込んだのは時間にしてどれくらいです？」

「十分くらいのものじゃなかったかなあ。僕らはこの下の河原にテントを張っていて、そっちに移動することになったんで」

「なにかを気に病んでいるように見えたとか、表情が暗かったとか、そういうことはありませんか」

渡辺は首を横に振った。「そんな感じはしませんでした。すごく穏やかで人当たりも柔らかいし、話も面白かったです」

「自殺するようには見えませんでした？」

自殺と聞いて渡辺と山本はギョッとした。

「……いや、とてもそんなふうには見えなかったですよ。なあ？」

渡辺が山本に同意を求めた。

「私、ちょっと思ったんですけど」と山本はいった。「お父さん、ここで誰かを待っていたんじゃないかしら」

「えっ？」

「おい、やめろよ。憶測で話すのは」と渡辺が語気鋭くいった。

「でも、琢也だってさっきそういったじゃ……」

「やめろって」

一成がふたりの間に割って入った。「構いませんよ、憶測でもなんでも。僕は聞いてみたいです」

渡辺は困惑顔で一成を見た。「いえね、こっちにくる道々、彼女がそんなことをいい出したんですけど……」

「お父さん、時間を気にしているように見えたんです」と山本はいった。「何度も腕時計に眼を遣《や》って。私が腕時計のことを憶えていたのは、そういうこともあるんです」

「おれは気づかなかったけどなあ」と渡辺。

山本はそんな彼を無視していった。「それにね、ちらちら駐車場の方も見ていて、入ってくる車をチェックしているようだったわ」

山本は渡辺の腿《もも》をぽんぽんと叩《たた》いた。喋《しゃべ》ることがあるだろうという催促のようだった。

意を決したように渡辺が口を開いた。「これはほんとうに僕らの憶測として聞いてもらいたいんですけど」

「ええ」

「お父さんが誰かを待っていたとして、もしかしたらその相手ではないかと思われる人物と僕たちは擦れ違ったんです。しかも、それは僕の知っている人で……」

「知っている人？」

「車でテントへ移動する時、下の狭い道でワゴン車と鉢合わせしましてね。擦れ違うのにちょっと手間取ったんで、自然と相手をじっくり見てしまうことになって……」渡辺は少しいいにくそうだったが、結果的には喋った。「それがうちとも取り引きのある〈堀場《ほりば》組〉という建設会社の車で、運転していたのはそこの社長でした」

「〈堀場組〉の堀場社長……」

深雪が久しぶりに声を発した。

「今岡さんは知っているでしょう？　こっち方面では結構名の通った会社だから」

深雪は頷いた。

「その時は、この上で河川工事か治山工事でもやっているのかなと思ったんですが、どうやらそんな様子はなさそうだし、社長ひとりというのもおかしいし、もしかしたらと思ったんです」

「父が建設会社の社長と待ち合わせ……？」

「予断を持たないでくださいね。千佳の話を聞いて、あとからこじつけたようなもんですから。こいつは堀場社長に問い合わせてみろなんていうんですけど、それはあまりに出すぎた真似だと思うし、仕事上の繋がりがある僕としてはそういうことはちょっと……」

「もちろんです。渡辺さんにそこまでしていただく理由はありません」と一成はいった。

「運転していたのが堀場社長だったというのはたしかですか」

「たしかです。見間違えようがありません」

「もし仮にですね、僕の方から堀場社長にコンタクトを取ったら、そちらにご迷惑をかけることになるでしょうか。もちろん渡辺さんの名前を出すつもりはありませんが」

「それはちっとも構いません。僕は向こうの顔を知っているけど、向こうは知らないはずですから。それに、会社の車で堂々と走っていたわけだから、誰に気づかれても不思議じゃない。情報の出どころなんてわからないでしょう」

そうはいいつつも自分の証言がどういう波紋を呼ぶかわからないという不安に駆られたらしい渡辺は、「憶測にすぎない」「予断を持たないでくれ」「くれぐれも慎重に行動して欲しい」を繰り返した。しかし、一成は正直、聞き流していた。ここにきて事態が俄《にわ》かに動きはじめたような気がし、彼は昂《たか》ぶりというよりはむしろ恐怖に身を強張《こわば》らせた。

15

三人の男たちが岸辺で立ち往生していた。彼らがいる右岸側は迫《せ》り出した大岩に行く手を阻まれており、かといって遡行《そこう》をつづけるために対岸へ移ろうとすれば、白泡が逆巻く怒濤《どとう》のような流れを徒渉しなければならなかった。平水時であればそこは膝下《ひざした》の水深ほどしかない〝チャラ瀬〟のはずだが、午前中の降雨が激流に一変させていた。

ここに至るまでに衣服はびしょ濡れになっており、三人は寒さのあまり歯の根も合わないほど震えていた。雨があがり、時折、雲間から太陽が顔を覗《のぞ》かせるようになったとはいえ、春の陽射しはいかにも弱々しく、この世でもっとも温《ぬく》みを欲している男たちにとっては気休めにすらならなかった。疲労も激しく、三人とも肩で息をしている。なにしろ山道を歩いてきた上に、川に降りてからは残雪に覆われた河原をラッセルしたり、時には血も凍りそうなほど冷たい流れを渡ったりしながらようやくここまで辿《たど》りついたのだ。

「ここを渡るんですか」三人の中で一番年若い茶髪の男がほとんど悲鳴のような声を発した。「いくらなんでも、これは無理っスよ」

「ロープで確保すれば、渡れるかもしれんが……」と太った初老の男がいった。いっている本人にしても、そんなことは願いさげだという口調だった。「三苦《みとま》さん、どうする？」

三苦と呼ばれた四十がらみの鋭い眼つきをした男は黙り込んでいた。なにか思案を巡らしていたわけではない。ほとほと嫌気が差し、返事をすることさえ億劫《おっくう》だったのだ。

「どうするよ、三苦さん？」と〝太っちょ〟が繰り返した。

「ここまでにしようや。こんな調子じゃ、こっちが御陀仏《おだぶつ》になっちまう」と三苦は投げやりにいった。

「いいのかい、このまま見捨てちまって」

「命を差し出す義理はねえだろうが。だいたい、ここを渡ったかどうかも定かじゃねえし……。いや、この流れだ。あの男が渡れるはずがない。いくらおかしくたって、それくらいの判断力はあるだろう」

「だけど、ここまではたしかに雪の上に足跡が残っていたよ」

「よく考えてみりゃ、あの男の足跡とは限らないじゃねえか。渓流釣りはとっくに解禁になっている。酔狂な釣り師が雪解けを待ちきれずに上流に入り込んだのかもしれない」

「そうかねえ？　下にバイクは置いてあったんだから、こっちにきたことは間違いないんじゃないかい。前歴もあることだしさ」

「どこかで道を逸《そ》れたのかもしれないし、おれたちが見すごしたのかもしれない」

太っちょは納得しかねている。「行き違ったとは思えないし、おれは渡ったと思うがな」

「だったら、どうするってんだよ？　そんなに行きてえなら、勝手に行け。おれはまっぴら御免だね」

苛立《いらだ》ちをあらわにした三苫の様子に太っちょは顔を強張らせたが、その表情はすぐ苦笑いに取って代わり、「おれだって行きたかぁないさ。こんな年寄りを苛《いじ》めないでくれよ」と媚《こ》びるようにいった。「それにしても、あの人はいったいなにを考えているのかねえ？」

「あの男の考えていることなんか誰にもわかるもんか」

三苫はそう吐き捨てると、ヘルメットを脱いで渓流端の雪原にぞんざいに抛《ほう》り投げた。湿った蒸れた頭をひとしきり掻《か》き毟《むし》ったあと、作業着のポケットから煙草を取り出した。

ライターがなかなか点火せず、ますます苛立ちが募った。結局、〝茶髪〟から火を借りることになった。

その茶髪が三苦の機嫌をうかがうようにおずおずと提案した。「引き返して下流の方をもう一度、捜してみますか」

「ああ、そうするしかねえだろうな」三苦は紫煙をくゆらせながらいかにも面倒臭げにいった。「だがよ、もしこんな日に川に入ったとしたら、あの男は今度こそアウトだぜ。せっかくの休みに、おれたちは土左衛門《どざえもん》を引きあげることになるかもしれねえぞ」

三苦は薄笑いを浮かべた。彼はむしろそれを望んでいるようでさえあった。

目的を見失った三人はその場に長尻《ながじり》を決め込み、てんでに岩に腰をおろして煙草をふかしたり、持参したペットボトルの飲み物で喉《のど》を潤したりした。

「なあ三苦さんよ、あの人はなんだってこんな辺鄙《へんぴ》なところにきたがるんだい？」と太っちょが訊《たず》ねた。「なんだって性懲りもなくこんなことばっかり繰り返すんだよ？」

「さあな」と三苦はそっけなく応じた。

「あんたはその理由を知ってるんじゃないのかい？」

「知るもんか。知りたくもねえよ」

「ほんとうかい？」

「いっただろう。あの男の考えていることなんか誰にもわかりゃしねえよ。まともじゃないんだぜ」

「この奥に秘密の財宝でも隠してあるとかさ……」太っちょの下卑た口ぶりと眼つきは、その言葉がまんざら冗談でもないことを物語っていた。「なにしろあの人ん家《ち》は資産家だからなあ。悪さをして貯め込んだ金もたんまりありそうだし」

三苦は鼻で笑った。「そう思うんだったら、あんた、土建なんか辞めて宝探しでもしてみたらどうだい」

太っちょは煙草のヤニで黄色く染まった乱杭歯《らんぐいば》を下品に見せて笑った。

長い休憩は男たちの躰《からだ》をかえって冷やしてしまうことになった。衣服は乾きはじめているが、気化熱が体温を奪うので逆効果だった。午後になって下流方向に向きを変えた川風も勢いを増している。三苦はぶるっと躰を震わせ、

「こいつはたまんねえ。動いている方があったかいな。さっさと引き返そうぜ」と腰をあげた。そして、つと下流の方角を見遣《みや》った彼の眼がその光景を捉《とら》えた。

「なんてこった……」三苦は吐息のように呟《つぶや》いた。「だから、いわんこっちゃねえ」

茶髪と太っちょもそれに気づき、慌てて立ちあがった。三十メートルほど下流の対岸近く、落ち込みのサラシ場に大きな流木が澱《よど》んでおり、それに寄り添うようにして鮮やかな黄色の物体が浮き沈みを繰り返している。三人ともその色には見憶《みおぼ》えがあった。〝あの男〟がよく着ているレインウェアの色だ。登ってくる時には死角になっていて三人とも気づかなかったのだ。

「三苦さん……」太っちょが擦り寄るように三苦に近づき、耳元で囁《ささや》いた。「あれは服だ

けかな？」

三苦はその言葉を無視した。いや、ほんとうは「わかりきったことを訊《き》くな」と怒鳴りつけ、ついでにその横っ面を殴りつけてやりたかった。服だけのはずがない。水面にたゆとうその物体にはたしかに肉の質感がある。しかし、三苦は怒鳴ったり、殴ったりはしなかった。ただただ苦虫《にがむし》を噛《か》み潰《つぶ》したような顔を晒《さら》し、その場に立ち尽くした。そして、男を襲った悲劇なんぞよりも我が身に降りかかった不幸を嘆いていた。こんなところでくたばりやがって。いったいどうすりゃいいんだ？　遺体を引きあげるためにはまたぞろ水のような水に入らなくてはならない。引きあげたら引きあげたで、そのあとあの図体《ずうたい》をどうやって麓《ふもと》まで運ぶ？　携帯電話が通じるような場所ではないから、仲間を呼ぶこともできない……。三苦はこの日の不運を呪い、胸の中でありとあらゆる罵詈《ばり》雑言《ぞうごん》を吐き散らした。

ところが、三苦のそんな思いは杞憂《きゆう》に終わった。結果的に彼は男の遺体を引きあげることも運ぶこともせずに済んだ。なぜなら……。

——それは気配としかいいようのないものからはじまった。

山男たちの間で教訓として語られている独特の匂いでも音でもなく、汚物の流下や濁りといった視覚に訴える顕著な予兆でもなかった。強いていうなら、濃密な沈黙にも似た痛いほどの圧迫感だ。そんな圧迫感がひとしきり渓流を支配したかと思うと、ほどなく異変が疾風のごとく三人に襲いかかった。最初に気づいたのは茶髪で、彼は喉の奥で「うっ」とも「あっ」ともつかぬ奇妙な音を鳴らし、次の瞬間、「鉄砲水だ！」と叫んでいた。その声に振り返った三苦の眼に最初に飛び込んできたのは押し流されてくる夥《おびただ》しい数の流木群だった。川幅どころか河原まで飲み尽くさんばかりに膨れあがった凶暴な水の壁が表層雪崩のように猛烈な速度でこちらに迫ってきていた。三苦はそこで初めて水音とは別に耳慣れない「ゴー」という音を聞いた。鉄砲水が引き起こす突風の音だった。周囲の樹々が鬼女の髪のように舞い踊った。茶髪も太っちょも逃げ惑った。しかし、三苦だけは動かなかった。不思議なことに、ついさっきまで彼を蝕《むしば》んでいた苛立ちや不平不満といった雑駁《ざっぱく》で陋劣《ろうれつ》な感情は雲散霧消し、心はむしろ凪《な》いでいた。

(つくづく運に見放されちまった日だな……)と三苦は苦笑混じりに胸の内で呟いた。

数秒後に三苦は狂気を帯びた水流に押し流されていた。さらに数秒後、岩に叩きつけられた彼の頭蓋骨は粉砕した。茶髪と太っちょも難を逃れることはできず、流れに飲み込まれた。しばらくは木の葉のように翻弄されていたふたりの躰も、やがて濁流に沈んだ……。

一時間後――。

狂乱がすぎ去った河原には不気味なほどの静謐《せいひつ》が満ちていた。水音も聞こえない。上流から運ばれてきた岩や土砂や雪がすっかり川筋を埋めてしまったのだ。さっきまでたしかにそこを流れくだっていた奔流は消え去り、代わりにミミズが這《は》った痕《あと》のような細い水流と地下にできた伏流が健気に上流の水を下に送りつづけていた。そこで何者かの命が奪われようと、骸《むくろ》のごとき流木群が散乱する河原の景観がどんなに痛ましかろうと、それは山にとっては些細《ささい》な出来事、過去に何度も繰り返されてきたありふれた自然現象にすぎなかった。血栓が取り除かれた血流のように、一度狂気を吐き出した川はやがて再び健やかな流れを取り戻し、命の源である水を山の隅々にまで供給しながら、自らもまた豊かに蘇生するに違いなかった。

そのことを知っているかのように少女は穏やかに微笑み、まさにその荒れ果てた河原に佇んで下流の方角を見ていた。さらに、そんな少女の姿を眺めているもうひとつの人影もあった。取水堰堤《えんてい》の下流側、朽ちかけた吊り橋の中央に彼は立っていた。少女との距離はかなりある。しかし、ふたりは明らかにおたがいの存在を認め合い、それどころか意思を交換し合っているようにさえ見えた。長い長い無言の対面がつづいた。

やがて少女の姿は陽炎のように揺らぎはじめ、そして掻き消えた。吊り橋の上の人物は別段そのことに驚くでもなく、なぜかにっこりと笑ってみせた。

16

宿泊客のほとんどが登山者や釣人なので、〈鹿島荘〉の夜は早い。まだ九時をまわったばかりだというのに、建物全体があたかも真夜中のようにひっそりと静まり返っていた。満室のはずの客室はすでに消灯してしまったところもあり、灯の点《とも》っている部屋にしても、そこからは哄笑《こうしょう》や話し声ひとつ洩れてこず、人の動く気配とて伝わってこなかった。

例によって一成の部屋に押しかけてきた深雪は、「夜中に出かけるからね」と一方的に告げた。チラシを貼った場所を夜まわりし、あわよくば〝犯人〟を直接、捕まえるつもりでいる。一成はあまり気乗りせず、「今日の今日で反応があるとは思えないけどな」と疑問を呈してみたが、深雪は聞く耳を持たなかった。そして、明日以降も夜まわりをつづけると主張し、一成は渋々承知した。それから会話が渡辺との面談の件におよぶと、深雪がしかめ面で「それにしても、あいつの名前が出てくるとはね」と不快げに洩らした。

「堀場社長のこと？　あいつ呼ばわりってことは、いい印象は持っていないわけだ」

「ヘドが出るわ」と深雪は吐き捨てた。

「個人的な知り合いなのかい？」

「私と？　冗談いわないで！」深雪はおぞましいように叫んだ。「オババとオジジを追いつめた連中のひとりよ」

「お金を持ち逃げした一味なのか」

「もっと質《たち》が悪いかもしれないわ。あいつは騒動を嗅ぎつけて近寄ってきて、自分だけおいしいところを持って行ったの。まるでハイエナよ。ウジムシ野郎よ」

「ずいぶん手厳しいんだな。いったいどういうことだよ？」

「例の一件でオババとオジジは元信者にできる限りのことをしたの。自分たちだけ犠牲になってね。今にして思うと、ほんとにそんな法的義務があったのかどうか怪しいもんだけど、お金に代えられるものはすべて代えて、いわれるがままにお布施なんかの返済に応じたのよ。銀行預金も郵便貯金も生命保険も全部解約しちゃったし、持っていた土地も売っ払っちゃった。あの自宅だって手放そうとしたんだけど、それは家《うち》のお父さんが反対して、なんとかみんなを説き伏せたらしいわ」

「へえ、きみのお父さんが」

「〈昨日までの恩義を忘れて、年寄りの終《つい》の棲家《すみか》まで奪うような真似をするのは人の道に悖《もと》る〉って大演説をぶったんだって。普段はぼんやりしていて頼りないおっちゃんだけど、それだけで私はお父さんを尊敬しちゃうわ」

「どっかの家の父子関係とはえらい違いだな」一成は自嘲《じちょう》的に笑った。「で、堀場社長はその話にどう関わってくるのさ？」

「堀場は騒ぎを穏便にまとめるフリをしてさ、オジジが持っていた山林、土地……ほかにも金目のものを根こそぎ奪って行ったわけよ。人の足許を見て、それこそ二束三文で買い叩いて、あとはそれを適当に転がして一《ひと》財産作っちゃった。いってみれば、田舎版の地上げ屋よ、地上げ屋。オジジとオババはあいつに身ぐるみ剝がされたようなもんなのよ」

「でもさ、財産を処分することはオジジとオババが決めたことなんだろう。たまたま堀場社長がそれを買ったからって……」

「あんたも考え方が〝甘ちゃん〟ねえ。堀場のクソッタレが陰で元信者を扇動していたに決まってるじゃない。もしかしたら、お金を持ち逃げした連中ともどこかで繫がってるかもしれないわ」

「それはきみの思い込みじゃなく？」

「みんな、心の底ではそう思ってるわ。あんただって、堀場の人相を見ればわかるわよ。卑しい顔をしてるから。女癖も悪いしね。何人も愛人を囲ってるんだけど、私の中学の同級生のお母さんまで寝取って愛人にしちゃったのよ。気持ち悪くない？」

「でも、それは大人の男女間の問題だからな。一概に男の側だけ責められないだろう」

「あんたのそういうところが嫌いよ。訳知り顔で、大人ぶっちゃって」

「悪かったな」一成は不貞腐《ふてくさ》れ、ごろんと床に横になった。「だけど、親父はほんとうにそんな男と待ち合わせていたんだろうか。渡辺さんの話だけじゃ、断定できないしなあ」

夜の冷却作用ともいうべきものが働いて、昼間の確信は早くも揺らぎはじめている。

「私、すごく嫌な予感がする。仮にそうだとしたら、相当きな臭いわよ。こんなことをいうのは気が引けるけど、お父さんの身の安全が心配だわ」

一成はすくっと起きあがり、いった。「あのなあ、きみが堀場社長に腹を立てていることはわかるけど、先入観は捨ててくれよ。問題は別なんだから」

「わかってるわよ」

「いや、ちょっと待てよ」一成は思案顔になった。「ほんとうに別問題なのかな？　オバのいう〝間違った過去〟というのはその騒動のことを指していて、親父がなんらかの形で関係していたとか……」一成はすぐに溜息をついてまた寝転がった。「まさかそんなことはないか。時期も合わないしなあ」

「これからどうするつもり？　堀場のことは抛《ほう》っておくの？」

「う～ん」と一成は生返事を返した。

「裏は取らなくちゃいけないわよね」

「どうやって？」

深雪も困っている。「……どうしよう？　本人に直接訊くしかないかなあ」

「大学教授の時よりも根拠薄弱だぜ。それに、親父がそのての脂ぎった男と通じていたなんて、どうしても想像できないんだよ」

「じゃあ、なんにもしないつもり？」

「接触するにしても、いったいなんていえばいいのさ？〈あの日、あそこであなたを見かけた人がいるけれど、ひょっとして僕の親父と逢いませんでしたか〉とでも訊く？」

一成は気が重くなってきた。

「私、やっぱり正攻法は勧められないな。もしほんとにあいつが関係していたら、とぼけるに決まってるわよ」

「端から犯罪行為があったみたいにいうなよ。先入観を捨てろっていっただろう」

「あんたは堀場っていう男を知らないから……」

「それが先入観だっていってるんだ。その人が関係しているかどうかもはっきりしていないんだぞ。だいたい正攻法以外にどういう手段があるんだよ？」

その時、部屋の外で深雪を呼ぶ声がした。「深雪。深雪はいるか」

彼女の父親らしいが、少し不機嫌そうだった。ひとり娘と部屋に引き籠《こも》っていることを咎《とが》められそうな気がして、一成は緊張した。

「なあに？　ここにいるよ」

「ちょっとこっちへきなさい」

「なによ？」と深雪は面倒臭そうな声を出した。「そっちが入ってくればいいじゃない」

「いいから、ちょっと」

深雪は腰をあげて部屋の襖《ふすま》を開けた。戸口で話そうとする彼女を、父親が廊下の奥まった方へ誘った。一成には聞かれたくない話のようだった。しかし、少し話し込んだだけで深雪はドタドタと駆け戻ってきた。

「いわないこっちゃないわ。またやられたよ！」血相を変えた深雪が紙の束を差し出した。例のチラシだった。十枚ほどある。「これ、道路に落ちてたんだって。お父さんが仕事帰りにたまたま見つけたのよ。用水路に捨てられているのもあったらしいわ」

「捨てられていた？　風に飛ばされたんじゃ……」

「なに寝ぼけたこといってんのよ！　剝がされたのよ。剝がされて捨てられたのよ」深雪はそういうなり、一成の腕を強く摑《つか》んで引き立てた。「出かけるよ」

ふたりは玄関を出てガレージへ向かい、車に乗り込んだ。ハンドルを握るのは深雪だ。

「昨夜の被害も同じだったんじゃないかな」と一成がいった。「つまり、こっちは盗まれたなんて大袈裟《おおげさ》に考えたけど、ただ単に破り捨てられただけだったのかも」

「かもしれないわね。だけど、どんな違いがあるっていうの？　どっちにしたって妨害行為でしょうが」

　車はタイヤを鳴らして庭先から道路へ飛び出し、里の方角へ向かった。しばらく走ってみて事態がいよいよはっきりしてきた。たしかに昼間貼った場所にチラシが見当たらなかった。ことごとく剝がされている。深雪は「クソッ！」と舌を鳴らし、スキー場の駐車場で車をUターンさせた。今度は上の方角へ車首を向ける。

「しっかり外を見ていてよ。時間はそう経ってないはずだから、犯人がまだうろうろしているかもしれない」

「見ていろっていっても、真っ暗でなんにも見えないぞ」

　深雪は大胆にもヘッドライトのスイッチを切った。車の接近を犯人に気取られないようにしたつもりらしい。灯が消えた途端、一成の眼は視力を失った。なんという暗さ、なんという不気味さ。一成はかつて体験したことのない漆黒の闇に呑まれて軽いパニックに陥った。

「おい、危ないよ！」

　深雪は一成の言葉を無視して車を飛ばした。正気の沙汰《さた》とは思えない。観光ルートのひとつだから街路灯があることはある。だが、その数は少なく、人魂《ひとだま》のように頼りない光を滲《にじ》ませるだけで、とても山間の闇に太刀打ちできるものではなかった。アスファルトの道は完全に闇の底に沈み、消え失せている。空は晴れているものの、月は出ておらず、星明かりなど気休めにもならなかった。

「おい、せめてスモールライトを……」

「大丈夫よ」深雪は蠅《はえ》でも追い払うようにうるさげにいった。「生まれ育った土地なのよ。眼を瞑《つむ》っていたって運転できるから安心して」

安心などできるはずがない。一成は忘れていたシートベルトを慌てて締め、グローブボックスを支点にして両腕を突っ張った。車が軌道を逸れずに前進をつづけていることが奇跡か魔法のように思えた。助手席で身を強張らせてじっと恐怖に耐えていると、やがて一成の眼にも多少の視界が戻ってきた。とはいえ、歩道帯の白線やところどころ設置されている切れ切れのガードレールが仄白《ほのじろ》く見えるにすぎない。それすらも網膜上の盲点に入ってしまえばあっさり消えてしまうようなおぼつかなさだ。

車が急停止した。深雪が助手席側のパワーウィンドウを降ろし、外を眺めた。「あそこもやられてるわ」

「あそこって、おれには全然見えないぞ。そもそもここはいったいどこなんだ？」

「共有林の入口よ」

そこは鹿島集落の共有林へと向かう草深い脇道の入口で、それを示す立て看板にもチラシを貼りつけたのだ。深雪にいわれて一成はグローブボックスからマグライトを取り出し、その方向を射し照らした。たしかに看板からチラシが消えている。

「これはもう悪戯なんてレベルじゃないわね。かなり偏執的だもの。これで子供や酔っ払いの線は消えたんじゃない？」

深雪は少し勝ち誇ったような口ぶりでそういうと、再び車を発進させた。ヘッドライトを消していても彼女には躊躇《ちゅうちょ》というものがまるでなく、平気で闇の壁に突っ込んで行く。次第に車のスピードがあがってきた。深雪は昼間の風に飛ばされてきたらしい工事用のカラーコーンを巧妙に避けて通った。一成には見えないカーブでもスピードを落とすことなく正確に車をコントロールした。もちろん勘だけに頼って運転しているわけではなく、夜眼が利くことは間違いないが、それにしても一成は生きた心地がしなかった。〈鹿島荘〉の前を通りすぎてしばらくすると、明るい場所が見えた。〈鹿島槍ガーデン〉だ。釣り堀や生簀《いけす》を取り囲むように常夜灯が点《とも》り、センターハウス前のジュースの自動販売機も煌々《こうこう》と輝いて闇を溶かしている。一成はほっと安堵の溜息をついた。深雪は〈鹿島槍ガーデン〉の駐車場でもう一度車を停めた。昼間は行楽客で大変な賑《にぎ》わいを見せていた施設も今は廃墟のように静まり返っていた。施設と駐車場を仕切る柵《さく》に貼ったチラシ——これはちゃんと許可を得て掲出した——も消えていた。深雪は運転席から飛び出し、道路を隔てて反対側の〈鹿島神社〉の石段の方へ走った。一成もあとを追った。石段脇の電柱に貼ったもの——これはお社《やしろ》に向かって柏手《かしわで》を打って許可をもらったつもり——も剝がされ、糊付けの痕が薄汚く残っているだけだった。

「ちくしょう。全部やられてるじゃん」深雪は地団太踏んだ。「登山口へ行ってみよう」

車に戻りかけた深雪を、一成が「待って」と呼び止めた。

「なによ?」

一成はマグライトで照らしながら側溝脇の草むらに踏み込み、なにかを拾いあげた。チラシだった。数枚のチラシがまとめてくしゃくしゃに丸められている。一成は腑《ふ》に落ちないものを感じた。「いくらなんでも、ちょっとがさつすぎないか。こんなところにポイ捨てするなんて。下でもきみのお父さんが拾ったわけだし……なんかおかしいよ」

「なにが？」

「だからさ、かえって悪意を感じないというか……。深刻な理由があれば、もっと人眼につかないようにするだろう。子供とはいわないけど、まったく関係ない誰かの悪戯なんじゃないかな。〈観光協会〉の人がポイ捨てなんてするわけないから、たぶん彼らでもない」

「じゃあ、誰なの？　誰がなんのためにこんなことをするのよ？」

「それはわからないけど……」一成は考え込んだ。「たとえば、このあたりには走り屋や暴走族みたいな連中がくることはない？」

「あるよ。そいつらの悪戯だっていうの？　だけど、こんなことしてなんの得があるの？　第一、連中が動き出すのはもっと夜が更けてからよ」

「……」

「とにかく行くよ。早く車に乗って」

ふたりは車に戻って出発した。しばらく行くと、道は二股《ふたまた》に分岐した。右は青木湖方面だ。車はまっすぐ登山口へ向かった。急に道路の幅員が狭くなり、木立ちが両脇に迫って闇が一層深まった。さすがの深雪もヘッドライトをハイビームで点灯した。一成の前にあたかも写真のネガのような光景が出現した。林の樹肌がぼうっと白く浮かび、人骨めいて見える。やはり仄白く見える道はまるで冥界《めいかい》に通じているようで、一成の心は粟立《あわだ》った。次の瞬間、重なり合って繁茂する枝葉の中から巨大な黒い影が飛翔《ひしょう》してフロントガラスのすぐ前を横切った。一成は「あっ」と小さく叫んだ。

「フクロウよ。いちいちビクビクしないで。男でしょうが」

駐車場に到着すると、今度は深雪の方が「あっ」と声をあげてブレーキを踏んだ。

橋の袂《たもと》に人がいる。男だ。後ろ姿を見せていた男は振り返り、車の方を見た。一成はギョッとした。その男の虹彩《こうさい》がヘッドライトの光を反射して獣のように青白い光を放ったからだ。一対の不気味な光に射竦《いすく》められ、一成の息が止まった。SF映画やホラー映画じゃあるまいし、人間の眼があんなふうに光るものだろうか。

「なんで……」と深雪が洩らした。彼女は一成のように怯《おび》えているわけではなかった。明らかに狼狽《ろうばい》している。

「なんでこんなところにいるの？」

深雪の視線は光の中に立ち竦む男に貼りついたままだ。一成も眼を凝らして見た。そして合点した。それは一成も知っている人物だった。

17

一成が光る眼に怖じ気づいている間に深雪が車を飛び出していた。一成も少し遅れて外に出た。その男は橋を背にして立ち、ふたりの方をじっと見据えている。川の畔《ほとり》に漂う薄《うす》靄《もや》の中にくっきりと光芒《こうぼう》を描くハイビームのヘッドライトが、三者の影を対岸の斜面に投影していた。一成の視線の角度が変わったせいか、男の眼からは不気味な光が消え失せた。そうなってみると、むしろ人懐こそうに見える、一種おかしみを誘う容貌《ようぼう》の男だった。体格は小さく、今時の女の子としては決して大柄な部類には入らない深雪よりもさらに背が低い。キャップをあみだにかぶり、ショルダーバッグを袈裟《けさ》掛けにしている様は、遠眼には子供のようにも見える。

深雪が男のそばに歩み寄り、「トンチ、それはなに?」と怒りを押し殺した声で訊ねた。

「あんたが手にしているそれはなによ?」

問い質《ただ》すまでもないことだった。剝いだばかりと思われるチラシ。橋の欄干に貼りつけてあったものに違いない。深雪はトンチの返答を待った。トンチは応えず、悪びれずにまっすぐ深雪を見返している。

「なんなの?　応えて」

やはりトンチは応えない。

「応えなさいよ、トンチ」

辛抱強く深雪が質問を繰り返した。

その時、トンチが笑った――ように一成には見えた。普段から笑みの絶えない男だが、それとは明らかに異質な、深雪のことを軽んじ、馬鹿にしているような……そう、それはまぎれもなく嗤笑《ししょう》にほかならなかった。

深雪はカッと眼を剝《む》き、トンチの手からチラシをひったくった。「あんただったのね！なんであんたがこんなことするわけ？」

トンチはへらへらと笑うばかりだ。深雪が自分よりも背丈の低いトンチの胸倉を摑《つか》んだ。

「トンチ、説明しなさいよ！」

トンチはしばらく黙ってされるがままになっていた。だが、深雪がさらに「説明しなさいったら！」と怒鳴って胸元を揺さぶると、彼の表情が豹変《ひょうへん》した。笑いは瞬時に消え、苦痛を憶えたように顔が醜く歪んだ。トンチは獣じみた唸《うな》り声を発して深雪の腕を乱暴に薙《な》ぎ払った。予想外の抵抗を受けた深雪は一瞬、怯《ひる》んだ様子を見せたが、それでますます怒りに火がついてしまったらしく、舌打ちしてトンチに摑みかかった。トンチは深雪の勢いをそのまま利用して造作もなく彼女を投げ飛ばした。彼女の躰は軽々と宙に浮き、砂利の地面に転がった。したたか腰を打ちつけた深雪は小さく呻《うめ》き、それでも眼光鋭くトンチを睨《にら》みつけた。

「ちくしょう！」

果敢にも深雪は起きあがり、また突進した。次の瞬間、一成はひやっとする光景を目《ま》の当たりにした。トンチの裏拳《うらけん》が容赦なく深雪の顔面を打擲《ちょうちゃく》したのだ。肉と骨がぶたれる不穏な音に、そして一種おふざけのように見えた投げとは比べものにならない殺気に一成は凍りついた。深雪が崩れ落ち、横ざまに地面に伏した。一成は深雪に駆け寄ろうとしたが、トンチに隙を見せるのは賢明ではないような気がし、生まれて初めて人を殴るつもりでその小男に突進した。

「ふざけんな、この野郎！」

恐怖をまぎらわせるための怒鳴り声は、その実、恐怖をあらわにして裏返った。トンチは無防備だった。腰の入っていない、一成の弱々しいパンチはたしかにトンチの頬を捉《とら》えた。しかし、トンチはほんの少しよろめいただけだった。ダメージを受けたのはむしろ一成の方で、トンチの頬骨を掠《かす》ったと思われる右手の薬指の付け根あたりに激痛が走った。その痛みに顔をしかめたところにトンチが猛然とタックルをしかけてきて、一成は後ろ向きにふっ飛んだ。躰は小さいくせに、トンチの力は尋常ではなく、鋼のような筋肉に覆われた肉体には抗しがたい圧力があった。深雪の躰に足を引っかけて転倒し、一成はそのまま地面に仰臥《ぎょうが》した。倒れる際、受け身を取ろうとして右肘《みぎひじ》を痛打し、痛みとも痺《しび》れともつかぬ電気のようなものが走り抜けるのを感じた。あっという間の出来事だった。戦意は脆《もろ》くも崩れ去った。おたがい倒れたままで深雪と眼が合った。俯《うつぶ》せの姿勢の彼女は放心してしまったようにとろんとした眼つきをしていた。殴られた衝撃で半ば意識を喪《うしな》っているのかもしれない。彼女の眼尻《めじり》を涙が伝い、鼻血が顔面を汚していた。一成はトンチに眼を配りながら深雪の方に這《は》い寄り、その肩に手を置いて「大丈夫か」と問いかけた。深雪は顔をしかめ、「うう」と唸った。鼻血の量が夥《おびただ》しい。正視しかねる有様だったが、そのうち眼には力が戻ってきた。

「大丈夫か」と一成はもう一度いった。

この暴力沙汰《ざた》にすっかり打ちのめされたかに見えた深雪は、しかし、一成に気遣われていることが我慢ならないらしく、なおも虚勢を張ろうとした。彼女は両手を地面について ゆっくり上半身だけを起こした。正気を取り戻すべく二度、三度と頭を振り、それから正座の格好になって左手の甲で涙と鼻血を一緒に拭《ぬぐ》うと、血の混じった唾をペッと吐いた。

「やってくれるじゃないの、トンチ」深雪は不敵に笑った。「頭にきた。許さないからね」

いうが早いか、深雪はさっと立ちあがり、またトンチに突っかかって行こうとした。

「やめろ！」

一成が後ろから深雪を羽交い締めにして止めた。

「離してよ」深雪は両脚をじたばたしてもがいた。「離せよ、馬鹿！」

怒りの矛先は一成に向けられ、聞くに耐えない罵詈雑言《ばりぞうごん》が彼女の口から飛び出した。暴れ方があまりに激しいのでふたりともバランスを崩し、再び折り重なるように倒れ込んだ。

――探すな。

だしぬけに声がした。一成と深雪は同時にトンチの方を見た。今や小さなトンチがふたりを見おろしていた。だが、仁王立ちのトンチの眼が焦点を結んでいるかどうかは甚だ疑問だった。ふたりを見ているようで見ていない――そんな茫昧《ぼうまい》とした眼つきだ。その顔にはさっきの嗤笑も、深雪に暴力を振るった時のような悪鬼の形相もなかった。かといっていつもの笑みが戻ってきたわけでもない。表情が消え失《う》せている。感情を持たない魚じみた顔だった。

「……捜すな」とトンチがもう一度いった。陰《いん》に籠《こも》った声だった。

それまで怒りに満ちていた深雪の視線が戸惑うように揺らいだ。「トンチ……」

「捜すな。タケルは戻らない」

機械音声のように抑揚に乏しい口調だった。

「違う。トンチの声じゃないわ」

「トンチの声じゃない？」一成が鸚鵡《おうむ》返《がえ》しにいった。「どういうこと？」

深雪はトンチに向かって断定的にいった。「あんたはトンチじゃないわ！」

トンチは立ち尽くし、相変わらずの無表情をふたりに向けている。

「あんたは誰？　誰なの？」

トンチはふたりへの興味を失ったとでもいうように急にそっぽを向いた。

「いったい誰なのよ？　応えなさい！」

すると、突然トンチが笑い出した。今度は声を出して。最初は「フフフ」と堪《こら》えるような笑いだった。それがやがて「キャキャキャ」という高音に変わった時、一成も初めて違和感を憶えた。嬌声《きょうせい》？　そう、それはたしかに女の笑い声のようだった。

自分はどうやら憑依《ひょうい》現象を目の当たりにしているらしい。一成もようやく合点した。昨日までの一成なら到底受け入れがたいことだが、今の彼にはそれを認めるだけのキャパシティができていた。不思議と恐怖は感じなかった。見てはいけないものを見てしまったという戸惑いにも似た気持ちが半分。トンチが、いやトンチに憑依したものが「タケル」の名を口走ったというショックが半分。そんなところだった。トンチの笑いは次第に激しさを増し、ほとんど悶《もだ》えのようになってきた。文字通り腹を抱え、身を捩《よじ》り、涙を流さんばかりに笑いこけている。今や彼の狂態の影だけが対岸の斜面に踊っていた。一成と深雪は呆気に取られ、ただただ眺めていることしかできなかった。

と、まったくふいに笑い声が途絶えた。トンチの躰が感電でもしたようにピンと張り、肉体的な限界と思われる位置にまで首がガクッと逸《そ》れた。その口から微《かす》かに呻き声が洩れた。白眼を剝いた形相は、この世でもっとも苦痛を味わいながら死を迎えた者のデスマスクのように悲惨だった。トンチは泡を吹き、そのまま後ろ向きに倒れ込んだ。

投げられても殴られても決して悲鳴をあげなかった深雪が甲高い悲鳴をあげ、トンチのもとに走り寄った。

18

あくる日は文字通りの五月晴れとなった。空には一点の雲もなく、朝から眩《まぶ》しい陽射しが降り注ぎ、昨日の雨に洗われた新緑を渡る風も爽《さわ》やかだった。山々は澄みきった空を背景にまるで切り絵のようにくっきりと輪郭を鮮明にしていた。春というよりは初夏の匂いに誘われて誰もが心を噪《さわ》がせ、どこかへ出かけたくなるような日和だった。

　そんな天気とは裏腹に、一成は眼醒《めざ》めるなり憂鬱《ゆううつ》に襲われた。トンチを殴った際に痛めた右手が一晩のうちにグローブのように腫《は》れあがり、見るもおぞましい紫色に変色してしまっていたのだ。子供の頃からあまり活動的ではなかった一成はそれがゆえに怪我らしい怪我を負ったことはなく、重篤な疾病とも無縁で暮らしてきた。初めて体験する躰の顕著な異変に泡を喰《く》い、うろたえた。そこにたまたま深雪がやってきて、一成を朝食に誘った。

深雪は深雪で、トンチに殴られた右頰に青痣《あざ》をこしらえていたが、家族や客には「転んで立ち木に顔をぶつけた」と説明しているらしい。

　一成の手を見た深雪は、一成本人の塞《ふさ》ぎ込んだ気分とはおよそ掛け離れた軽い調子で、「ああ、こりゃ骨をやっちゃってるわね」といった。

「骨折ってこと？」

「ヒビが入った程度でしょ。抛《ほう》っておいてもくっつくから大丈夫よ」

「そんなムチャクチャな。ちゃんと病院で診てもらわないと……」

「わかったわよ。朝ご飯の片付けが済んだら、病院へ連れて行ってあげる」

　深雪にとっては一成の怪我なんぞよりもトンチの名誉と秘密を守ることの方が重大事のようで、昨夜ふたりの間で交わされた「トンチの一件は他言無用」という約束をあらためて念押しし、一成の怪我については「車のドアに手を挟んだことにしよう」といった。

　そのトンチはといえば、昨夜は癲癇《てんかん》の発作のように昏倒《こんとう》したものの、ほどなく意識を取り戻し、倒れた時に作った頭の瘤《こぶ》を擦《さす》って「痛い、痛い」とおどけたようにいった。けろっとしたもので、自分がなにをしでかしたかまったく憶えておらず、血に染まった深雪の顔を見ても、「ミーちん、またヤンチャをやったな」と邪気なく笑いこけたのだった。トンチは「ちゃん」という発音がうまくできず、深雪のことを「ミーちん」と呼ぶ。一成と深雪はいささか拍子抜けした。結局、なにを問いかけてもトンチからはまともな返答が得られなかった。嘘をついたり隠し事のできる男ではないので、記憶が欠落しているのはたしかなことのようだった。

深雪の高校時代の同級生の実家だという個人病院を訪ねてレントゲンを撮ってもらったところ、やはり一成の右手薬指の付け根の骨にはヒビが入っていることが判明した。ヒビだからかえって治療の施しようがなく、湿布をされ包帯をグルグル巻きにされて、「しばらく右手を使わないように」と医者からいわれただけだった。それでも気分だけは重傷者で、一成は利き腕を使えないこれからの生活の不便さを思ってさらに憂鬱になった。一方、一成に促されて深雪も渋々診察を受けたが、彼女の方はあっさり打撲症と診断された。

予想できたこととはいえ、一成の怪我の具合を知った深雪は呆れ返り、「なんてヤワな男なの。ちゃんとカルシウム摂ってる？」と蔑《さげす》みの眼を向けた。一成としては「きみを守ろうとしてこうなったんだ」という思いがなくもなかったが、喉まで出かかったその言葉を呑み込んだ。たしかに自分でもヤワな骨だと認めざるを得ないし、なにしろひとり相撲もいいところで、トンチには蚊に刺されたほどのダメージも与えられなかったわけだから、騎士《ナイト》を気取れるような身分ではないと恥じ入った。

　ふたりは病院を出たその足で大谷原方面へ向かった。チラシが剝がされた範囲からいってトンチがとても徒歩で移動したとは考えにくかったので、今朝になって一成がその点について疑問を口にすると、オババの家を覗きに行った深雪が自転車が失くなっていることを確認したのだ。トンチに問い質《ただ》しても、「知らない」という。そのことさえも忘れているのだろうという結論に達し、ふたりで自転車を捜しに行くことになった。

　移動中、とある雑貨屋の店先にジムニーを停めて自動販売機の煙草を買っている大町署の袴田の姿を見かけた。今日は作業着でこそなかったが、上はラガーシャツ、下はジャージのズボンという、やはり傍目にはおよそ警察官には見えないスタイルだった。深雪は路肩に車を寄せて停め、袴田の背中に声をかけた。振り返った袴田は「よう」と片手をあげたが、心なしか声に元気がないようだった。

「これから山？」と深雪が訊ねた。

「いや、たった今、降りてきたところだよ。今日は朝から大変だった」袴田が小走りに道路を横断してきて運転席の窓を覗き込んだ。助手席の一成に気づき、「ああ、どうも」といってぺこりと頭をさげた。一成と袴田の間でひとしきり再会の挨拶が交わされた。

「遭難があったの？」と深雪があらためて訊ねた。

「鹿島の大川沢で人が流された」と袴田は応えた。

「えっ、また？」

「今度は子供じゃない。大の男が四人も流されちまってね」

「救かったの？」

「いや。事故に遭ったのは昨日のようで、四人とも取水堰堤《えんてい》の澱《よど》みに浮かんでいたよ」

「取水堰堤って……この時期にあんなところまで入り込んだわけ？」

「今年は比較的雪が少なくて行けることは行けるんだ。まあ、それにしたって昨日はあんな天気だったから、無謀ではあるがね」と袴田は嘆息した。「どうやら出水があって、それに巻き込まれたらしい。たぶん雪崩の跡が上流でずっと川を塞《せ》き止めていて、そこが一気に決壊したんだろうな。かなりの規模の災害だったようで、渓《たに》の様子まですっかり変わっていた。まだ気温が低いこの季節にああいう事故はめずらしいんだが……」

「その四人って、釣人？」

「関係者の話だと、釣りに出かけたまま帰ってこないひとりを、三人が捜索に行ったらしい。巻き添えを喰っちまった格好だな。まったく気の毒な話だよ」

事故の後処理のために急いで署に戻らなければならないという袴田は、オババの病状を深雪に訊ねてからそそくさとジムニーに乗り込んで走り去った。

「また事故か。やっぱり相当危険な川らしいね」と一成がいった。

「人間が悪いのよ。自然をナメてかかるから」

深雪は怒ったように車を発進させ、大谷原へと急いだ。

昨日とは一転、登山口は大勢の人間でごった返し、休日の華やかな昂揚《こうよう》感に満ちていた。

捜索隊の前線基地は当然ここに設けられたはずだが、四人の死者が出たという悲惨な水難事故の余韻を感じさせるものはなにも残っていなかった。天気は上々、山もすこぶる機嫌がよさそうで、一成もふと（こんな山なら登ってみてもいいかな）と思った。

　駐車中の車の陰に隠れていて見つけるのに少し時間がかかったが、案の定、トンチの自転車は道を少しはずれた草地に放置されていた。車のラゲッジスペースに自転車を積み込むと、深雪が「散歩してみようか」といい出した。ふたりの足は自然と人気の少ない大川沢方面へ向かっていた。

「きみはカクネ里へは行ったことがある？」と一成が訊ねた。

「ないわ。なかなか行けないわよ、あんなところへは」

「さすがの〝おてんば〟も二の足を踏むようなところってわけだ」

「行って行けないことはないと思うけど、そんなこと考えもしなかった。鹿島集落の人間にはね、カクネ里には行ってはいけないっていう暗黙の了解みたいなものがあるのよ」

「落人《おちうど》伝説のせい？」

　深雪は頷いた。「私たちにとって、あそこは特別な場所なの。今いる集落は仮初《かりそめ》の地、ほんとの安息の地がカクネ里。鹿島の人間の御霊《みたま》はいずれはあそこへ帰って行くのよ」

「きみはそれを信じている？」

「もちろん。オババがそう教えてくれたもの。カクネ里は人智のおよばない世界。あだやおろそかに人間が足を踏み入れて汚《けが》してはいけない――オババはクライマーや釣り人にもよくそんなふうにお説教してるわ」

「人智のおよばない世界か……」

「私、そういうことってあると思うのよ。登山や冒険を全面的に否定するつもりはないけど、人間が触れてはいけないもの、行ってはいけない場所って絶対存在すると思う」

ふたりは例の〈立入禁止〉の看板のところまでやってきた。

「カクネ里はここから遠いのかい？」と一成が訊ねた。

「六、七キロってところかな。そのうち道があるのは二キロくらいで、あとは川を遡《さかのぼ》らなくちゃいけないの。でも、雪代《ゆきしろ》が入っているうちは水量が多すぎて危険だし、たぶん今頃はまだ雪に埋まって〝通ラズ〟になっている場所もあるはずよ。雪代が治まっても今度は梅雨の季節でしょう。ベテランの釣り師でも真夏まではなかなか入ろうとしない川なのよ」

「そうなのか」

「カクネ里が気になるわけ？」

「親父の一件があってからちょくちょくその言葉を耳にするからね」

「まさかお父さんがカクネ里に行ったとでも考えてるの？　私は写真でしか見たことがないけど、なんにもないところよ。あそこに行ってどうするっていうのよ？」

「親父は秘宝の隠し場所が描かれた地図を偶然手に入れた。それがカクネ里だったとか。ネーミングもぴったりだし」

「馬鹿みたい。映画じゃあるまいし」

「そんなロマンチックな話ならいいなあって思っただけだよ」

深雪が悪戯《いたずら》を思いついたとでもいうように顔を輝かせた。「これから行ってみる？」

「行くって、カクネ里へかい？」

「それは無理だけど、四人の遺体が浮かんでいたっていう取水堰堤までなら行けるわよ。四十分くらい歩くことになるけど」

「いい趣味をしているな、きみは」

一成がためらっている間に深雪はすでに鎖を跨《また》いでいた。「気になってるんでしょう。少しでもカクネ里に近づいてみたら？　私も久しぶりにこの道を歩いてみたいし」

どうやら深雪は最初からそのつもりできたようだ。

「わかったよ」

ふたりは大川沢沿いの山道を歩きはじめた。取水施設の巡視路として通されたと思われるその道は、廃屋のように荒れ果てた営林署小屋のあたりまではふたり並んで歩けるくらいの幅があったが、そこから先は狭まって傾斜もきつくなった。深雪が先を行き、一成があとを追う形になった。左側に川筋がずっと見えている。一成が一見したところ、それほど危険な川とは思えなかった。広い河原に比して流れは細く、下流域となんら変わらぬ平川の渓相が延々とつづいている。大岩が累々と連なり、流れの落差もある険谷を想像していた一成は少し意外な感じを受けた。

しばらくは葉陰のドームをくぐるような林間の穏やかな道がつづいたが、次第にアップダウンが激しくなり、本格的な山道の様相を呈してきた。道といっても、川に向かって急角度で切れ込む斜面を削《そ》ぎ取った程度のもので、脆《もろ》い地盤がところどころ崩れて道の形を成していなかったり、転落を予感させるような危険箇所も出現しはじめた。いつの間にか川との高度差が広がり、流水のきらめきを遥《はる》か眼下に見おろす位置にまできていた。しかし、一成に景色を愉《たの》しむ余裕などなかった。彼が履いているスニーカーはソールが滑りやすく、山道を歩くのにはまったく適していなかった。ぬかるんだ場所で足を取られたり、剝《む》き出しの岩、落石、露出した樹の根などに躓《つまず》くこともしばしばで、枝沢やルンゼに架けられた粗末な木橋や簀《すの》子《こ》状の鉄板を渡る時などはかなりの緊張を強いられた。さらさらと砂をこぼして誰かの滑落を待っているかのような蟻地獄じみた斜面の際には手《て》摺《すり》替わりの鎖が渡されていた。深雪は平気な顔ですいすいと跳ぶようにその鎖場を通過したが、一成は鎖に取り縋《すが》るあまり不様なへっぴり腰になり、再び深雪の失笑を買いながら彼女の三倍もの時間をかけてどうにかその難所をくぐり抜けた。気楽な散策のつもりが、とんだ冒険ごっこになってしまった。さすがに深雪は山歩きに慣れており、ペースが速かった。必死に追い縋っていた一成も三十分ほど経つと息があがって顎《あご》が出はじめ、とうとう休憩を懇願した。深雪は相手にせず、「あと五分で終点よ」といって歩きつづけた。「こんなことになるとわかっていたら、せめて飲み物を持ってくるべきだった」と一成がぼやくと、深雪は振り返り、「あんたさあ、ここをどこだと思ってんの。水ならそこらへんにいくらでもあるでしょうが」と岩清水を指差した。正直、一成はその水を口に含むことに抵抗を感じた。ペットボトル世代の脆弱《ぜいじゃく》さだろう、水以外の余分な砂や埃やなにかしらの成分を飲み込んでしまいそうな気がしたのだ。だが、背に腹は替えられず、一成は生まれて初めて天然のミネラルウォーターを手で掬《すく》って飲んだ。なんと冷たく、なんと旨《うま》い水かと思った。生き返った気分になり、少し距離の開いた深雪を急いで追いかけた。

川との高度差がまた縮まってきた。さっきから残雪が目立ちはじめていたが、ここにきて積雪量が一段と増した。道も雪で覆われていたが、捜索隊の面々が行き来したせいだろう、しっかりと踏み固められていた。それでも滑りやすいことに変わりはないので、一成は慎重に歩を進めた。川の対岸には大きな雪崩の痕跡《こんせき》が見える。陽気は夏なのに、周囲の景色は真冬そのものだ。一成はパラレルワールドに踏み込んでしまったような不思議な感覚に陥った。大きな砂防堰堤《えんてい》の脇に出て、急に視界が開けた。深雪が立ち止まって息を整えるような動作をしたので、一成はようやく到着したのだと思い、その場に頽《くずお》れそうになった。だが、深雪の歩みはまだ止まず、草深いだらだら坂をさらに登りはじめた。一度脱力してしまったために、一成の辛抱は長くはつづかなかった。深雪にまた軽蔑されることを覚悟で勝手に休憩を決め込もうとした時、「着いたよ」という声を聞いた。

道はそこで行き止まりになっていた。取水施設に到着したのだ。瀬音がうるさいほどに鳴っている。深雪は〈渡るな危険！〉という警告表示を無視して堰堤下流側の吊《つ》り橋を渡りはじめた。甚だしく老朽化した橋で、ワイヤーは錆《さ》びつき、橋板はところどころ抜け落ちている。一成としては警告表示がなくとも渡るのを遠慮したかったが、深雪にはまったく躊躇《ちゅうちょ》がない。仕方なく一成も橋に足をかけた。橋の中央まできた時、深雪がふいに橋板に腰をおろした。欄干替わりのワイヤーを股《また》に挟み込んで安全確保をはかり、脚をブラブラ宙に垂らして気持ちよさげに深呼吸した。一成も深雪の隣に腰かけたが、さすがに〝気持ちよさげ〟というわけにはいかず、地上十数メートルの空中ベンチに肝を冷やした。

「ずいぶんガスってるなあ」と深雪がいった。

たしかに件《くだん》の取水堰堤より上には妖気《ようき》じみた靄《もや》が立ち込めており、上流域の景色を見渡すことはできなかった。こちら側は呆《あき》れるほどの晴天なのに、だ。その堰堤がすなわち結界の堰《せき》でもあるかのような一種奇怪な眺めだった。

「それにしても……」と一成が喘《あえ》ぎ喘ぎいった。彼の心臓は慣れない山歩きのせいで激しく踊っており、息がまだ弾んでいる。「袴田さんたちの仕事も楽じゃないよなあ。朝からこんなところまで出張ってきて捜索活動をしたわけだろう。すごい体力だな。おれにはとても真似できない」

一成はひっくり返って橋板の上に仰臥《ぎょうが》した。青空と陽射しの眩《まばゆ》さに思わず眼を閉じた。

「あんたさ、肉体労働のバイトをしてるって偉そうにいってなかった？　ほんと、だらしないわね」

「はいはい。どうせおれは喧嘩《けんか》も弱いし、骨もヤワだし、体力もありませんよ」

「こっちにいる間に山歩きでもして少し鍛え直しなさいよ」

「山歩きねえ……」

「私、昔はしょっちゅうこのあたりまで遊びにきていたのよ」と深雪が懐かしげにいった。

「昔って、まさか子供の頃？」

「一番通ったのは中学時代かな。小学校の時も親の眼を盗んできたことはあったけどね」

「トンチと一緒にかい？」

深雪は頷いた。「トンチはもっと上まで釣りに行くの。でも、私はここまで。トンチが帰ってくるのを、私はずっとこうして待ってたわ」

「きみがここでこうしておとなしく待っていたって？　信じられないな」

「両親にもオババにも、この上には行っちゃいけないっていわれていたもの」

「それが信じられないのさ。そんなに聞き分けのいい娘だったとはね」

深雪は宙に浮いている足で一成の脛《すね》を蹴《け》った。「私にだって純真で素直な乙女時代があったのよ」

ふたりは声を出して笑った。

「それに、ここから先はやっぱり違う世界だっていう気がしたのよ。久しぶりにきたけど、その印象はちっとも変わらないなあ。なんか雰囲気がガラッと変わるでしょう」

一成は起きあがって上流に眼を向けた。「そうだね。とてもじゃないけど、ひとりで行く気にはならないな」

「今はガスっていてよく見えないけど、渓相は険しくなるし、水量もぐんと増えるの。あんたのお父さんがこの川を遡《さかのぼ》ったと思う？」

一成にはそんなことはとても信じられなかった。やはりカクネ里は無関係ということか。

「素人には無理だと思うわ。いくら水量が減る十月とはいっても」

「でも、トンチは行けるんだろう」

「トンチは沢登りの達人だもの。忍者みたいなんだから」

「不思議な人だよね」

ふたりはそれからトンチのことを語り合った。トンチの特異能力については一成はすでに深雪から聞かされていたが、深雪自身、昨夜のような体験は初めてとのことだった。

「あれはいったい誰なんだろう？」と一成はいった。昨夜から何度も繰り返してきた問いかけだった。

「あの声、女の人だったたね」

「たぶん」

「タケルのことを知ってたよね」

「うん」

「トンチのお母さんなのかなあ？」

「青木湖で自殺しちゃったとかいう人？」

「うん。トンチが感受できるのは限られた人の心だけらしいのよ。トンチがすごく愛してる人……」

「トンチのお母さんとおれの親父が知り合いだったってことかい？　どう考えても年齢が合わないよ。それに、死んだ人とは限らないわけだろう。トンチはこの世に生きているどこかの誰かの心を受け取っているのかもしれない」

「やけに暴力的で威圧的だったよね。あんな性格の悪い女、私は知らないよ」

「おれはひとりだけ心当たりがあるよ」

「誰？」

「きみさ」

　また深雪の蹴りが飛んできた。蹴られた脛を擦《さす》りながら一成がいった。「話は変わるけどさ、堀場社長に接触してみようと思うんだ」

「えっ？」

「きみのアドバイスを受け入れて正攻法は採《と》らないことにした。そこでちょっと相談なんだけど、会社や自宅の電話じゃなく、堀場社長個人の携帯の番号を調べられないだろうか」

「どうするつもり？」

　一成は自分の意図を話した。

「渡辺さんの会社だったら、知ってる人がいるんじゃない。そっちに問い合わせてみる気はないのね？」

「それはもちろん考えたけど、あの人にあまり迷惑をかけたくないんだよ。ほら、昨日もちょっと心配そうな顔をしていただろう」

「わかった。別のルートで当たってみるわ」

その時、一成は赤ん坊の泣き声のようなものを聞いた気がし、つと視線を擡《もた》げた。

「どうしたの？」と深雪が訊《たず》ねた。

「なにか聞こえなかった？」

深雪は頭を振った。「いいえ、なんにも」

瀬音に包まれているので、耳がおかしくなってしまったのかもしれない。あるいは、靄《もや》に煙る妖《あや》しげな川の雰囲気が相田教授の文章の記憶を呼び起こし、ありもしない幻聴を彼に聞かせたのかもしれない。一成自身、錯覚だと思ってそのことはすぐに忘れてしまった。

19

深雪の自宅に戻った一成は、〈鹿島荘〉の仕事をなにか手伝わせてもらえないかと彼女に申し出た。深雪は「その手でなにができるっていうの？　気を遣わないでブラブラしてなさいよ」と一度はいった。しかし、すぐに気が変わったようで、「じゃあ、無理のない範囲でいいから、トンチの仕事を手伝ってあげて」といい出し、一成とトンチをあらためて引き合わせた。どうやら自分の眼の届かないところにいるトンチを一成にそれとなく監視させるつもりのようだった。

そんなわけで、一成は午後の数時間をトンチとすごすことになった。トンチという男はなかなか働き者だった。一見、やる気のなさそうな緩慢な動きなのだが、その実、与えられた職務には非常に忠実で、手を抜くことはしない。時折、例のショルダーバッグから煙草を取り出して紫煙をくゆらせる以外は休憩らしい休憩も取らず、庭の手入れ、内風呂《うちぶろ》と露天風呂の清掃、薪《まき》割りなどを黙々とこなしていった。仕事ぶりは丁寧というよりいささか偏執的な傾向があって、一成がまったく気にならないような浴室のタイルの汚れを執拗《しつよう》に拭い取ったり、薪割りにしても、鉈《なた》で割った薪を厨房《ちゅうぼう》裏の軒下に綺麗に積みあげてゆく様には、いかに美しく積木を組み立てられるかという遊びに没頭している子供のような一途さと狷介《けんかい》さが感じられた。手先が器用で、庭木や垣根を剪定《せんてい》する手つきは玄人はだしといってよく、ある種の芸術的センスさえ感じさせた。はっきりいって、一成の出る幕などなかった。右手が包帯で固められているので、できることにも限度がある。トンチが浴室のブラシがけをすれば傍らで水を流したり、ちょこちょこ手出しはするのだが、いつしか一成自身が手伝いどころか、かえってトンチの邪魔をしているという気になってきた。

一時間が経ち、二時間がすぎてもふたりの間には断片的な言葉しか行き交わなかった。トンチの方から発した言葉は、「どっからきた？」「なにしにきた？」のふたつだけだった。それぞれの質問に一成は「東京」「父親を捜しに」と応えたものの、トンチはまったく興味なさげで、それ以上のことを訊ねようとはしなかった。逆に一成がなにを問いかけても生返事しか返ってこず、会話はちっとも膨らまなかった。他人にそばにいられるのが窮屈なのか、それとも一成に自分の領域を侵されると思って警戒しているのか、はたまた別の思惑があるのか、トンチは終始不機嫌そうだった。

薪割りが一段落した頃、深雪が厨房の勝手口から顔を覗《のぞ》かせ、「トンチ、魚を三十、お願いね」と声をかけた。トンチはすぐさま庭の片隅に走り、地面の一画を覆っている三畳ほどの大きさの木蓋《きぶた》を開けた。それは生簀《いけす》で、中には大きからず小さからずといった型揃いのイワナが何十四も泳いでいた。生簀には赤青白の色違いの三本の太いホースが引き込まれて水音を発《た》てている。トンチが釣ってきた天然イワナはこうして生かされ、宿泊客の食事メニューとして供されるらしい。トンチは玉網で魚を掬《すく》い、まるで数字を憶《おぼ》えたての幼児のように「一、二、三……」と声に出して数えながらバケツに移していった。三十尾が収まると、それを厨房へ運んで深雪に手渡した。

「ミーちん、もうあんまり魚がいないぞ」とトンチはいった。

「あらそう。ここんところお客さんが多かったからね。じゃあ、たくさん釣ってきて生簀を一杯にしておいてよ」

トンチの顔がパッと輝いた。「釣りに行ってもいい?」

「いいわ。でも、あんまり遅くなっちゃダメよ」

「ミーちんも行く?」

「私は台所仕事があるから、ちょっと無理だな」と深雪はいい、一成を指差した。「代わりにこの人を連れて行ってあげて」

　トンチは頷き、小さな躰を揺すって駆け出した。自宅に釣道具を取りに行くらしい。

「喜んでる、喜んでる」深雪がトンチの後ろ姿を眺めて微笑んだ。「トンチはやっぱり釣りが一番好きなんだなあ」

「そうみたいだね。顔つきが変わったもんな」

「あの生簀を見た？　あれ、トンチがひとりで造ったんだよ」

「すごいな。さっきから器用だとは思っていたけど」

「ホースが三本あるでしょう。全部違う沢から水を引いてるの。水はブレンドした方が魚の活《い》きがいいんですって。普通、そんなこと知ってる？」

　一成は笑って首を横に振った。

「ほんと、トンチは誰も知らないような変なことを知ってるのよ」

　深雪の口ぶりはなにやら弟自慢の姉のようだった。

「ところでさ、おれはトンチと一緒に行ってどうすりゃいいんだい？　釣りなんか付き合えないぞ。手はこんなだし、渓流釣りは一度もやったことがないし……」

「トンチの名人芸を見学してなさいよ。それだけで愉《たの》しいこと請け合いよ。で、適当なところで釣りをやめさせて。じゃないと、キリがないの。抛《ほう》っておくと真っ暗になるまでやりつづけちゃうから」深雪は厨房の壁掛け時計を見た。「そうね、五時くらいまでには帰ってきて」

　一成は頭を掻《か》いた。「ちょっと自信がないな。いうことを聞いてくれるとは思えないよ」

「あら、どうして？」

「おれ、トンチにあまり好かれていないみたいだからさ」

「そうなの？」

「いや、なんとなく」

「あのね、トンチは理由もなく人を嫌ったりしないわよ。もしなかなか釣りをやめないようなら、私に怒られるぞっていって」

「わかった」

「家《うち》のガレージにお父さんの長靴があるから履いて行きなさいよ。河原を歩く時は転ばないように気をつけてね。あんた、ちょっとトロいから」

「親切なご忠告、痛み入ります」

深雪は厨房の奥に引っ込んだ。中から声だけが聞こえた。「あっ、生簀の蓋を閉めておいてね」

一成は生簀に蓋をし、トンチのあとを追った。

日盛りの河原には俗世の喧騒《けんそう》とはまったく無縁な瀬音と鳥の声だけが響いていた。歩いてきたのだから集落からの距離は高《たか》が知れている。自動車が往来する舗装道路も近い。だが、一成は自分とトンチ以外には動く影とて見当たらない、そして一切の人工音から隔絶された幽邃《ゆうすい》の風景の中で、この世の果てを彷徨《さまよ》っているような気分を味わっていた。

トンチは川筋に立ち、一成は斜め後方の少し離れた土手に立って彼を眺めおろしていた。

トンチが川を遡《さかのぼ》るに従って一成も移動していたが、さっきからずっと同じような距離と位置取りを保っている。河原の白い石と砂は夏を思わせる陽光を弾《はじ》いて眼に痛いほどの輝きを放ち、あちこちに陽炎《かげろう》が棚引いていた。一成は長靴を通しても足裏に地面の熱を感じていた。ジャンパーを脱いで半袖《はんそで》のポロシャツ姿になり、ジャンパーは腰のところで袖を結んで止めた。それでもひっきりなしに汗がしたたり落ちた。河原端の林には数頭のニホンザルがいる。一成は生まれて初めて野生ザルを見て興奮したが、向こうは人間なんか見慣れているのかいささかも慌てる素振りを見せず、樹の芽を齧《かじ》ることに精を出していた。

このあたりの流れは平坦《へいたん》で、水深も浅く、それでいて雪代の入った水が猛烈な勢いで流れくだるから、釣りには難しそうな場所だった。しかし、トンチはまったく意に介していない。渓流釣りの経験のない一成の眼から見ても、トンチの釣技は相当なものだった。手作りと思われる首提げ式の竹の餌箱からミミズ――これもトンチが自分で養殖している――を取り出して針につけ、竿《さお》を煽《あお》ってそれをごく限られた狭いポイントへ正確無比なコントロールで飛ばす。すると、ほんの何秒後かには魚が釣れていて、そのまま竿の弾力に引き寄せられた獲物は空中遊泳を演じ、一直線に玉網に収まっているという按配《あんばい》だ。腰に差した玉網はいちいち抜かず、さっと左手を添えて固定するだけ。魚の方からそこを目がけて飛び込んでくるようだった。アユ釣りの〝引き抜き〟を思わせるトンチの一連の動きにはまったく無駄がなく、一成はなにやら居合い抜きの達人技でも見せられているような気がした。しかも魚を生かして持ち帰るため、トンチは十リットル以上の水を入れたブリキ製の〝生かし缶〟を括《くく》りつけた背負《しょ》い子《こ》を背負ったまま川縁《かわべり》を移動し、その動作を繰り返すのだ。尋常一様な体力ではこんな芸当はできるはずもない。

　相変わらずふたりの間に会話はなかった。トンチの釣りに対する集中力には凄《すさ》まじいものがあり、一成の存在など忘れてしまっているかのようだ。もちろんトンチの方からは一切言葉を発しない。一成もまた会話の端緒を摑《つか》めぬまま押し黙ってトンチのあとを追っていた。それでも退屈することはなかった。開放的な河原を散歩するのは爽快《そうかい》だし、魚を釣るという行為そのものが——たとえ自分が釣り糸を垂れているわけではなく、見物しているだけにせよ——なんとも新鮮な出来事として眼に映っていた。自分には生命の気配など感じられないただの水の流れの中から忽然《こつぜん》と銀色の魚体が踊りあがり、それが陽を浴びてキラキラ輝く様は美しく、驚きでもあり、何度見ても見飽きるということがない。山が育んでいるものの多様さ、その不思議を一成は少年の心で素直に感受し、喜んでいた。

　一成は眼の前の男の生い立ちに思いを馳《は》せた。トンチの人生は駅のプラットホームからはじまっているという。まるで彼が釣りあげる魚のように、ある日忽然とこの世に出現したのだ。そのエピソードからして不思議で物哀しく、トンチの人生を象徴的に語っているように思われる。深雪は「〈風の又三郎〉みたいでしょ」などと笑っていうが、一成は悲劇的な面ばかりを捉《とら》えてしまう。尋常な精神が授けられず、おそらくはそのことが一因で親に見捨てられ、天涯孤独の身となったトンチ。その後は赤の他人の中でずっと暮らしてきて、幸運にもオジジやオババや深雪といった好人物と出逢って愛されたとはいえ、彼は嘆きや喪失感や怯《おび》えや苦悶《くもん》や絶望やその他もろもろの負の感情と無縁で生きてこられたわけではない、のではなかろうか。しかも、科学では説明のしようがない厄介な力を得て死者と交信しているという……。まったく一成の想像の埒外《らちがい》にある人生だった。それを無理に自分と重ね合わせれば、悲壮感ばかりが漂いそうだが、はたしてトンチは幸せを感じているのか。

いや、そんなことを考えること自体が不遜《ふそん》なのだと一成は思い直した。幸せについての自問なんぞとはおよそ無縁な顔でトンチは釣りに没頭している。そして、また一匹イワナを手中にした。獲物を〝生かし缶〟に入れると、トンチは川にきてから初めての休憩を取った。岩に腰かけ、ゆっくりと煙草を愉しんだ。一成が近づくと、ちらと一瞥《いちべつ》をくれ、ショルダーバッグのポケットからなにかを取り出して手渡そうとした。おずおずと一成が受け取ると、それはイチゴミルクのキャンディだった。いつ購入したものか定かではないが、新しくないことだけはたしかだ。キャンディが溶けて包装紙がベタベタくっついている。だが、一成はトンチが初めて見せてくれた好意に思わず笑みを洩《も》らし、「ありがとう」といった。トンチは「ああ」とも「うう」ともつかぬ不明瞭《めいりょう》な声を返しただけだった。一成は苦労して包装紙を剝《は》ぎ、飴玉《あめだま》を口に含んだ。子供の頃の懐かしい味が口腔《こうこう》に広がった。

「どっからきた？」

トンチはさっきと同じことをまた訊《たず》ねた。

「東京だよ」

「なにしにきた？」

これも同じ質問だった。

「父親を捜しにきたんだ。こっちで行方がわからなくなってね」

「ふ〜ん」

トンチは微風に運ばれる紫煙の行方を眺め遣《や》った。ビデオテープを見るように寸分たがわぬやり取りが繰り返されている。

「父《とう》ちんがいなくなっちゃったのか」

さっきはなかった台詞《せりふ》をトンチが吐いた。心なしかその言葉には今までとは違う温《ぬく》みのようなものが感じられた。

「うん。去年こっちにきて、そのままになってしまったんだよ」と一成は応《こた》えた。

「父ちんは釣りにきたのか」

「違うと思う」

「山登りか」

「それも違うような気がする」

「ふ〜ん。ミーちんと友達なのか」

「僕がかい？　そうだね、最近、友達になったばかりだよ。彼女は父親を捜す手伝いをしてくれているんだ」

そして、長い沈黙が澱《よど》んだ。トンチはその話題には興味を失ってしまったようだった。

それでもトンチが少しずつ心を開いてくれている気がし、今度は一成の方から声をかけた。

「トンチは釣りがすごく上手《うま》いんだね。釣りはオジジに教わったのかい？」

どういうわけかトンチは笑いこけた。

「どうしたの？」

トンチは笑いつづけている。その様子に、一成は呆気に取られた。やがて笑いがおさまると、トンチは自分でもキャンディを口に含み、ころころ舌で転がしながらあらぬ方を見て黙り込んだ。そのままあまりにも長い時間がすぎたので、自分の言葉は無視されたのだろうと一成が思った時、トンチがふいに口を開いた。

「……だけはヘタだったなあ」

言葉が不明瞭で一成にはよく聞き取れなかった。「えっ、なんだって？」

「虫がダメなんだ。触《さわ》れないんだ」トンチは構わず喋《しゃべ》りつづけ、さもおかしそうにまた笑った。「虫を針につけられなくちゃ釣りになんない。だらしないよなあ」

一成が察するに、どうやら最初の言葉は「オジジは釣りだけはヘタだった」ということらしい。

「じゃあ、トンチは誰に釣りを教わったの？」

トンチは口ごもった。いや、なにか喋ったようなのだが、はっきり聞き取れなかった。

一成は「誰？」と重ねて訊ねた。

「オニマサだよ」とトンチは応えた。

「オニマサ？　それって渾名《あだな》かい？」

「オニマサはたくさんたくさん魚を釣ったぞ。何百匹も何千匹も」

「へえ、そんなに釣りが上手な人なんだ」

「日本一《にっぽんいち》だ。トンチが二番」

一成は笑った。「トンチより上手いってことは相当な腕だね。オニマサってどこの人？」

「知らない。どっかに行っちゃったよ」

トンチの話はまったく要領を得ないので、一成はそれ以上の質問を諦《あきら》めようとした。だが、その次にトンチが口にした言葉に一成は仰天した。

「タケルも魚釣りが上手かったけど、あいつは三番目だな」

たしかにトンチはそういったのだ。

「トンチはタケルを知っているのかい？」

一成の語気の強さにたじろいだようで、トンチの表情が強張《こわば》った。

「教えてよ、トンチ。タケルを知っているの？」

トンチは怯えたような眼を一成に向け、また不機嫌に黙りこんでしまった。

20

「トンチが？」

厨房《ちゅうぼう》の勝手口で話を聞いていた深雪が色めき立ち、サンダルを突っかけて外に飛び出してきた。

「そうなんだ。トンチはタケルのことを知っているらしい」と一成はいった。

「はっきりタケルといったのね？」深雪は釣ってきたイワナを生簀《いけす》に移し替えているトンチの方をちらと一瞥した。

「考えてみれば、オババが知ってる人をトンチが知っていても不思議じゃないけど……」

「別におれの方から〈タケルを知っているか〉なんて訊いたわけじゃないんだよ。向こうからいい出したんだ」

深雪の表情が曇った。「昨夜みたいなことが起きたってわけじゃ……」

「いや、トンチは普通だった。それは断言できる」と一成はいった。「きみはオニマサという人のことは知っている？」

「オニマサ？」深雪は眉根を寄せて首を横に振った。「知らないわ」

「おれが〈釣りは誰に教わったんだ〉って訊ねたら、トンチは〈オニマサ〉って応えたんだ。それから唐突にタケルの名前も出て……」

「トンチに釣りを教えたのはオジジじゃないの？」

「おれもそう思ったんだけど、たしかにオニマサっていったよ。どうやら釣りの名人らしい。その人が日本で一番魚釣りが上手くて、トンチが二番、タケルは三番だそうだよ。近所の人や〈鹿島荘〉の常連さんの中にそれらしき人はいない？」

深雪は小首を傾げた。それから小走りにトンチのもとに行き、どういうことかと問い質《ただ》した。トンチはイワナが生簀で群れ泳ぐ様子を嬉しそうに覗き見ていて、深雪の話を上の空に聞いている。

「トンチ、こっちを見て」深雪がトンチの頭を摑《つか》んで無理に自分の方を向かせた。「あんた、タケルを知ってるの？」

トンチは一瞬、ぽかんとした表情を浮かべたが、すぐに「知ってるよ」と応えた。

「いつ？　いつ知り合ったの」

「知らない」とトンチはいい、〝あかんべえ〟をするように舌を出した。

「ふざけないで！」

深雪に一喝されてトンチはしゅんとなり、今にも泣き出しそうな顔になった。

「ごめんなさい。私は怒ってるわけじゃないのよ。トンチの話を聞きたいだけ」深雪は子供を諭すように優しくいい、トンチの肩にそっと両手を置いた。「いい？　これは大事な話だから、ちゃんと教えてね。トンチはいつタケルと逢ったの？」

「……うんとうんと昔」

「昔って、どのくらい昔？」

トンチは〝イヤイヤ〟をするように首を振った。

「二十年……それとも三十年くらい前かしら？」

トンチはますます激しく首を振る。否定の意味ではなく、「わからない」ということを必死に訴えているようだった。それでも意思表示するだけマシだった。一成の問いにはまったくなんの反応も示さなかったのだ。

「タケルは子供ね。そうでしょう、トンチ？」

トンチはようやく頷いた。

「いくつくらいの子供かな？」

「……」

「吉武《よしたけ》さん家《ち》のマーちゃんくらい？　それとも橋田《はしだ》さん家《ち》のサダ坊くらい？」

「……マーちん」

「あんな小さい子に釣りができるかな？　タケルは釣りが上手だったんでしょう」

トンチは困ったように顔を歪《ゆが》ませ、「じゃあ、サダ坊」といった。

深雪も一成も苦笑を洩《も》らした。

「もうひとつ訊くわね。トンチはオニマサに釣りを教えてもらったの？」

「うん」

「オニマサっていったい誰？」

トンチはそっぽを向いた。今度は深雪の方が躰をずらしてトンチの真正面に立った。そして、もう一度「誰？」と訊《たず》ねた。トンチはなにかをいったが、例によって不明瞭な声でよく聞き取れなかった。

「お願い、はっきりいって」

「タケルの父ちん！」とトンチはこれみよがしに大声で応えた。

「お父さん……」深雪が一成を見、すぐにトンチに向き直った。「それ、ほんとの話？」

トンチは頷いた。

なるほど、そうだったのか——一成は合点した。河原でトンチと話し込んだ時、最初は行方不明になった父のことが話題になっていた。そのあとオニマサの話になり、なんの脈絡もなくトンチの口から突然タケルの名前が飛び出したように思われたが、トンチはオニマサとタケルの親子関係を語っていた。彼なりに話の筋道はあったのだ。

「オニマサは本名なの？　それとも渾名？」

またトンチの〝イヤイヤ〟がはじまった。

「じゃあ、オニマサとタケルはどこに住んでいたの？」

トンチは応《こた》えない。

「この近所？　それとも遠くに住んでいて、このあたりに通ってきていたの？」

トンチは落ち着きのない視線をあちこちに配りはじめた。まるで逃げ場はないかと探しているように。表情は硬く、顔色は青ざめ、慢性的ともいえる躰の震えも心なしか激しくなったように一成には見えた。

「ねえ、トンチ……」

深雪が質問をつづけようとしたその途端、トンチは肩に置かれていた彼女の腕を振り払い、脱兎のごとく逃げ出した。

「こら、トンチ！」

トンチはたたらを踏んで立ち止まったが、振り返ってまた〝あかんべえ〟をし、すぐ走り去った。鬼ごっこの鬼に追われている子供のような悲鳴にも似た笑い声だけが残された。

深雪はやれやれというように首を振り、一成に苦笑を見せた。「トンチは他人《ひと》から質問されるのが大の苦手なの。すごくストレスが溜《た》まるみたい。込み入った話になると混乱しちゃうし、今は私が〝大事な話〟だなんて前置きしたもんだから、たぶん責任を感じてプレッシャーに押し潰《つぶ》されそうになったんだわ」

「気の毒なことをしちゃったかな。大丈夫？」

「平気よ。見たでしょう、解放された途端に立ち直ってたじゃない」と深雪は微笑んだ。「トンチの名誉のためにいっておくけど、質問には決していい加減に応えているわけじゃないのよ。誠実に応えようとするから、かえってああなっちゃうの。知ってることは嘘偽りなくちゃんと喋《しゃべ》ったと思う。応えられなかったことはほんとに知らないか、忘れてしまったんでしょうね」

「タケルの年齢が曖昧《あいまい》なのはどうしてだろう。きみがいった〝マーちゃん〟と〝サダ坊〟はそれぞれいくつなんだい？」

「マーちゃんは幼稚園児で、サダ坊は四月に五年生になったばかり」

「ずいぶん幅があるな」

「いくつか理由は考えられるわ。ひとつは――これは私の想像なんだけど――トンチは年齢なんか関係なく、子供という一括《ひとくく》りの概念でしか捉《とら》えていないんじゃないかということ」「なるほど」

「もうひとつ。トンチは正確なことをいったのかもしれないということ。つまり、その年齢幅のタケルを知っている」

「そうか。何年かに亘《わた》ってタケルを見ているかもしれないってことだね」

深雪は頷いた。「ほとぼりが冷めたらもう一度訊いてみるけど、これ以上の話が出てくるかなあ？」

「いや、今のところはこれで十分だよ。親父が子供の頃にこのあたりにいたんじゃないかという仮説が、ますます真実味を帯びてきた」

「でも、どうして健一じゃなく、タケルなんだろう？」

「それは相変わらずの謎さ」

一成と深雪は当然のように「タケル＝《イコール》健一」説の基盤の上に立って話していた。現実離れした理由だけを拠《よ》り所にして、だ。しかし、それが崩れたらいったいどうなるのかという不安は一成は微塵《みじん》も感じていなかった。なぜかそれは揺るぎないものとして捉えている。

「それにしても予想しなかった展開ね」と深雪はいった。「トンチの話からすると、オニマサはあんたのお祖父《じい》さんってことになるのよ」

そのことはもちろん一成も認識していた。いや、かなりショックを受けたといってよい。飯干でも沢村でも伊藤でもなく、よりによって戸籍の欄が空白になっている人物が突如として浮上してきたことに。そして、その人物と自分が血を分けているという事実に。

「オニマサとタケルが父子《おやこ》だというのはほんとうだろうか」

「トンチのいったことを疑うの？」

「いや、そうじゃない。トンチはそう思っていたんだろう。傍目には父子に見えたのかもしれないし、もしかしたら本人たちがそう騙《かた》っていたのかもしれない。でも、客観的な証拠はないじゃないか。だいたい、親父は母親とその家族に育てられたわけで、実の父親が出る幕なんかないはずなんだ」

少しは近づいたかに見えた真実がまた遠のいてゆくような気がした。

「オニマサか……」一成は嚙《か》み締めるように呟《つぶや》いた。「なんか不穏な響きの呼び名だな」

「たぶん渾名《あだな》でしょうね。鬼塚《おにづか》とかそういう名字なのかな？」

「どうだろう。屋号みたいなものからそういうふうに呼ばれる人もいると思うけど……。いずれにしても、ここでふたりで推理していてもはじまらないよ」

「そうね」そこで深雪はなにかを思い出したような顔をした。「あっ、そうだ。堀場の電話番号がわかったよ」

「もう調べがついたのか。きみはなかなか優秀な探偵だな」

「それがさあ……」深雪はふいに疲れたような顔を晒《さら》し、生簀《いけす》を囲っているセメントの縁に腰をおろした。「これもすごい話なのよ。私、ちょっと驚いちゃった」

「どうしたんだい？」

「田舎のことだからツテを辿《たど》れば堀場の電話番号なんか簡単に調べられると思ってたけど、事情が事情でしょう、あんまりおおっぴらにも訊《き》けなくて、案外てこずっちゃってさあ。でね、私も知恵がまわる方じゃないから、すぐ最終手段に頼っちゃったわけ。とてもとても優秀な探偵とはいえないわ」

「最終手段って？」

「この前、友達のお母さんが堀場の愛人になったっていう話をしたでしょう。結局、その友達に訊ねることにしたのよ。彼女——洋子《ようこ》っていう名前なんだけど——今、松本でスナックを経営してるんだって」

「へえ、きみと同じ年で自分のお店を持っているのか」

いいながら一成も深雪の横に座った。

「その資金を出したのが堀場らしいのよ。洋子のお母さんは何年も前に乳癌かなにかで亡くなっていて、堀場とは縁が切れたとばかり思ってたのに……」

「まさか今度は娘を愛人にしているってこと？」

「そのへんがわかりにくいところなの。電話で話した限りでは、堀場と疑似親子みたいな関係を築いてるような感じもしたし、昔から一筋縄ではいかない女の子だったから、堀場を利用してるだけかもしれないし……」

「大丈夫なのかい？　そんな人に電話番号なんか問い合わせちゃって。洋子さんからきみのことが堀場にバレるなんてことは……」

「それは大丈夫。洋子はチクッたりしないわよ」

「そうかなあ」

「あのね、洋子は堀場を心底から憎んでるの。昔も今もね。あいつに与《くみ》するようなことは絶対しない」

「よくわからない話だなあ。どうしてそんな男と今でも付き合いがあるんだよ？」

「生きるためでしょう」深雪はやけに老成したような口ぶりでいった。「洋子を知らないあんたにはニュアンスが伝わらないかもしれないけど、なんか妙に腹を括ってるのよ、彼女は。相手を憎みながらも付き合える。そんな凄《すさ》まじさと逞《たくま》しさを感じるの」旧友の生きざまを垣間《かいま》見た深雪は感慨深げだった。「私ね、正直にこういったのよ。〈私は堀場が大嫌いで、人間の屑《くず》だと思ってる。だから、教えてもらった電話番号はあいつを困らせるために使うかもしれないよ〉って。そうしたら洋子は〈深雪らしいなあ〉ってゲラゲラ笑って、〈構わないわよ。どうせ困らせるなら中途半端じゃなく、地獄へ送ってやって〉って真剣にいうの」

「おいおい、それが十代の女の子の会話かよ」一成は肩を竦《すく》めた。「怖い怖い」

「洋子は堀場の出没しそうな場所や大雑把なスケジュールも教えてくれたわよ」

「そう……」

「なによ、もっと感謝してくれてもいいんじゃない？　あんた、堀場の顔を直接見ながら話したいから、携帯の番号が知りたかったんでしょう。そういう情報はすごく有効だと思うけど」

「ありがたいとは思うけど、ふたりのやり取りを知っちゃうと、尻込《しりご》みしちゃいそうだよ。端《はな》からこっちの見当違いかもしれないんだしさ。それと、正直いっておれはやっぱり洋子さんのことが気になるな。ほんとうに堀場社長にきみのことを喋らないだろうか」

「あんたもくどいわね。私がいいっていってるんだから、いいでしょうが！　さっさと電話しなさいよ」

深雪得意の蹴《け》りではなく、肘《ひじ》打ちが一成の胸元に飛んできた。

「わかったよ」と一成はいった。一抹の不安を感じつつ、洋子と深雪を、そして男にはわからぬ女同士の友情を信じることにした。「電話は明日してみるよ。明るいうちの方が場所を選ばないから」

周囲はすでに翳《かげ》り、足早に夜が迫りつつあった。一日好天のつづいた空にはわずかな茜色が残るばかりで、山脈《やまなみ》は影絵になって浮かびあがっている。そんな夕暮れの風情を煽《あお》るように物哀しげなカッコウの啼《な》き声が響いていた。それはまるで幽境の彼方《かなた》から聞こえてくるようだった。厨房《ちゅうぼう》の方からはもっと現実的な声が聞こえた。

「深雪、そろそろお膳《ぜん》を出してちょうだいね」

深雪の母親だ。深雪はなぜか気のない返事を返し、一向に腰をあげようとしなかった。退屈したように伸びをし、そのまま頭の後ろに手を組んで暮れゆく空を見あげた。

「考えてみると、私なんか平々凡々だよなあ」と深雪はしみじみいった。「洋子もだけど、あんただってお父さんのことで苦労してるし、みんな頑張って生きてるよね。なにやってるんだろう、私は……」

　彼女にはめずらしい愚痴めいた物言いだった。

「おれはきみが平凡だとは思わないけどな。だいたい、平凡を軽んずるなんて傲慢《ごうまん》だぞ」

「軽んじてはいないけど、時々、人生これでいいのかなって考えることはあるわよ」

「なにが人生だ。まだ二十年も生きていないくせに」

「あれっ、今日はずいぶんお兄さんぶるじゃない」

「兄さんだからな。忘れているようだけど、おれは年上だぜ」と一成は笑った。「おれさ、親父のことはもちろん心配だけど、今度の件で勉強になったことがひとつだけあるんだよ」

「なあに？」

「他人《ひと》の人生に少しは思いを向けるようになったってことさ。オババにはオババの、トンチにはトンチの、きみにはきみの人生がある。もちろん洋子さんにも。それぞれがかけがえのないものだろう。今まではついつい〈おれがおれが〉っていう感じで生きてきて、他人はおろか家族の人生にだって無関心ですごしてきたけど、やっぱりそれは間違っていたと思うよ。すべての人の人生を思いやることはできないにしても、大切な人の人生くらいは、たまには自分の問題として考えてあげるべきじゃないかな」

　父はいったいどんな人生を歩んできたのか。一成は今、切実にそれを知りたいと思った。

そして、女の悦《よろこ》びを知らず、歪《いびつ》な夫婦生活に耐えてきた母の人生にも思いを馳《は》せ、できることならその痛みを分かち合いたいと思った。

「……とまあ、そんなことをつらつらと考える今日この頃さ」一成は照れ隠しのようにいった。「そういうおれからいわせてもらえば、たかだか二十年弱とはいえ、きみはいい人生を送っていると思うよ。両親と仲がいいし、オババやトンチみたいな魅力的な人たちとも貴重な時間を共有している。それに健康で、元気があり余っている。いったいなんの不足があるんだよ？　こっちが羨《うらや》ましいくらいだぞ」

「へへへ、また青臭いこといっちゃって」と深雪は悪戯っぽく笑い、立ちあがった。「でもまあ、たまには青臭い話をするのもいいか」

また厨房から声がした。「深雪、いつまで油を売ってんの。早くしてよ」

深雪はポンポンとお尻の埃《ほこり》を払うと、「じゃ、労働に励んでくるか」と面倒臭そうにいい、一成に笑顔を残して立ち去った。ひとり取り残された一成はさっき深雪がしていたように空を見あげた。

呆れるほどの数の星が瞬いていた。

21

翌日の金曜日、一成と深雪は堀場を尾行するつもりで午前七時前から彼の自宅近くにある公園の脇に車を停めてずっと様子を見守っていた。郊外の新興住宅地の一画に建つ堀場邸は住宅展示場のモデルハウスのように洗練された外観ではあったが、隣近所にしても同じような造りの家が多く、その地域で特に異彩を放っているわけではなかった。敷地も建坪も格別広いとはいえず、濃紺のメルセデスベンツを駐《と》めてあるカーポートの向こうに猫の額のような芝生の庭が見えていた。所有している自動車こそ高級車には違いないが、深雪の話から一成が想像していたような〝金の亡者〟の棲家《すみか》といった趣はなく、むしろ堅実でつましい人生の対価として手に入れたささやかな城というふうにさえ見えた。

午前八時半。白いセルシオが堀場邸の玄関前に停車した。運転しているのはスーツ姿の中年男だった。しかし、社長を迎えにきた〈堀場組〉の社員や専属運転手という感じではなかった。というのも、男は軽くクラクションを鳴らして到着を報《しら》せただけで車から降りようともしなかったからだ。しばらくしてやはりスーツ姿の六十代と思われる男が玄関から出てきた。「あれが堀場よ」と深雪が指摘した。堀場は酒焼けともゴルフ焼けとも見える赤ら顔の男で、背は低いが、柔道選手のようにがっちりした体格をしていた。堀場が助手席に乗り込むと、セルシオはすぐさま出発した。運転席の男の素姓は深雪も知らなかったが、おそらく堀場の身内の人間だろうと一成は推察した。深雪の運転で追跡したところ、セルシオは大町市役所へ直行した。工事の入札でもあったのか、はたまた御用聞きということなのか、堀場と同行者はそこで三十分あまりをすごした後、今度は県の合同庁舎へ移動した。深雪が庁舎内に入って聞き込んできたところでは、ふたりは県が主催する〈北安曇地区建設土木業者経営多角化プロジェクト〉なるセミナーに出席した由。不景気と公共事業の削減によって県は建設・土木業者が他業種――特に農林業分野――へ進出を図ることを推進しているらしく、そのための集まりということだった。深雪は堀場の同行者が彼の息子だということも誰かから聞き込んできた。

「へえ、建設会社が米や野菜を作らなくちゃいけないご時世なのか。どの業界も楽じゃないんだな」庁舎の駐車場に駐めた車の助手席で一成がそういった。「なんだか社長らしいことをしているじゃないか。洋子さんの話とずいぶん違うな」

堀場はゴルフ三昧《ざんまい》、接待三昧で、会社や現場に行くことは滅多にない。遊ぶことが仕事みたいなものと彼女はいったらしいのだ。一成たちとしても今日は遊びに出かける堀場を尾行するつもりでいた。

「たまたま、でしょ」堀場の勤労精神を頭から否定するように深雪は吐き捨てた。「あいつだって一応は社長なんだから、それらしいことを少しはするんじゃないの」

「こういう状況だと、今日は見送りかな。というか、少しアプローチを変えた方がいいかもしれない」

一成は早くも探偵ごっこに厭《あ》いていた。当てのない尾行と待機など、時間の無駄に思われて仕方がない。他人の生活を覗《のぞ》き見ているという罪悪感もある。

「なにいってんのよ、今さら」深雪が不満げに頬を膨らませた。「今日は最初からそのつもりで出かけてきたんだから、とことん尾行してやりましょうよ。セミナーは二時間くらいで終わるらしいし」

「いや、やっぱり無理があるよ」

「なにが？」

「そもそものおれの計画が、さ。ちょっと迂闊《うかつ》だった」

「どういうこと？」

「きみは携帯を持っていないから知らないかもしれないけど、今時は相手の携帯に着信番号が出るんだ」

「馬鹿にしないで。私だってそれくらいのことは知ってるわ。だけど、〈非通知〉にできるんでしょう」

「できる。おれもそうするつもりだったけど、考えてみると、そんな電話に向こうが出るかな？　おれだったら〈非通知〉の着信なんか無視する」

「そんなのやってみなけりゃわからないじゃない」

「あるかないかわからないことのために尾行をつづけるなんて無駄だと思うけど」

「公衆電話を使えば？」

「おれは堀場社長の顔を観察しながら話したいんだ。そうそう都合のいい場所に公衆電話があるとは思えない。もう少し確実性のある方法を検討し直してみようよ」

「とかなんとかいっちゃって、肝心なところでビビってるんじゃないの？」そこで深雪がなにか思いついたような顔をした。「あのさ、この計画の主旨は、あいつの表情、仕草、電話のあとの動き……そういうトータルな反応を観察しようってことでしょ。だったら、なにもあんたが両方の役目をする必要はないじゃない。あんたが電話をかけて、私があいつの様子を見ていればいい。それなら公衆電話でもできるし、場所もそんなに選ばないと思うけど」

「それも考えたさ。だけど、なにぶんきみは堀場社長を色眼鏡で見ているからな、冷静な判断がくだせるかどうか……」

「大丈夫。信用しなさいよ」

「……わかったよ。じゃあ、そうしよう」

それからふたりは菓子パンやジュースを口にしながら堀場の出現を待ちつづけた。今日も晴れていて車の中は暑かった。二時間あまりの辛抱をそこで強いられることになったが、深雪との会話で退屈はまぎれ、一成はそれほど時間を苦にせずに済んだ。

堀場父子《おやこ》が車に戻ってきたのは正午近くだった。ふたりは長時間のセミナーにいささかお疲れ気味の様子で、きっちり着こなしていたスーツの上着を脱いでノーネクタイのワイシャツ姿になっていた。今度は堀場が運転席に乗り込み、息子は助手席に座った。合同庁舎をあとにしたセルシオは人気のない寂れた商店街を通り抜けて国道に出ると、かなりのスピードで松本方面へ走りはじめた。もちろん深雪もあとを追ったが、尾行を怪しまれないように何台かの車を間に挟んだことが裏目に出て、セルシオが黄色で通過した交差点の信号に掴《つか》まってしまった。見る見るうちにセルシオはふたりの視界から消え去った。それでも深雪は諦《あきら》めなかった。信号が青に変わって車の列が動き出すやいなや、彼女は無理な追い越しを開始して必死に追い縋《すが》ろうとした。捕まれば「一発免停」は免れない完璧《かんぺき》なスピード違反だった。途中で横道に逸《そ》れた可能性もある。そんな無謀運転にもかかわらず、目指す車の影はなかなか見えてこなかった。途中で横道に逸れた可能性もある。ふたりの間に諦めムードが漂い、さすがの深雪も尾行失敗を認めてアクセルを緩めたまさにその時、一成の眼がまったく偶然にそれを捉《とら》えた。対向車線に面しているファミリーレストランの駐車場に白いセルシオが駐まっており、そこから堀場父子が降り立ったのだ。急な進路変更ができなかったので、深雪は次の交差点まで走って車をUターンさせた。

「お昼ご飯ねえ……」ファミリーレストランの駐車場に車を乗り入れた深雪が嘲《あざけ》るような口調でいった。「ここ、安くて有名なファミレスよ。社長のくせになんてセコいのかしら」

一成は苦笑した。堀場の〝失点〟を数えあげることにかけては、この世で深雪に優《まさ》る人物はいないようだった。

「ここでやりましょう。あんたはあそこの公衆電話から電話して」深雪はファミリーレストランと駐車場の敷地を共有する隣のコンビニを指差した。「私は店に入って、堀場の様子を見ている。食事をはじめちゃったら電話を無視するかもしれないから……」深雪は車のデジタル時計に眼を遣《や》った。「そうね、きっちり三分後に電話してよ」

ここまでくれば四の五のいっている場合ではないと一成も意を決した。「わかった」

深雪は自分の財布から取り出したものを一成に手渡した。それは一成がここ最近とんとお目にかかったことがないテレホンカードだった。

「ありがとう」

ふたりは車を降り、それぞれの役割を果たすべく左右に別れた。コンビニの公衆電話の前に立つと、またぞろ一成の中に不安が蘇《よみがえ》った。こんなことにほんとうに意味があるのだろうか。自分たちはとんだ見当違いを犯しているのではないのか……。

約束の三分が迫った。受話器をフックからあげると、一成の動悸《どうき》が激しくなった。ひどく馬鹿らしくも罪深いことをやっているという気分に陥り、悪戯《いたずら》電話をかけるやつにもそれなりの勇気があるのだなと一成は妙なことに得心した。テレホンカードを差し込み、プッシュボタンに手をかけて十一桁《けた》の番号を押した。受話器の奥でコール音が鳴り響くと、一成の心拍数がまた跳ねあがった。そんな彼を生殺しにするように相手はなかなか出なかった。コール音が何度も繰り返される。五回、六回……それでも出ない。留守番電話に切り替わるわけでもない。一成が諦めかけた時、まったくふいに通話状態になった。しかし、先方は声を発しなかった。「はい」でもなければ「もしもし」でもない。ましてや名乗るわけでもない。堀場は明らかに不審を抱いて電話口に出、こちらの出方をうかがっている。

一成は最初に用意していた台詞《せりふ》を吐いた。「タケルを知っているな」

年齢を気取られてナメられないようにせいぜい声を低くして抑揚も殺したつもりだが、効果のほどは甚だ疑問だった。

「誰だ？」

初めて堀場が声を発した。

「タケルを知っているな」と一成は繰り返した。

「なにをいっている？」

「タケルはどこにいる？」

「おい、おたくは誰なんだ？」

「誰でもいい。応《こた》えろ。タケルはどこにいる？　それとも、タケルをどうしたと訊いた方がいいかな？」

「おい、失敬なやつだな。相手を間違えているんじゃないのか」

「そう思うなら、さっさと電話を切ればいい」一成は強腰の態度に出た。「さあ、切れよ」

堀場は電話を切らなかった。束の間の沈黙が澱《よど》んだ。その沈黙が一成に確信を抱かせた。

この男はやはり知っている！

次の瞬間、堀場の胴間声が飛んできた。「ふざけるのもいい加減にしろ！　きさまはどこのどいつだ？　名を名乗れ」

時代がかった堀場の台詞を一成は鼻で笑った。ごく自然に洩《も》れた笑いだった。「去年の十月二十六日にあんたがタケルと逢《あ》ったことはわかっている」

「いったいなんのことやら……」

心なしか堀場の声が揺らいだように感じられた。

「明日の朝七時、あんたがタケルと待ち合わせたあのベンチで待っている。詳しい話はそこでゆっくり聞こう」

「勝手なことをほざくな」

「こなくてもこっちは一向に構わないぞ。その代わり、ことが大事《おおごと》になると覚悟しておけ」

一成は電話を切った。その途端、極度の疲労感に襲われてその場に蹲《うずくま》ってしまった。脅迫者から気弱い若者に戻るのは簡単だった。そうなると、さっきの確信が早くも崩れはじめた。一成は電話のやり取りを頭の中で反芻《はんすう》し、検証した。堀場の態度は不自然ではなかったか。声に怯《おび》えが潜んでいなかったか。電話を切ろうとしなかったのはやはり後ろ暗いところがあるせいではないのか。いやいや、あんな怪しげな電話がかかってくれば、誰だって同じような応対になってしまうのではないか……。

冷静さを取り戻すためと時間を潰《つぶ》すために、一成はコンビニに入ってしばらく雑誌を立ち読みした。深雪の失笑を買いそうだが、正直、軽挙妄動《けいきょもうどう》に逸《はし》ってしまったのではないかという悔恨の念に苛《さいな》まれていた。動悸もなかなか治まらず、雑誌の活字や写真はちっとも頭に入ってこなかった。我ながら肚が据わらない男だと舌打ちした。結局、一成は缶コーヒーを二本買って車に戻った。

十分後に深雪が店から出てきた。運転席に乗り込んだ深雪は、「顔色が変わったわ。見ていて気の毒なくらいに」と報告した。

「ほんとうかい？」

「ほとんど真正面の位置から観察してたのよ。信用して。これで決まりね。あんたもそう思ったでしょう？」

「……ああ」と一成は吐息のような返事を返した。

「なによ、はっきりしないわね」

「たしかに動揺しているようではあったけど、そう断言していいものかどうか……」

「あんた、あいつの名前は出さなかったんでしょう？」

「うん。堀場の〝ほ〟の字もいわなかった」

「あんたの思惑通りじゃない。名指しされたわけでもないのに、あいつは電話を切らずにあんたの話に付き合った。間違い電話とは思ってない証拠よ。でしょ？」

「ああ、そうだね」

「証拠はもうひとつある」

「なに？」

「あんたと話したあと、堀場はすぐどこかに電話を入れたのよ。引き攣《つ》った顔でね。トイレの方へ移動してコソコソ話してたから、さすがに声までは聞き取れなかったけど、ずいぶん長話だったわ。あいつ以外にも誰かが関係しているってことじゃないかしら」深雪の口調は喜々としている。「あっ、それからこれは私の印象だけど、息子の方は無関係のような気がするな」

「どうしてわかるのさ？」

「電話の件で父子《おやこ》が会話をする様子がなかったもの。それに、堀場は完全に食欲喪失って感じだったけど、息子は牛みたいにガツガツ食べてたわ」

ささやかな奸計《かんけい》は予想外にうまく転んだかに見える。しかし、一成の胸中には重苦しいものがとぐろを巻きはじめていた。これで事態はいよいよきな臭くなってきた。やはり父の失踪《しっそう》に絡んでなんらかの犯罪が存在しているのかもしれない。自分は〝パンドラの匣《はこ》〟を開けてしまったのではないか。

「あいつ、大谷原にくるかな？」と深雪がいった。

「そんなに素直に応じるとは思えないけど……」

「きたとしても、こっちは登場するつもりはないんでしょう？」

「もちろん。どこかに隠れて見ているさ。もし現れたらそれこそ決定打だ。大谷原の登山口で待っているとはいわなかったからね」

「尾行はこのままつづけた方がいいわね。ほかにも関係者がいれば、焦った堀場がそいつと接触するかもしれないから」

一成としてはあまり気乗りのする提案ではなかったが、深雪のいうことにも一理あると思い、渋々それを受け入れた。「ただし、さっきの電話で相手はきっと神経質になっているだろうから、これからはもっと慎重に尾行してくれよな。気づかれるくらいなら、見失ってしまった方がいい。当初の目的は果たしたんだ。絶対に無理は禁物だぞ」

深雪は舌なめずりせんばかりの顔で、「まかせときなさいって」といった。一成の心境とは裏腹に、彼女はこの成り行きを愉《たの》しんでいる様子だった。

22

ファミリーレストランを出た堀場はどこにも立ち寄ることなくまっすぐ帰宅した。現在は親とは別居していると思われる息子も、玄関前にセルシオを路上駐車して実家にあがり込んだ。それを見届けた一成と深雪は朝方の公園ではなく、堀場邸を辛うじて横の方角から望むことができる川の土手に車を移動し、当てのない監視をつづけた。そして、なにごともなく二時間あまりがすぎた。その間、住人は外出せず、誰かが家を訪れることもなかった。〈堀場組〉のツートップはついに会社に〝重役出勤〟すらせず、昼にしてすでに就業を終えた気配が濃厚だった。

陽射しが活力を失い、土手の草むらを揺らす風が冷たさを増して夕方の気配を忍ばせる頃には、一成の忍耐力はほとんど限界に達していた。一日の大半を待機に費やしてきた彼の精神と肉体はボロ雑巾《ぞうきん》のような状態になっていた。他人を付けまわすことの難しさ、虚しさ、退屈さがつくづく骨身にしみていた。堀場が誰かと接触するかもしれない――深雪が指摘したそんな可能性も、彼の中ではとっくに「0《ゼロ》」の側に針は振り切れていた。「ここまでにしよう」棒のように強張った躰《からだ》を車の外で屈伸させていた一成が風の冷たさに耐えかねて助手席に戻り、深雪の横顔に向かっていった。「もしかしたら、明日の朝なんらかの反応があるかもしれないんだしさ」

「なかったらどうするの？」深雪は鋭く一成を睨《ね》めつけた。「あんた、自分でもいったでしょう。あいつがそんなに素直に応じるとは思えないって。明日なにも起きなかったら、糸がそこでプッツリ切れちゃう。堀場の容疑はいつまで経っても灰色のままよ」

「じゃあ、こんな調子でずっと監視をつづけるつもりかい？　それでなにか摑《つか》めるという保証はないんだぜ。非現実的だよ。きみには仕事がある。おれもこんなことで時間を浪費したくない。堀場社長のことは別の方策を考えるとして、今日のところは引きあげようよ」

深雪は頑として首を縦に振らなかった。少しばかり意固地になっているようだった。

「きみは堀場社長が誰かと接触するかもしれないといったけど、仮に今度の件に関係している第三者がいるとしてもだよ、直接逢って話をするとは限らないじゃないか。きみ自身が目撃したように、さっき堀場社長がファミレスからかけた電話の相手がまさにそうだったのかもしれない。たった今、家の電話で同じ相手とじっくり話し合っているのかもしれない。いや、おれたちがほんとうに揺さぶりをかけたのだとしたら、相手はむしろそうするはずだよ。軽率に動くわけがない。だろう？　こんな当てのないこと……」

「あんた、ほんとにお父さんを捜す気があるの？」深雪が一成の言葉を遮った。「なによ、さっきから聞いてれば、ネガティブなことばっかりいっちゃって。当てのないことっていうけど、じゃあ、ほかに当てはあるわけ？」

「……」

「あんたの魂胆はわかってるわ。あんたはオババが解決してくれると思ってるのよ。まだ心のどこかで高みの見物を決め込んでるのよ。自分は傷つかない場所にいて、オババの力に頼ろうとしてる。それって卑怯《ひきょう》じゃない」

「おれはそんなつもりは……」

一成の語尾が揺らいだ。たしかにそういう心理がないとはいえない。すべての端緒はオババの言葉にある。いつしかそんな思い込みに呪縛《じゅばく》されていた。怠けていたとは思わないが、甘えはどこかにあったかもしれないと一成は自覚した。

「オババの力は、相手があってこそ発揮されるものなのよ」と深雪はいった。「本人に病気を治す意思がなければオババがどんなにパワーを送ってもその人は病気に負けてしまう。遭難した人が必死に生き延びようとしなければオババの心にその姿は映りにくくなる。心の底から願い、祈らなければオババにもその人がほんとに求めるものなんて見えない。人が一生懸命で、心が豊かで、喜んだり悲しんだり……飾り気のない感情をあらわにするから、オババはなにかを感じ取れるの。あんたが一生懸命にならなければ、絶対にオババの力は役に立ってくれないわ」

一成は同じ主旨のことを相田教授にも助言されていたことを思い出した。

――オババに責任を丸投げしてはいけない。お父上のことなんですから、息子さんであるきみが一生懸命に考え、行動するべきだと思いますね。

一成が黙っていると、深雪が「今日だけよ」と呟《つぶや》いた。

「えっ？」

「せめて今日一日だけ。堀場が眠るまで……あの家の灯がすっかり消えるまでつづけようよ」一成を傷つけてしまったと思ったのか、深雪の物言いは一転しおらしくなった。「なにも起きなかったら、それはそれで私は納得できるから。ここで引きあげたら、全部が中途半端になっちゃう。結局なにも起きなかった。堀場は誰にも逢《あ》わなかった——それだってひとつの情報でしょう。いつかなにかの判断材料になるかもしれないわ」

「わかったよ」と一成は微笑んだ。「このまま監視をつづけよう」

「場合によっては、あんたがここで見張りをつづけて、私は息子の方を尾行してもいい。父親になにかを託されるかもしれないから。ただ単に息子の家を突き止めるだけに終わるかもしれないけど……」

「それも情報のひとつではある」

深雪も微笑を返した。「合意ができたところでさ、あんた、ちょっと車から降りてよ」

「えっ、どうして？」

「車を交換してくる。また尾行がはじまるかもしれないでしょう。念のためよ。この車、ゴツくて目立っちゃうし、小まわりもきかないから」

深雪は見張り役として一成をその場に残し、自分は父親の勤務先に向かった。三十分後に土手に戻ってきた時、深雪は父親が通勤に使用している実用一点張りのシンプルな軽自動車のハンドルを握っていた。張り込みに向けての食料品もたっぷり買い込んできた。

　深雪のその粘り腰は、しかし、無駄には終わらなかった。時刻が午後五時をまわった頃、堀場邸に動きが見られた。堀場父子《おやこ》が再び外出する気配を見せたのだ。ふたりとも礼服に着替えており、黒いネクタイを結んでいた。時間帯を考えると、当然ながら葬儀や法事ではなく、通夜の席に向かうものと思われた。だが、父子は今度は一台の車に同乗しようとはしなかった。堀場は自分のベンツ、息子はセルシオをそれぞれ運転し、国道の方角に向かった。そして、なぜか国道と合流する交差点で左右に分かれた。息子は右折して白馬方面に、堀場は左折して松本方面に車首を向けた。深雪はもちろん堀場のあとを追った。一成は同じ装いの父子が二手に分かれたことを訝《いぶか》ったものの、あとで合流するのだろうと思い、特に気にも止めなかった。それより、行き先に弔事が待ち受けていることに若干の後ろめたさを感じていた。たとえどんなに腹黒い男だとしても、今の堀場は弔意に動かされているわけで、そんな彼の行状を、そしてどこの誰とも知れぬ他人の死そのものを自分たちの行いが汚しているような気がしたのだ。

　十五分ほどベンツを走らせて堀場が辿《たど》り着いた先は、松川村にほど近い国道沿いの一軒家だった。提灯《ちょうちん》が吊《つ》るされ、〈忌中《きちゅう》〉の紙が貼り出されたその家は門構えもなにもなく、四面の引き違いのガラス戸が歩道に面していて、明らかにかつては個人商店だったことをうかがわせる造りだった。国道を往来する自動車の排気ガスと埃《ほこり》でくすんでいるそのガラス戸は今は開け放たれ、弔問客が出入りしていた。ほとんどが隣近所の人々らしく、普段着の姿も目立った。隣接する電気店が弔問客のために駐車場を開放していたが、そこに収まりきらない車が路上に縦列駐車していた。堀場のベンツもその列の中に加わった。深雪は百メートルほど先に行ったところにあるコンビニの駐車場に車を入れた。

「誰の家《うち》かたしかめてきて」と深雪がいった。

一成は車を降りて歩道を引き返した。あまり気乗りせず、自然と足取りは重くなった。弔意とはほど遠い思惑でその家に近づこうとしている自分が罰当たりのように思えて仕方なかった。すると、その家に辿り着く直前に予想外のことが起きた。ついさっき件《くだん》の家に入って行ったはずの堀場が弔問の列を逆行してこちらに向かってきたのだ。思わず足を止めた一成のすぐ脇を堀場は足早に通りすぎた。線香とも樟脳《しょうのう》とも整髪剤ともつかぬ、一成が年配の男に一様に感じる独特の匂いが鼻を突《つ》いた。堀場はそそくさと焼香を済ませただけでその家を辞したようだ。彼は歩道から車道に降り、駐《と》めていたベンツに乗り込んでエンジンをかけた。一成は踵《きびす》を返し、慌ててコンビニに戻った。

堀場の慌ただしい動きには深雪も気づいていた。発進したベンツがコンビニの前を通りすぎたからだ。車のノーズを半分車道にはみ出させ、深雪は即座に追跡できる態勢で一成を待っていた。一成が助手席に乗り込むやいなや彼女はアクセルを踏み込んだ。

「一分もいなかったんじゃない？　なによ、ほんのお義理程度の弔問ってこと？」

深雪の中でまた堀場の失点が加算されたようだった。ベンツはしばらく走ると、〈本日休業〉のラーメン屋の駐車場に入った。どうやらそこでUターンして大町方面に戻るようだった。深雪はその前を通りすぎ、こちらは千客万来といった観の回転寿司屋の駐車場でUターンを試みた。

「で、いったい誰の家だったの？」

「たしかめる暇なんてなかったよ。すぐに堀場社長が出てきちゃったんだから」

「ドジ」

「家の所在がわかったんだから、それでいいだろう」

当然、堀場は帰宅するだけだと思われたので、深雪はあまりスピードを出さなかった。あたりはすっかり暗くなり、五十メートル先を行くベンツのテールライトが夜気に滲《にじ》んで見えた。ところが、しばらくするとそのテールライトが意外な動きを見せた。思いがけないところで左折したのだ。のんびり菓子パンを齧《かじ》っていた深雪は慌ててパンを一成に抛《ほう》り、車のスピードをあげた。

一成はてっきり堀場という男の日常を覗《のぞ》き見ているとばかり思っていた。そして、自分の電話がその〝日常〟に波紋を投げかけたのだ、と。だが、一成の電話があろうとなかろうと、今日という日は最初から堀場にとっていささか〝異常〟な一日であるらしかった。

十分後、堀場は農村の佇《たたず》まいと雰囲気を色濃く残している地域に建つ旧家の趣のある邸《やしき》を訪れていた。周囲が田畑だらけで見通しがきくので、かなり離れたところからでもその邸でなにが行われているかは一成にもわかった。邸には煌々《こうこう》と灯が点《とも》り、あたかもそこに集まる昆虫のように大勢の喪服姿の人々が蠢《うごめ》いていたからだ。深雪は田植えに備えて水を引いたばかりの田んぼの畔道《あぜみち》に車を突っ込んで停めた。

「お通夜のはしごか。こういうことはつづく時はつづくっていうけど、それにしても同じ日とはね」と一成はいい、ドアの把手《とって》に手をかけた。深雪にいわれる前に仕事を果たそうと思ったのだ。「誰の家かたしかめてくるよ」

「行かなくてもいいわ」と深雪が制した。

「どうして？」

「あの家ならわかってる」

「えっ、誰の家なんだい？」

深雪はそれには応《こた》えず、「あんた、袴田のおじさんの電話番号はわかる？」と訊《たず》ねた。

「警察の直通番号ならメモリーに入っているけど……」

「電話してみて」

「どうしてだよ？」

「いいから、早く」

一成は番号を呼び出し、通話ボタンを押した。袴田本人が出た。一成は二言三言挨拶《あいさつ》を交わしてから携帯電話を深雪に手渡した。やり取りを横で聞いているうちに一成にもだんだん事情が呑《の》み込めてきた。

電話を終えた深雪に一成はいった。「堀場社長は、鉄砲水に流された四人の知り合いなのか」

「知り合いどころじゃないわ。ひとりは〈堀場組〉の社員。ふたりは下請会社の臨時雇い。そのふたりっていうのが、白馬村の住人なのよ。そっちにはたぶん息子が行ったんだわ」

「仕事仲間なら、斎場でも借りて共同でやればいいのに」

「同じ会社じゃないし、仕事で亡くなったわけでもないから、そうはいかなかったんじゃない？　それに、呑気《のんき》に打ち合わせとかやってる場合じゃなかったらしいわよ。なにしろ遺体の損傷が激しくて、一刻も早くことを進める必要があったみたい」

「そうなんだ……」

「さっき堀場が立ち寄ったのが、どうやら三苫 某《ナニガシ》っていう社員の家のようね」

「自分のところの社員にしては、ずいぶんそっけなかったな」

深雪は邸に向かって顎《あご》をしゃくった。「こっちの方が大事ってことでしょう」

「もうひとりの犠牲者か。いったい誰なんだい？」

「大迫孝行《おおさこたかゆき》。元県会議員」

「元県会議員……？」

「堀場と大迫の関係も気になるけど、私がもっと気になるのは、連中があんなところに出かけた理由よ。袴田のおじさんによると、四人は山遊びの仲間で、釣りに出かけて帰らない大迫をほかの三人が捜索に行ったっていうけど、なんだか怪しいなあ」

「怪しいって、なにが？」

深雪は応えず、思案顔で黒光りする田んぼの水面を見つめた。

23

翌朝、冷たい霧雨が降る大谷原の登山口に堀場が姿を見せることはなかった。もとより想像できたことではあったが、一成は〝万が一〟を想定し、トンチから釣り道具一式を借りて釣り人を装い、午前六時半頃から一時間以上に渡って川筋から登山口の様子を観察した。早朝から登山者たちが群れ集い、うそ寒い風景の中でそこだけは花が咲いたようにアタックザックや防寒着のカラフルな色に彩られていた。例のベンチの周辺はかなり大人数のパーティ――しかも一成の祖父母といってもおかしくない年配者ばかり――に占拠され、彼らの屈託のない笑顔と賑《にぎ》やかな声が溢《あふ》れていた。堀場はもちろんのこと、怪しげな人物がそこに近づく様子もなかった。時刻が八時になったところで一成は川からあがり、あらかじめ深雪と示し合わせていた場所で車にピックアップしてもらった。

「どうだった?」と深雪は訊ねた。

一成は首を横に振った。

「そう……」深雪とて堀場がのこのこ現れるとは思っていなかったが、それでも〝もしや〟くらいの期待はあったのだ。「だからって、堀場がシロになったわけじゃない。ううん、あいつは絶対関係してる。どこの誰とも知らない人間に呼び出されたから、怖《お》じ気づいたんだわ、きっと。たぶん、あいつはこっちが焦《じ》れて連絡をよこすのを待ってるんだと思う。それで優位に立てると思ってるのよ」

深雪には、自分たちがまったく見当はずれのことをしているという疑問は断片《かけら》ほどもないようだった。対する一成は、断片どころか、思考のほとんどすべてを疑問に浸食されているといってよかった。

「ほんとうに親父は堀場社長と逢《あ》ったのかな……？」

「今さらなにをいってんのよ」

「昨日の電話の感触では間違いないと思ったんだけど……」

深雪は業を煮やすように頭を激しく振った。「もう、焦れったい男ね。自分の勘を信じなさいよ。グズグズいってたら、ちっとも先に進まないじゃない」

〈鹿島荘〉に到着すると、割烹《かっぽう》着姿の深雪の母親が玄関先を竹箒《たけぼうき》で掃いていた。

深雪が車を停めて窓越しにいった。「母さん、昨日はごめんね。サボっちゃって」

母親は彼女らしい陽だまりのような笑顔をふたりに向けた。「あら、こんなに朝早くからデート？　ふたりはほんとうに仲がいいわねえ」

皮肉でもなんでもないようなので、かえって一成は恐縮し、顔を赤らめた。

「今日は目一杯働くから」と深雪はいった。

「僕もお手伝いします」と一成。「なんでもおっしゃってください」

母親は「ありがとう。でも、それはちょっと無理みたいね」といった。「あなたたちにはデートのつづきがあるようだから」

「どういう意味？」

「今し方、センターの看護師さんから電話があったの。ふたりにきて欲しいそうよ」

深雪の顔色が変わった。「センターからって……オババの具合が悪くなったの？」

「逆よ。オババがね、今日はとっても体調がいいから、どうしてもあなたたちと話がしたいんですって。朝ご飯を食べたら行ってあげなさい」

「母さん、仕事の方は大丈夫？」

「泊まっている山岳部の学生さんが手伝ってくれるから」

「ごめんね」

母親はまた笑顔で首を横に振った。「深雪、オババはおまえのことをほんとうの孫みたいに思っているの。可愛くて可愛くて仕方ないみたい。今は家《うち》のことはいいから、あの人を元気づけてあげなさい」

「うん」

深雪は、それまで一成が見たこともないような柔和な表情で頷《うなず》いた。

病室に入った一成と深雪は驚いた。浴衣《ゆかた》姿のオババがベッドの上にちょこんと正座し、満面の笑みをこちらに向けていたからだ。先日と比べると頬に血の気が差して顔色は格段によくなり、「よくきた、よくきた」と手放しでふたりを歓迎する表情も口調も明るかった。身なりもこざっぱりしており、櫛《くし》を入れたらしい髪は後ろにきっちりと撫《な》でつけられていた。オババは十歳ほども若返ったように見え、およそ病人臭さは稀薄《きはく》になっていた。

「寝てなくても大丈夫なの？」

深雪が気遣ったが、オババは顔をくしゃくしゃにして笑い、「心配いらないよ。寝てばかりいると、躰が棒になってしまいそうでねえ」といった。

「すごく元気になったみたい」深雪はオババの頭にそっと手を触れた。「髪を梳《と》かしたのね。綺麗だよ」

オババは照れ笑いを浮かべた。「看護師さんに躰を拭《ふ》いてもらったんで、そのついでにね。少しは別嬪《べっぴん》さんになったかい？」

「いい女っぷりよ。入院してるお爺《じい》ちゃんたちにナンパされちゃうかも」

ふたりはじゃれ合うように笑った。

一成は静かにベッドに歩み寄り、オババに向かって頭をさげた。「先日はちゃんとご挨《あい》拶《さつ》できませんでした。あらためて僕は沢村一成といいます」

オババは頷き、「感心感心。きちんと他人《ひと》に挨拶できる人が私は好きですよ」といった。それから自分も這《は》いつくばうほど丁寧に頭をさげ、「私は武居絹代と申します。オババと呼んでもらって構いません」とにこやかに挨拶したが、包帯にくるまれた一成の右手に眼を止めて眉宇《びう》をひそめた。「坊や、その手はどうしたね？」

「ああ……車のドアに手を挟んでしまって」

深雪との約束を守って一成はそういったが、オババには嘘を見抜かれてしまいそうな気がした。案の定、オババは意味深長な笑みを浮かべ、「そう、車のドアにねえ」と思わせぶりに呟《つぶや》いた。「どれ、包帯をはずして手を見せてごらん」

一成はいわれた通り包帯を解き、青黒く鬱血《うっけつ》して膨れあがった手をオババの方に突き出した。オババは両の掌《てのひら》で優しく一成の手を包み込んだ。その途端、一成は人肌のものとは思えない熱気を感じ、思わず「うっ」と声を発した。オババは（心配しなさんな）とでもいうように穏やかに微笑んだ。無言の時間が一分あまり経過した。最初は温湿布のような温《ぬく》みだったものが次第に火のような熱さになり、すぐにまた柔らかい温みに戻って行った。その後も同じような熱の波が繰り返し訪れた。その間、睡魔とはいわないまでも、真綿に包まれるような心地好《よ》さを感じて一成はついつい放心し、瞼《まぶた》を閉じがちになった。一方で、自分の意思とは関係なく五本の指が勝手にピリピリと痙攣《けいれん》しているような感触も得ていた。

五分ほど経ってからオババはようやく手を離した。

一成は驚いた。さっきまで疼《うず》いていた手の痛みが嘘のように消えている。錯覚かもしれないと思ったが、ためしに指を動かしてみると、痛みも違和感もなくごく自然に動かすことができた。鬱血の色こそ残っているものの、心なしか腫《は》れも引いたように見える。

「全然、痛くない……」

一成は惚《ほう》けたように呟いた。深雪はそんな一成の様子をにこやかに眺めている。（当然のことが起きただけよ）とでもいいたげな顔つきだった。

「これはもういいでしょう」オババは一成が解いた包帯を摘《つま》みあげて丸め、ベッドの脇の屑籠《くずかご》に抛《ほう》った。「でも、あんまりヤンチャをしてはいけないよ」

「久しぶりに見たなあ、オババの治療を」深雪は嬉しそうだった。「オババはほんとに元気になったんだね。この前とは見違えるようだわ」

一成だけがマジシャンの鮮やかな手並みに騙《だま》された観客と同じ顔を晒《さら》していた。「僕は骨にヒビが入っていると診断されたんですが……」

「もうありません」とオババはいった。

「はあ？」

「もうヒビはありませんよ。くっつきました。その気味の悪い色も腫れも一日二日のうちに消えてしまうでしょう」

一成は狐につままれたような気分から脱け出せなかった。我が手をじっと眺め、数を数える時のように指を折ってみた。まったく異常を感じない。信じがたいことだが、たった五分の間に傷は癒《い》えてしまったらしい。「魔法みたいだ……」

「そんな大層なものじゃありません。坊やの躰が治りたがっているから、私はちょいと励ましただけです」

一成はまだ釈然とせず、それでも消え入りそうな声で「ありがとうございます」と礼を述べた。オババが黒眼がちの眼をまっすぐ一成に向けた。その眼に見つめられているうちに、一成はわけもなく眼頭が熱くなり、涙がこぼれそうになった。オババが傷を癒してくれたからではない。どうしようもない懐かしさ、息苦しいほどの郷愁に包まれるのを感じたからだ。落涙こそ免れたものの瞳《ひとみ》が濡《ぬ》れて光り、それに気づいたらしい深雪が怪訝《けげん》そうに一成を眺めていた。

「ありがとうございます、オババ」と一成はもう一度、礼をいった。

「どういたしまして。だけど、因果なものだろう。自分の病気を治すことはできないんだからね」とオババはさも愉快そうに笑った。

「そうでしょうか。深雪さんもいったように、先日お逢いした時とは見違えるようです。オババはすっかり元気になられたみたいで」

オババの笑顔が翳《かげ》ったように見えた。「まあ、一時的なものでしょう」

「そんなこといわないで」深雪がオババの肩に手を置いた。「病《やまい》は気から。元気を出して、早く退院しちゃおうよ」

オババは「そうだね」といい、真顔を取り戻して一成を見た。「ところで、今日は呼びつけてしまって悪かったね。躰の按配《あんばい》がいつになくいいんで、坊やと話したいと思ったのさ。坊やだって同じじゃないのかい？」

一成は頷いた。

「訊《き》きたいこと、話したいことが山ほどあるという顔をしているね」

オババは一成と深雪に椅子に座るよう勧めた。ふたりは病室の隅にあった円形のパイプ椅子を引いてきてそこに落ち着いた。

「さあて、なにから話そうかね……」

オババはまるでお伽噺《とぎばなし》でもはじめるような口ぶりでいった。

「最初に僕の方から確認させてもらっていいですか」

「なんですか」

「オババがおっしゃっているタケルという名前の人物は僕の父なんですか」

オババは眼を細めてしばらく一成を見ていた。まるでタケルをそこに見ているように。そして、ゆっくりと頷いた。「その通りですよ」

一成はもちろんそのことを疑ってはいなかった。しかし、オババの口からあらためて聞かされると、これでようやくとば口に立てたという実感がした。

「山岳の岳に流れると書いて岳流《たける》。私が知っているあの子はそう名乗っていました」

オババが教えてくれた漢字を一成は頭の中に思い描き、小声で「岳流」と呟いてみた。どういうわけか父にまつわる謎の周辺にはしばしば山や川が登場するような気がする。名前もまたしかり、だった。「でも、父には健一というれっきとした本名があります。なぜ岳流なんでしょう？　それから、オババは〈あの子〉とおっしゃいましたが、つまり子供の頃の父をご存じだということですか」

「そう。六、七歳くらいから十代半ばくらいまでのあの子を私は知っています」

「父はそんなに長い間こちらに暮らしていたんですか」

「暮らしていたといえるかどうか……。名前のことも含めて、そのあたりの事情は簡単に語り尽くせることではないんだよ。きちんと話そうとすれば、長い長い話になる。そして、私はきちんと話すつもりで坊やにここにきてもらったのです。いろいろ訊《たず》ねたいことはあるだろうが、まずはこの年寄りの話をじっくり聞いてもらえないかい？」

「……はい」

そうは応えたものの、一成としては堰《せき》を塞《ふさ》がれたような気分になった。訊ねたいことがそれこそ泉のごとく湧き出し、それは奔流となって迸《ほとばし》り、ほとんど凶暴といってよい勢いで堰を叩いている。オババのペースを尊重してあげたいのは山々だが、それを履行しようとすればかなりの忍耐力を要求されそうだった。

「ただ、これだけは教えてください」堪《こら》え切れずに一成は口を開いた。そう、なによりもまずそれを最初に訊いておかなければならなかったのだ。「オババは父の行方をご存じなんですか」

オババは首を横に振った。「知りません」

一成は泥に沈み込むような虚脱感に襲われた。これから様々な疑問に対する解答を得たとて、肝心な点をこうもあっさり否定されたのでは、先に進む気力が失《う》せるというものだ。

一成の落胆を見て取った深雪が口を挟んだ。

「ねえオババ、見当もつかない？」

再びオババは首を横に振った。

「どこかで元気にしているだろうとか、せめてそんなことだけでも……」

深雪ははっきり生死を問いたかったのだが、一成の手前、言葉を濁して訊ねた。

オババは三度、首を振った。「ほんとうにわからないんだよ。去年の秋、一度だけ岳流の存在を近くに感じたけれど、それっきりです。また感じたと思ったら、それはこの坊やだった。私のここも」といって頭を指差した。

「だいぶガタがきたということだろうね」オババは吐息を洩《も》らして眼を伏せた。三人の間にしばし沈黙が落ちた。

その沈黙を破ったのは深雪だった。「私たちなりに摑《つか》んだことがあるのよ、オババ」

オババが眼線を擡《もた》げた。

「この件にはたぶん堀場が絡んでるわ」

「堀場?」オババの眼が険しくなった。「〈堀場組〉の社長のことかい?」

「そう。でも、たぶんあいつだけじゃない」

深雪はチラシを見た情報提供者の口から堀場の名前が出たこと、そして昨日一日、堀場を尾行した顚末《てんまつ》などをオババに詳しく報告した。

「……だから、この人のお父さんの行方はきっと堀場が知ってると思うの」

深雪の話を聞き終えたオババは思索に耽《ふけ》るようにまた眼を瞑《つむ》り、むっつりと黙り込んだ。そして、眼を開けた時にはその口からお説教の言葉が飛び出していた。「あまり感心しないね。理由はどうあれ、他人のあとを付けまわしたり、罠《わな》に引っかけたりするような真似は品性下劣な人間がすることですよ」

「でも、オババ……」

「第一、危ない。堀場という人は怒らせると怖いですよ。いいですかミーちゃん、そんな探偵ごっこみたいなことは金輪際やってはいけません」

オババの口調には思いのほか強い怒気が含まれていた。

「それもこれも僕がやろうといい出したことで、彼女は手伝ってくれただけなんです」と一成は深雪を庇《かば》った。

オババは鋭く一成を見据えた。「坊や、堀場社長を怒らせてしまって、今後もしほんとうにあの男と接触しなければならなくなったらどうします。どんな近づき方をしたって堀場社長は坊やのことを疑うし、怒りをぶつけてきますよ。あとあとのことを考えてやったことなんでしょうね？」

「いいえ、それは……。とにかく父と堀場社長が逢《あ》ったかどうかを知りたい一心で」

「熟慮なしに行動するのは愚か者ですよ」

「……」

「しかしまあ、やってしまったことは仕方ない。堀場社長の件はあとで考えましょう」

「ほんとうに軽率でした。反省しています」

「そのことはもういいでしょう」

オババの言葉はつっけんどんだったが、立腹しているというより、いつまでも引きずってウジウジするなと一成を諭しているようだった。

「では、もうひとつ違うことをお訊ねします」一成も気持ちを切り替えるつもりでそういった。「ごく最近、僕はタケル以外に、オニマサという名前を耳にしました」

オババは意外そうな顔をした。「ほう、その名前はどこで知りました？」

「トンチが教えてくれました」

「そう、あの子が……」

「オニマサという人は僕の祖父なんでしょうか」

気忙《きぜわ》しく訊ねる一成の気持ちをわざとはぐらかすようにオババは即答せず、憂いを含んだ視線をじっと彼に注いだ。一成の顔になにか別のものを見ているようだった。焦《じ》れた一成が「どうなんですか」と答えを催促すると、オババはようやく頷《うなず》いた。「たしかに坊やのお祖父《じい》さんです」

「やはりそうでしたか」

「ですがね、私はオニマサという呼び名が大嫌いです。あの人には城戸正之助《きどしょうのすけ》という立派な名前がある」

「城戸正之助……」

「やはりきちんと順序だてて、正之助さんのことから話さなくてはいけないでしょうね」

オババは深々と息をついた。「さっきもいいましたが、これは長い話になります。坊やのいろいろな疑問に対する答えもその中にあるはずです。坊やと血を分けている人の話をするのだから、しっかり心にとどめておくんですよ」

「はい」一成は襟を正すように身構えた。「ですが、僕はオババの躰のことが心配です。具合がよくないようならそうおっしゃってください」

「おやまあ、優しいことをいってくれるねえ。だけど、心配にはおよびません」オババは深雪に一瞥《いちべつ》をくれた。

「ミーちゃん、申し訳ないが、水差しに新しい水を汲《く》んできておくれ。久しくこんなに喋《しゃべ》ったことがないものだから、喉が渇いて仕方ない」

「はい」深雪が席を立って水差しを持った。「でも、私のいない隙に話をしないでね」

「わかっているよ」

深雪を見送ったオババはまた人懐こい笑みを取り戻し、「いい娘でしょう」といった。

「はい。彼女にはずいぶん助けられています。よく怒られたりもしますが」

「気は強いけれど、性根はまっすぐな子です。あの子はね、私の鑑《かがみ》なんだよ」

「鑑……ですか」

「そう。迷ったり落ち込んだりした時にあの子と話していると心が正される。進むべき道が見えてくる」

「オババでも迷うことがあるんですか」

「もちろんですよ」

「彼女はまったく逆のことをいっていました。ずっとオババに救われてきたって」

オババは眼を細めて笑った。「人間はそうでなくちゃいけない。助け合うものです。ただひとり超然とはしていられない。坊やはあの子のことが好きかい？」

だしぬけの質問に一成は顔を赤らめた。

「ここだけの話ですがね」とオババは声を潜め、にたっと下卑た笑いを見せた。「あの子はなかなかの躰をしているよ。私は一緒にお風呂《ふろ》に入ったことがあるから知っている。あんな男の子みたいななりをしているが、どうしてどうして服を脱いだらそれはもう婀娜《あだ》っぽい女です。おっぱいは大きくて形もいいし、肌はつやつやしているしねえ。すごくおいしそうな躰です。私が若い男なら襲いかかっているだろうよ」

一成の顔がますます赤くなった。そんな一成を見てオババはゲラゲラと笑いこけた。

「小さい頃から暇さえあれば野山を駆けまわっていたから、肉《しし》の締まりがいいんでしょう」

オババが牛か猪のように深雪の肉体を評したのがおかしくて一成も声を出して笑った。

「冗談はともかく、あの子のことを頼みますね」

「えっ、どういう意味ですか」

「そのままの意味ですよ。嫁にしろとはいわないが、末永く友達でいてやっておくれ」

オババは生真面目に頭をさげた。一成はうろたえ、「頭をあげてください」といった。

「友達でいてやっておくれ」とオババはもう一度いった。

「はい。わかりました」

「約束しましたよ」頭をあげたオババは存外に厳しい顔つきをしていた。「ところで、これから私が坊やに話そうとしていることの中には、かなり不愉快なことも含まれています。有体《ありてい》にいえば、あなたの身内にとって不名誉なことなのです。それをあの子に知られても構いませんか。もし坊やが嫌だというなら、あの子には席をはずしてもらっても……」

「構いません」一成はきっぱりといった。「僕は、深雪さんにだけは隠し事をしたくありません。これからずっと友達でいるならなおさらのこと」

オババは安心したように笑い、また軽口を叩いた。「友達のままではもったいないと思うけどねえ。なにしろいい躰をしているんだから」

24

オババは深雪が汲んできた水を吸い呑《の》みに移し替えてひと口啜《すす》ると、おもむろに話しはじめた。「城戸正之助さんと私は幼馴染《おさななじ》みだったんだよ。ふたりとも市内の八日町《ようかまち》というところの生まれでねえ。私の家《うち》はしがない農家でしたけれど、正《しょう》ちゃんは――ああ、私は四つ年上のあの人をずっとそう呼んでいたんです――〈ヨツヤ〉という羽振りのいい蚕種業の四人兄弟の末っ子だった。ちなみにあの人の誕生日は大正四年三月十五日。坊や、あなたのお祖父さんがこの世に生を受けた日を、ちゃんと憶えといてあげてくださいよ」

一成は殊勝に頷いた。

「正ちゃんは子供の頃から頭脳明晰《めいせき》で学校の勉強もよくできる人でした。男気があって腕っぷしも強いし、それに姿形もよくてねえ、同じ年端の女の子は皆ひそかに憧《あこが》れていたものですよ。城戸の男兄弟は優秀な人たちばかりでしたが、正ちゃんはその中でも頭抜けた存在だった。けれど、なにしろ末っ子だから家を継ぐわけにもいかない。そこであの人は旧制中学を卒業すると現役志願して兵役に就き、満州の海城《かいじょう》というところにあった野戦部隊に入隊しました。といっても、正ちゃんは別に軍人さんになることを望んだわけではないよ。〈満鉄〉に入りたかったのさ。〈満鉄〉のことは知っているだろう？」

一成は頷いた。「〈南満州鉄道株式会社〉ですね」

「そう。当時、あそこは除隊者の現地採用が入社の早道といわれていて、そこで正ちゃんは一度は軍隊に入る道を選んだというわけさ。それが昭和十年くらいのことだったかねえ。思惑通り数年後に兵役を終えた正ちゃんは〈満鉄〉の幹部養成学校の高等学院に入り、それからずっと航運畑を歩いたようです。まさに順風満帆、頭に思い描いた通りの人生だったでしょう。あの人はそんなふうに堅実な一面もありました。もともと頭のいい人だから出世も早くて、昭和十九年頃には満州国三江《さんこう》省交通局事務官に任命されてチャムスというところに赴任した。その間にお嫁さんももらって、ふたりの子供にも恵まれました。その頃、私たちは何度か手紙のやり取りをしていたけれど、正ちゃんの文面はいつも活気があって健やかで、ほんとうに幸せそうでしたねえ……」

〝幸せ〟という言葉とは裏腹に、オババは痛みを憶えたように顔をしかめて眼を瞑《つむ》った。深雪が椅子から立ちあがり、いかにも寒々しげな浴衣《ゆかた》姿のオババの背に掻巻《かいまき》をかけた。オババは「ありがとう」といって話をつづけた。

「正ちゃんはそこチャムスで終戦を迎えることになるんだけれど、皮肉にもその日からあの人の不幸がはじまったといえるかもしれないねえ。敗戦後の当地はそれはそれは混乱を極め、毎日のように悲惨な出来事があったそうですが、それは正ちゃんの身の上にも降りかかった。まず奥さんが流行病《はやりやまい》で亡くなり、その同じ月に三歳の長男が荷車に轢《ひ》かれて死んでしまった。それだけではありません。昭和二十一年の八月に引き揚げがはじまって、正ちゃんも生後一年に満たない次男を背負って二ヶ月にもおよぶ苦難の旅に出発したんだが、体力のない赤ちゃんはその長旅に耐えられず、とうとう帰国する船の中で亡くなってしまった……。こういった話はあとで正ちゃん自身の口から聞いたんですが、赤ちゃんを失ってから後、どうやって自分が故郷の大町まで辿《たど》り着いたのか、あの人はずっと思い出せないままでした。持ち帰ったはずの奥さんと長男の遺髪や爪もいつの間にか紛失してしまったそうです。正ちゃんの味わった悲しみと絶望は如何《いか》ばかりだったでしょう。若者らしい希望を抱いて渡った大陸でそれこそ身を粉にして働き、ようやくそこに根付いて将来への展望が開きはじめたと思った矢先に、すべてを根こそぎ奪われてしまったんですからねえ」

　気の毒な話ではあるが、正直にいえば、見ず知らずの祖父を襲った不幸と彼の嘆きは一成にとってひどく遠いものだった。あまりにも掛け離れた世界の出来事であり、赤の他人の苦労話を聞かされているのといくらも違わない。交響曲の序奏に聞き入るように一成を厳粛な気持ちにさせていたのは、むしろオババの独特の語り口と表情だった。

咳払《せきばら》いをひとつしてオババは話をつづけた。「帰国した頃の正ちゃんといったら、まだ三十をちょいとすぎたばかりだというのに昔の面影はどこにもなく、ひどく痩《や》せさらばえて、頭にも異様に白いものが目立っていてね、まるで老人みたいな風体でした。いいえ、生ける屍《しかばね》のようだった。なんといっても、眼が死んでいましたよ。この世に起きることをなんにも映していない――そういう眼だったねえ、あれは。正ちゃんのあんな姿を見てしまうと、私はあなたたち若い人に〈苦労は買ってでもしろ〉なんてことは口が裂けてもいえないよ。ああ、苦労というものは人の大事な部分を壊してしまうんだなあ――若かった私はしみじみそう思ったものです。もっとも、私は帰国した正ちゃんとすぐに逢《あ》ったというわけではないんだよ。あの人は実家の離れに何ヶ月も引き籠《こも》ってまったく外に出ようとせず、誰とも逢おうとしなかった。だいぶ経ってからのことでしたねえ、私があの人と口をきいたのは」

「その頃、オババはなにをしていたの？」と深雪が訊《たず》ねた。

「ちょうど〈ひまわり学園〉の賄いとして働きはじめた頃ですよ。二十代の後半に差しかかっていたというのに、私も世間とうまく折り合えずにいてね」オババは青春時代の恥ずかしい逸話に触れたように寂しげに笑った。「自分の力に気づいてはいたんだが、それをうまく……ええと、なんといったっけね、横文字の……」

「コントロール？」

「そうそう、うまくコントロールできずに苦しんでいる時期でした。私のことを気味悪がって友達は離れてゆくし、お嫁のもらい手はないし、それまで働いていた縫製工場でも人間関係をこじらせてしまって、その結果、工場を馘《くび》になってしまうし、当然親にも心配はかけるし……。そんなことが重なって精神的に参ってしまい、いささか自暴自棄になっていたんだよ。その頃でしたね、私がお酒に溺《おぼ》れていたのは」

深雪がびっくりした顔をした。「オババがお酒を？」

オババは「馬鹿なことをしたものです」と笑い飛ばした。「それでも〝拾う神あり〟とはよくいったものですよ。父の知り合いだった園長先生が大変慈悲深いお方で、いろいろな事情を察した上で私みたいな女を職員として雇ってくれたんです。学園に住み込みで働くことになった私は……いえいえ、今は私のことなんぞより正ちゃんの話をしましょうね」オババは吸い呑みの水をまた口に含んだ。「その頃の正ちゃんはさすがに一歩も外に出ないなんてことはなかったけれど、昼間はずっと眠っていて真夜中に出歩くという悪癖がついていてね、私たちが逢ったのも夜でした。たまたま私が夜遅くに実家に戻ってきた時に正ちゃんとばったり道で出くわして話し込むことになったんだよ。そこで私は正ちゃんの身の上に起きたことを詳しく知ったわけですが、私は生意気にもあの人をお説教しちゃったんです。〈正ちゃんのことをお気の毒には思う。でも、正ちゃんが味わったような挫折《ざせつ》や辛酸なんて今の日本にはごろごろあるんだ。自分だけが世界中の不幸を一身に背負ったような顔をしていじけて生きるのはやめなさい〉なんてね。今にして思うと、ずいぶん傲慢《ごうまん》で思いやりのないことをいったものですよ。あなたたちもお気をつけなさい。他人を悪し様に中傷する人間は、ほとんどの場合、その当人が欲求不満を抱えていて心に余裕がないものなんです。どんなに立派な御託を並べようと、正論を吐こうと、弱い人間を自分の不満の捌《は》け口として使っているだけにすぎない。あの時の私がまさにそうでした」

「オババのアドバイスは効いたの？」

オババは首を横に振り、「思いやりのない人間の言葉なんか、人の心に届くものですか」といった。「それからも正ちゃんは世捨て人のように振る舞っていましたよ。だけど、少しだけ様子が違ってきて、外に出かけるようになった。きっかけは渓流釣りでした。誰が教えたのかはわからない。たぶん兄弟の誰かが、不健康な生活を送っている弟のことを見るに見かねて誘い出したんだろうよ。正ちゃんはすぐ釣りに夢中になりました。いやいや、そんないい方では足りないね。あののめり込み方は尋常ではなかった。私が今でも釣りという遊びをあまり好きになれないのは、あの時の正ちゃんの様子を見ていたからかもしれません。釣りには殿方を狂わせてしまう魔力みたいなものがあるのかねえ。あの人はまるで物の怪《け》にでも取り憑《つ》かれたように足繁く山に通っては、何十、何百というイワナを釣ってきた。だけどねえ、それがちっとも愉《たの》しそうではないんだよ。なんだかいつも殺伐としていて、およそ魚釣りなどという長閑《のどか》な雰囲気ではなかった」

「トンチは尊敬しているようでした」と一成はいった。「オニマサの釣りの腕は日本一だって」

「それはあながち誇張ではないかもしれないよ。なにしろ正ちゃんはそれを商売にしてしまったんだから」

「釣りを商売に、ですか」

「職漁師になったのね」と深雪。

オババは頷《うなず》いて一成に問うた。「坊やは職漁師というのを知っているかい？」

「言葉だけは聞いたことがあります」

「川のイワナを釣って宿屋や料理屋に売る。そんな商売が昔はこのあたりにもあったんだよ。もともと天賦の才能があったんだろうね、正ちゃんは見る見るうちに釣りの腕をあげて、結果的に職漁師となって黒部の渓《たに》に入った。山を第二の人生の舞台に選んだわけさ。けれど、そうなってからのあの人はますます世間と縁遠くなってしまった。最初は夏場だけの仕事だったのに、鉄砲を憶えてからは冬でも山に籠《こも》って獣を狩るようになった。あの黒部に一年を通してとどまるなんてことは、これはもう想像を絶することですよ。夏はともかく、冬はとても普通の人間が棲《す》めるような世界ではないからねえ」

「どうやって暮らしていたんですか」

「詳しいことは知りませんが、山のあちこちに隠し小屋を作って、そこを転々としていたようです」

「たったひとりで、ですか」

オババは頷いた。「誰の手助けも借りず、誰とも相容《あいい》れようとせず、山だけを縁《よすが》として生きることを正ちゃんは決意した。そして、実際に正ちゃんはそんな生活を七、八年もつづけたんです。よくもまあ、生き抜いたものですよ。昭和二十七年に未曾有《みぞう》の集中豪雨が黒部を襲った時は、正ちゃん自身も死にかけたというし、川もイワナも壊滅状態で商売なんかまったくできなかったそうだよ。いったいどうやって喰《く》いつないでいたのやら……」

「あの黒部に七、八年も……。すごいなあ」と深雪が感心した。

「その間、商売や買い出しのために街へ降りてくる正ちゃんを時々見かけることもありましたが、だんだん風貌《ふうぼう》が変わっていってね。髪や髭《ひげ》は伸ばし放題。服装もいつも同じで、冬場なんかはクマだかカモシカだかの毛皮でこしらえた防寒着を着ていて、なんというか……だんだん野人か山賊みたいになってきた。人間嫌いに拍車がかかった上に気性も激しくなったのか、あちこちでよくない噂を耳にするようにもなりました。ほかの職漁師や鉄砲撃ちと縄張り争いをして刃傷沙汰《にんじょうざた》になったとか、街の酒場でも喧嘩《けんか》が絶えないとか、一般の釣人や登山者を脅しあげて金品を巻きあげたとか……。山賊みたいな風貌が災いしてずいぶん大袈裟《おおげさ》に伝えられたこともあっただろうし、根も葉もない誹謗《ひぼう》中傷もあったとは思うけれど、ひと頃のあの人は大町界隈《かいわい》ではずいぶん恐れられていたんですよ」

　一成は合点した。「だから〝鬼正《オニマサ》〟なんですね」

「誰がいいはじめたのか知らないが、いつしかその渾名《あだな》だけがひとり歩きをはじめ、正ちゃんを本名で呼ぶ人なんかひとりもいなくなってしまった。そうやって人に恐れられ、よくない噂を立てられるから、あの人も世間を疎んじ、ますます山に籠ることが多くなった」

「実家が大町にあるのに、そこに戻ったりはしなかったの？」と深雪が訊ねた。

「昔は羽振りのよかった〈ヨツヤ〉もその頃には倒産していてね。城戸家の人たちは散り散りばらばらになってしまった。正ちゃんにはもう帰る家もなかったのさ。私はそんな正ちゃんのことが……特にあの人の躰《からだ》のことが心配でならなかったけれど、あれだけ傷つき萎《しお》れていた人が新たに生きてゆく道を見つけたんだから、それはそれでよかったのだと自分を納得させてもいました。街で時々顔を見かける正ちゃんは、少なくとも眼には生気が戻っていたし、痩《や》せっぽっちだった躰も山や川に鍛えられてずいぶん逞《たくま》しくなっていた。たしかに荒々しくて近寄りがたいところはあったけれど、かつてのあのいじけた正ちゃんよりは数段マシに見えた。ほかの人にはともかく、私には親しく言葉をかけてくれたし、〈施設の子供たちに精のつくものを食べさせてやれ〉なんていって、イワナや山の幸をごっそり届けてくれることもありました。そんな優しさを取り戻すこともできたんだから、人が思うよりも案外、正ちゃんは幸せだったのかもしれない。けれど、つくづく神様というのは残酷だと思いますよ。正ちゃんがようやく見つけた自分の場所、第二の人生をまた取りあげてしまったんだから」

「〈黒部ダム〉ね」と深雪がすかさず反応した。怒っているような声だった。

「そう。ダム工事の影響で釣りができなくなってしまった。いやいや、川だけではない。あの世紀の大工事は黒部の様相を一変させた。そして、正ちゃんの居場所はどこにもなくなってしまったのさ。山を縁として生きていた正ちゃんに、神様は一方的に山を降りろと宣告した。酷な話ですよ。そりゃあね、日本の将来のためにダムは必要だったのかもしれない。けれど、正ちゃんから生きる術《すべ》を奪い、居場所を奪ったというだけで私はあの大きなダムを憎んでいます。だから、こんなに近くに暮らしていても一遍だって見に行ったことはありません」オババは喋《しゃべ》り疲れたように息を長々と吐いたが、すぐにまた話をつづけた。「もちろん、時代が正ちゃんのような商売を要求しなくなり、ああいう生き方を許さなくなったともいえます。それに、年老いてからもあんな過酷な生活がつづけられるはずはないから、いずれ正ちゃんも山を降りなければならなかったでしょう。けれど、時間をかけて自分でそういう道を選ぶのと、ほかから強要されるのとは大違いだよ。あの人の場合は一度ならず二度までも、個人では抗《あらが》いようのない巨大な力に大事なものを奪われてしまった。満州で両腕をもがれ、黒部で両脚をもがれてしまったようなものです。年齢もその頃には四十をすぎていた。四十といっても、今の時代の四十とは違います。再び人生をやり直そうと奮起することもできなかったでしょうよ。正ちゃんはただただ無常を噛《か》み締めて、真っ白になってしまったのだと思う。抜け殻になってしまったのだと思う」

「正之助さんはそれからどうしたの？」と深雪が訊《たず》ねた。一成よりはむしろ彼女の方が時代に翻弄《ほんろう》された城戸正之助という人物に感情移入しているようだった。

「補償の代わりにダム工事の作業員として働かないかという〈関西電力〉の誘いを、あの人は蹴《け》ったんだよ。ちょうどその頃、私たちは一度だけ逢《あ》う機会があったんだけれど、正ちゃんは〈黒部を壊そうとしている連中の施《ほどこ》しは受けない。東京にでも出て何かやるさ〉といっていたねえ」

東京――祖父はそこで飯干寿美子と出逢《であ》ったに違いない。いよいよ父が話に登場してくるはずだ。一成は勝手に話を先読みし、心が逸《はや》るのを抑えるのに苦労していた。一方で、一成はオババの異変にも気づいていた。若いふたりを包み込むように湛《たた》えていた微笑が消えて久しい。眼つきが険しくなっているし、呼吸も忙《せわ》しげだ。肩を落としたその姿はますます縮んでしまったように見える。

深雪も異変に気づいてオババの顔を覗《のぞ》き込んだ。「疲れちゃったんじゃない？」

「平気だよ」とオババは微笑んだ。

「お話を聞きたいのは山々ですが、無理をしないでください」と一成はいった。「つづきはまた体調のいい日にでも……」

「そんな日がくるとは限らないだろう」オババは冗談めかしていったが、一成は笑えなかった。「ふたりと話すのが私の愉しみでもあるんです。もう少し付き合ってもらいたいね」

「しかし……」

「大丈夫。心配しなさんな」

「じゃあオババ、横になって話したら？」と深雪。「その方が楽でしょう」

オババは結局それも拒否した。横たわってしまうと声をうまく出せないのだそうだ。

「さぁてと、どこまで話したっけね？　そうそう、正ちゃんが黒部を追われたところまでだったね」オババはおどけたように自問自答すると、話を再開した。「それからどのくらい経った頃でしたか。私も結婚して、もう鹿島で暮らしはじめていたから、六、七年もすぎた頃だったかねえ、山に入る連中の間で妙な噂が囁《ささや》かれはじめたんだよ。東京に流れて行ったはずの正ちゃんがあちこちの山に出没しているというのさ。黒部だけではなく、上高地や双六《すごろく》、中房《なかぶさ》やここ鹿島の上流でも姿を見かけた人がいる。そのうち言葉を交わしたという人も現れて、よぉく話を聞いてみると、それはたしかに正ちゃんに違いないようだった。しかも、正ちゃんは小さな男の子を連れているという……」

「親父だ！」と一成は思わず声を発していた。

オババは頷《うなず》いた。「そう、それが岳流でした」

25

堀場裕太《ゆうた》は自宅のリビングにある本革製のソファに深々と躰を沈めていた。たった今まで見ていたテレビモニターの画面は外部入力時のブルーバックに変わっている。堀場はその真っ青な〝異次元〟に吸い込まれてしまったような表情でしばらくぽつねんとしていたが、やがて思い出したようにテーブルの缶ビールに手を伸ばした。ビールは温《ぬる》く、とっくに旨味《うまみ》が飛んでいた。堀場は顔をしかめて生温い苦味だけを嚥下《えんか》した。馬の紋様が彫られたシガレットケースを開けると、煙草はすでに尽きていた。陶製の灰皿には吸い殻が汚らしく溢《あふ》れ返っている。モニターと対峙《たいじ》している間に矢継ぎ早に煙草をふかして灰にしていたのだが、堀場自身はほとんどそのことを自覚していなかった。堀場は小さく舌打ちし、ひっくり返るようにまたソファに躰を預けた。

十分後。堀場はもう一度ビデオ映像を見ようとしてカメラの巻き戻しのスイッチに手を触れたが、ふいに馬鹿馬鹿しくなってやめた。ここにはなにも写っていない。登山口の退屈な風景が延々と収められているだけだ。そもそもろくな画《え》が撮れていなかった。しょっちゅう画像はブレるし、ピントはぼけるし、そうかと思うとまるで意味のないズームやパンがあったりして、見ているだけで気持ち悪くなってくる。こんなものに一時間以上も付き合い、さらにもう一度見直すなんて時間の無駄としか思えない。このビデオを撮影したのは下請会社の放蕩《ほうとう》息子だ。堀場はそこの社長に「妙ないいがかりをつけられ、知らない男に大谷原の登山口に呼び出された」と真実に近いことを告げ、その上で「相手を特定したいから隠し撮りをしてきてくれ」と依頼したのだ。そして、念のために複数の人間を介して堀場はテープを受け取った。そのすべての行為が大仰で、芝居じみていると思った。

「ふん、スパイ映画じゃあるまいし……」

堀場はそう独りごち、不貞腐《ふて》れるようにビールの最後の一滴を飲み干した。

——それにしても、電話をかけてきたのはいったい誰だ？

堀場の思考は際限のない繰り返しにまた戻って行った。若い男のようだった。あれは作り声という感じではない。威圧的ではあったが、声音には若者特有の艶《つや》というか青臭さがあった。自宅でも会社でもなく、個人の携帯電話にかけてきたというのが気味悪い。身近にいる人間ということか。おれが岳流と……いや、健一と逢ったことをなぜ知っている？

あの時、大谷原で誰かに目撃されたのだろうか。しかし、あの男を即座に健一と判別できる人間がいるとは思えない。このおれですら直接逢って話してみなければわからなかったのだ。それとも健一はおれを呼び出したことを誰かに告げていたのか。なんらかの危機を察して予防線を張っていたということか。いやいや、あの時の健一にはそんな様子は微塵《みじん》も感じられなかった。端《はな》から企《たくら》みがあってのことなら、あんなに懐かしそうな顔はできないだろう。それとも……。わからない、わからない。どんなに考えてもわからない。

堀場は思わず缶ビールの缶を握り潰《つぶ》した。まずい事態を迎えていることは確実だった。うっちゃっておくことはできないだろう。だが、いったいどうすればいい？　こちらは要求に応じなかった。男は「ことを大事《おおごと》にする」とかほざいていたが、いったいなにをやらかそうというのだ？　なにを摑《つか》んでいるというのだ？　こうして怯《おび》えながら相手の出方を待つよりほかないのか。もう七十に近い身で、あとは余生と決め込んでのんびりすごせるとばかり思っていたのに、今さらこんな憂鬱《ゆううつ》な出来事に巻き込まれるとは……。不安や苛《いら》立《だ》ちとは裏腹に、堀場はふと懐かしい匂いを嗅《か》いだような気にもなった。

――岳流か。

昔の岳流。大谷原で再会した時の岳流。その顔が無秩序に浮かんでは消えた。去年の十月、城戸岳流こと沢村健一に大谷原に呼び出された堀場は、生き別れていた息子と再会したような感慨に襲われた。あの健一が人並みの生活を築き、家庭も持ったと聞いて涙が出そうになった。いや、そんなことはとっくに承知していたのだ。にもかかわらず、同じことが本人の口から語られると、万感胸に迫るものがあった。正直、健一を抱き締めて「よく頑張った」と労《ねぎら》ってやりたかった。おれも年を喰《く》ったということだな——堀場はあとになってそう思い返し、苦笑したものだ。

携帯電話が鳴った。堀場はビクッとし、ソファからずり落ちそうになった。いつまで経っても携帯電話というものには慣れそうにない。こいつの音はほんとうに心臓に悪いと思った。今日は特に、だ。テーブルの隅に置いてあった携帯電話をおずおずと手にし、液晶画面を見た。〈コウシュウデンワ〉ではなく、ちゃんと登録してある人名が表示されていた。通話ボタンを押して「はい」と相手は間髪容《い》れずに訊ねた。

「ビデオは見たか」と相手は間髪容れずに訊ねた。

「はい。さっき見終わりました」

「だったら、さっさと連絡をよこさんか！」と相手は怒声を放った。

「いや、その……どのみちあとでお宅の方へお手伝いにうかがおうと思っていたので」

「手伝いなどいらん。で、ビデオはどうだったんだ？」

「どうもこうも、お話にならん代物ですよ。写っている人間は山登りの連中ばっかりです」

「こっちも登山者に扮《ふん》していた。向こうだって同じことをしていたかもしれん」

「そりゃそうですが、少なくとも見知った人間は写っていません。というか、ちゃんと判別できるほど画面の状態はよくないので……」

「いったいどこのどいつなんだ？」

おれに訊《き》かれてもわかるはずがないだろうと堀場は胸の裡《うち》で舌打ちした。

「これからどうするつもりだ？」

相手の声はますます苛立っている。

「まあ、相手の出方を待つよりほかないんじゃないですかね」

堀場のそんないいぐさが気に喰わなかったらしく、相手は「なにを呑気《のんき》なことをいっておる！」と罵声《ばせい》を浴びせた。堀場は蚊の鳴くような声で「申し訳ありません」といった。

「おまえ、知っておったか。あの男を捜すチラシが出まわっておる」

「えっ！」堀場は初耳だった。「ほんとうですか」

「キャンセルできない会合があってな、さっきまで〈くろよんロイヤルホテル〉にいた。温泉郷界隈《かいわい》にベタベタ貼ってあるぞ」

「……」

「家族の人間ではないのか、電話をかけてきたのは」

「いやしかし、家族の人間があの男のことを〝岳流〟と呼ぶとは思えませんが」

相手は黙り込んだ。そして、「とにかく、早いところ始末をつけろ」といい捨てて電話を切った。

始末をつけろだと？　堀場は苦虫を噛《か》み潰したような表情で、「結局、おまえの尻拭《しりぬぐ》いばかりでおれの人生は終わるのか」と呟《つぶや》いた。

26

長いお喋《しゃべ》りがオババの体力を消耗させていることは明白だったので、一成は罪悪感に苛《さいな》まれていたものの、一刻でも早く真実を知りたいという欲求には抗しきれず、結局は長尻《ながじり》を決め込むことになった。一成はせめてもの贖罪《しょくざい》として、オババの話を滞《とどこお》らせまいと一切口を挟まずに押し黙り、じっと彼女の昔語りに耳を傾けた。

オババはつい昨日のことのように昭和三十年代の話をしていた。

山に舞い戻った正之助のことは、当然、人々の口の端にのぼることになった。特に彼が連れ歩いている男の子をめぐっては様々な憶測が飛び交ったが、詰まるところ「オニマサがどこかの子供を攫《さら》ったらしい」という噂に収斂《しゅうれん》し、警察に通報するべきだと主張する者もいた。それは無理もない話ではあった。男の子は明らかに就学年齢に達していると思われるのに、ずっと正之助にくっついて山の中ですごしているらしいのだ。心ある者の提案で、警察に届け出る前にとにかく本人に事情を問い質《ただ》そうではないかということになり、山慣れた者たちがふたりを四方八方捜しまわった。ところが、捜すとなると見つからない。なにしろ山は無限に広く、無限に深かった。そうこうしているうちに二ケ月経ち、三ケ月経ち、秋も深まった頃、たまたまひとりで茸《きのこ》採りに出かけたオババが籠川《かごがわ》の畔《ほとり》で偶然にも正之助と出くわした。

「あれだけ手を尽くしても見つからなかった人が、ひょっこりそこに現われたんだよ。これも縁というものなのかねえ」とオババはしみじみと洩《も》らした。

正之助は髭《ひげ》を剃《そ》り落として以前よりは身なりもこざっぱりしており、思いのほか元気そうだった。表情も穏やかで、オババを見ると彼の方から懐かしそうに声をかけ、「春先に東京を引き揚げてこっちに戻ってきた」と報告した。噂に聞いた通り、六、七歳と思われる男の子が一緒だった。麦藁《むぎわら》帽子をかぶったその子はいっちょまえに竹の延べ竿《ざお》を振って魚釣りの真似事をしていたが、正之助に促されると初対面のオババに向かって「こんにちは」と朗《ほが》らかに挨拶《あいさつ》した。その様子はまったく屈託がなく、巷間《こうかん》伝えられているような犯罪の気配はまったく感じられなかった。それから三人は同じ大岩の影に腰をおろし、しばらく話し込んだ。オババがまず最初に「どうして子供を連れているのか」と一番気に懸けていたことを訊《たず》ねると、正之助は「こいつは息子の岳流だ」ときっぱり応《こた》えた。東京で出逢《あ》った女に産ませた子だが、その女が病死したので自分ひとりで育てることにしたのだという。その口ぶりからして正式な結婚ではなかったらしいということはオババにも察しがついたが、岳流が彼の息子であることに嘘はなさそうで、岳流も正之助のことを「おっとう、おっとう」と呼んで慕っているように見えた。オババが今の暮らしぶりを訊ねたところ、正之助は「昔のまんまさ」と笑った。昔のようにイワナを釣り、獣を狩り、山菜や茸を採り、山の恵みだけで生きているという。つまり父子《おやこ》ともども下界とは訣別《けつべつ》して山窩《さんか》のように山間を漂流しているというわけだが、それにしてはふたりともなにやら突き抜けたような明るさを纏《まと》っていた。

「昔といっても、昭和三十年代も後半に差しかかっていた頃のことだよ。そんな浮き世離れした話が信じられますか」とオババは苦笑した。「私は正ちゃんにいいました。〈あなたがどんな生活をするのも勝手です。でも、こんな小さい子供にまでそれを強いるのはいくらなんでも横暴ではないか。第一、学校はどうしているのか〉とね」

正之助は「学校なんぞ屁《へ》の役にも立たん」と笑い飛ばし、「こいつにはおれのすべてを叩《たた》き込《こ》んで山で生きていける男にする。山が学校で、おれが教師だ」と声高に宣言した。オババが「そんな無茶は通りませんよ」と窘《たしな》めると、それまで穏やかだった正之助の形相が豹変《ひょうへん》し、「お節介を焼くな！」と語気を荒げた。そのまま立ち去りかねない雰囲気になったので、オババは当たり障りのない思い出話などに終始して時間を引き延ばそうとした。

しかし、もはや同じ常識を分かち合えない者同士のぎごちなさだけが澱《よど》み、ついには正之助の方が堪《たま》りかねたように腰をあげた。別れの挨拶《あいさつ》もそこそこに正之助は背を向けたが、傍らにいた岳流がちょこちょこと小走りにオババのもとに駆け戻ってきて、「おばちゃん、心配しないでね。僕はおっとうと一緒にいれば大丈夫だよ」と健気《けなげ》にいったという。

「岳流は聡明な子だったねえ」とオババは眼を細めた。「一緒にいたのはほんの三十分かそこらだったけれど、そのことはよくわかりました。正ちゃんの子だから頭のできは悪くないに決まっているが、それにしても場の空気を読むことに長《た》けた子でした。黙り込むべきところは黙る。話を向けられたら自分の言葉でちゃんと喋る。あの時だって、正ちゃんと私の別れを決定的なものにしないように気遣っていたんだろうよ。そんなところは不自然なほど大人びていたけれど、性格は明るくて人懐こいし、ほんとうに可愛らしい子だった……」オババは泣き笑いのような顔になっていた。「信じられるかい？　ふたりはそんな暮らしを二年近くもつづけたんだよ」

一成はさすがに驚き、眼を丸くした。

「正ちゃんはともかく、あの子はよくもまあ病気もせずに無事にすごせたものですよ。いったい冬の間はどうしていたのか……。正ちゃんも正ちゃんだけれど、あんなことを許していたのだから私たちも同罪ですがね」

祖父は正気を失っていたのだと一成は思った。挫折《ざせつ》を重ねた果てに流れついた東京での生活が荒《すさ》んでいたであろうことは容易に想像がつく。飯干寿美子に子供を産ませながら家庭を築こうとせず、それどころか認知さえしなかった。二度と家族を失いたくないから家族を持たない——そんな心理が働いたのかもしれないが、実はそれは好意的すぎる解釈で、彼自身が思い通りに行かない人生をとうに擲《なげう》っていたのではないだろうか。そして、馴染《なじ》み深い山に逃げ込んだ。祖父はそこにいったいなにを求めたのか。草木や獣に囲まれてすごす牧歌のような生活か。過酷な自然との格闘に明け暮れる、猛々《たけだけ》しくも狂おしい日々か。かつては自分を受け入れてくれた山々に対する郷愁《ノスタルジー》か。それともすべてを諦《あきら》めきった者にふさわしい死のような安息か。いずれにせよ逃避には違いない。逃避だとしても、そこで仙人のように孤高を気取って暮らすのならまだ許せる。始末が悪いのは、幼い者を道連れにしたことだ。人生を捨ててもなお祖父は孤独をまぎらわそうとしていた。自分のツケを息子にまわした。祖父に対する同情より、むしろ怒りが一成の胸を焦がしていた。

「その頃のことですよ、トンチが正ちゃんに釣りを教わったのは」とオババは話をつづけた。「どこでどうやってふたりが知り合ったのかはわからない。トンチはしょっちゅう山へ出かけていたから、きっと正ちゃんが釣りをしているところに偶然出くわしたんだろうね。もともと偏見というものがない子だから、トンチはすぐ正ちゃんに懐いて、正ちゃんも正ちゃんで、あの子のことだけは可愛がってくれたようです。あれから何十年も経ったのに、トンチは正ちゃんにもらった竿や釣り道具を今でも大事に持っているはずですよ」

しかし、正之助の良き理解者はトンチだけだった。そして、彼が山に舞い戻ってから一年も経つと、俄《にわ》かに周囲が騒々しくなりはじめた。地元の教育者が、篤志家が、そして政治家や警察までもが山で放浪生活を送る父子の現状を看過できないとして追いまわしはじめ、さらに飯干寿美子の実家が警察に提出した捜索願いの該当者「飯干健一」と「城戸岳流」が同一人物と見做《みな》されてからは追及の手が一層厳しくなった。父子は逃げた。徹頭徹尾、追及の手を逃れようとした。そして、北アルプスの山々はそんな父子に味方した。目撃例は枚挙に暇《いとま》がなく、ふたりは何度も捜索隊の手中に陥りそうになったが、そのたびに正之助は地の利を生かして巧妙に山中深く潜り込んでしまった。もとより捜索隊は山慣れた兵《つわもの》たちで編成されていたが、かつて黒部の地を我がもの顔で跋扈《ばっこ》した正之助の前ではほとんど無力な集団と成り果て、彼にいいようにあしらわれた。たとえ正之助を捕まえることができなくても、岳流を保護できればひとまず下界の人々の目的は達せられるはずだった。しかし、この岳流という息子も一筋縄ではいかない〝チビ助〟で、時には自ら積極的に捜索隊の面々を欺くこともあったという。

「こんな話を聞いたことがあるねえ……」とオババはいった。「黒部のどこかの沢筋で捜索隊が岳流の姿を見かけた。対岸の川縁《かわべり》に佇《たたず》んで〈もう東京に帰りたい〉と泣きべそをかいていたんだとさ。保護しようとして大人たちが丸木橋を渡りはじめた途端、岳流が簡単につっかい棒を外して橋を落とした。五、六人があっという間に流れに呑《の》まれ、半死半生の目に遭わされたそうだよ。そんな仕掛けを作ったのはもちろん正ちゃんだけれど、岳流の演技も表彰ものだったらしい」そういうオババはなにやら愉快そうだった。「その上、あの子はなかなか体力があってすばしっこかったようで、私は何人もの人から驚くような目撃談を聞かされているんだよ。捜索隊に追いつめられたあの子が大人でも怖《お》じ気づくような急な崖《がけ》を攀登《よじのぼ》って逃げたとか、滝の落ち口から十五メートルも下の釜《かま》めがけて飛び込んだとか、正ちゃんに背負われて〝上ノ廊下《かみのろうか》〟の流れを渡っていたとか……。上ノ廊下といえば、イワナだって流されてしまうような激流で、夏でも氷のように冷たい水だそうですよ。そんなところをあんな小さい子が……」

あの父が山を縦横無尽に駆けていた。一成は信じられないという気持ちとともに、ある種の感動を憶《おぼ》えていた。富田社長の言葉は半分は当たり、半分は外れていたということになりそうだ。父はたしかに山を知っていた。しかし、アルピニズムやスポーツクライミングとはまったく無縁のところに彼は存在していた。なにしろ〝そこ〟に暮らしていたのだから。しかも、十《とお》に満たない年齢で。岳流という名は飯干家の捜索の糸を断ち切り、周囲の眼をくらますための偽名だったようだが、ある意味では本名よりもはるかに当人を表しているのかもしれなかった。いや、それは逆で、祖父が名前に託した思いを少年だった父が健気に体現していたというべきか。

オババはさっきから何度もそうしていたように再び眼を閉じ、つと黙り込んだ。脂肪分の多い厚い瞼《まぶた》がプルプルと小刻みに震えている。長い長い沈黙の時がすぎた。いつの間にか病室の窓の外には薄陽が射していた。どうやら天気は恢復《かいふく》に向かっているようだった。

「オババのお話をうかがっている限りでは……」一成が久しぶりに言葉を発した。「少なくとも父は、祖父に無理やり連れまわされていたわけではないんですね」

オババは眼を瞑《つむ》ったまま頷いた。「あの父子は心からおたがいを必要としていました。文字通りの一心同体です。さっきもいったように岳流は頭のいい子だったから、行き場を失った正ちゃんの苦悩を一緒に背負っているつもりだったのかもしれないが、だからといってそれが不本意だったかといえば、決してそんなことはない。岳流は自ら望んで父親と一緒にいた――それは間違いないことですよ」

「そんな生活が二年近くもつづいたとおっしゃいましたが、そのあとふたりはどうなったんですか」

オババはまた黙り込んだ。表情は厳しく、顔に刻まれた無数の皺《しわ》がより一層深くなったように見えた。

「どうしたの、オババ？」と深雪が眉宇《びう》をひそめた。「大丈夫？」

オババは意を決したようにカッと眼を見開き、そして告げた。「結局、ふたりは引き離されることになりました。なぜなら、正ちゃんが警察に逮捕されたからです」

「逮捕？　息子を学校にも行かせず、保護者の義務を怠ったからですか」

「いいえ、岳流のことは直接は関係ない。正ちゃんは人を殺《あや》めた廉《かど》で捕まりました」

「！」

「昭和三十九年の夏のことでした」

一成は今にも頽《くずお》れそうになりながら蚊の鳴くような声で訊《たず》ねた。「誰を……いったい誰を殺したんですか」

「地元の左官職人です。たしか当時、まだ二十歳にもなっていない若者でした」

「どうして人殺しなんか……」

「その若者に放浪する生活を蔑《さげす》まれ、からかわれたというのが理由でしたねえ。喧嘩《けんか》になったあげく、ついカッとなって刃物で刺したそうです」

なんと短絡的な！　これだったのだ。オババが「坊やの身内にとって不名誉なこと」といったのは。混乱する一成の思考の中で唯一明確な形を成していたのは、利己的ともいえる嘆きだった。――自分の中には殺人者の血が流れている！

「正ちゃんは警察に自首し、その後、十年の懲役刑をいい渡されました」

一成はまだショックから立ち直れないでいた。喋《しゃべ》る気力の失《う》せた彼の代わりに深雪が言葉を繫《つな》いだ。「岳流さんはそれでお母さんの実家に引き取られたわけね」

「引き取られたといういい方はどうかねえ。向こうのご家族からすれば……いいえ、世間一般の常識に照らしても、誘拐と見做されても仕方がない方法で正ちゃんはその家から岳流を連れ去ったらしい。ですから、本来いるべき場所に戻ったといえるでしょう。ただし、岳流の側からいえば、ミーちゃんがいうような思いはあったでしょうが」

「でも、それじゃ計算が合わない。今の話だと、岳流さんはまだ十歳にもなっていないはずでしょう。でも、さっきオババは十代半ばの岳流さんを知ってるといったわ」

オババは頷いた。「正ちゃんの事件から七年が経った昭和四十六年でしたねえ、私が岳流と再会したのは。あの年はほんとうにいろいろなことがありました……」顧みたくない過去と心の中で対峙《たいじ》するようにオババはまたきつく眼を閉じた。〃いろいろなこと〃とはオババにとって辛《つら》いことに違いなく、それはつまり一成にとっても同様だといえそうだった。長い瞑目《めいもく》の後にオババはゆっくりと瞼《まぶた》を擡《もた》げ、深雪を見た。「岳流と逢《あ》った時のことを話す前に、ひとつ聞いてもらいたいことがある。ミーちゃんとはたくさんの話をしてきたけれど、今まで一度も話したことがないことです」

深雪が緊張の面持ちになった。

「ミーちゃんは私に娘がいたことは知っているね？」

「うん。亡くなったと聞いたわ」

「岳流とちょうど同じ年頃の娘で、名前はミドリといいました」

「もしかしたら、ミドリっていうのは〈翡翠《ひすい》〉の翠という字を書くんじゃない？」

「ご名答」オババはそういって眼許《めもと》だけで笑ったが、表情はすぐに翳《かげ》った。「その年の七月にね、翠が失踪《しっそう》してしまったんだよ」

「失踪？　亡くなったわけじゃないの？」

「翠は親元を離れて学校の寄宿舎に入っていたんだけれど、ある日、忽然《こつぜん》と寄宿舎から姿を消し、そのまま二度と戻ってくることはなかった。何年か後に正式に失踪宣告を受けて死亡扱いになりました。失踪のきっかけは……おそらく私が作ってしまったんだよ」

「どういうこと？」

「週末に帰宅していたあの子に、私が秘密を打ち明けてしまったのさ。ずっと隠していた秘密をね」

「秘密？」

「翠の父親は亡くなったオジジではなく、正ちゃんだったんだよ」

　深雪と一成が思わず顔を見合わせた。

「翠は高校進学を次の年に控えていました。だからというわけでもないけれど、私の方に〈もうこの子を一人前に扱おう〉という母親の気負いのようなものがあって、その事実を唐突に告げてしまったんだよ」オババは今度は一成の顔を見据えていった。「私は〈坊やと血を分けている人の話をする〉といいました。だから、翠のこともちゃんと話しておかなくてはいけません。翠は間違いなく正ちゃんと私の間にできた娘です。正ちゃんが黒部を去って東京に行くことを決意した時、私たちは一度だけ逢ったといいましたね。その時です。私たちがそういうことになったのは。ただし、私の口からは子供ができたことを正ちゃんには伝えていません」

「じゃあ、オババは独身で翠さんを産んだの？」と深雪が訊ねた。

オババは首肯した。「私は結婚することはとっくに諦《あきら》めていたけれど、子供だけは欲しかったから、産むことに躊躇《ちゅうちょ》はありませんでした。正ちゃんの子ならなおさらね」

「オジジは？　オジジはそのことを知っていたの？」

「オジジは全部をわかっていて私をお嫁にもらってくれました。あの人は縁あって〈ひまわり学園〉に野菜を提供してくれていたんだけれど、最初の奥さんを病気で早くに亡くしてね。賄いの私とは毎日のように顔を合わせていたので、おたがい気心が知れるようになって自然とそういうことになった。ありがたいことですよ。生涯結婚なんかできないと思っていたのに。しかも、あの人はトンチを養子に迎えたいという私の希望まで叶《かな》えてくれたし、〈翡翠教〉のおぞましい騒ぎの時だって黙って耐え忍んでくれて……。オジジみたいな心の広い人と一緒にいられたというだけでオババの人生はお釣りがくるくらいだよ」

「家《うち》のお父さんもしょっちゅういってたわ。オジジは男の中の男だって」

オババは嬉《うれ》しそうに笑った。

「翠さんのことだけど」と深雪が話題を引き戻した。「オババには翠さんの姿が見えなかったの?」

オババの笑顔がすっと消えた。「見えなかったし、見てはいけないと思った」

「なぜ?」

そう、たしかにあの時のオババの心にはなにも映らなかった。そうこうしている間に秋がめぐってきて、十月のある日、失意の日々を送るオババの家の扉を叩《たた》く者がいた。仮出所という形で社会復帰した城戸正之助だった。彼はオババに岳流の行方を訊ねた。そんなことも知らないのかとオババはいささか驚きながら、「東京の母親の実家で暮らしている」と教えたが、正之助は首を横に振った。出所後すぐにその家に連絡したところ、中学三年生になった岳流は学校が夏休みになる前から家出しているのだという。正之助を息子に逢わせないための方便ではなさそうで、飯干家の人間は正之助にはもちろん岳流に対しても非常に冷たく、「育ててもらった恩義も忘れてとんだ不良になってしまった。まったく血は争えないものだ。あんな子はもう帰ってこなくていい」というような物言いをし、真面目に捜す気もないらしい。正之助は岳流に渡したいものがあるらしく、「キヌちゃんには不思議な力があると聞いた。岳流を見つけてもらえないだろうか」とオババに懇願した。だが、オババは翠の一件で自信を喪失していたし、世間とうまく渡り合おうとして、ことさら自分の能力を唾棄《だき》し、封印してしまう傾向があった。「力になれない」とオババが告げると、正之助は「岳流はこの近くにいるような気がする。自分で捜してみる」といい残して立ち去った。オババが正之助の姿を眼にしたのはそれが最後となった。

「さすが父親ですよ。正ちゃんがいった通り、岳流はたしかに大町にいたんだよ。私がそれを知るのはずっとあとになってからですがね」とオババはいった。「岳流はおそらく東京の家で居場所を失っていた。あの子を〝殺人者の息子〟と見る眼は、世間よりはむしろ家の中にこそあったんじゃないかねえ。結局、岳流にとっては父親とすごした北アルプスや、父親以外に心を許したトンチや翠がいる大町こそがほんとうの故郷だったんでしょう」「岳流さんは翠さんとも面識があったの?」と深雪が訊ねた。

「そうでした、そうでした。それを話すのを忘れていましたね。話が前後して申し訳ないけれど、正ちゃんが逮捕されたあと岳流と翠はしばらく一緒にすごしたんだよ。あの時、岳流は東京に行くことを頑《かたく》なに拒んで手がつけられないほど暴れてね、精神的に安定するまでの間——せいぜい二週間程度のことでしたが——〈ひまわり学園〉に預けられたんです。私もトンチもその頃には鹿島に棲《す》んでいて学園とは縁が薄くなっていたけれど、岳流がどうしてもトンチと一緒にいたいというので、トンチと私、そして翠も一緒に学園に寝泊まりすることになりました。その間にふたりは親しくなった……」

正之助の訪問の後、翠の失踪がオババにとって別の意味を持ちはじめた。もしかしたら親の眼が行き届かない寄宿生活をいいことに、翠はこれまでも頻々と岳流と連絡を取り合っていたのではないか。そして、今もふたりは一緒にいるのではないか。オババはまずトンチを問い質《ただ》した。「ふたりの居場所を知らないか」と。しかし、トンチは「知らない」と首を横に振った。ふたりに口止めされているのかもしれないとも疑ったが、一向に埒《らち》が明かないので、オババは〝力〟に縋《すが》ることにした。生まれて初めて意識的に己の力を最大限発揮し、透視を試みたのだ。その結果に愕然《がくぜん》とさせられた。やはりなにも見えなかった。心の視野は暗く閉ざされたままだった。自分が能力を完全に喪失したのだと最初は思った。だが、違った。ほかの人間に対しては力を遺憾なく発揮できる。若者ふたりの姿だけが捉《とら》えられなかった。しかも、ひとりは我が子だというのに。オババはこう結論づけるしかなかった。――ふたりはすでにこの世にはいないのだ、と。

後立山連峰《うしろたてやまれんぽう》がうっすらと雪化粧を施した晩秋の頃、オババのもとにその報《しら》せは届けられた。山中で衰弱しきった岳流が保護され、病院に搬送されたという。オババは岳流が生きていたことに衝撃を受けた。岳流が生きていたということは翠だって……。いったい自分はなにをやっていたのか。なぜ岳流の存在を感知できなかったのか。自分に与えられた特異能力はかくも重大な局面でどうして自分を裏切るのか。オババは岳流が収容された病院に駆けつけ、七年ぶりに彼と再会した。そして、翠の消息を訊ねたが、あろうことか岳流は東京の家を出てからのことをまったく憶《おぼ》えていなかった。医師の見立てによると、心因性の健忘症と思われるが、躰中に無数の打撲傷や擦過傷《さっかしょう》が見受けられるので、頭を強く打ったことによる記憶障害の可能性もあるという。オババは嘆き悲しむ前にもう一度、心の眼を見開いた。結果は同じだった。翠の姿は影すらも見えなかった。その事実を俄《にわ》かに受け入れることはできず、混乱しながら闇雲な透視をつづけた。しかし、一方で母親の勘は告げていた。今はたしかに翠の命の灯は消えている、と。自分の能力は死を覗《のぞ》くためのものではない。死に魅入られ、死に振りまわされれば、力を制御できなくなってしまう。オババは冷徹な意思をもって心の眼を閉じた……。

「いったいなにがあったの？」と深雪が訊《たず》ねた。

「わかりません」オババは力なく頭を振った。「正ちゃんも翠も結局、行方知れずのままです。正ちゃんは一度だけ黒部の〈平乃小屋《たいらのこや》〉付近で姿を目撃されているけれど、それっきりになりました。岳流は記憶を取り戻すことなく退院しましたが、その後、実家の大黒柱だったお祖父《じい》さんが他界し、よその家に引き取られることになったと聞きました」

「それが沢村家ね」

「たぶん大町の人で……」一成がようやく沈黙から還《かえ》ってきた。「養子縁組の仲介をしてくれた人がいるようなんですが、オババはそれが誰かご存じありませんか」

「もしかすると、大迫喜一郎《きいちろう》かもしれません」

「大迫喜一郎というと、亡くなった大迫孝行の……」

「父親です。もともと土建業で財を成した人で、当時は県会議員をやっていました。教育問題に非常に熱心な人でねえ、正ちゃんが岳流を連れて北アルプスを逃げまわっている時、捜索隊に大号令をかけていた人でもあります」

「まだご存命ですか」

「亡くなったという話は聞いていないから……」

「ぴんぴんしてるわよ」と深雪。

「ということは、逆縁《ぎゃくえん》ですか」オババは自分の痛みのように顔を歪《ゆが》めた。「あの人も私と一緒だねえ」

　オババの言葉で深雪の想念が翠のことに引き戻されたようで、彼女は「それにしても、翠さんはいったいどうしちゃったんだろう？」といった。「それに、正之助さんも……」

「もしかしたらと思うことはあるんだよ」とオババがいった。

「えっ？」

「ずっとあとになって気づいたことなんです。私には〝命あるもの〟しか見えない。だからこそ岳流と翠はすでに死んでいると思った。けれどね、あの頃の私はまだ自分の力を持て余し気味で、それでいて力をいささか買いかぶってもいたんです。生きていても必ずしも見えるわけではないことがだんだんわかってきたし、そもそも私の力なんぞ到底およばない場所がこの世には存在するんだよ」

「それって、ひょっとしたら……」

「そう」オババは小さく頷《うなず》いた。「カクネ里です。あの時、ふたりはあそこにいたのかもしれない。あるいは正ちゃんも……」

27

過日、オババが発作を起こした時に一成と深雪を病室から追い出した若い医師の回診によって、再び面談は打ち切りとなった。仕事熱心な好漢ではあるが、いささか口の悪いその医師によれば、オババはとても他人とのお喋《しゃべ》りを愉《たの》しめる状態にはないはずで、安静こそが絶対であり、「患者さんのために今できる最良のお見舞いは、きみたちがとっととこの病室から立ち去ること」なのだそうだ。オババを疲れさせていることは一成も深雪も自覚していたので、医師の言葉に素直に従うことにした。名残惜しげなのはむしろオババの方で、明らかにまだ話したいことがあるという表情をしていた。そして、医師と看護師の眼を盗んで（明日またおいで）と唇の動きでふたりにサインを送ってきた。深雪が勘よくそれをキャッチし、ウィンクで（ＯＫ）の返事を返した。

センターの建物を出ると、深雪がすっかり晴れあがった空を仰いで、「なんか家に帰る気がしないなあ。ちょっとブラブラしてみる？」といった。一成は聞いているのかいないのか、ただ操られるように頷いただけだった。彼はまだショックを重く引きずっていた。ふたりはセンターの広大な庭を抜けて近くの高瀬川へと向かい、護岸された土手に並んで腰かけた。その間、深雪が二言三言口をきいたくらいで、一成は押し黙っていた。陽射しがきつくなっていた。先ほどまでの雨で草木は水を含み、河原の石もまだ濡《ぬ》れていたが、コンクリートの土手は乾ききっていた。バーベキューを囲んでいる家族、ペットの犬を遊ばせているカップル、キャンバスの前に座して絵筆を動かしているベレー帽の老人、碧々《あおあお》とした瀞《とろ》にルアーを飽かずに打ち込んでいる中学生とおぼしき釣りのグループ、川を挟んで対岸からフリスビーを投げ合っている子供たち……広々とした河原には思い思いの休日を愉しむ人々の姿があった。ベレー帽の老人が「幸福」を絵にすれば、さしづめこんなふうになるのではないかというような光景だった。

一成の眼は川縁《かわべり》に立つ一組の父子に向けられていた。半袖《はんそで》のTシャツに短パンという季節をいささか先取りしすぎた観のあるリゾート・スタイルの父親が、長い竿《さお》を持つには少し幼すぎると思われる息子に釣りを指南していた。父親は針に餌をつけてやったあと、しばらくは子供のやりたいようにさせていたが、ポイントに餌を入れることすらままならない竿扱いに業を煮やしたようで、後ろから息子を抱えるようにして一緒に竿に手を添えた。声こそ一成のところまでは届かなかったが、「ああいうところに魚はいるんだ」「こうやって餌は流すんだ」と盛んにアドバイスしているようだった。

「トンチのランキングの圏外っていうのは、ちょっと不本意じゃない？　血筋からいったら、あんただって釣り名人になってもおかしくないのに」

一成の視線の先を追い、深雪が冗談めかしていった。一成を慰めるつもりだったが、今の彼には通用しなかった。一成はにこりともせず、「圏外で結構だね」といった。「釣りなんかいくらヘタだって、殺人者よりはマシだろう」

「……」

「殺人者で、反社会的で、逃亡者で、周囲の人たちを傷つけて、我が子の人生まで狂わせる、そんな男よりは数段マシだ」

「やめなよ、そういういい方」

「おれは人を殺した男の孫だっていわれたんだぞ。この気持ちはきみにはわかりっこない」

「わからないけど……わからないけど、あんたが殺人を犯したわけじゃないでしょう」

「その方がまだ救われる気がするね。自分の問題なら、自分で決着をつけられるからな」

一成はコンクリートの継ぎ目から生え出ている雑草を毟《むし》り取り、ぞんざいに抛《ほう》った。風の加減で自分の方に雑草が返ってきたことに苛立《いらだ》った。「きみは今、はからずも血筋がどうのこうのといった。ああ、そうさ。いざとなったら殺人という最悪の方法で問題を解決しようとする男の血がおれの中には流れているわけだ。そういう因子がおれのDNAにも組み込まれているというわけだ」

「なにがDNAよ。くだらない」

「くだらないだと？　きみがいい出したことじゃないか。釣りの腕前は遺伝して、そういうことだけは都合よく遺伝しないのか」と一成は喰《く》ってかかった。「だいたい、きみは所《しょ》詮《せん》は人事《ひとごと》だと思っているから、そんなノホホンとした顔をしていられるんだ」

深雪は悲しげな視線を返した。

「血の重さなんて今まで考えたこともなかったけど、こうなってみると、絶対に消し去れない刻印を押された気分だよ」

一成はまた同じように雑草を毟り取って投げ、見るともなく河原の風景を見た。深雪はしばらく無言を押し通した。痛いほどのその沈黙を不自然に思って一成が眼を向けると、今度はぞっとするほど冷たい深雪の視線が返ってきた。

「ダサいよ」深雪は唾棄《だき》するようにいった。「ほんとダサいわ、あんた。所詮、自分のことだけなのね。他人の人生を思いやりたいとかなんとかいって、結局はその程度なんじゃない。お父さんの人生にも、お祖父さんの人生にも、ちっとも思いを馳《は》せてないじゃない」

「だけどな、城戸正之助という人物は、男としてあまりにも安易な……」

「勝手に男ぶらないで！　今のあんたが……自分のことしか考えられずにウジウジしているあんたが男らしいとでもいうの？　そういうのはね、昔は〝男の風上にもおけない〟っていったもんよ」

口喧嘩《くちげんか》では勝ち目はない。一成は不貞腐《ふて》れて深雪から視線をはずした。

「私はあんたのお祖父さんもお父さんも必死に生きていたと思うよ。ううん、すごいことだよ。あの山で……」深雪は西の山脈を仰ぎ見た。「あんなところで命を繋《つな》いだんだから。誰にもできることじゃないわ。不幸な結末を迎えてしまったかもしれないけど、人を殺してしまったのはもちろん悪いことだけど、だからといってお祖父さんのすべてを否定する権利はあんたにも私にもないと思う。いいえ、私は正直いって正之助さんにすごく親近感を持ったな。自分とはまったく違う人生だけど、なんだか身につまされるような気がした」

「城戸正之助はただ山に逃げ込んだだけじゃないか。社会に背を向けただけじゃないか」

「あんた、そうやって自分の家族を敵にまわすの？」

「なに？」

「血を恨むってことはそういうことでしょうが。そんなことをしたら、あんたはいつか自分自身を否定して、自分自身を敵にまわすことになるわよ。拗《す》ねていたってはじまらないわ。家族の人生を丸ごと受け止めたらどう？　事実は事実として受け止めて、それからあんたは前を向いて……」深雪はそこでなにか思いついたような顔をした。

「ちょっと待って。肝心なことを忘れてたわ。あのさ、原点に立ち返ってみない？」

「原点？」

「お祖父さんはほんとに人を殺したのかな？」

「なにいってるんだよ」

「オババは、あんたが過去を正しにきたっていったのよ。その事件こそが正すべき間違いだったんじゃないの？」

「城戸正之助は自首して、おとなしく刑に服したんだ。冤罪《えんざい》ってことはないだろう」一成は鼻であしらうようにいった。「おれはまったく違うことを考えたがね」

「なによ？」

「城戸正之助と翠さんが行方不明になった一件さ」

「なによ、さっきから〈城戸正之助、城戸正之助〉って。あんたのお祖父さんでしょうが」

「うるさいな」と一成は撥《は》ねつけた。「で、城戸正之助と翠さんのことだけど、行方を絶ったのは事故や自殺や逃亡とは違うんじゃないかな。もしかしたらおれの親父が……」

「やめなさいよ！」

話の成り行きを察した深雪が一喝した。

「まあ、聞けよ。おれはこんなストーリーが頭に浮かんだんだ。〈殺人者の息子〉というレッテルを貼られて東京に居場所を失い、世をはかなんだ親父は家出してカクネ里へ向かった。城戸正之助のように山に逃げ込んだのかもしれないし、そこで自殺でもしようと思ったのかもしれない。かつてふたりは鹿島川の上流でも目撃されたことがあるらしいから、どこかに城戸正之助が造った隠し小屋でもあって、親父はひとまずそこに落ち着くことにした。しかし、そこはまだ十代の少年だから寂しくなって時々麓《ふもと》に降りてきては翠さんやトンチと逢《あ》っていた。しばらくは思い出の場所で自分を慰めていたけれど、だからといって将来にはなんの希望も見出《みいだ》せない。そして、ある日、衝動的に翠さんを巻き添えにして心中を図った。ところが、よりによって自分だけが死にきれず生き残ってしまった。そこへきて出所した城戸正之助がとうとう息子の居場所を探り当て、ふたりは七年ぶりに再会した。昔は慕っていた父親だけど、十代半ばのナイーブな心には別の感情も沸き起こった。心の拠《よ》りどころだった翠さんも失ってすっかり自暴自棄になっていた親父は、〈この男こそが自分の人生を狂わせた張本人だ〉とあらためて気づき、憎悪に駆られて実の父親を手にかけた。一連の出来事のショックで記憶を失ったけれど、三十年後に記憶を取り戻し、自分が犯した罪も思い出した。そして、贖罪《しょくざい》の気持ちで事件現場を訪れた……」

深雪が呆《あき》れたとばかりに首を横に振った。「あんたね、想像力は悪い方にじゃなく、いい方に膨らましなさいよ」

一成はなにかに取り憑《つ》かれたような顔つきで「親父はほんとうに自殺したのかもしれない……」と独りごちた。彼の中では自分の悪しき想像がほとんど既成事実になっていた。

「いい加減にしなさいったら！　お父さんのことも殺人犯にするつもり？　どこまで自分の家族を貶《おとし》めれば気が済むのよ。聞いてるこっちの方がムカムカするわ」

「客観的な考察をしたんだ」と一成は冷たく応《こた》えた。口許《くちもと》に薄笑みさえ漂わせながら。彼はひどく自虐的な気分に酔っていた。「辻褄《つじつま》は合うだろう？」

やにわに深雪の平手打ちが飛んできた。いつものじゃれるような暴力ではなく、本気の鉄槌《てっつい》だった。一成は耳のあたりに喰《く》らった衝撃でしばらく気が遠くなった。

「家《うち》には歩いて帰りなさいね」といって深雪は立ちあがった。「それで少しは頭も冷えるでしょう。私は先に帰って仕事に精を出すわ」

ぷいっと背を向けて深雪はそそくさと歩き出した。〈鹿島荘〉までは少なく見積もっても七キロ……いや、八キロはある。その距離を歩いて帰れというのだ。

「殺生な真似をするんだな、きみは」

一成はぶたれた頬を撫《な》で擦《さす》りながら深雪の背中にいった。

「せいぜい運動して、お腹を減らして帰ってきなさい」深雪は振り向きもせずにいった。

「そうすれば、ご飯もおいしくなるし、きっと考え方も健全に戻るわ」

「せめて図書館まで送ってくれよ」と一成はいった。

深雪が立ち止まり、「えっ?」と振り返った。

「昔の新聞を調べてみる。というか、事実関係を確認してみる」

「どういうこと?」

「城戸正之助の事件と七年後の事故のことだよ。新聞記事で事実を把握するんだ。あっ、別にきみみたいに事件そのものを疑っているわけじゃないぜ。〈事実は事実として受け止めるべき〉なんだろう？　せっかくのゴールデンウィークに、大町くんだりまできてこんな最悪の気分を味わっているんだ。どうせなら徹底的にやってやる。孫としては、祖父がしでかした不始末もちゃんと認識しておくことにしたよ」

深雪はにやっと笑い、「手は治ったんだから、自分で運転しなさいね」といった。

ふたりは図書館に向かったが、ちょうどゴールデンウィーク期間中の変則的な休館日に当たっていた。「また出直そう」ということになりかけたところで粘り腰を見せたのは今度は一成の方だった。袴田に連絡を取った上で一成は大町警察署に車を走らせた。署内の一階にある休憩所のようなスペースで袴田と面談して事情を話し、当時のことを知っている警察関係者の話を聞けないだろうかと打診してみた。腹を括《くく》ったというより、さっきまでの自虐的な気分の余韻がまだつづいており、一成は自分でも驚くほど舌滑らかに身内の恥を袴田に伝えて協力を仰いだ。ただし、深雪に怒られた〝想像〟はさすがに話すことを控えた。「自分の知らない家族の過去をしっかり認識しておきたい」というのが一成の協力要請の眼目だった。驚きや憐憫《れんびん》の入り混じったいわくいいがたい表情を浮かべて話を聞いていた袴田は、「心当たりがなくもない」といい残して席を立ち、十分後に戻ってくると、「女房の親戚《しんせき》筋に当時、大町署に勤務していた人物がいます。初対面ではおたがい緊張もするだろうから、自分が同席した方がいいでしょう。五時十五分にここで待ち合わせて一緒に行くということでいいですか」といった。

もちろん一成に異存はなかった。

28

国道百四十八号を北上し、木崎湖畔を半ば以上走りすぎたあたりの道沿いにその家はあった。〈ワカサギ貸し竿《ざお》・貸しボート〉の看板が掲げられていたが、本業はあくまで農業のようで、母屋とは別に大層立派な農作業用の作業場が敷地内にあって、そこにはトラクターや耕耘機《こううんき》といった機械類が収められていた。袴田のジムニーに従い、一成は作業場の前の砂利敷きの庭にRV車を駐《と》めた。深雪は同行しなかった。ほんとうはきたかったのだろうが、家業が忙しいし、「あんたの家族の話をするんだから、赤の他人の私が出る幕じゃない」と彼女らしからぬ遠慮を見せたのだ。

車が入ってきた気配を察したようで、郷愁をそそる裸電球の灯が点《とも》っている作業場から青いツナギ姿の男が姿を見せた。鶏ガラのように痩《や》せさらばえた老人で、険のある顔つきをしていた。袴田が「ごぶさたしています」と挨拶すると、老人は母屋にあがれとばかりに顎《あご》をしゃくって自分もそちらに向かったが、まったく声を発しなかった。一成が袴田から受けた説明によると、老人は亀谷秀嗣《かめたにしゅうじ》といい、袴田の妻の伯父《おじ》なのだそうだ。二十年前に引退するまでずっと捜査畑を歩きつづけてきた元刑事で、城戸正之助の事件は直接の担当ではなかったが、記憶にはあるという。一成にはひどく取っつきにくい人物に思われたが、それはただ単に彼が老人慣れしていないせいかもしれなかった。

　亀谷老人は玄関には向かわず、縁側の前の踏石に乗って帽子でぽんぽんと躰《からだ》の埃《ほこり》を払うと、直接そこから居間にあがった。袴田と一成もつづいた。

「町内旅行で女房が出かけちまってな、なんにも御構《おかま》いはできんよ」

　亀谷老人はぶっきらぼうな口調でそういい、いかにも不作法な手つきで卓袱台《ちゃぶだい》の上に三人分の茶を用意した。座り込んだ亀谷と袴田の間でそれからしばらく親類縁者をめぐる会話がつづいた。一成は正座し、文字通り借りてきた猫のごとく俯《うつむ》き加減でふたりの話を聞くともなく聞いていた。亀谷老人は一成のことをほとんど気に懸けていないように見えた。

「ところで伯父さん、電話でも話したんだが、この人が……」と袴田が話を本題に移した。

一成は一礼して名乗った。亀谷老人はそこで初めて穴が開くほど一成の顔を凝視した。

「四十年くらい前の話なんだが、憶《おぼ》えているかね？」と袴田が訊ねた。

　亀谷老人は一成に視線を注いだままゆっくりと頷《うなず》き、「そうかい、お兄さんがあのオニマサの孫なのかい」と感慨深げに洩《も》らした。「そういやぁ似とる。あんたの方がずっと男前だが、顔の輪郭といい、鼻の形といい、そっくりだ」

一成としてはゾッとしない感想だった。

「しかし、なんとも奇特な話よのう。普通は聞きたくなかろうて、身内の犯罪のことなんか。それをわざわざ……」

もはや一成も聞きたくないのかもしれなかった。事実確認だけなら、新聞記事の字面だけでこと足りたのだ。深雪の手前、少し格好をつけすぎてこんな成り行きになってしまったが、これから元刑事の肉声でなにかが語られると思うと、気分が重くなった。それでも一成は袴田にいったことを繰り返した。「せっかく大町にきたのだから、事実は事実として知っておきたい」と。老人は何度も何度も頷いた。ほんとうに感心しているようだった。

「あんなことになってしもうたが、オニマサは世間でいわれておるほど悪い男じゃなかった。わしはそう思っとるよ」と亀谷老人はいった。一成に対する気遣いがあるのかもしれないが、一概にそれだけとはいいきれないような真実味のある言葉だった。「あんたがきなさるというので、さっき物置の中をひっくり返してみたんだが……」老人は座したまま躰を捻《ひね》って後ろにあるテレビ台に手を伸ばした。「わしの記憶もまんざらでもないわい。こんなものが見つかってのう」

亀谷老人が手に取って一成に渡したものは一葉の古い写真だった。モノクロだが、印画紙が黄ばんでセピア色になっており、上端の折れ曲った跡には亀裂も入っている。それでも写っているものはよくわかった。被写体はふたりの釣人だ。彼らは並んで佇立《ちょりつ》し、槍《やり》のように釣竿《つりざお》を肩に立てかけてポーズを取っている。全身写真だからカメラは引きぎみで、細かい表情まではわからないが、ふたりに笑顔はないようだった。背後には激流が流れ、対岸にはゴツゴツとした垂壁の基部が写っている。写真の状態からしても、写っている男たちの服装からいっても、相当の年代物であることがわかった。

「黒部の〝下ノ廊下《しものろうか》〟の入口で撮ったもんだ。右がわしで、左がオニマサだな」

写真を覗《のぞ》き込んでいた袴田が、「なんだ、伯父さんはこの人と個人的な知り合いだったのか」といった。少し心外そうな口ぶりからすると、袴田も写真の存在はまったく知らされていなかったようだ。

「いいや」と亀谷老人は首を横に振った。「交流を持ったのはこの時が最初で最後だな」

「ずいぶん古いもののようだけど、いつ頃の写真だい？」

「昭和二十五年。オニマサが黒部に入って三、四年経った頃だな。〈黒四《くろよん》〉だの〈アルペンルート〉だの、あんなもんができるずっと以前、黒部がまだほんとうに黒部らしかった頃のことよ。写真を撮影した男が共通の知人で――そいつはとっくに死んじまったが――わしが黒部で釣りをやりたいといったら、オニマサに頼み込んでくれてな、案内人《ガイド》を引き受けてもらった。あんなところは、とてもじゃないが素人だけでは行けないからのう」

「よくもこんな時代に……しかもこんな場所で写真なんか撮れたね」

「ま、そいつはハイカラな男だったからな、写真機なんてもんを持ち歩いておったのよ」

一成は祖父の姿に見入っていた。しかし、引きの構図の上に麦藁帽子《むぎわら》の庇《ひさし》の影で表情は判然としない。服装は、上は黒っぽい詰襟のシャツ、下は素材のわからないズボンにゲートルを巻き、履物は地下足袋《たび》に草鞋《わらじ》のようだった。亀谷に比べて頭ひとつ分背が高く、当時の成年男子にしては脚も長くて見栄えのする体格といってよい。年齢は三十代のはずで、それにしては老けて見えるが、昔の男というのは概してこんなものかもしれない。彫りの深い顔の造作が幸いして口髭《くちひげ》や顎鬚《あごひげ》は不潔な印象を免れ、むしろ精悍《せいかん》さを際立たせている。〈野人か山賊〉というオババの表現は大仰ではないかと一成は首を捻ったが、往年の祖父の容姿を見知っている者の眼にはそう映ったのかもしれない。それとも、後々の黒部での歳月が祖父をしてさらなる変貌《へんぼう》を遂げさせたのか……。写真を見つめる一成の中に熱く込みあげてくるものがあった。祖父の姿を眼にしたせいではない。この黄ばんだ印画紙が経てきた途方もない時間と、ここにこうして再び出現し、自分の掌《てのひら》の上に載るに至ったその経緯、その不思議に感じ入っていたからだ。深雪は「あんたがやってきたのは運命だ」といった。たしかにそういう眼に見えない力が働いているのかもしれないと一成も思った。

「写真は進呈する」と亀谷老人はいった。口調はそっけなかったが、心情は一成と重なるところがあるようで、「わしではなく、あんたの手許《てもと》にあるべき代物だ。こうして手渡すことになったのも、オニマサの導きなのかもしれんのぅ」とつづけた。「その時の釣行は三泊四日。その間わしはずっとオニマサと行動を共にしたが、噂に聞いておったような変人でも無頼漢でもなかった。それどころか、同じ男の眼から見て〈かくありたい〉と思うほど立派な人物だった。風評なんてものは、つくづく当てにならんと思ったな。そりゃ、世間に背を向けているような雰囲気はあったさ。気難しいところもなかったとはいえん。だが、山男なんぞ大概はそんなもんだろうて。オニマサは頭がよくて話していても愉快な男だった。体力は底なしで、カモシカのように身が軽かった。そして、性格は謙虚で……」

「謙虚？」一成が思わず口走った。「謙虚だとか愉快だとか、僕が想像していた人物とはまるで違うように思うんですが」

「黒部の大自然を相手に生きておったんだ、謙虚にならざるを得んだろう。無頼を気取って野放図に暮らしておったら、あんなところで生き延びることはできやせんよ」と亀谷老人は諭すようにいった。「愉快といえば、夜、焚火《たきび》を囲んで酒を飲みながらあの男の山での暮らしぶりを聞くことくらい愉快なことはなかった。街中で平々凡々に暮らしておるわしたちなんぞに比べたら、オニマサの日常はまさに命懸けの冒険の連続だからな。決して話術に優れておったわけではないが、こっちの岸からあっちの岸に渡った――ただそれだけのことを訥々《とつとつ》と話すだけで十分に面白く、かつ興味深かった。わしも連れも時間を忘れて話に聞き入ったもんよ」

「しかし、そもそもオニマサというニックネームからして、そんな人物に与えられるものでしょうか」

「それはたぶん街中の連中がつけた呼び名だろう。たしかに街の毒に当たると、あの男も人が違ってしまうようなところはあったようだ。だがな、オニマサという呼び名にはある種の敬意というか、畏怖《いふ》も込められていたと、わしは思っとる。少なくとも山を知っておる男たちはそうだった。なにせあんたの祖父さんは後々〈黒部最後の職漁師〉と謳《うた》われた男だからな。上高地の上條嘉門次《かみじょうかもんじ》、穂高の小林喜作《こばやしきさく》、黒部の遠山品右衛門《とおやましなえもん》……そういう山の先達と並び称される伝説の存在よ。一廉《ひとかど》の男に決まっておる」

一成は戸惑っていた。オババの話から受けた印象とはまるで違うからだ。そして、自分なりにこう結論づけた。オババも亀谷老人もおそらく真実を語っている。にもかかわらず、伝わってくる祖父の人物像にこうも隔たりがあるのは、語り部が女であるか男であるかの差異によるものではないだろうか。男には正之助の人となりや生き方にロマンを感ずる者も少なからずいるに違いない。山に関わりを持っている者であればなおさらのこと。それが憧憬《どうけい》に昇華することもあっただろうし、そこまで行かなくても興味の対象くらいにはなっていただろう。あるいは、彼らの中にある虚無主義《ニヒリズム》や破滅願望、旧《ふる》きものへの郷愁《ノスタルジー》といったものが正之助の人生を肯定するという側面があったのかもしれない。また、もっと単純に、正之助に対する同情があったのかもしれない。女にとっては幼稚で薄っぺらな理由でも、男にとっては切実な理由になる。自分の生理はまだどこかで祖父に拒否反応を示しているが、誰も彼もが城戸正之助を否定していたわけではないのだと知って、一成は多少救われる気がした。

「オニマサは山ではたしかに完全無欠の男だった」と亀谷老人はつづけた。「ところが、街では途端に不器用になっちまう。世間とも自分とも折り合いがつけられなくなっちまう。昭和三十九年七月のあの事件も街で起こった……」

一成は意外に思った。てっきり山で起きた事件だとばかり思っていたのだ。

「現場は大町駅近くの線路沿いの空き地。被害者は十八、九の若者だった。ほれ、袴田くんは近所だから憶えておらんか。あんたがまだ洟《はな》垂れ小僧だった頃、俵町《たわらまち》に〈武藤〉という左官屋があっただろう。今はコンビニかなにかになっておる場所だ」

「……ああ、なんとなく憶えているな」

「あそこの倅《せがれ》よ。下の名前はちと忘れちまったが」

「お訊ねしますが」と一成が割って入った。「その頃の祖父は、父の件もあって下界とは没交渉だったと聞いていますす。街に降りてくることもあったんですか」

「そりゃ、あっただろうさ。いくらオニマサが山暮らしの達人とはいえ、仙人や原始人のように暮らせるわけじゃない。米や酒や生活必需品を手に入れにゃならんし、そのためには金も作らにゃならん。おおっぴらに出歩くことはさすがになかったが、限られた昔のツテを頼って麓《ふもと》の街に用を足しにきておったようだ。あっ、そうそう。オニマサはかなり熱心な〝教育パパ〟だったようで、息子の勉強道具や教材は優先して街で手に入れたらしい。だから、あの子は勉強の方はまったく遅れなかったと聞いておる」

祖父に反撥《はんぱつ》しながらも一成自身が山暮らしをどこかファンタジーのように捉《とら》えていたのだろう、こうしてつましい現実を聞かされると、なにか落胆にも似た気分を味わわされるから不思議だった。「そうでしたか。話の腰を折ってすみません」と一成は詫《わ》びた。

亀谷老人は頷き、事件の話をつづけた。「オニマサが街に降りてくると必ず立ち寄る屋台があってのう。武藤もそこの客で、ふたりはそれまでにも何度か顔を合わせておったが、逢うと決まって武藤の方がなんのかんのと因縁をつけたらしい。というか、オニマサをあからさまに侮辱したり、時には手を出すようなこともあったようだ。血の気の多いやつだったから、猛者《もさ》のオニマサに挑みかかるつもりだったのかもしれんし……孫のあんたにこんなことをいうのは忍びないが、ホームレスを襲撃する現在《いま》のガキどもと同じような残忍で卑劣な心情があったのかもしれん。とはいえ、相手はションベン臭い若造だから、いつもはオニマサの方が適当にあしらってことなきを得ていた。だが、事件があった晩の武藤はとりわけ質《たち》が悪かった。未成年のくせに大酒かっくらって、酔いにまかせた勢いでオニマサに突っかかって行ったらしいのよ。オニマサは大事になる前に退散しようとしたが、屋台を出てからも武藤がしつこく付き纏《まと》ったようで、追い返すつもりでオニマサはちょいと刃物をちらつかせた。ところが、酔っていた武藤は怯《ひる》むどころか余計逆上し、刃物を奪おうとしてオニマサに躍りかかった。ふたりは揉《も》み合いになり、とうとうオニマサも堪忍袋の緒が切れて相手の腹に刃物を突き立てた……」

一成は自分が刺されたように顔を歪《ゆが》めた。

「遺体は翌朝、新聞配達員が発見した……とまあ、これが事件のあらましだな」

「それは気の毒だ」と袴田がいった。「刃物はまずいが、不可抗力みたいな話じゃないか」

「ん……ま、そうではあるんだが、腹を三度も刺しているしな、被害者をそのままほったらかして逃げちまったというのが、いかにも心証が悪かった」

「逃げた？　祖父は自首したと聞きましたが」

「遺体が発見されて丸一日経ってからのことよ、オニマサが警察に出頭したのは」

「目撃者はいたんでしょうか」

亀谷老人はギロリと一成を睨《にら》んだ。老いたとはいえ、間違いなく刑事の眼だった。「お兄さん、あんた、よもや事件のことを疑っているんじゃあるまいな？」

「いえ……」と一成は気圧《けお》されて口ごもった。

「目撃者はいたさ。屋台でのいざこざを三人が見ておる。ただし、実際の現場はそこから離れていて人眼のつかない場所だったから、オニマサが武藤を刺したところを見た者はおらん。そういうことだ。だが、本人は素直に自供したし、兇器《きょうき》その他、状況から推しても、今話したことが事件の真相だよ。当時はあんたの親父さんの問題もあって、オニマサの印象はひどく悪かった。わしも正直、以前とはあの男を見る眼が変わっておった。だが、事件そのものには情状酌量の余地がある。証人たちも一様にオニマサに同情的で、かえって武藤の非を誹《そし》るほどだった。そこらへんの事情は警察もちゃんと斟酌《しんしゃく》して、オニマサのことはそれなりに遇したし、判決にもそれは反映されたと思っとる。なんというか……あんたも妙な誤解はせんようにな」

「はい」

—あまりホトケさんのことを悪くはいいたくないが、武藤という男は札つきで、喧嘩《けんか》や博打《ばくち》の問題が絶えなかった。だからといってオニマサがしたことを正当化するつもりはさらさらないが、心情的にはわしも大いに同情しておる。たしかに運が悪かったんだ。だから、あんたも必要以上に思い悩んだり、身内を恥に思ったりしなさんな」

「はい」一成は素直に頭をさげ、質問をつづけた。「それから七年後に、祖父は仮釈放されたにもかかわらず行方不明になってしまったそうですが、警察ではなにか手がかりを摑《つか》んでいたんでしょうか」

亀谷老人は首を横に振った。「その頃、わしは木曾《きそ》に赴任しておって、詳しいことを知る立場にはなかった。ま、こっちにいても事情は変わらんかっただろうがな。出所後のオニマサはどうやら家出した息子の行方を捜しておったらしい。最後にオニマサと話をした〈平乃小屋〉の主人によると、オニマサは息子が昔の隠し小屋に潜んでいると考えておったようで、その時は具体的にどことは明かさんかったが、五色ケ原《ごしきがはら》の方へ向かったそうだ。それ以後は姿を見た者がおらんから、遭難したとしか思えんわな。あの男とてその頃には五十の半ばをすぎておったし、服役で躰《からだ》もなまっていただろうから、無理がきかなかったんだろうて。オニマサらしくない幕切れだが……いや、逆か。オニマサらしい最期だったのかもしれん。黒部を壊したあのダム湖に身を投げたなんぞと無責任にいう者もおったが、わしはそんなことは信じたくない。息子の方——つまり、あんたの親父さんがどうなったかは聞いておるか」

「はい」

「そうかい。なんにしても、あれほど波瀾万丈《はらんばんじょう》な親子というのも、なかなかあるもんじゃないわな」

「あの、亀谷さんは僕の父とはお逢いになっているんでしょうか」

「一度だけ。オニマサが出頭してきた日に、あの子とキャッチボールをやったな」

「キャッチボール？」

「オニマサは署に子供を連れてきてな。わしは捜査には直接関わっていなかったから、その時は暇で、上司にいわれて子守役を任ぜられた」初めて亀谷老人が笑みを見せた。「同じように暇を持て余しておった連中と外でキャッチボールをやることになって、あの子と……そうさなあ、小一時間ばかり投げ合ったかのう。あの子は〈おっとうは人なんか殺さん。おっとうは人なんか殺さん〉と泣きじゃくりながら球を抛《ほう》っておった。それが速いのなんの。とても子供の投げる球とは思えんかった。しかも、ちっともバテない。むくつけき刑事《デカ》どもの方がヒイヒイいわされた。山でオニマサにさんざん鍛えられて、普通の子供より筋骨が逞《たくま》しく発達しておったんだろうな。もっとも、あの子の悲しみと悔しさが込められた球だから、あんなに速く見えたのかもしれんが」

その光景を思い浮かべた一成は、不覚にも眼尻《めじり》を涙で濡《ぬ》らした。そして、消え入るような声で「ありがとうございました」といった。話をしてくれた亀谷老人にはもちろん、父の球を受けてくれた若き日の亀谷にも礼をいったつもりだった。一成が言葉を詰まらせたので、部屋に濃密な沈黙が満ちた。

「で、このお兄さんの父親の行方は見当がつかんのか」

亀谷老人は一成の醜態を見て見ぬフリをし、袴田に話を向けた。

「車が見つかっているから、こっちにきたことは間違いないと思うんだが、その後の足取りはどうにもね……」と袴田は首を捻《ひね》った。

「あんた、山で人を捜すのが専門だろうに。協力してやったらどうだ？」

「そうしてやりたいが、はたして山に入ったかどうかもはっきりせんし……」

その後、ふたりの間では山岳遭難救助隊のことが話題になった。警察組織の本道である捜査畑を歩いてきた亀谷老人は、組織の〝鬼子〟的な存在らしい救助隊に属している袴田の警察官としての将来を危ぶんでいるようだった。しかし、「これが天職だと思う」といいきる袴田の生き方を尊重してもいるようで、「富山県警の山岳警備隊に負けるな」と檄《げき》を飛ばしたりした。

「そういえば伯父《おじ》さん、元県会議員の大迫孝行が亡くなったことは知っているだろう？」

と袴田が話のついでのようにいった。

「なんだと？」亀谷老人は知らないようだった。「ほんとうか」

袴田が苦笑した。「新聞を読んでいないのかい？」

「眼が悪くなって、すっかり読むのが億劫《おっくう》になっちまった。新聞なんぞ読まんでも、年寄りが生きてゆくのに不都合はないしな。孝行は山で死んだのか」

「鹿島川の出水に巻き込まれたんだよ。遺体を回収したのはおれだがね、これがひどいもんだった」

袴田はその時の状況を臨場感たっぷりに説明した。話が一段落すると、亀谷老人は感じ入ったように深々と吐息をついて「まったく不思議な話よのう」と洩《も》らした。

「なにが？」

「オニマサの孫である青年と逢ったその晩に、孝行の訃報《ふほう》を聞いた。そのことが、だよ」

「どういうこと？」

「その孝行が目撃者のひとりだったんだよ。オニマサの事件のな」

「ほんとうかい？」

その話には一成もぴくりと反応した。

「あいつも未成年だったから、これはあまり褒められた話じゃないんだが、孝行は父親の喜一郎の会社の社員だった堀場裕太とその屋台で飲んでおって……」

「ちょっと待ってください！」一成が気色ばんだ。「堀場裕太というのは、〈堀場組〉の社長ですよね」

「そうだが……」亀谷老人はまたギロリと眼を光らせた。「あんた、地元の人でもないのに堀場を知っとるのか」

「ええ、まあ……」一成はなんとか興奮を抑えようと努めたが、どうやら無理な相談のようだった。「ということは、堀場社長もその時の目撃者なんですか」

亀谷老人は頷いた。「もうひとりは屋台の店主だ」

なんたることだ！　一成の動悸《どうき》がますます激しくなり、息苦しさを感じていた。自分の周辺にかくも頻繁に登場する大迫父子と堀場という男。もはやこれを偶然と見做《みな》すことはできまい。彼らは間違いなく父のことを知っている。そして、おそらくは今度の失踪《しっそう》にも関係している。ただし、一成の思考の冷静な部分がある〝捩《ね》じれ〟を指摘していた。大迫喜一郎は特異な少年時代を送った父の将来に希望を抱かせる養子縁組に尽力していると思われるし、息子の大迫孝行と堀場裕太は昔の事件において祖父を庇《かば》うような証言をしている。つまり、大局的に見て味方であるはずなのだ。今回の父の失踪にのみ彼らが敵として絡んでいると想定してよいものか……。

その時、一成の携帯電話が鋭く着信音を響かせた。一成も虚を衝《つ》かれたが、そのての音にまったく馴染《なじ》みがないらしい亀谷老人は飛びあがらんばかりに驚いていた。電話は〈鹿島荘〉からだった。一成は「失礼します」といって通話ボタンを押した。相手は深雪で、その報《しら》せに一成は色を失った。

「どうしました？」

異変を察した袴田が訊《たず》ねた。

「オババが……」いいながら一成はその場に沈み込んでしまう感覚を味わっていた。「オババが亡くなったそうです」

29

ゴールデンウィーク後半は、オババの死を弔うことに一成は専心した。

オババが亡くなった翌日にはセンター内の霊安室で簡素な通夜が、さらに翌日には遺体を鹿島集落の家に移して葬儀が執り行われた。すべての陣頭指揮に当たったのは深雪の父親だった。これは深雪も知らなかったことだが、あらかじめオババは預金などの財産やそれに関わる書類の一切合切を深雪の父親に預け、トンチの生計を含めた自分の死後の雑事を良しなに取り計らってもらいたい旨、口頭で委託していたのだそうだ。入院費や葬儀代などもその預金から捻出《ねんしゅつ》する手筈《てはず》になっていた。もっとも、オババは「葬式に無駄なお金を使うくらいなら、トンチの将来のために役立ててもらいたい」ともいっていたらしく、深雪の父親は故人の遺志を尊重して万事倹約に努めた。葬儀は鹿島集落の十一軒の人々が総出で手伝った。一成と深雪、そして本来喪主であるはずのトンチは常に深雪の父親のそばにいて彼をサポートした。葬儀はむしろ生者のためにこそ必須《ひっす》な行事であるというのは真実かもしれなかった。少なくとも一成と深雪にとってはそうだった。ふたりは次から次へと津波のように押し寄せてくる事務仕事に忙殺され、悲嘆に暮れている暇さえなかった。

センターの医師の話では、オババは一成たちが病室を去ったあと夕飯時まではごく普通にしていたが、それ以後、誰にも看取られぬままひっそりと息を引き取ったという。寝具は乱れておらず、苦しんだ形跡はまったく見当たらなかった。まるで冬の晩に布団の安らかな温《ぬく》みに潜り込むように、胎児のような姿で事切れていたのだと医師は報告した。それでも一成は自分がオババの寿命を縮めたような罪悪感に囚《とら》われたが、医師は「いや、むしろきみたちにいてもらった方がよかったかもしれない。なにより武居さんがそれを望んでいるようだったのだから」と自分自身を責めるような顔つきで一成を慰めた。深雪の感懐《かんかい》はまた違った。病室を訪れた時に一成と深雪が眼にしたオババは、あまりといえばあまりにも不自然な明るさを纏《まと》っていた。「オババはとっくに限界を超えていたんだと思う。最後の命の灯を燃やして、私たちの……ううん、あんたのためにオババは少しだけ生き長らえてくれたのよ」と深雪は一成にいった。

葬儀告別式は簡素ではあったが、思いのほか大勢の会葬者が訪れた。オババの家は一時、喪服姿の人々で溢《あふ》れ返り、人いきれで息がつまりそうな状態になった。深雪の父親が八方手を尽くし、かつてオババと親交を持ちながら、〈翡翠教《ひすい》〉の一件で絶縁状態になった者たちを掻《か》き集めたのだ。父親のその判断に深雪は当初、強硬に異議を唱えたが、「人が亡くなるということは、恨みつらみも消えてしまうということだ。おまえのその濁った気持ちではオババを安らかに送ってやることはできないぞ」と父親に説き伏せられ、おとなしく引っ込んだ。神式に則《のっと》った葬儀は鹿島大明神の神官を斎主として迎えた神葬祭として執り行われ、〈誄歌奏楽《るいかそうがく》〉を省いた以外は、〈手水の儀《ちょうず》〉〈修祓《しゅうばつ》〉〈献饌《けんせん》・奉幣《ほうへい》〉〈祭詞奏上《さいしそうじょう》〉〈玉串奉奠《たまぐしほうてん》〉など一成にはあまり馴染みのない儀式が厳格に進められた。会葬者の中には袴田をはじめ山岳遭難救助隊の面々や〈信州大学〉の相田教授の姿もあった。相田にはメールでオババの死を報せてあったとはいえ、まさか彼が足を運んでくれるとは一成も思っていなかった。告別式では、小谷村《おたりむら》から駆けつけたという足の不自由な老婦人が遺影の前で突然、「ごめんなさい」と泣き崩れた。それが引き金になったかのようにあちこちですすり泣きや号泣が沸き起こった。誰もが過去のわだかまりを捨て、オババの死を悼んでいるようだった。その様子に、それまでずっと涙を流さずに耐えていた深雪が嗚咽《おえつ》した。隣にいた一成はごく自然に深雪の肩に手をまわし、意外なほどか細いその感触に驚いた。トンチに突っかかって行ったり一成に手をあげたりと勇猛この上ないが、それはまぎれもなくか弱い女の子の肩だった。打ち震えるその肩を抱きながら、一成は深雪の父親の判断は正しかったのだと思った。会葬者の涙がそのまま死の浄化を意味するような美しくも厳かな式となった。

一成は火葬場へも赴き、骨あげの列にも加わった。故人と知り合ったばかりの一成は遠慮したのだが、オババが正之助の子を産んでいるということは、拡大解釈すれば「親族」といえないこともないし、とにもかくにも生前のオババが最後に逢《あ》いたがったのは一成にほかならないのだからということで、深雪に同行を勧められたのだった。火葬場から戻ると、オババの家は無礼講の酒席となっていた。すると、一成と深雪は急に自分たちの居場所がなくなった気がし、トンチと一緒にそっとオババの家を抜け出した。今日ばかりはトンチも借り物の喪服を着ていたが、例のバッグだけはいつもと変わらず袈裟《けさ》掛けに掛けていた。外はすでに夕暮れの気配が濃かった。三人が並んで大谷原の方角に当てもなく歩いていると、上から降りてきたランドクルーザーの運転席の男に「やあ」と声をかけられた。相田教授だった。一成と深雪は葬儀に参列してくれた礼を申し述べた。

「いろいろご苦労でしたね」と相田はまず三人を労い、「きみたちも抜け出してきたんですか」と訊ねた。

「先生もですか」

「どなたかにぜひにと誘われたんですがね、僕は故人やご近所の方とそんなに親しかったわけではないし、ああいう席はどうも苦手でね……。それでもきみとはゆっくり話をしたかったので、このあたりでブラブラ時間を潰《つぶ》して帰りを待っていたんです」

「そうでしたか」

「少しドライブに付き合ってくれませんか。もしよかったら、そちらのおふたりも」

三人は誘われるままランクルに乗り込んだ。一成が助手席に、深雪とトンチはリアシートに躰《からだ》を収めた。相田は特に当てもなさそうに車を発進させた。

「先生がきてくださるとは思わなかったです」と一成はいった。「メールなんか打ってしまって、かえってご迷惑だったのではありませんか」

「いやいや、そんなことはありません。きてよかったですよ。冠婚葬祭なんてものは今はもうどこも形骸化《けいがい》してしまっているが、今日のお葬式はとても心のこもったいい式でした」「彼女のお父さんが全部段取りしたんです」と一成は深雪を振り返った。

相田と深雪はルームミラーの中で黙礼し合った。

「そちらの人は……トンチくんだよね」相田が神妙な顔つきになった。「背中を向けたこんな格好で失礼だが、このたびはご愁傷様です」

トンチが「こんちは」とにこやかに挨拶《あいさつ》した。彼にしてはめずらしいことだった。義母《はは》を喪《うしな》ったばかりだというのに、なぜか彼はいつになく機嫌がいい。そして、お得意の「どっからきた？」を発した。

相田は「松本だよ」と応《こた》え、「いったいいつになったら憶《おぼ》えてくれるのかな。僕はもうその質問には五十回くらい応えているんですがね」と笑った。

「トンチのことをご存じなんですか」

「彼とはもう数えきれないほど行き合っています。山の中でね。きみは知っているかどうかわからないが、トンチくんは山のエキスパートなんですよ。うちの大学の山岳部員あたりではとても太刀打ちできないでしょう」と相田はいった。「ところで、きみの方はどうなりました？　お父さんのことではなにか進展があったんですか」

「それが……先に進むより、過去に戻って行くばかりで」

「ほう、それはどういう意味です？」

「話せば長いことになってしまいそうです」

「ぜひうかがいたい。どこか落ち着いたところで話しましょう」と相田はいい、深雪に訊ねた。「お嬢さん、このあたりにコーヒーでも飲めるようなところはありませんか」

深雪は〈りんどう〉の所在を教えた。

五分後に四人は〈りんどう〉の喫茶スペースのテーブルに就いていた。すでに閉店間際だったが、女主人が「私も店でやることがあるから、しばらくいてくれても構わない」といってくれた。スペシャル・サービスだという特大カップのブレンドコーヒーを飲みながら、一成はこれまでに知り得たことを相田に話した。すべてを包み隠さずに。相田と逢ったまさにあの日、〈帝国ホテル〉のラウンジで富田社長に聞かされた話からはじまり、オババや亀谷老人が語った祖父の数奇な人生とそれに巻き込まれた父のことを長々と喋《しゃべ》ったが、相田はまったく口を挟まず聞いてくれた。ただし、一成が説明に窮した点がいくつかあった。堀場を尾行したこと、トンチの特異能力、そして祖父の犯罪。しかし、結果的にそれも喋った。そして……

「協力してくれている彼女にはこっぴどく叱られたんですが」一成はちらと深雪を見て、相田に視線を戻した。

「祖父と翠さんの謎めいた失踪《しっそう》には父が絡んでいるような気がしてならないんです」

ついに一成は自分の想像を相田にも披露した。もちろん抵抗はあった。実の父親を殺人者かもしれないと疑い、それを他人に明かしているのだ。抵抗がなかろうはずがない。だが、一成とすれば、いかに深雪というパートナーがいたとて、やはり分別をわきまえた年上の人間に話を聞いてもらいたかったのだ。客観的な判断を仰ぎたかったのだ。どういうわけか相田には心を開くことができる。面と向かい、容易にすべてをさらけ出すことができる。と、そこで別の思いにも突き当たった。ほんとうは相手が違う。向き合うべきは父のはずだった。自分はなぜ父に同じことをしなかったのか。できなかったのか。悲しみも不安も迷いも羞恥心《しゅうちしん》も恐れも、素直にぶつけていればよかったのだ。身を寄せ合って山間で漂泊の日々を送ったオニマサ親子のように。

一成の話に、深雪は先日と同じような反応を見せ、「またそんなことといってる！」と怒りに顔を赤らめた。

「そういきりたつなって。たしかにこの前はちょっと感情的になって、勢いで口にしてしまったようなところはある。それは認めるよ。でも、逆に身贔屓《みびいき》も眼を曇らせてしまうと思うんだ。どう考えても、無関係と決めつける方が不自然だ。ふたりとも偶然、事故で亡くなったっていうのかい？　同じ時期に、父と娘がだぞ。それに、なぜ息子である親父だけが無事に帰ってきたんだ？」

「三人が一緒にいたという証拠はないのよ」

「いなかったという証拠もない。それに、今の発言はきみらしくないな。オババは一緒にいたと考えているようだったぞ」

「……」

「ということは、きみはお父上が過去に犯した罪を思い出し、その重さに耐えかねて自殺したと考えているわけですね」と相田がいった。「死地に定めたのがカクネ里だったと？」

「もちろん息子の僕としてはそんな疑いを持ちたくはないんですが」

「そう結論づけるのは、いかにも早計だという気がするがねえ」

「昨年十月以来、オババがその千里眼をもってしても正確に父の姿を捉《とら》えきれなかったのは、病気による体力の衰えが原因だったのかもしれません。ですが、昔の父や翠さんがそうであったと思われるように、父がカクネ里へ向かったという可能性も示してはいないでしょうか。大谷原で目撃されていることも、僕がそう考える根拠のひとつです。もしそうだとしたら、父は相当の覚悟を決めていたと思うんです。その覚悟とは、つまり自ら命を絶つことだったのではないかと……」

「そこが飛躍しすぎていると思うんだ。なにも自殺とは限らないのでは……」

「では、ほかにどんな理由があるんです？　父は先生みたいな仕事をしていたわけじゃありません。普通のサラリーマンにカクネ里に向かう普通の理由なんてあるでしょうか」

「……」

「自殺ではなく、慰霊のためにカクネ里を訪れようとした——それはあり得ることかもしれません。しかし、結果的には同じことです。父は、山を縦横無尽に駆けまわっていたかつての父ではありません。装備はなかったはずだし、年齢や体力的なことを考えても、そんな無謀な行為は自殺に等しいでしょう。現に、失踪からすでに半年以上が経過している。生きているとはとても思えません。トンチを襲った憑依《ひょうい》現象もそのことを告げていたような気がします。これは深雪さんとも見解が一致しているんですが、トンチに乗り移った人格は翠さんだと思うんです。その彼女が〈タケルは帰らない〉といっている。つまり、今はもう父は翠さんと同じ世界の住人になっているということではないでしょうか」

相田は眉宇をひそめた。「そのトンチくんの話だけは、僕には俄《にわ》かには信じられないんですがね」

「僕もこの眼で目撃するまでは、ああいうことを信じてはいませんでした。しかし、間違いなく事実です。今さら先生に作り話をしてもはじまりません」

「作り話だとは思っていませんが……」

相田は訝《いぶか》しげに呟《つぶや》き、盗み見るようにトンチを見た。自分の話をされているのにトンチは無関心で、薄笑いを浮かべてきょろきょろと視線をさ迷わせている。

「父はやはり先生がお書きになったあの記事に注目したんだと思います」と一成はつづけた。「鹿島槍ヶ岳、鹿島川、カクネ里、大雪渓、落人《おちうど》伝説、そして女の幽霊……今思えば、父を刺激するキーワードに満ちています。もしかしたらあの記事を読んで記憶が蘇《よみがえ》ったのかもしれません」

相田は低く唸《うな》って顔をしかめた。「となると、いささか責任を感じてしまうが」

「もちろん、まったく逆のケースも考えられます。それ以前にとっくに記憶を取り戻していて、だからこそあの記事に眼が止まったということだって……」

「堀場や大迫孝行のことはどうなの？」深雪が話に割り込んできた。「あんたのその薄っぺらい推理には、堀場たちが絡んでくる余地はないじゃない」

「絡んでいるじゃないか。堀場社長と大迫孝行は祖父の事件の目撃者だったし、大迫喜一郎はどうやら父の養子縁組の仲介者だったと思われる」

「それだけ？　今度のお父さんのことには無関係だっていうの？」

「それは……」

「どうなのよ？　はっきり応えなさいよ。あんただってなにか疑ってるんでしょう？」

「……」

「そうそう、堀場といえばだね……」と相田がいった。「〈堀場組〉の社員で、鉄砲水に流された三苫という男がいましたね。僕もその事故のことは新聞で眼にした。実は彼なんですよ、われわれ研究チームに対する妨害行為の急先鋒《きゅうせんぽう》になっていたのは」

「ほんとですか」

鋭く反応したのは深雪の方で、一成は黙っていた。

「昨年の九月下旬、学生たちを引き連れてカクネ里へ二度目の下見調査に訪れようとした時、営林署小屋のあたりで彼とその仲間の男たちに絡まれ、僕らは結局、追い返されるハメになったんです。名乗ったのは彼だけだが、ほかの人たちも明らかに土木関係者のようだったから、おそらく〈堀場組〉と繋《つな》がりのある人たちでしょう。それからですよ、不当ともいえる圧力がこちらにかかりはじめたのは。三苫という男は、僕の書いた文章がくだらないとか、子供たちの事故の責任は僕にあるとか、いろいろ理屈をこねていたが、いいがかり以外のなにものでもなかった。真意は別のところにあって、要するに僕らをカクネ里に行かせたくなかったのだと思う」

「ほら、ごらんなさい」深雪がぴしゃりといった。「あんたはお父さんがカクネ里へ行ったと思ってる。そして、堀場たちはそのカクネ里に人を行かせまいとしてる。めちゃくちゃ怪しいじゃん。カクネ里にはなにかあるのよ。あらゆることがあそこを指してるもの」

一成は困惑顔で黙っている。

「ちょっと、なんかいいなさいよ」

「……」

「ひとつ訊《き》いてもいいですか」相田が一成の顔をじっと見据えた。「さっきまでのきみは非常に饒舌《じょうぜつ》だった。お父上が殺人者かもしれず、もうこの世にはいないかもしれないという話をしているのに、です。かと思うと、今岡さんがせっかく別の可能性を指摘してくれたのに、言葉を濁してしまう。なぜですか」

一成はしばらく黙って相田の視線を受け止めていた。

「きみは恐れているように見えますね。違いますか」

一成は認めざるを得なかった。「はい。その通りです」

「なにを恐れているのよ？」と深雪が身を乗り出した。

「すべてだよ。またきみに怒られるかもしれないけど、正直、おれはいろんなことが怖いんだ」そう、それが一成の本心だった。相田に指摘された饒舌も、もうこのへんで幕を引きたいという心の顕《あらわ》れだったのだ。「親父の隠された過去を知ることも怖い。堀場という男も大迫という家も怖いし、彼らがなんらかの不正や悪事を働いていたとして、それを暴露することも怖い。こんなことにいつまでも関わって日常を乱されることも怖い。オババやトンチのことは好きだけど、不思議な力に魅入られてゆく自分も怖い。なにより人が死ぬことが一番怖い」

「人が死ぬこと？」

「考えてもみてくれ。おれが大町にきて一週間そこそこだというのに、きみとおれは何人の死を見聞きした？　オババだけじゃない。大迫孝行や堀場組の関係者が死んでいる。きみは偶然だというかもしれないけど、おれが動きはじめたことで不穏なうねりが起きてしまったような気がするんだ。もう誰某《だれそれ》が死んだとか殺されたなんて話は聞きたくない。まして その死に自分が立ち会うなんてまっぴら御免だ。だけど、おれがいる限りそういうことがまた起こりそうな予感がする。オババはおれが過去を正しにきたといい、きみはきみで、おれが大町へきたのは運命だといった。正直いって、その言葉も今のおれには恐怖以外のなにものでもない。なぜおれなんだ？　どうしておれがそんな役目を果たさなくちゃいけない？　おれにはそんな力はないし、仮にそんなことができたとして、いったい誰が幸せになるんだよ？」一成は一気にまくし立て、一呼吸置いてさらにつづけた。「亀谷さんという人に逢《あ》い、祖父の写真を譲り受けたこともそうさ。あの時の経緯《いきさつ》を憶《おぼ》えているだろう？　おれたちは新聞記事を調べるつもりが、たまたま図書館が休館日であいうことになった。まるで最初から定められ、導かれたことみたいじゃないか。もらった写真にはつい昨日までまったく知りもしなかった祖父が写っていて、おれの方を見ているんだ。オババやきみの言葉をあと押しするように、じっとこっちを見つめてなにごとかを訴えかけてくるような気がする。被害妄想だと笑えばいい。だがな、きみもおれの立場になってみればわかるよ。この不思議さ、不可解さ、不気味さといったら……」

「……」

「正直いって、おれはもうここまでにしたい。想像の中とはいえ、父親に汚名を着せて決着させるのかときみは非難するかもしれないが、疑いの眼をよそに向けて周囲を混乱させるよりは、その方がいいんじゃないかと思う。いずれにしても、昔のことなんだから……」

「じゃあ、お父さんを捜すことも諦《あきら》めるわけ？　お父さんの失踪《しっそう》は昔のことじゃないのよ。ほっかぶりして済まされることじゃないのよ」

「おれにもわからないよ、どうしていいのか。どのみち明日《あした》は東京へ帰らなければならない。しばらく向こうで考えてみる。答えが出るかはわからないけど」

そんな一成を、深雪と相田は哀れむようなまなざしで見つめていた。

トンチだけが笑っていた。

30

着信音が鳴った。堀場裕太は携帯電話に出るためにメルセデスベンツを路肩に寄せて停めた。電話をかけてきた相手はわかっているからうんざりしたが、出ないわけにはいかない。通話ボタンを押して電話を耳にあてがうと、先方の男が「今、話しても大丈夫か」と訊いた。堀場の都合を慮《おもんぱか》るような台詞《せりふ》を吐くとは、この男にしてはめずらしいことだった。

「大丈夫です」と堀場は応《こた》えた。「会社へ行く途中で、車の中ですから」

「会社？　休みではないのか」

「税理士と逢《あ》わにゃいかんのです。先方が今日しか時間が取れないというので」

「そりゃ、ご苦労」と男は笑った。よほど機嫌がいいらしい。その理由はすぐにわかった。

「聞いたか。鹿島のおいぼれがくたばりおった」今にも笑い出しかねないほど愉快そうな声だった。「とうとうくたばりおった」

「ええ、知っています」と堀場は逆に不機嫌な声でいった。「私の知り合いも何人か告別式に行きましたよ」

「あのインチキ拝み屋めが、だらだら長生きしおって。あいつが生きているというだけで、小骨が喉《のど》に引っかかっているような気がして心の晴れる日がなかった」

いっていることが支離滅裂だった。インチキだと思うなら、なぜそんなに恐れていたのだ——堀場は胸の裡《うち》で呟《つぶや》いた。そして、他人の死をこれだけあからさまに喜び、一時にせよ愛息の死をその喜びに埋没させてしまえる彼の精神構造を疑った。この男の人生もろくなものではないな。堀場はつくづくそう思った。

「とにかくまあ、これでようやく心配のタネがひとつ消えた。いくらか枕を高くして寝られるというものだ」

「あの婆《ばあ》さんはなにも知らなかったし、なにも見抜いていなかったと思いますよ」と堀場はいった。「いくら神がかり的とはいえ、すべてをお見通しというわけではなかったでしょう。もしなにかに感づいていれば、何十年も黙ってはいなかったと思いますし」

「神がかり的だと？　やけに買いかぶったようなことをいうな」

男の機嫌を損ねたらしいことはわかったが、堀場としても多少の意地はあるし、死者には敬意を表したかったので、「私は婆さんの世話になったことがありますからね。医者にも見放されたようなひどい腰痛を直してもらったんです」といってみた。

「なんとまあ、おまえまであんなインチキに騙《だま》されておったのか」

「昔の話ですよ」

「そうか……そうだな、これで昔のことになる。すべてがな」

男がすっかり安堵《あんど》しているようなので、堀場はいささか苛虐《かぎやく》的な気分になった。そして、いかにも深刻げにいった。「あの電話のことですがね……」

「そうだ、それだけが昔のことではない！」忘れていた怒りを思い出したように男の声が険悪なものになった。

「また接触してきたのか」

「いいえ、それはありません。ですが、もしかしたら正体は息子かもしれません」

「息子？」

「健一の息子ですよ」

「ほんとうか」

「たしかなことではないですがね。婆さんの告別式に行った人間が聞き込んできたんですが、その息子がここ最近、婆さんの周辺をちょろちょろしていたらしいんです。葬式の手伝いまでしていたそうで」

一瞬、男は絶句し、それから怒声を発した。「だから最初からいっておっただろうが！　チラシが出まわりはじめた段階で、家族の人間ではないかとわしは疑っておった」

「婆さんになにか吹き込まれたのであれば、息子が父親のことを〈岳流〉といったのも納得がいきます」

「クソッ！　間違いない、そいつだ。そいつが父親からなにかを聞いているかもしれん。いや、肝心なものを託されているという可能性もある。いったいどうするんだ？」男は次第に混乱しはじめた。「おまえは約束を無視した。相手は〈大事《おおごと》にする〉といっておるんだ。抛《ほう》っておいたらえらいことになるぞ。なんとかしろ！」

「まあまあ、落ち着いてください。息子はなにも知らんでしょう」

「適当なことをぬかすな！」

「よく考えてみてください。健一ですら真相には気づいていなかったんですよ。しかも、あいつがごく最近まで当時の記憶を喪《うしな》っていたことはたしかです。あの時だってまだ若干の記憶の混乱があった。息子になにかを話せるような状態ではなかったはずです」

「じゃあ、なぜ息子が大町にきたり、チラシを配ったりしているんだ？　父親になにごとかをいわれていた証拠だろうが」

「いや、息子が大町にきたのは健一の車がこちらで発見されたからでしょう」

「車だと？」

「ええ、あれだけ捜して出てこなかった車が、ひょっこり出てきたらしいんです。スクラップ屋から聞いた話なんですがね、まったく〝灯台下暗し〟というやつですよ、登山口とすぐ眼と鼻の先の林の中に放置してあったようです」

「なんたることだ……」男は電話の向こうで頽《くずお》れてしまったのではないかと思うような呻《うめ》き声を洩《も》らした。しかし、すぐに立ち直り、堀場に罵声《ばせい》を浴びせた。「この馬鹿者めが。役立たずめが。そんな初歩的なミスをしくさって！」

　堀場もさすがにムッとした。この年になってこんな屈辱的な言葉を浴びせられるとは。

「お叱りはごもっともです」と堀場は一度は低姿勢を見せたが、それでもいわずにはおれなかった。「ですが、ご子息があんなことをなさらなければ、もっと楽にことは運んでいたんですよ。健一に問題の場所へ案内させることもできたし、車だって造作なく処理できたはずなんです」

「黙れ！　黙れ、黙れ、黙れ」男は激昂《げきこう》した。完全に取り乱している。「倅《せがれ》のことを侮辱したら許さんぞ」

相手の興奮をよそに、堀場はことさら事務的な口調でいった。「話を元に戻しますがね、健一の息子のことはもう少し様子を見た方がいいと思いますよ」

「そんな悠長なことはいっておれん。来年は選挙がある。スキャンダルなど願いさげだ」

「ほう、とうとう又一郎《またいちろう》さんの出番ですか」

「地盤が荒らされないうちに孫を出馬させる。まだ青二才だが、倅が身を退いてからだいぶ経つし、あまり時間を空けてしまうのはよくない。昨今は節操のない連中ばかりで、まったく信用ならんからな。まだ足場が固まっていないうちに、つまらんことで水を差されたくない」

「そこまで心配なさる必要はないと思いますが」

「うるさい。悪い芽は早いうちに摘んでおく。それに越したことはない」

「まさか健一の息子をどうにかしろとおっしゃるんじゃないでしょうね？　車が発見されたので、息子は父親を捜しにきた。ただそれだけのことだと思いますよ」

「だったら、なぜ鹿島のおいぼれなんかと知り合ったんだ？　なぜおまえを脅すような電話をよこしたんだ？　そんな単純な話であるはずがない。そいつはなにか企《たくら》んでおるぞ」

「ですから、電話をしてきたのがその息子と決まったわけじゃ……」

「いいや、そいつに決まっておる。ほかに誰がいるというのだ？　おまえがあの男の車を見すごしたりするから、こんな厄介事が舞い込むんだ。馬鹿者めが！」

また矛盾したことをいっている。健一が息子になにかを洩らしていたのなら、車のことなど関係ないはずなのだ。

「クソッ！　またぞろオニマサの子孫が他人《ひと》の生活を掻《か》き乱しおって」男が歯ぎしりしている様が堀場にはありありと見えるようだった。「息子を取っ捕まえて吐かせろ。なにか企んでおるようなら、首を捻《ひね》ってどこかの工事現場に埋めてしまえ」

「そんな乱暴な」

「なにが乱暴だ。伜はあいつらに呪い殺されたようなものだ。生かしておけば、この先もろくなことにはならんぞ。オニマサの血など根絶やしにしてしまえばいいのだ！」

この男も正気じゃない。息子と同じように。堀場はそう思って嘆息した。気を取り直し、いった。「しかし、なにもこちらからわざわざ接触する必要はないじゃありませんか。そんなことをしたらこちらに弱味があることを報《しら》せてやるようなもので、火種を増やすだけですよ。もう少し待ってみましょう」

「もう少し、もう少しと、おまえは端《はな》からなにもやる気がないのと違うか。その息子はいくつだ？」

「年齢ですか。大学生ですが……」

「学生だと？　そんなガキの口を封ずる手段はいくらでもあるだろうが。とにかくなんとかしろ。速《すみ》やかに、だ。わかったな？」

電話は一方的に切れた。堀場は携帯電話をポケットに収めて溜息《ためいき》をひとつ洩らすと、悪鬼のような形相になって右手でハンドルを思いきり叩《たた》きつけた。

31

一成が帰京してから二週間が経とうとしていた。

大学へ行き、アルバイトに汗を流し、友人らと屈託なく遊ぶ——以前と変わらない日常が戻ってきたようではあるが、健一の不在がもたらす喪失感は一層深まったように一成には感じられた。大町へ行く前は幻想めいていたものが生々しい現実になり、そのぶん深刻な翳《かげ》を沢村家に落としているようだった。史子の変化がそれを物語っている。彼女はあまり息子と口をきかなくなった。そして、ますます自分を仕事に追い込んでいるように見えた。

大町から戻った一成は自分が知り得たことを、自分が辿《たど》った時系列に従ってなるべく詳細に史子に報告した。ただし、トンチの特異能力のことは敢《あ》えて伏せた。最初に〈タケル〉というヒントをくれたオババの千里眼については避けて通ることはできなかったが、史子を相手に超常現象的な話をあまり強調するのは賢明とは思えなかったからだ。一成が堀場を尾行し、また奇襲ともいえる方法で彼に接触したことに対しては史子ははっきり憤りを見せたものの、オババの長い回想の前半部分——オニマサ父子が山中に逃げ込んだ件《くだり》まで——は、まるで冒険譚《たん》に耳を傾けるように興味津々といった様子で聞き入っていた。

それどころか、「ふたりはどうやって暮らしていたの？」「お父さんは病気をしなかったのかしら？」「昭和の時代にそんな話があったなんて信じられない」などと好奇心もあらわに口を挟んだりしたのだ。ところが、話が正之助の犯罪におよんだ頃から顔つきが暗くなり、めっきり無口になった。そして、一成が例の〝健一自殺説〟は省いて事実のみを報告し終えると、史子は史子で想像することがあったらしく、「私たちの常識の埒外《らちがい》にある話だわね」と悲観したように首を横に振り、「今後は絶対にその堀場なる人物と接触してはならない」と一成にきつく申し渡して、あとは黙り込んでしまった。その後、史子がこの件に関して口にしたのは、〈鹿島荘〉に謝礼の粗品を贈ったということ、富田社長と逢《あ》って一応の報告を済ませたということだけだった。

一方、二週間の間に三度ばかり専用携帯電話の着信音が鳴った。ひとりは愛知県豊田市在住の主婦で、昨年友人グループで〈立山黒部アルペンルート〉を観光した際、宿泊した〈大町温泉郷〉のホテルで健一らしき人物を見たという情報提供だった。本人は思い込みが激しく、「間違いなくチラシの人だった」というのだが、明らかな時間的錯誤があったため、一成がそれを指摘すると、女は親切心や自尊心をいたく傷つけられたとばかり不機嫌になって電話を切った。もうひとりは大町市の地元の男子高校生で、「放置されている不審車輛《しやりよう》を見かけた」という情報だった。目撃した場所、時期、状況などからいって健一のブルーバードに間違いないと思われるものの、高校生は車中に自殺体でもあるのではないかと推測しているようだった。一成はそういう事実はなかったと伝え、丁重に礼をいって電話を終えた。もうひとりは中年男で、名乗りもせず、のっけから「直接逢って有力情報を提供したいが、それなりの謝礼を用意してくれ」と切り出した。一成が「〝それなり〟とはどれくらいか」と訊《たず》ねると、酔っていると思われる男は最初は「五十万円」といい、一成がそんな金はないと告げると、「五万でも十万でもいい」とダンピングしたあげく、最後には「なんとか二万円で情報を買ってくれ」と泣き落としめいた声でいったのだった。一成は「父は無事に帰ってきました」と告げて電話を切った。

深雪の協力で千枚以上のチラシを撒《ま》き、一成の方に寄せられた電話が渡辺のものも含めて四件。〈鹿島荘〉に電話があったという報告はいまだにない。一成はその歩留まりの悪さに呆《あき》れ、これからも酔漢のような質《たち》の悪い電話に悩まされるかもしれないと思って気が滅入った。チラシが渡辺のような人物の眼に触れたのが奇跡にも等しいことだったのだ。あれは大谷原《おおたんばら》で老夫婦に自らが手渡したチラシだったことを一成は思い出した。少なくとも自分が動けば、なんらかの結果が出ているというわけだ。一成は苦笑混じりにそんなことを考えた。それを運命とも役目とも受け止め、真実に迫るべきだという思いは一成の中にも燻《くすぶ》っている。だが、真実を知ってしまう恐れの方がまだ勝っていた。また、真実に迫ろうにも、その道筋も手がかりも彼には見えていなかった。

東京に戻った一成には新たな習慣ができていた。時間ができると神田神保町あたりに出て書店や古本屋の〈山岳コーナー〉や〈釣りコーナー〉で本を眺めるようになったのだ。懐に余裕があれば、これはと思った本を購入したりもした。ある山岳写真集では遠見尾根《とおみおね》から撮影されたカクネ里の全容写真を見ることができた。鹿島槍ヶ岳北壁直下、峨々《がが》たる山稜《さんりょう》に取り囲まれているそのU字渓《けい》はそこだけがなだらかで開豁《かいかつ》で四季折々に美しい表情を見せ、なるほど落人《おちうど》伝説の舞台としては格好と思わせるものの、冬はとても人間が近づける世界ではなさそうだった。いや、膨大な雪が吹き溜《だ》まったその景観は、人間はおろか命あるものの存在を一切拒んでいるように見えた。さらに一成は書店へ通ううちに偶然、祖父のことに触れた本も手にすることになった。『山人の木霊《こだま》』と題されたその単行本は職漁師や猟師の生活を綴《つづ》ったかなりマニアックなもので、〈黒部最後の職漁師〉という一章を割いて城戸正之助の優れた釣技や山生活における知恵や工夫を紹介し、ダム建設によって黒部を追われた正之助があたかも山人悉皆《しっかい》にとって〟最後の落日〟であったがごとく感傷的な文体で章を結んでいた。亀谷老人から譲り受けたものとは違う正之助の写真も掲載されていた。〈針ノ木沢で毛バリを打つ正之助／昭和26年8月〉とキャプションの打たれたその写真は、毛バリ釣りをしている正之助を横から捉《とら》えた構図で、本文中ではその釣り姿を「腰の入った前傾姿勢で、なんともいえない風格がある」と称《たた》えていた。風格があるかどうかはともかく、釣り道具を入れているとおぼしきショルダーバッグを袈裟《けさ》掛けにしている様など、トンチが正之助のスタイルを真似ていることは一成にも容易に察せられた。また、『山人の木霊』なる書物を手にしたことに、一成はまたひとつ不思議なめぐり合わせを感じざるを得なかった。

その連絡を受けたのも、一成が本屋で時間を潰していている時だった。酔漢の一件があったので気は重かったが、専用携帯電話に入った〈ヒツウチ〉の電話を一成はもちろん無視することはできず、売り場フロアから階段の踊り場へ移動して通話ボタンを押した。

「沢村さんでしょうか」

中年男の声がした。一成はそうだと応《こた》えた。

「私は松本市の村山と申します。最近、尋ね人のチラシを見る機会がありまして、もしかしたらこの沢村健一さんをお見かけしたかもしれないと思い、ご連絡を差しあげた次第です。ただ、なにぶんにも去年のことなので、記憶が曖昧《あいまい》なところもあって、間違いなくそうだとはいいきれないのですが……」

村山はおっとりとした口調で、自信なさげにそういった。目撃した場所はやはり大谷原。時期は「昨年の十月下旬」ということ以外ははっきりしない。リストラの憂き目に遭って
その頃は「毎日が日曜日」という状態で、気ままな山歩きばかりしていたから、日にちは特定できないのだという。その曖昧さがむしろ真実味を感じさせた。

「それでですね、沢村さんと思われる方はどなたかと一緒におられたんですよ」と村山はいった。

「相手は二十代のカップルではありませんでしたか」と一成は訊ねた。

「二十代のカップル？　いいえ、男性おひとりのようでしたけど。沢村さんらしき方が先にいて、相手の男性が遅れてやってきたようでしたが……」

堀場かもしれない！「その男性は車できたんですか」

「ええ、まあ……そうです」

「それは〈堀場組〉という会社のワゴン車じゃありませんでしたか」

「ワゴン車だったような気もしますが……どうだったかなあ？　それに、名前まではちょっと……」村山はすっかり気抜けしたような声になった。「ということは、あなたの方でもそのあたりのことはすでにご存じだったということですか」

「実は、父の足取りは大谷原で途絶えているんです。カップルと会話したところまでは確認できているんですが、村山さんがご覧になったのはそのあとのことかもしれないんです」

「なるほど、そういうことですか」

「村山さん、その時の状況を詳しくお訊ねしたいのですが、そちらからいただいた電話を長引かせるわけにはいかないので、差し支えなければ電話番号を教えてもらってこちらから折り返すか、さもなければ地元にいる僕の協力者と逢っていただけませんか」一成は後者の方が得策のような気がした。深雪を介せば、場合によっては堀場の〝面通し〟も村山に依頼できる。「そうだ、ぜひとも協力者と逢ってください」

「協力者というのは、このチラシに書いてある〈鹿島荘〉の人ですね？」

「そうです。そこに今岡深雪という女性がいますので」

「う〜ん、しかし、わざわざお逢いする必要はないと思うんですがね」村山の声に億劫《おっくう》さが滲《にじ》んだ。「今、お話ししたことがすべてなわけですから」

一成は「お願いします」と粘った。渡辺と山本の一件がある。電話だけではあの話を引き出すことはできなかったはずだ。深雪が村山と直接面談すれば、なんらかの進展があるかもしれない。「お願いします」と一成はもう一度いった。

「……わかりました。今岡さんには私の方から電話して、逢う段取りをつけましょう」

「お手数をおかけします。ほんとうに申し訳ありません」

一成はもう一度礼をいって電話を切った。それからすぐに深雪に連絡を入れた。

「以心伝心ってあるものなのねえ」電話口の深雪は興奮気味の声でいった。「こっちからも電話しようと思ってたのよ」

「どうしたんだい？」

「まず、そっちの用件をいってよ」

一成は村山のことを報告し、良しなに対応してくれと頼んだ。「で、きみの方の話は？」

「ニュースよ、ニュース！」と深雪は大仰に騒ぎ立てた。「あのね、トンチが知ってるっていい出したの。カクネ里の隠し小屋の在処《ありか》を」

「えっ、やっぱりそういうものがあったのか」

「昔、あんたのお祖父さんに連れて行かれたことがあって、話の様子だと、そこに泊まったこともあるみたい。そんなこと今まで一度も話してくれなかったのに」

「でも、昔の話だろう。今もその小屋はあるのかい？」

「それはわからない。トンチも最近は鹿島川の奥までは足を延ばしていないと思うし……

…」

「そんなものが何十年も残されているかな？　ただでさえ自然条件が厳しい場所なんだろう。粗末な小屋なんか今頃はもう跡形もないんじゃないか」

「あんた、もしかして掘っ建て小屋みたいなものを想像してない？　私はたぶん岩小屋だと思うよ」

「岩小屋？」

「自然の岩棚とか洞穴を利用して造った小屋。〈隠し小屋〉っていうくらいだから、人眼についてもいけないわけよ。だから、きっとそういう造りになってると思う」

「なるほどな。だったら、残されている可能性は……」

「大いに〝あり〟よ。ねえ、これって無視できない情報じゃない？　ううん、このタイミングでトンチが教えてくれたことは、なにかの啓示のような気がする。すべてはカクネ里を指してるんだし、もしかしたらあんたのお父さんもそこへ向かったのかもしれない。絶対行ってみるべきよ」

「だけど、危ない場所なんだろう？」

「それなりの装備を整えて、トンチに案内してもらえば大丈夫よ。今すぐってわけにはいかないけど、そうね……梅雨が明ける頃には水量も安定してきて川を遡《さかのぼ》れるようになると思うわ。決行は七月下旬ってところかな。ただし、あんたには少しトレーニングが必要ね。それまで毎日ランニングをつづけて体力をつけておきなさいよ。私もだけどさ」深雪はすっかり行く気になっている。「ねえ、行くでしょう？」

一成は返事に窮した。行きたい気持ちはもちろんある。だが、深雪が口にした「啓示」という一言に神経質に反応している自分もいる。運命だとか役目だとか啓示だとか、その手の言葉がこぞって強迫観念を煽《あお》り立てる。自分が動けば、知らなくてもいいことを知ってしまうのではないか。そして、新たな凶事がもたらされるのではないか……。

「反応が鈍いわねえ」深雪は自分が興奮しているだけに、一成の喰いつきの悪さに苛立っている。「見る前に跳べ！　アクションあるのみよ」

「少し考えさせてくれないか。どのみち今すぐは行けないんだろう」

「あんたさ、そうやって〝ばっくれる〟つもりじゃないでしょうね？」

「……」

「あんたのせいで誰かが死ぬかもしれないなんて被害妄想もいいところだわ。変な理屈を捏《こ》ねて大事なことから逃げ出しちゃダメよ。あんたが一生懸命にならなかったら、お父さんはどうなるの？　オババの思いだって宙ぶらりんになっちゃうじゃない。隠し小屋には絶対なにかあるわ。せっかくトンチがチャンスをくれたんだから、行ってみようよ」

それでも一成が明朗な返答を返さないので、深雪はとうとう業を煮やし、「わかったわ。あんたが行かなくても私は行くからね」と捨て台詞《ぜりふ》を吐いて電話を切った。

奇妙なことに、村山なる人物から深雪へのコンタクトはなかった。一成が受けた電話の口ぶりからすると、億劫さが先に立ったのかもしれない。先方の連絡先を控えておかなかったことに一成は臍《ほぞ》を噛《か》んだが、あとの祭りだった。電話といえば、その後も一成は何度か悪戯《いたずら》まがいの電話に悩まされた。妙に親身になってくれると思ったら、怪しげな宗教団体の勧誘電話だったというケースもあり、一成は他力本願の限界を感じはじめた。

結局、なにごともなく六月がすぎ去り、七月の声を聞く頃には、深雪の口から再びカクネ里行きの話が出るようになった。「梅雨が明けたら私は行くわよ。あんたはほんとに行かなくていいの？」と電話の向こうの深雪は執拗《しつよう》にいうのだった。もちろん〈カクネ里〉の文字は一成の頭から消えてはいなかった。いや、それどころか取り憑《つ》かれていたといってよい。彼は最近買い集めた山や釣りの書物を通して、川の源に異郷を想定している物語のいくつかを知った。有名なところでは、陶潜《とうせん》の『桃花源記』。これまで聞きかじっていたにすぎないこの桃源郷のエピソードを、一成はまったく違う印象で受け止めた。別天地――あるいは異次元――とこの世界を結ぶものが道ではなく、川であるということが今の一成には象徴的に感じられるのだった。なぜ川なのか。川の流れは〝悠久〟とか〝無限〟という言葉を連想させる。時間や空間を超越して存在しているような幻想を抱かせる。それが人の想像力《イマジネーション》を喚起するのかもしれない。鹿島川の源に広がっているというカクネ里もまた一成の想像力を刺激した。『桃花源記』の漁師のように川を遡ってカクネ里なる異郷を目指せば、なにかが変わるかもしれないという予感があった。

「行くべきだ」という内なる声を聞いたような気がした。しかし、恐れに呪縛《じゅばく》されている自分もいる……。

「あんた、トレーニングは？」と深雪が訊《たず》ねた。

「いや……していない」

「そう」深雪は失望したように大きな溜息《ためいき》を洩《も》らした。「やっぱり最初から行く気はなかったってわけね。わかったわ。あんたがやらないなら私がやる。行かないからって、私はあんたを非難するつもりは全然ないから」

一成の耳にはとてもそうは聞こえなかった。「そんなこと、きみひとりにやらせるわけにはいかないよ」

「ひとりじゃないわ。トンチがいるもの」

「トンチはともかく、きみもあんなところへ行くのは初めてなんだろう。危なすぎるよ」

「止めたって無駄よ。私の心はとっくにカクネ里へ飛んでるの。小遣いはたいて装備は買い揃えたし、準備は万端。ここでやらなきゃ女が廃《すた》るってもんよ」深雪は明日にも出発しかねない勢いだった。「じゃ、朗報を待ってなさいよ」

「待て！」一成は深雪が電話を切ろうとするのを制した。「わかった。わかったよ。おれも行く」

そうせざるを得ないようだと一成も覚悟した。

「いいわよ、無理しないで」

「こうなったら無理してでも行く。きみだけに危険を冒させて、おれだけが安全地帯に身を潜めているわけにはいかない」

「本気ね？」

「本気だ」

「ちゃんと腹を括《くく》ってる？」

「しつこいぞ。信用しろよ。おれに与えられた役目がどんなものかは知らないが、留守番の役まわりだけは願いさげだ」

「決行は今月末。何日間、必要になる？」

「わかった。何日間、必要になる？」

「普通に往復するだけなら日帰りできると思うけど……う〜ん、やっぱり日帰りはきついかなあ。河原で一泊することを考えておいた方がいいわね。天候の問題もあるし、なにがあるかわからないから、私は三日分の食糧計画を立てておくわ」

「じゃあ、必要な装備のリストをメールして……あっ、そうか、きみはメールをやらないんだったな。ファックスしてくれよ。明後日《あさって》バイト代が入るから、まとめて買いに行く」

「ザックはある？」

「登山に使うようなでっかいものはないよ。デイパックならあるけど」

「家《うち》に余っているアタックザックがあるから、宅急便で送ってあげる。そこに装備を詰め込んで背負ってみて、重量に慣れておくといいわ。最初は重くてびっくりすると思うよ。

いっておくけど、沢登りは普通の山登りよりきついわよ。道具ばっかり揃えたって意味ないんだからね。肝心なのは体力と根性。今度こそしっかり走り込んでおくこと。いい？」

「わかったよ」

また深雪のペースに巻き込まれているという気がしないでもなかったが、カクネ里こそが最後の光明だという思いは一成も一緒だった。

さらに三週間近くが経ち、大町行きを三日後に控えたある日のことだった。深夜、一成がアルバイト先から帰ってくると、史子が玄関のあがり框《がまち》で待ち受けていてキッチンの方へ息子を誘った。いつになく機嫌が悪そうだった。いわれるがまま一成が椅子に腰をおろすと、向かい側に座った史子はいきなり「あんたはなにを企《たくら》んでいるの？」と詰問した。

「なんのことだよ？」

史子は一通の封書をキッチンテーブルの上に滑らせた。〈重要書類在中〉の赤いスタンプが押してある。一成が山岳保険の契約を申し込んだ会社からの郵便物だった。証書か約款のようなものが同封されているに違いない。

「これはなに？」と史子は問うた。「念のためにいっておくけど、母さんは中身までは見ていません。あんたの口から正直にいってよ」

一成は事実を告げ、その上で深雪やトンチと一緒にカクネ里へ行こうとしていることを初めて母親に打ち明けた。

「こんな封書がなくても、いずれバレていたわ。これでも母親ですからね、息子のことはちゃんと見ているつもりよ。運動嫌いのあんたが突然ランニングなんかはじめたから、妙な気はしていたの。あんた、山の道具も買い揃えているわね」

「どうして知ってるんだよ？」

「さっき、部屋を覗《のぞ》かせてもらったわ」

一成は気色ばんだ。「ひどいぞ。それは約束違反じゃないか。そういう干渉はしないというルールを作ったのは母さんだぞ」

「そのことは謝るわ。でも、議論をすり替えないでちょうだい。あんたの方こそひどいんじゃない？　母さんに内緒でそんなことを計画していたなんて」

「話したら、母さんが心配するだろう」

「心配するわよ。当然でしょう。あんた、黙って出かけるつもりだったの？」

「出発前日に話そうか、それとも書き置きでも残そうかなとは考えていたけど」

「やめてよ！」と史子は悲鳴のような声をあげた。その声に自分で興奮したのか、あとは涙声になってしまった。

「お父さんにつづいてあんたまで……そんなこと……」

一成は面喰《めんく》らった。史子がそんなふうに取り乱す様を今まで見たことがなかったからだ。自分の想像以上に母の精神は張りつめ、危ういバランスの上にあったのだ。一成はそのことを思い知らされた。「落ち着けよ、母さん。親父とは違うさ。おれはちゃんと行き先を告げている。一緒に行ってくれる人もいる。心配するなって」

史子は子供の〝イヤイヤ〟のように激しく首を横に振った。

「こうして保険にも入った」一成は封書を指差した。「万全を期して出かけるんだ」

「保険がなんだっていうのよ。それだけ危険だってことでしょうが」

「念のためだよ。山に登る人たちはこういうことをするらしいから」

「責任を持てるの？」

「えっ？」

「そのガールフレンドに対して責任を持てるの？　あんたは山なんか素人なんだから、万が一のことがあったら、そのお嬢さんにも申し訳ないわ」

「経験者が同行してくれるんだ。大丈夫だよ」

「事故がつづいたところなんでしょう？　お父さんも消えちゃったかもしれない場所なんでしょう？　そんな怖いところ……」史子の声はまだ震えていた。「母さん、そんなこと絶対許しませんよ」

「母さんらしくないぞ、そういう感情的ないい方は」

「感情的にもなるわよ。お父さんがいなくなって……あんたにもしものことがあったら、私はどうすればいいのよ？」

一成はふうっと溜息をつき、諭すようにいった。「親父が消えてからそろそろ九ヶ月が経つ。その間、母さんとおれの生活はほんものだったといえるかい？　いつか母さん自身がいっていたよな、〈ずっと今の自分を頼りなく感じている〉って。おれもそうだった。

消えたのは親父だけど、自分の生活や時間まで盗まれてしまったような頼りなさをずっと感じていた。でもさ、大町へ行って少し変わったと思うんだ。そりゃ、嫌なことも知ってしまったよ。正直、知らなきゃよかったと思う。それでも、行ったことはやっぱり間違いじゃないよ。おれはようやく血肉を持った親父と出逢《であ》えた気がする。少しは前に踏み出せたという気もする。時間が止まってしまったような、ふわふわしていた頼りない生活に少しは現実感を取り戻せた。母さんはそう思わないかい？」

「……」

「今度のことも〈行くべきだ〉っていう声が聞こえる気がするんだよ」

「そこへ行って答えが出るとは限らないでしょう」

「出ないとも限らない。それに、仮に答えが出なかったとしても、それはそれでひとつの結果じゃないか。結果が出たら、また次に進める。だろう？」

これは深雪の台詞《せりふ》の借用だった。史子はまだ納得しかねている。

「母さんの心配はわかるし、計画を黙っていたのは悪かった。それは謝るよ。だけど、おれは行かせてもらうよ。それがおれに残された最後の宿題だと思うから」

「宿題？」

「なんとなくそんな気がするんだよ」

「それはあんたの勝手な思い込みでしょうが」

「かもしれないけど、大町へ行ってから心の命令に従うことが結局は最善策なんだという認識を新たにしたんだ」

「その隠し小屋だかなんだかの捜索は誰かに委託できないわけ？　たとえば山のプロとか、警察の人とか……」

「警察に頼めるような事案じゃない。そんなのわかりきったことじゃないか。ほかの第三者に下駄を預けるというのも、母さんの信念に反することだと思うよ。それこそおれはその人に対して責任を持てない。どこの誰でもない、このおれの父親のことなんだぞ」

史子は押し黙った。ついさっきまでの取り乱した様子は消えてなくなり、重苦しい表情だけがその顔を覆っている。しかし、それは息子のいい分に耳を傾けている証拠だった。

沈黙の果てに、史子はふと呟《つぶや》くようにいった。

「そこへは母さんも行ける？」

一成は眼を丸くした。よもや母がそんなことをいい出すとは思ってもみなかった。「一緒に行くっていうのかい？　冗談だろう。道があるわけじゃない。川を遡《さかのぼ》るんだぜ」

「そんなことは聞いたわよ」

「第一、母さんは泳げないじゃないか。無理に決まっているだろう」

「川を泳いだりもするわけ？」

「わからないよ。だけど、落ちたら溺《おぼ》れることが確実な人を連れて行くわけにはいかない」

「あの人はあんたのお父さんであるばかりじゃなく、私の夫でもあるのよ。私にもなにかをさせてよ」

史子の最後のあがきのようだった。

「できることがあるじゃないか」と一成は穏やかにいった。

「なによ？」

「おれを行かせてくれることさ。〈一成、なにかを見つけてこい〉といって気持ちよく送り出してくれることさ。母さんがグズグズいって、心配ばっかりしていたら、おれだって後ろ髪を引かれる。そんな精神状態では行きたくない」

「……」

「頼むよ、母さん。了解してくれ」

史子は長いこと俯《うつむ》いていた。やがてゆっくりと顔をあげ、息子の決意をもう一度推し量るように厳しいまなざしを一成にむけた。母子の睨《にら》めっこがしばらくつづいた。先に口を開いたのは史子の方だった。「あんたがそんなに我を通そうとするなんて、初めてのことじゃないかしら。いつまでも子供じゃないってことか……」史子のその呟きは悲しげだった。そして、母親の最後の威厳を示すように彼女は一成を見据え、いった。「無茶は絶対にダメよ」

一成は頷いた。「わかっているさ」

「ちょっとでもアクシデントが起きたら、すかさず引き返してくること。私に提出するスケジュールを厳守すること。警察にも登山届をちゃんと提出すること。携帯電話と無線機を持って行くこと。下山したらなによりも優先して母さんに電話をかけること。深雪ちゃんという子に怪我をさせたり、怖い思いをさせないこと。もちろんあんたも無傷で帰ってくること。それから……」

「わかった、わかった」と一成は笑った。「母さんが出す条件は全部呑む」

史子もようやく笑みを取り戻した。

33

大谷原の広場にRV車が滑り込み、そこから一成、深雪、トンチの三人が降り立った。広場に駐車している車は数台。ほかに人影はない。山脈《やまなみ》はまだ闇に沈んでおり、耳に届くのは川のせせらぎの音だけだった。一成がふと上を仰ぐと、見たこともないような満天の星空が広がっていた。雲の断片《かけら》も月明りの邪魔もない、星々だけの壮大なページェントだ。幾千万の螺鈿《らでん》の輝きにも感嘆の溜息《ためいき》が洩《も》れたが、彼をさらに驚かせたのは、〝願い事〟の価値を暴落させてしまうほど星が次々と流れ落ちていることだった。こんなにも賑《にぎ》やかな夜空を目の当たりにするのは初めての体験だった。

「今さらこんなことをいうのもなんだけど、昔から行くなって言われていたきみがカクネ里へ行ってもいいのかい？」と一成は訊《たず》ねた。

「オババが一緒だから大丈夫」と深雪はいい、胸元に手をやった。「お骨をお守りに入れて持ってきたの。カクネ里に埋めてあげるんだ。だからね、きっとオババが私たちのことを守ってくれる」

「そうか。まだ暗いけど、すぐ出発するのかい？」

「じきに明るくなってくるわ。行きましょう」

一成と深雪はアタックザックを、トンチは背負い子《しょいこ》を背負った。トンチの大事なショルダーバッグもビニールで防水パッキングされてほかの荷物と一緒に括《くく》りつけられている。深雪のザックは明らかに一成のそれより重量がありそうだった。一成の荷物のほとんどは着替えなどの個人装備だが、深雪は食糧などの共同装備も背負っている。

「それ、おれが持って行くよ」

一成は深雪のザックの雨蓋《あまぶた》に挟まれているザイルを指差した。

「平気よ」

「きみがザックを背負っているんだか、ザックに背負われているんだかわからないぜ。こっちが元気なうちにせいぜい格好をつけさせてくれよ。いいから渡せって」

深雪は今度は素直に応じ、ザイルの束を一成のザックの雨蓋に挟んだ。

「こんなものを持って行くってことは、岩登りもするのかい？」

一成はそんなことは聞いていなかったし、できるはずもない。

「念のためよ。山に入る時はロープがあるとなにかと便利だから」

身支度が整い、三人は鹿島川本流筋である大川沢の方角に歩きはじめた。トンチを先頭に、一成、深雪という順番だった。深雪曰《いわ》く、「山登りの初心者は真ん中が定番」なのだそうだ。トンチは灯がなくても一向に平気なようで、一成には真っ暗にしか見えない山道をどんどん進んで行く。もちろん一成と深雪はヘッドランプを点灯していた。この地でも季節はたしかに進行していた。夏の夜気が肌によく馴染《なじ》み、心地好《よ》く肺に送り込まれるのを一成は実感した。樹液やら腐葉土やら渓流の水の香を含んでいるような山独特の匂いが濃厚で、森の中からは得体の知れぬ鳥だか獣だか昆虫だかの啼《な》き声が聞こえ、山の生命感が横溢《おういつ》している。取水堰堤《しゅすいえんてい》までのこの道は深雪と一緒に一度歩いているから一成にも不安はなかったが、いかんせん肩に喰《く》い込むザックの重さには閉口した。深雪にいわれた通り、東京でも暇さえあればザックを背負って重量には慣れたつもりだったが、実際の山道を歩くとなるとまるで勝手が違った。その上、四十メートルのザイルの重量が加わっている。十分と経たないうちに早くも息があがりはじめ、トンチとの距離が開きぎみになった。

「頑張って」後方の深雪がそんな一成の様子を見て取って励ました。「歩きはじめは誰でも苦しいの。車と一緒よ。車もエンジンが暖まって本調子になるまで少し時間がかかるでしょう。でも、そこを乗り切ればあとは楽になるわ。このタイミングの休憩は逆効果。ゆっくりでいいから、歩きつづけて。取水堰堤までは一気に行くわよ」

「ああ」

一成は喘《あえ》ぐように応《こた》え、歯を喰いしばって歩きつづけた。深雪の言葉通りなら、トンチのエンジンはまさに〈F1〉クラスだ。躰は三人の中で一番小さい。背にしている重量はおそらく一番重い。にもかかわらず、なんと軽やかな歩調だろうか。この前、一成はトンチに授けられなかったものを思って同情した。しかし、今は彼に授けられたものを心底から羨《うらや》んでいた。深雪はそれからも「ザックは肩ではなく腰で支えろ」とか「くだりの時は踵《かかと》から地面につけろ」とか「修行僧みたいに黙々と歩かないで、喋《しゃべ》るか唄《うた》うかして新鮮な空気を肺に取り込め」とか「飴玉《あめだま》をしゃぶって糖分を摂取しろ」とか、山歩きのコツをまめまめしく一成にアドバイスした。一成はその言葉に従順に従った。効果のほどは不明だが、少なくともあれこれ意識することで疲労感がいくらかまぎれるような気はした。

次第に空が白々としてきた。眼下の河原が仄白《ほのじろ》く見え、鳥の囀《さえず》りもやかましくなってきた。夜明けはもうすぐのようだった。

「トンチ、どこに行くのよ!?」

深雪がやにわに叫んだ。一成がついつい足許《あしもと》に行きがちになっていた眼線を擡《もた》げると、三十メートル先の笹藪《ささやぶ》の斜面をトンチが猛烈な勢いで駆けあがっていた。

「トンチ！」

トンチは立ち止まってこちらを振り返り、「ミーちん、タヌ公がいたぞ！」と重大事のように報告した。

「今はタヌキどころじゃないの。まっすぐ取水堰堤に向かって」と深雪は叱った。

トンチは斜面を駆け降りてくるやいなや、ほとんど駆け出さんばかりの勢いで道を進みはじめた。

「トンチ、もっとペースを落として！」と深雪はまた叫んだ。「ゆっくりよ。ゆっくりお願いね、トンチ」

　我らがリーダーはほんとうに山歩きが愉《たの》しくて仕方がないようだ——一成と深雪は束の間、この登山の本来の目的も疲労も忘れてトンチの剽軽《ひょうきん》ぶりを笑った。

　吊り橋を渡って取水堰堤を迂回《うかい》し、三人は過日の出水の影響をうかがわせる荒れ果てた河原に立った。堰堤に塞《せ》き止められた土砂と流木が堆《うずたか》く重なり合っている。こんなものを造作もなく運んできた水のエネルギーの膨大さに一成は驚嘆した。三人は休憩がてら沢登り仕様の身支度に取りかかった。といっても、トンチにはほとんど変化はなく、地下足袋《たび》に草鞋《わらじ》を括りつけただけだ。背負い子には予備の草鞋が三足ある。一成と深雪は※ネオプレーンのソックスを履き、靴をフェルト底の※ウェーディングシューズに取り換え、脛《すね》にはやはりネオプレーンのスパッツを巻いて足許を固めた。さらに※レッグループ・ハーネスを装着し、※カラビナやスリングなどを※ギアループに取りつけた。ふたりともヘルメットをかぶったが、トンチはヘルメットが嫌いだそうで、ヤンキース・キャップのままだった。準備は整ったものの、夜は完全には明けきっていなかった。山道はどうにか歩けても、渓筋《たにすじ》を進むのはいかにも危険だった。もう少し明るくなるまで待機することにし、その時間を三人は栄養補給のために使った。なにしろ出発時間が早すぎて皆がろくなものを口にしていなかったので、深雪が用意してきたおにぎりやバナナを頬張った。食べながら深雪は地形図を取り出して現在地やビバーク候補地などを一成に説明した。地図上ではほんの十数センチ先にカクネ里はある。〈カクネ里〉のその文字が筆圧の強い赤丸で囲まれていた。それがすなわち深雪の決意表明ということらしかった。

黎明《れいめい》の時間帯がすぎ、ようやく朝らしい明るさが訪れた頃合に、深雪が「さあ、出発しましょうか」と腰をあげた。一成とトンチも立ちあがった。それでもまだ行く手は薄暗かった。渓筋に直射日光が射し込むのは数時間先のことと思われた。

「ここからが本番よ。気張って行こうね」ザックを背負い直しながら深雪がいった。「私も初体験だからドキドキするなあ」

深雪のドキドキは〝ワクワク〟と同義語のようだったが、一成は文字通りの心境だった。取水されてしまった下流域とは比較にならない水の多さ、速さ、重さを、一成は最初の徒渉で嫌というほど思い知らされた。トップを行くトンチは比較的流れの緩やかな浅瀬をルートに選んでくれたはずなのに、また一成の眼にも易々と渡れそうな流れに映ったのに、実際に川に入って受ける水勢《すいせい》の強さは想像以上のものだった。ちょっとでも気を抜けば簡単に押し流されてしまう。一成は緊張で顔が強張《こわば》った。そして、水のもうひとつの脅威はその冷たさだった。保温効果のあるソックスとスパッツを装着しているにもかかわらず、水面下に沈んだ膝《しっ》下は血流が停止したように痺《しび》れ、岸にあがってからも感覚が戻ってこなかった。この水温には深雪も驚いたようで、「真冬の水みたいじゃん」と悲鳴をあげた。

そして、再びの徒渉。今度は腰のあたりまで水深のある荒瀬だったが、トンチは難なく渡りきった。流れと向き合い、水勢にうまく躰を預けてバランス保持に利用し、横歩きの摺《す》り足で川底を探って足場を確保しながら慎重に渡る——川と相撲を取りつつ、なおかつ喧《けん》嘩《か》はしないという徒渉術だった。慎重だが、徒《いたずら》に時間をかけるわけではない。ここ一番は力にものをいわせて突破する思いきりのよさもトンチにはあった。一成も真似ようとしたが、どうしても水勢に負けてしまい、最初の一歩の足場さえなかなか固められなかった。腿《もも》のあたりまで水に浸《つ》かると、水の圧力は劇的に増す。無理に進もうとすればバランスを崩して転倒するのは確実だ。流される自分の姿が頭を掠《かす》めると、もうダメだった。躰中の筋肉や細胞が萎縮《いしゅく》し、水に入る勇気さえも萎《しぼ》んでしまった。そこは深雪の提案で、ふたりして手を繋《つな》いでスクラム徒渉を試み、どうにか対岸に辿《たど》り着くことができた。そこから河原歩きがつづくかと思いきや、進路を大岩に阻まれてまた徒渉。岸にあがった一成が今度こそ水に入らないで直進できると安堵《あんど》したところに大淵《おおぶち》が出現し、そこを避けるためにまたまた徒渉……その繰り返し、果てしないジグザグ運動の連鎖だった。水飛沫《みずしぶき》を浴びた一成は胸から下がびしょ濡《ぬ》れになっていた。さらに、手強《てごわ》い相手は水だけではなかった。浮き石の多い河原がまた曲者《くせもの》で、一成は何度も足を取られて転びそうになった。水勢と水温と浮き石……これらとの格闘で、一成の右足には早くも痙攣《けいれん》の予兆がきていた。

「ずっとこんな調子なのかな？」と一成が深雪を振り返った。

「らしいわね」深雪も息を弾ませている。「ちょっと休ませてもらおうか」

「そう願いたいね」

深雪は先を行くトンチを呼び止め、休憩を告げた。一成は岩に腰かけて右足をマッサージし、深雪に教えられたように飴玉とチョコレートで糖分補給を試みた。休憩にはしかし、意外な落とし穴があった。躰がひどく冷えるのだ。深雪も紫色に変色した唇を震わせている。期せずしてふたりが同時に空を仰ぎ見た。太陽が恋しかった。灼《や》けつくような、凶暴なくらいの夏の光が。しかし、渓は太陽の祝福を最後に受ける場所だ。当分、それを望むことはできないようだった。

「寒いわ。歩いた方がマシみたいね」と深雪が震える声でいった。

「そうだな。行こうか」

五分と休まずに三人はまた歩き出した。淵尻《ふちじり》の浅瀬を渡り、一枚岩《スラブ》に取りついて攀登《よじのぼ》った。一枚岩の先にはミニ廊下帯《ゴルジュ》といった様相の薄暗い区間があった。流れは狭まり、そのぶん流速はさらに増している。三人が立っている左岸側には辛うじてヘツリ※（トラバース）のルートが取れそうな岩場が延びていたが、てかてか光る濡れた岩肌はいかにも滑りそうだった。足を踏みはずして流れに落ちれば、一気に下流の大淵に引き込まれる。トンチは迷わず岩場を進んだ。水線ぎりぎりの岩の縁にできたわずかな凹凸を瞬時に見定めてそこに足をかけ、曲芸師の綱渡りよろしくすいすいとその難所を突破した。一成と深雪はさすがに〝すいすい〟というわけにはいかず、落下の恐怖に苛《さいな》まれながらトンチの五倍の時間をかけてどうにか安全地帯に辿り着いた。だが、一難去ってまた一難、すぐにまた激流にルートを閉ざされてしまった。一成はげんなりした。どう見ても徒渉できるような流速ではない。かといって、冷や汗をかかされた岩場のルートを引き返すことも御免蒙《こうむ》りたかった。にっちもさっちも行かなくなった。トンチがどんな判断をくだすのかと思ったら、彼はまったく躊躇《ちゅうちょ》なく跳躍した。流心を一気に越えて対岸に近い浅瀬まで跳んだのだ。一成と深雪は呆気に取られた。とても自分たちにできる芸当ではなかった。トンチは涼しい顔で岸にあがり、一成たちにも同じことをしろといわんばかりに笑顔を送ってきた。たしかに（空身ならまだしも）と思わせる距離ではあった。しかし、アタックザックを背負《しょ》ったままでは絶対に無理だ。

「私たちにはできないわ。トンチ、スリングで確保して」

ザイルを繰り出すほどの距離ではなかったから、深雪は複数のスリングを繋げて五メートルほどの長さにし、一方の末端を投げ縄の要領で対岸のトンチに渡した。もう一方の末端を一成のハーネスのカラビナにかけた深雪は、「まずあんたから行って。トンチが引っ張ってくれるから大丈夫よ」といった。その通り、一成は度胸を決めて流れに飛び込んだだけで、あとはなにもせずともトンチが対岸に引き寄せてくれた。同じ要領で深雪も無事に突破した。いや、無事とはいえなかった。ふたりとも完全に水に没し、今度こそ頭のてっぺんまでびしょ濡れになっていた。だが、それでかえってふたりは吹っ切れた。濡れ鼠《ねずみ》になったおたがいを見て一成と深雪は大声で笑い合った。トンチだけが「あ〜あ、ビチョビチョだ。跳べばいいのに」と哀れむようにいった。

「トンチもビチョビチョになれ！」

深雪が掌《てのひら》で掬《すく》った川の水をトンチにかけた。トンチが悲鳴をあげた。深雪はふざけて水攻撃をつづけ、トンチはたまらず上流に逃げた。その様子に、一成はまた笑い声をあげた。

「こうなったらもう怖いものはないわ」と深雪が笑顔でいった。「矢でも鉄砲でも持ってこいっていうのよ」

一成はヘルメットを脱いで滴を払い落とした。「それにしても、トンチはすごい。スーパーマンだよ」

「スーパーすぎるところが玉に瑕《きず》ね。私たちのレベルで判断してくれないから。なによあのジャンプは？　あんなことトンチとオリンピック選手くらいしかできないじゃない」

「トンチがいなかったら、立ち往生するところだったぜ」

「ほんと、手強い川だわ。これじゃあ中学生なんか簡単に流されちゃうわけね。でも、あんたのお祖父さんとお父さんはこの川を遡《さかのぼ》ったのよ」

そうだった。一成は驚きを新たにするとともに、沢登りの興奮から醒《さ》めてつと物思いに耽《ふけ》った。子供だった父はこの激流をいったいどうやって遡ったのか。どんな思いを小さな胸に秘めていたのか。そして、中年になった父はほんとうにこの川を再訪したのか……。

上流からトンチが「早くこい」とふたりを呼んでいる。

「先は長いわ。行きましょうか」

深雪に促され、一成はヘルメットをかぶり直して上流に歩を進めた。それからもトンチの救けを借りながらの厳しい遡行《そこう》がしばらくつづいたが、マガリ沢の合流地点あたりから川は平瀬の様相を呈し、穏やかな貌《かお》を見せはじめた。水深も水勢も大したことはないので徒渉はずっと楽になり、濡れずに歩ける広い河原や高台が出現したため、距離を稼ぐこともできた。ちょうどその頃から一成と深雪が待ちわびていた陽射しが降り注ぐようになり、気温も急激に上昇した。過酷な遡行が一転、気軽なハイキングのようになった。一成にもようやく周囲を見わたせる余裕が出てきた。ミズナラ、サワグルミ、ブナなどで構成される渓流端の木立ちはこの世のものではないような美しさだった。それら瑞々《みずみず》しい緑を映しているせいだろう、流れる川も碧々《あおあお》としている。碧い水の廻廊《かいろう》が延々と一成の視界の果てにつづいているのだった。生乾きの衣服を今度は汗が濡らしはじめていた。現金なもので、一成は水が恋しくなった。

深雪の異変に気づいたのは、一成が「この調子なら案外早くカクネ里に着くんじゃないか」と言葉をかけようとした時だった。すぐ後ろにいるとばかり思っていた深雪がかなり遅れている。五十メートルほども離れたところを彼女は重い足取りでこちらに向かってきていた。一成はトンチを呼び止め、その場で深雪を待った。追いついた深雪は明らかに苦《く》悶《もん》の表情を浮かべていた。

「最初にいっておくけど、強がりをいうなよ」と一成は機先を制した。「どこを痛めた？」

深雪は一瞬、怒ったような表情を見せたが、すぐに白状した。「右足の太股《ふともも》とふくらはぎに痙攣。左足はさっき浮き石を踏んで捻《ひね》っちゃった」

一成は深雪を座らせた。トンチが駆け寄ってきて、心配げに覗《のぞ》き込んだ。深雪は泣き笑いのような顔で「ドジっちゃった」とトンチに向かって舌を出した。

「きみの悪い癖だぞ。やせ我慢なんかしないで、こんなことは正直にいえばいいんだ。両足に爆弾を抱えたまま歩きつづけるつもりだったのか」

　一成は深雪の両足のウェーディングシューズを脱がし、スパッツもソックスも剝《は》がした。深雪が痛がったのは右足の痙攣の方だった。「そっちは、そっとしておいて。じきに治るから」と彼女は顔をしかめた。左足首は少し腫《は》れていた。

「捻挫《ねんざ》みたいだな」

「そっちも大丈夫だって。ちょっと休ませてもらえば、すぐ歩けるようになるわ」

　1《ワン》ペナルティだな――一成は母との約束を早くも破ってしまったと思った。怪我をするとすれば、山歩きの達者な深雪よりも素人の自分だと思っていたのに……。一成は持参した救急セットをアタックザックから取り出し、コールドスプレーで深雪の足首を冷やし、三角巾《さんかくきん》でぐるぐる巻きにして固めた。深雪が「大袈裟《おおげさ》ねえ」と苦笑した。

「あのな、捻挫は馬鹿にできないんだぞ。高校時代の友達が体育の授業で捻挫して、そのまま抛《ほう》っておいたら足がパンパンに腫れあがって靴が脱げなくなっちゃったんだ」

「ウソ？」

「ほんとうだよ。結局、靴にハサミを入れて引き裂くことになったんだから。それが原因でそいつは関節も少し不自由になった。今日はもう動かない方がいいよ」

「冗談でしょう。まだ半分もきてないのよ。ほとぼりが冷めたら出発するわよ」

「それこそ冗談じゃないぜ」

「ちょっと地図を見せてくれ」一成は深雪から地形図を受け取り、しばらく思案した後にいった。「あと五百メートルくらいでビバーク候補地に着く。なんとかそこまで行ってベースキャンプを張ろう」

「あんたね、まだお昼にもなってないのよ。そんなところで油を売ってたら時間がもったいないでしょうが」

「ベースを張って、きみはそこに残る。トンチとおれとふたりでカクネ里へ行ってくる」

「ふざけないで。私は行くわよ」

「考えてみれば、三人が雁首《がんくび》揃えて行く必要はないじゃないか。オババのお骨は息子のトンチに託せばいい」

「うるさい。行くったら行くの！」

「子供みたいにダダをこねるなよ」一成はトンチに顔を向け、地図を示した。「トンチ、隠し小屋はどのあたりにあるんだい？」

深雪が代わって応《こた》えた。「トンチはね、読図はできないの」

「そうか……。まあ、いいや。とにかくそういうことにしよう」

「ちょっと、話を勝手に切りあげないでよ」

「トンチはどう思う？　怪我人を引率したいかい？」

トンチはへらへらと笑うばかりだ。

「平気だってば」

「トンチ、この人のいうことを聞かないで！」と深雪が怒鳴った。「あんたと私が一緒にオババのお骨を持って行くんだからね。じゃなきゃ意味がないんだからね。こんな東京モンに偉そうに仕切らせちゃダメよ。足だって、ほら、もう大丈夫なんだから……」

右足を宙に蹴《け》りあげた深雪はまた痙攣《けいれん》に襲われたようで、顔を歪《ゆが》めた。

「馬鹿だな。無理するなよ」

深雪は悔しさを顔に滲《にじ》ませた。「ちくしょう。あんたより先にへバるなんて……」

一成は笑った。「ははん、そういうことか。ど素人のおれに醜態を見せちまったと思っているわけだ。そんなつまらないプライドは捨てることだな。この川に関してはきみだってビギナーなんだから」

深雪はほとんど憎しみをぶつけるように一成を睨《にら》みつけた。

「……はダメだな」とだしぬけにトンチがいった。

「なに？　なにがダメなの？」

トンチは鼻を突き出して匂いを嗅《か》ぐような仕草をし、「今日はダメだ。雨が降ってくる」

といった。

一成と深雪はぽかんと顔を見合わせた。

「こんなに天気がいいのに、雨が降るのかい？」

「降るぞ。もうすぐ降るぞ。じゃんじゃん降るぞ」

トンチは唄《うた》うように繰り返した。

34

一行は三十分で広河原《ひろがわら》へ移動し、三十分でビバークの準備を整えた。その間、北西の空に湧き出した黒い雲が見る見る間に夏の青空を浸食してゆき、それまで進行方向にずっと見えていた遠見尾根の主稜《りょう》を覆い隠し、露営地の上空にも迫ってきた。さらに三十分後、噎《む》せ返るような暑さと湿気が一時《いっとき》山間に立ち込めたかと思うと、ついに大粒の雨が降り出した。河原で薪《たきぎ》用の流木を拾い集めていた一成は、工事用ブルーシートを小屋掛けにしただけの簡易な泊まり場に駆け戻った。そこでは一成が何度も往復して運び込んだ流木を深雪が鉈《なた》で適当な大きさに切っていた。トンチは釣りに出かけていた。

「こんなもので足りるかな?」と一成が訊《たず》ねた。

深雪は薪割り作業でかいた額の汗を袖《そで》で拭《ぬぐ》い、「OK《オーケー》よ。ご苦労様」と笑顔で一成を労った。「熾火《おきび》さえしっかり作っちゃえば、あとは濡《ぬ》れた薪でも燃えるから。足りなくなったらまた拾いに行けばいいわ」

最初ぽつりぽつりときた雨は瞬く間に本降りとなり、ブルーシートを叩《たた》く雨音が次第に激しくなってきた。まだ昼すぎだというのに、周辺は夕暮れのような薄暗さだ。

「ほんとうに降ってきたな。さっきまであんなにピーカンだったのに」一成は雨に煙る河原の風景を眺め遣《や》り、狐に化かされたような顔つきでいった。「まったくトンチには驚かされっ放しだよ。おれ、出がけに山岳地帯の気象情報を確認してきたけど、雨の〃あ〃の字もいってなかったんだぜ」

流木や枯れ枝が雨に濡れないうちに拾い集めた方がいいといったのも、増水に備えて泊まり場を少し高台に設営した方がいいとアドバイスしたのもトンチだった。

「昔からこういうことはよくあったのよ」深雪が薪割りの手を休めていった。「トンチは〈雨の匂いがする〉っていうんだけど、今もって私にはどういうことかわからないわ」

「こんな天気で、トンチは釣りなんかしていて大丈夫かい?」

「かえって喜んでるんじゃないかな。雨の日は魚がよく釣れるから」

「でも、川が増水してきたら危ないだろう。それが怖くて、おれたちもこうしてビバークすることになったんだから」

「その点は全然心配してないの。トンチは山では絶対に事故を起こさないもの。この雨のこともそうだけど、私たちにはない特別なセンサーを持ってるのよ」

「ますますスーパーマンだな」

「見ててごらんなさい。そのうちご機嫌で戻ってきて、きっとこういうわ。〈ミーちん、こんなに釣っちゃった〉」と深雪はトンチの口調と表情を真似た。

「そっくりだ」と一成は笑いこけた。

「それにしても、すごい雨ね」

「夕立にしてはやけに早すぎるし、やっぱり娘心と山の天気はわからないってことか」

「あんたが意地悪するからよ」

「意地悪？」

「私をおいてけぼりにしようとしたじゃない。ちゃんと神様は見てるってことよ。私にとっては恵みの雨だわ」

「なにが恵みの雨だ。妙ないいがかりはよしてくれ」

「もしかしたら神様は怒ってるのかも。よそ者のあんたがカクネ里に近づいたから」

「よくいうよ。その〝よそ者〟を呼びつけたのはどこの誰だ？」一成はアルミマットにごろんと横になり、地形図を手にした。「しかし、ここで足止めを喰《く》うとは惜しいなあ。あと二キロもないじゃないか」彼は対岸にそそり立つ山稜《さんりょう》を仰ぎ見た。「ちょうどこの山の向こう側に位置しているんだな、カクネ里は」

その山稜の垂壁にはさっきまではなかった細い滝が出現し、対岸の河原に直接水を落としていた。普段は涸《か》れているルンゼに雨水が流れ込んでいるのだ。糸を引いたように見えるその滝の落下地点のすぐ脇には一辺が三十メートルはあろうかという雪渓が横たわっている。砂埃《すなぼこり》や枯れ葉などにまみれて一見、巨大な岩のように見えるが、それはまぎれもなく雪と氷の塊だった。真夏にこんなものを見ることになろうとは……。一成はつくづくとんでもないところにきてしまったと思った。

「たぶんこの先が核心部ね」と深雪はいった。「地図を見ると、上流はまた両岸が狭まってくるでしょ。ということは、渓相は廊下状になって険しくなるだろうし、標高もあがるからスノーブリッジが出現するかもしれない。これからもっと大変になるわよ、きっと」

「うん」

「でも、今日のあんたはほんとによく頑張ったわ。私自身がこんなザマになったからいうわけじゃないけど、ここは結構難易度の高い川だと思う。滝の直登《ちょくとう》とか、泳ぎとか、大高《おおたか》巻《ま》きとか……そういうわかりやすい危険はない代わりに、徒渉、徒渉の連続で、水の冷たさと重さがボディブローみたいにじわじわ効いてくる。正直いって、私はしんどかった。あんたが案外平気そうな顔をしてるから、ちょっとびっくりしちゃった」

「平気なわけないだろう。ビビって表情が固まっていただけさ」

「いつあんたの口から泣き言が出るかと思ってたのに……。ほんと自分が恥《は》ずかしいわ」

「気にするなって」

「ずっと後ろから見てたけど、あんたはなんだか逞《たくま》しくなったみたいね」

「そうかい？」と一成は照れた。「だとしたら、きみのアドバイスとトンチのおかげだよ」

「それは違うと思うな」

「えっ？」

「あんたは怒るかもしれないけど、やっぱり血筋なんじゃない？　なんてったって、黒部を極めたお祖父さんと、子供時代のある時期を山で生き抜いたお父さん、そのふたりの血を受け継いでるんだから。あんたは自分で思ってる以上に強い男なのよ、きっと」

深雪の言葉にどう反応してよいかわからず、一成は吐息のような笑いを返した。だが、自分がカクネ里に赴けば、親子三代でこの川を遡《さかのぼ》ったことになるという事実にあらためて思い至り、なぜとなく使命感のようなものが身の裡《うち》に滾《たぎ》るのを感じた。

小一時間ほどしてトンチが戻り、それからの三人はなにをするでもなく泊まり場で寝転がってすごした。ほんとうになにもしなかった。眠ることさえも。三人はじっと雨音に耳を傾け、ぽつねんと雨の風景を眺め、それぞれの思いに耽《ふけ》りながらただひたすら雨が降り熄《や》むのを待った。それは怠惰の極みともいえる時間だった。深雪にいわせれば、それもまた山生活の極意であり、〈なにもしない〉〈なにもできない〉ということに焦ったり苛立《いらだ》ったりするのは下界の論理をまだ引きずっている証拠なのだそうだ。

雨は午後四時すぎにあがった。崩れかけた雨雲の隙間から陽の光芒《こうぼう》が延びて山脈を照らしたが、山陰の河原は早くも翳《かげ》りはじめた。増水し、白濁した川が轟音《ごうおん》を発《た》てている。今日のうちに平水状態に戻ることは望めそうになかった。三人はブルーシートの下から這《は》い出て、久しぶりに河原に立って空を仰ぎ見た。屈伸運動をしたり、河原を歩いたり、三人三様のやり方で躰《からだ》をほぐしていると、トンチが目敏《めざと》く対岸の茂みの中にいるカモシカを見つけた。黒褐色のその獣は、こんなところでなにをしているんだとばかりに人間たちを眺めていた。ちっとも逃げようとしないカモシカとの睨《にら》めっこには人間の方が先に厭《あ》いてしまい、三人は河原で焚火《たきび》を熾《おこ》し、食事の準備に取りかかった。一成は深雪に手順を教えてもらいながら生まれて初めて飯盒《はんごう》で米を炊いた。トンチは釣ってきた獲物を塩焼きと刺身とフライとイワナ汁に見事に変貌《へんぼう》させた。さらに深雪が泊まり場の近くで採取したギョウジャニンニクが絶品の酢味噌《すみそ》あえに化け、そこに〈鹿島荘〉自家製の蕗味噌《ふきみそ》が加わると、もう立派な夕餉《ゆうげ》のできあがりだった。急な露営準備と降雨のせいで昼も簡単な行動食で済ませていたので、三人とも腹ぺこだった。そのせいもあるかもしれないが、一成はこの素朴な野営料理に舌鼓を打ち、大いに喰った。調子に乗ってトンチがこしらえたイワナの骨酒まで口にした。すっかり酔いしれ、夕闇が訪れる頃には泊まり場のシュラフカバーに潜り込んで寝息を立てていた。

——最初に聞こえたのは赤ん坊の泣き声だった。それとも小さな獣の啼《な》き声か。よくわからない。それから赤い色を感じ、絶望的な熱さを感じた。次の瞬間、我が身が紅蓮《ぐれん》の炎に取り囲まれていることに初めて気づいた。なんということだ、早く逃げなくては！　ところが、どういうわけか躰が動かない。もがこうとするのだが、四肢はまるで他人のもののようにいうことを聞いてくれなかった。極度のパニックに陥り、悲鳴をあげた。と、突然頭上で凄《すさ》まじい爆発音が炸裂《さくれつ》し、少し間を置いて今度はゴロゴロという雷鳴のようなものが耳朶《じだ》を打った。いや、違う。あれは雷鳴ではない。地響きだ。岩が崩れているのだ。やがて砂礫《されき》が雨のように降り注ぎはじめた。いけない！　このままでは土砂崩れの下敷きになってしまう。焦りが募るばかりで、やはり躰は動いてくれなかった。混乱と絶望の果てに死を覚悟した。運命を受け入れ、きつく眼を閉じた。しかし、いつまで経ってもなぜか死は訪れなかった。その代わり、死を凌駕《りょうが》するような息苦しさに襲われた。苦しい。苦しい。こんな苦しみを味わうくらいならいっそ死なせてくれ！　一方で、これは夢なのだと自分にいい聞かせてもいた。それにしてもこの息苦しさは……。

一成は眼を開けた。息苦しさはなおもつづいていたが、それも当然のことだった。誰かにのしかかられ、首を締められていたのだから。しかし、泊まり場は暗い。焚火の灯もここまでは届かない。馬乗りになっている者の正体が一成にはわからなかった。気が遠くなり、また夢に逆戻りしそうになった。一成は渾身《こんしん》の力を振り絞り、相手の腕を摑《つか》んで首からはずそうとしたが、まったくびくともしなかった。

「なにやってんのよ!」

横で眠っていた深雪が眼を醒《さ》まし、傍らにあったヘッドランプのスイッチを入れた。泊まり場がパッと明るくなった。一成は朦朧《もうろう》とする意識の中でようやく認識した。自分の首に手をかけているのがトンチであることを。深雪がトンチを一成の躰から引き剝《は》がそうとした。しかし、トンチはやはりびくともしない。いや、そうではなく、深雪の方が反射的に手を引っ込めていた。トンチの躰に触れた途端、灼熱《しゃくねつ》に身を焼かれるような感覚に襲われ、仰天してしまったのだ。トンチは一成の顔に嚙《か》みつかんばかりに自分の顔を近づけ、「早く帰れ」と凄《すご》んだ。明らかにトンチの声ではなかったが、一成の聴覚はもうそのことを判別できなかった。トンチが吐き出した酒臭さも一成の嗅覚《きゅうかく》は感じ取ることができなかった。ほとんど快楽にも似た死の淵《ふち》への墜落感だけを味わっていた。深雪が奇声を発し、思いきりトンチに体当たりした。さすがのトンチも横ざまにふっ飛んだ。その拍子にブルーシートを引っ張って支えているロープがはずれ、小屋掛けが崩れた。一成は解放されてからもしばらく息ができず、潰《つぶ》れた泊まり場の下で転がって苦悶《くもん》した。何度も咳《せ》き込んだ。咳き込むごとに眼尻《めじり》を涙が濡《ぬ》らした。喉仏《のどぼとけ》のあたりには激痛が残っている。

泊まり場の外では深雪が素早く拾いあげた流木を上段に構えて、起きあがったトンチと対峙《たいじ》していた。

「また現れたわね」と深雪はいった。「あなたは翠さんね」

トンチは無表情に深雪を見返した。

「翠さんなんでしょう？」

トンチは応《こた》えなかった。

「お願い、トンチを苦しめないで！」深雪はそうすれば相手の心に届くとばかりに大声を出した。「あなたを愛してるトンチに、こんなひどいことをさせないで」

「……」

深雪は半歩ばかりトンチに近づき、今度は宥《なだ》めるような声を出した。「翠さん、あなたはなにを苦しんでるの？　いったい私たちになにを望んでるの？」

「……帰れ」

トンチは……いや、トンチに憑依《ひょうい》したものはいった。

「私たちは帰らないわ」深雪は毅然《きぜん》といい放ち、胸元からお守りを取り出してトンチの方にかざした。「オババが……あなたのお母さんが亡くなったことは知ってる？　ここにお骨を持ってきたわ。お母さんもたぶんそれを望んでいたから、私たちがカクネ里に埋めてあげるつもりよ。それでも私たちを行かせてくれない？」

トンチの表情が初めて動いた――ように深雪には見えた。それはうるさい蠅や蚊の翅音《はおと》に苛《いら》つくような、あるいは躰のどこかに小さな痛痒《つうよう》を感じたような微《かす》かな顔の歪《ゆが》みにすぎなかったが、深雪は自分の声が相手に伝わったことを確信した。すると、トンチはまるで獣の遠吠《とおぼ》えのように虚空に向けて絶叫した。もはや女でも男でもない、地獄の責め苦を味わっている亡者のようなおぞましい声が渓間《たにま》に谺《こだま》し、夜気を震わせた。深雪もその声に怖《おぞ》気《け》立ち、思わず腰を引いた。一方の一成はといえば、なんとか息を整えて立ちあがり、深雪を庇《かば》うべくふたりの方へ駆け寄ろうとしたが、先日の経験から素手ではとてもトンチに太刀打ちできまいと思い、手探りで武器になるものを探していた。深雪が薪割《まき》りに使用していた鉈《なた》があった。だが、祖父が犯した罪を思い出し、一度手にしたその刃物を忌まわしいもののように擲《ほう》った。ふとひらめくものがあって一成は河原の焚火に向かって走った。その動きが気に喰《く》わないとでもいうようにトンチは悪鬼の形相でそちらに視線を走らせ、脱兎《だっと》の勢いで一成を追った。一成は火床で熾《おき》になっていた太い薪を拾いあげ、二度三度と素振りして炎を復活させた。そして、その炎をトンチに向かって突き出した。トンチは怯《ひる》んでたたらを踏んだ。だが、またひと声人間離れした咆哮《ほうこう》を放つと、今までになく怒気を湛《たた》えた表情で一成に躍りかかった。一成は反射的に薪でトンチの肩口を殴りつけた。トンチがガクッと片膝《かたひざ》を落とした。一成はすかさず反対側の肩口に薪を振り降ろした。トンチの襟足の髪が焼け焦げる音がし、死臭めいたものが漂った。トンチは白眼を剝《む》き、身を反って悲鳴をあげた。そして、そのまま昏倒《こんとう》した……。

深雪が一成の背後から近寄り、彼の肩越しにおずおずとトンチの様子をうかがった。至近距離のふたりの忙《せわ》しい呼吸音がひとつに重なった。

「この前と同じかな？」深雪が消え入りそうな声でいった。「意識が戻ると、普通のトンチに戻ってるのかな？」

一成にはわかるはずもなかった。

「なぜ火を突きつけたの？」

「それが自分でもよくわからないんだ。ただ、トンチが火を恐れている気がしたんだよ。いや、違うな。おれ自身が火を恐れていたというか……」一成は自分の言葉足らずがもどかしくて呻《うめ》いた。「うまく説明できないけど、トンチに首を締められている時、どういうわけか真っ赤な炎を感じていたんだ。それがすごく怖くてさ。妙な話だけど、それはおれ自身の恐怖じゃなくて、トンチの……いや、トンチに憑依しているものの恐怖のように感じたんだよ」

「あんたも火を感じたの？」

「じゃあ、きみもか」

深雪は頷いた。「あんたにのしかかっているトンチの躰に触れた時、炎の熱さを感じたの。ううん、実はそれが初めてじゃないのよ。以前にも同じようなことがあったわ」

トンチが呻き声をあげて眼醒めた。一成と深雪はさっと後退《あとずさ》った。トンチは上半身を起こすと、夕方に出逢ったカモシカのようにきょとんとした表情で一成と深雪を見つめた。それから顔をしかめて小さく唸《うな》り、握《にぎ》り拳《こぶし》でぽんぽんと自分の両肩を交互に叩いた。肩凝りでもほぐすような仕草だった。

「へへへ、酔っ払って寝ちゃった」トンチはまったく憎めない笑顔を振り撒《ま》き、弁解するようにいった。「またミーちゃんに叱られる」

35

翌朝七時に三人は露営地を出発した。泊まり場はそのままベースとして残し、余分な荷物もそこに置いて行くことにした。身軽になったことで各々の行動力は格段に増した。深雪は足首にテーピングこそ施していたが、腫《は》れも痛みもだいぶ引いたようで、特に問題はなさそうだった。広河原の単調な平瀬はすぐに尽き、再び落差と水勢のある典型的な山岳渓流に変貌したが、天気は良好で、川の水量も平水近くまで恢復《かいふく》しており、快調な遡行《そこう》がつづいた。トップを行くトンチにもなんら異変は見られなかった。どうかすると自分を殺しかねなかった男が、今日はまた水先案内人として自分の前を歩いている。一成はその皮肉を笑いこそすれ、それほど深刻には受け止めていなかった。いや、受け止めまいと努力していた。トンチに首を締められたわけではない。それをしたのは彼に憑依したもの——おそらくは武居翠だ。カクネ里に辿《たど》り着き、オニマサの隠し小屋を見つけることができれば、翠を苦しめている元凶も取り除いてやれるのではないか。一成はそんな予感がしていた。そして、今はただカクネ里に近づいているという昂揚《こうよう》感に身を委ねることにした。昨日の遡行は一成に多少の筋肉痛を与えはしたが、確実に彼のスキルを高めてもいた。徒渉術をはじめとする沢登りのコツが多少なりともわかってきたし、前を行くトンチの行動を観察し、その行動の裏づけを吟味するうちに自然とルートファインディングの能力も身についてきた。一成は今、川を遡《さかのぼ》ることが愉《たの》しかった。彼のそんな思いが伝播《でんぱ》したように一行の遡行ペースは早まった。ラストの深雪が地形図を確認して「カクネ里の入口まであと五百メートル！」と叫んだ時には、もう着いたも同然だと一成はほくそ笑んだ。

だが、現実はそう甘くはなかった。川が右に屈曲している箇所にスノーブリッジの末端が出現した。深雪が予見した通りだった。それまで左岸側にルートを取っていたトンチは川を渡って対岸に移ると、かなり高度感のある草付きの斜面へと一成たちを導いた。そこからはスノーブリッジの全体像を見おろすことができた。大量の雪がV字渓を埋め尽くし、川の水はその下にできたトンネル状の空間を流れくだっている。上流に向かってそそり立つように傾斜を強めているスノーブリッジに視界は遮られ、その先の様子をうかがい知ることはできなかった。めずらしくトンチが立ち往生し、渋い表情を浮かべた。

「どうしたの？」と深雪が訊《たず》ねた。

「道がなくなってらぁ」とトンチは応えた。

トンチがいう道とは〝高巻きルート〟という意味のようだった。おそらく眼下のスノーブリッジを生成した大雪崩が山肌をも抉《えぐ》ってしまったのだろう、進行方向の斜面は土砂が無残に露出していて草木は一本も生えていなかった。斜度はきつく、手足のホールドとなる草木も皆無とあっては、とてもトラバースはできそうにない。

「川に戻って、スノーブリッジの下をくぐったら？」と深雪は提案した。

トンチは首を横に振った。

「どうして？　崩落が心配なの？　安定してるように見えるよ」

トンチはむっつりと黙り込んでいる。

「まだ気温が低いし、今のうちならきっと大丈夫だよ。それとも、昨日雨が降ったから心配してるの？」

トンチはしばらく思案顔を晒《さら》していたが、ふいに「あっちだ」といって斜面を滑るように駆けくだった。

「ちょっと、どうするのよ？」

一成と深雪はわけがわからぬままトンチのあとを追った。川筋に降り立ち、三人は高さ四メートルほどもあるスノーブリッジに近づいた。水流に穿《うが》たれ、季節とともに自らも溶解してその大きさを広げてきたトンネルが魔界への入口のようにぽっかりと口を開けている。三人はその中を覗《のぞ》き見た。暗がりの果てに反対側の光が見える。十分に背の立つ高さはあるし、くぐり抜けることは容易であるように一成には思われた。しかし、トンチにはそのつもりがないらしく、彼は左岸側の泥壁のような急斜面に取りつき、登りはじめた。

「スノーブリッジの上を歩くってこと?」と深雪が訊ねた。

トンチは黙々と攀登《よじのぼ》っていて応《こた》えようとしなかったが、どうやらそういうことでもなさそうだった。明らかに斜面の上方を目指している。高巻きルートを選択したのだ。

「トンチ、なんでわざわざ難しいルートを取るのよ? くぐっちゃえばいいじゃん」

深雪は自分の提案をトンチが受け入れようとしないので、少し苛立《いらだ》っている。

「きっと理由があるんだよ。トンチを信じよう」と一成はいった。

とはいえ、トンチと同じように登れる自信はなかった。いや、トンチですら相当苦労しているのだ。泥壁の斜面はのっぺりとしていてひどく滑りやすく、まともなホールドもなかった。ホールドにしようと思ってトンチが手を触れた凹凸や石塊はことごとく崩れ落ちた。仕方なくトンチは手で泥を掻《か》き落とし、足の爪先《つまさき》を泥壁に叩き込み、三点支持に必要なホールドを自分で作りながら登るという迂遠《うえん》な作業を根気よくつづけた。釣りと同様、トンチの集中力は凄《すさ》まじく、身のこなしには自信と確信が漲《みなぎ》り、転落の恐怖などとはまったく無縁のようだった。ついに二十メートルあまりの斜面を登りきったトンチはにこにこ笑ってふたりを見おろした。

深雪は両腕を交差させて「自分たちには無理だ」という意味の〝×印〟をトンチに送った。トンチは手招きで「こい」といっている。

「無理だって……」深雪が溜息《ためいき》をつき、一成が背負っているザイルを恨めしそうに見た。「そういうことなら、ザイルを延ばしながら登ってくれればいいのに……」

「自分にできることは、おれたちにもできると思っているんだな」一成は苦笑した。「さて、どうする？」

「アイスハンマーでもあればカッティングしながら登る方法もあるけど、空身だとリスクが大きいよ」深雪はスノーブリッジの入口に眼を遣《や》り、いった。「やっぱりここを行こう」

どうやら深雪の真意はそこにあるらしかった。登攀《とうはん》を嫌がっているというより、自分の勘を優先させたいのだ。一成はなんとなく嫌な予感に囚《とら》われた。リスクを冒してでもトンチに従った方が賢明なような気がした。しかし、敢《あ》えてそれは口に出さなかった。なんといっても自分が一番素人だ。深雪の顔を立てるという心理が働いた。

深雪はトンチに向かって叫んだ。「私たちはこっちを行くから、トンチは高巻いて！」

瀬音に邪魔されてトンチの耳に届かないようなので、深雪は「行って、行って」と手振りで報《しら》せた。トンチは不承不承、上流方向に移動しはじめた。

「しっかりしたスノーブリッジだから崩れることはないと思うけど、念のためにひとりずつ行くよ」と深雪は告げた。「私が先ね。反対側に出たらヘッドランプを点灯するから、それを確認して入ってきて。大声や音を出すのは厳禁よ。通過する時はなるべく急ぎ足で」

一成は頷いた。深雪が暗がりに入って行った。三十秒ほどで通過したように一成には見えたが、ヘッドランプが点《とも》らない。どうしたのかと思っていると、深雪が引き返してきた。彼女はスノーブリッジから出てくるなり、自分の頭にゲンコツをお見舞いした。

「どうしたんだ?」

「出口に滝がある。それほど大きくないけど、登るのはちょっと無理」と深雪はいった。

「考えてみれば、想定できることだったのよ。スノーブリッジは渓相に変化があるところで切れるの。川が曲がっていたり、支流が流れ込んでいたり、滝があるところね」彼女は自分を責めるように舌打ちした。「トンチは滝があることを知ってたから、高巻きを選んだんだわ」

「昨日から思っていたんだけどさ、トンチのやることにはいちいち理由があるよ。その時その時で最善の策を選んでいる。言葉でそれを伝えることは不得手だから、おれたちが察してやらなければいけないいな」

「私としたことが……。反省しなくちゃね」

気配を感じて一成が上を見あげると、トンチがさっきと同じ場所に戻っており、相変わらずの笑顔を向けていた。深雪は「ごめん」といって合掌のポーズを取った。

「さあ、登りましょう。私が先に行く」失点を挽回《ばんかい》しようとでもいうように深雪がいい放った。「ザイルを延ばすから、絡まないようにうまく繰り出して」

「わかった」

「あんたのことはちゃんと上で確保する。だから、絶対転落しないわよ。安心して登ってきて」

「でも、きみを確保するものはないじゃないか」

「おっこちてきたら抱き止めてよ。漫画みたいに」

深雪はそういって笑うと、ザイルの一方の末端を自分のハーネスに、もう一方の末端を一成のハーネスに結び、斜面に取りついた。トンチがこしらえたホールドを忠実になぞってしばらくは順調に進んだが、ルートの半ばで右手のホールドが崩れてバランスを崩した。運よく転落せずに済んだものの、一成は肝を冷やした。当人はもっと焦ったに違いなく、天を仰いで大きく深呼吸した。深雪と比べると、トンチの登攀技術がいかに優れているか一成にはよくわかった。深雪はついつい手の力に頼りがちだが、トンチは足で登る。さらに深雪が泥壁に張りついているように見えるのに対し、トンチは上体を壁から離し、垂直姿勢を堅持しようとする。だから、重心が鉛直方向に常に安定しているのだ。とはいえ、確保もなしに登る深雪の勇気と運動能力も相当なものだった。ラスト二メートルになったところでトンチがスリングを差し出し、深雪は無事に引きあげられた。一成はほっと胸を撫《な》でおろした。深雪から確保の準備ができたというサインが出たので、一成も登攀を開始した。なるほどザイルの効用は大したものだった。単に転落を防止するという物理的効用のみならず、心理的効用が絶大なのだ。安心がもたらされることで余裕が生まれる。結果、的確な判断をくだすことができ、行動も迅速になるというわけだ。一成は愉しむように斜面を登りきった。だが、深雪に促され上流方向に視線を向けた彼はその光景に愕然《がくぜん》とした。

深雪が進路を阻まれた滝のさらに上流部にスノーブリッジがふたつ連なっていたのだ。しかも、三人が突きあげてしまった斜面は滝を迂回《うかい》する唯一無二の高巻きルートには違いないが、川に戻るためにはザイルを使った懸垂下降の技術を要求されそうだった。一成はもちろん、深雪も懸垂下降の経験はまったくないという。

「どうするんだい？　これじゃあ、行くに行けない。戻るに戻れない」

トンチは（大丈夫だ）とばかりに斜面のトラバースを開始した。ついさっきのこともあるので、一成としてはトンチを信じたかったが、この窮地を脱する方策があるとは思えなかった。深雪と相談し、とにかく滝を越えるところまで行ってみようということになり、トンチのあとを追った。しかし、トラバースも決して楽なものではなかった。そこは砂礫《されき》がこぼれ落ちる〝ガレ場〟※で、蟻地獄の穴よろしく転落を誘発しそうだった。足を取られて滑り落ちれば、あっという間にスノーブリッジの上面に叩《たた》きつけられるだろう。そうなったら、運がよくて大怪我。十中八九、死は免れそうにない高さだった。一成は生きた心地がしなかった。昨日今日の遡行《そこう》の中でもっとも恐怖を感じ、足が震えた。絶対に下は見ないようにし、慎重に歩を進めた。七、八十メートルの距離をなんとか無事に移動して滝を越え、トンチと同じ岩場に立った。一成は岩場の下を覗き込み、眼が眩《くら》んだ。そして、絶望した。川までは十五メートル程度の距離がある。周囲を見わたしても、すんなり降りられそうなルートはない。ここをどうやって下降するというのか。ふたりに追いついた深雪が、「どうするの？」とトンチに眼を向けた。にたっと笑ったトンチは一成のザックからザイルを取り出して斜面を駆けあがると、岩場の際に生えている草をスリングのプルージック結び※で束ねて支点を作った。荷重を分散させるために支点をもうひとつ作り、スリングにカラビナを噛《か》ませ、そのカラビナに半マスト結びでザイルを結びつけた。

「ロワーダウンをやるのね？」と深雪がいった。

一成が不安げに深雪を見た。「ロワーダウン？」

「トンチがザイルに制動を効かせながら私たちを下に降ろしてくれるの。私もやったことはないけど」

「大丈夫なのかい？」

「こうなったらやるしかないでしょう。私はもうトンチを疑わないことにしたわ」

「いや、トンチの技術は疑っていないけど、あの支点が不安なんだ。草だぜ、草。あんなものに全体重がかかるわけだろう？」

「リーダーの判断を信じましょう」深雪はハーネスにザイルを結びつけた。「私も見様見真似だけど、あんたよりは少しイメージがあるから先にやってみるね。そこで見ていて」

深雪は後ろ向きになって岩場の縁に進み、そこでザイルに体重を預けた。「壁面に足を突っ張って後ろ向きに歩くような要領でやるの」そこでハッとした顔になった。「あっ、肝心なことを忘れてた。あんた、8の字結びはできる？」

「聞いたこともない」

「そう……。じゃあ、先端に輪を作っておくから、あんたはその輪をハーネスのカラビナに通せばいいわ。わかった？」

「了解」

深雪はトンチに「降ろして！」といった。徐々にザイルが繰り出され、深雪は自分でいった通り、垂壁を後ろ向きに歩くように下降して行った。難なく成功し、彼女は滝の落ち口に降り立った。ザイルが引きあげられ、次は一成の番だった。後ろ向きの下降姿勢にはなんとも形容しがたい恐ろしさがあった。特に岩場から躰《からだ》を宙に投げ出す最初の一歩の瞬間には背筋と股間《こかん》に冷たいものが走り抜けた。それでも深雪という手本があったので、一成はどうにか無難に降りることができた。トンチはザイルを回収できるように支点のスリングに通して二重にし、肩絡みの懸垂下降であっという間に降りてきた。まったく大した男だと一成は感嘆した。

「大冒険になっちゃったわね」と深雪が笑った。難事を克服した充実感が顔に出ていた。

「ひとつ訊《き》きたいんだけど」と一成はいった。「前進することに夢中になって難所を突破してきたけど、ちゃんと下山できるんだろうか。くだりの方が数段難しくなるんだろう？」

「なんとかなるわよ」深雪はそう応えたが、自分も少し心配になったようで、下降してきたばかりの岩場を振り仰ぎ、「ねえトンチ、このザイルは回収しないで残しておいた方がよくない？」といった。

トンチは人ごとのように笑っている。

「ご指示をお願いします、リーダー」と深雪がおどけた調子でいた。「ザイルは回収しますか、しませんか」

「……登れるよ」とトンチはいった。

「登れる？　ここも登り返せるっていうの？」

トンチは頷《うなず》いた。一成には信じがたいことだった。

「わかりました。ザイル、回収します」深雪はそういってザイルを手繰った。

「この先、なにがあるかわからないもんね。ザイルは持って行きましょう」

ザイルを回収し、三人は遡行を再開した。滝を越えるまでの百メートル足らずの距離に、一時間以上を費やしてしまった。帰りのことを考えると、先を急ぐべきだった。さっき斜面の上から見えたスノーブリッジはふたつとも下を通過できた。さらに遡《さかのぼ》ると川は二股《ふたまた》に分かれた。右はシラタケ沢。そして、左の滝を越えればそこがカクネ里だ。右岸側を高巻いて三人はついに目的の地に踏み入った。開けた視界の中に天国の光が降り注いだ。

一成は美しくも不可思議なその光景を生涯忘れないだろうと思った。遡行の果てに見事な桃の林を見つけた『桃花源記』の漁師と同じ感動、同じ幻惑を味わっていた。後立山の雄々しい山稜《さんりょう》と天狗《てんぐ》尾根に挟まれているその地はまさしく「里」だった。広々として視界を遮るものはなにもなく、雪の消えたところには健気《けなげ》に緑が萌《も》え、可憐《かれん》な花が咲きこぼれている。だが、なんといっても圧巻は、真正面にそそり立つ鹿島槍ヶ岳の北壁に向かって扇の形を成している大雪渓で、渓《たに》の半ばを覆い尽くすその白い大地の輝きに眼を射られた一成は、思わず涙をこぼしそうになった。落人《おちうど》伝説どころか、どんな奇跡や奇譚《きたん》がここに秘められていたとしても――たとえばそこに妖精《ようせい》が暮らし、未知の生命体が棲息《せいそく》しているのだといわれても――今の一成はそれを抵抗なく受け入れてしまいそうだった。遡行が過酷だっただけに、そこに満ちている穏やかさと荘厳さが余計に胸を打った。一成が想像していたよりも勾配《こうばい》ははるかにきつかったが、彼が感じたそのギャップは遠見尾根から俯瞰《ふかん》撮影された写真によるいわば〝刷り込み〟の影響だった。一成は今、俯瞰ではなく、その地に直接自分の二の足で立ち、自分の眼線で眺めている。山懐に抱かれて至福の光を放つ別天地は、彼に覆いかぶさってくるような迫力で眼前に広がっているのだった。

「すごいね……」一成の隣で深雪も惚《ほう》けたように呟《つぶや》いた。「綺麗《きれい》だね」

そんな単純な、細切れの言葉しか出てこないほど彼女も感極まっていた。

「とうとうカクネ里まできたんだな」一成は嚙み締めるようにいった。「きみとトンチのお陰だよ。ありがとう」

「お礼をいうのはこっちの方よ。それにまだ目的を果たしたわけじゃないわ」

「そうだった。まずはきみの仕事からだ。オババをここに眠らせてあげよう」

ところが、ささやかな散骨の儀式にもっとも必要な肉親の姿がいつの間にか近くから消えていた。なんとトンチは天狗尾根に突きあげる崖《がけ》を今まさに登りはじめたところだった。

深雪が顔色を変えた。「隠し小屋へ行くんじゃない？」

ふたりはすぐさま崖下《がけした》に駆け寄ったが、トンチが登っている落石の巣のようなルンゼに恐れをなして立ち竦《すく》んだ。トンチが動く度に石が転がり、凄《すさ》まじい速度で落下してくる。

ふたりは崖から離れた場所で見守ることしかできなかった。

「まったくもう、勝手にまたひとりで行っちゃうんだから」深雪が不服げに頰を膨らませた。「ザイルも忘れてるし」

「この上にあるのかな、隠し小屋は？」

「きっとそうよ」

トンチの姿が掻《か》き消えた。ルートが右に傾いて張り出した岩の陰に隠れてしまったのだ。

「またタヌキを追っかけているなんてことはないだろうな」

「まさか……」

と、その時だった。ルンゼの上部で砂煙があがり、夥《おびただ》しい数の石が雪崩を打って落ちてきた。一成と深雪はさらに崖から遠のいた。

「トンチ、どうしたの？」と深雪が叫んだ。「大丈夫？」

次の瞬間、ふたりはまた呆気に取られた。砂煙の中から突然トンチが出現したからだ。彼はまるでウォータースライダーを愉《たの》しむように石雪崩とともにルンゼを滑り落ちてきた。見事に着地して埃《ほこり》だらけの衣服をぽんぽんと叩き払ったトンチは、駆け寄ったふたりに告げた。「失くなっちゃった」

「失くなっちゃった？」深雪が眉宇《びう》をひそめた。「ひょっとして、隠し小屋が失くなっちゃったっていうの？」

トンチは頷いた。「ダメだ、ありゃ。崩れちゃってらぁ」

その言葉を聞いた途端、一成は脱力し、その場にへたへたと座り込んでしまった。いったいなんのために苦労してこんなところまできたというのだ……。

36

打ち萎《しお》れる一成をよそに深雪はまだ納得できないようで、ちゃんと現場を見せてくれとトンチに迫った。トンチは面倒臭そうな顔をしたが、結局は深雪の言葉を受け入れ、今度はザイルを引いて同じところを登り返した。四十メートルのザイルがほぼ延びきったところでトンチから「登ってこい」のサインが出た。まずは深雪がザイルを摑《つか》んで力任せに躰を持ちあげながら進むいわゆる〝ゴボウ〟で登った。同じやり方で一成もつづいた。三人が取りついた場所はなんの変哲もない岩場の狭いテラスだった。岩場全体の風化が著しく進行していて、テラスには上から崩れ落ちてきた無数の岩の断片《かけら》が散乱している。深雪が「ここに隠し小屋があったの？」と訊《たず》ねると、トンチは小さく頷いた。

「間違いない？　ほんとにこの場所？」

深雪の執拗《しつよう》な問いに、トンチは「ここだよ！」と苛立《いらだ》った声をあげた。しかし、今日の深雪は簡単にはトンチを解放しなかった。今度は小屋があった当時の様子を問い質《ただ》した。質問嫌いのトンチはほとほとうんざりしているようだったが、それでも彼が言葉少なに語った断片的な話を聞き手側の想像で補うと、こういうことになりそうだった。

――城戸正之助は職漁師時代から北アルプス山中にいくつか隠し小屋を持っていてそこを転々としていたが、トンチと知り合った頃（つまり岳流を連れまわしていた頃）は、夏場は好んでこのカクネ里の小屋に逗留《とうりゅう》していた。昔はこの場所に大岩が庇《ひさし》のように張り出しており、正之助は庇の下に詰まっていた砂礫《されき》を掻き出して人が棲《す》めるくらいの空間を造った。トンチ自身が正之助父子と川の字になって寝たことがあるというくらいだから結構な広さだ。岩小屋には簡単な調理や魚の焼枯《やきか》らしくらいはできる小さな炉まであり、三人が登ってきたルンゼには縄梯子《なわばしご》がかけられていて昇降にはまったく苦労しなかった……。

それだけの話を引き出すのに深雪はかなりの時間と辛抱を強いられた。いつものことだが、トンチの話は要領を得ず、深雪が自分の想像や推理を選択肢として与え、トンチがそれに対して「YES」「NO」を返すという問答がつづいた。だが、本来が凝り性で物作りが大好きな性分のせいか、たとえば岩小屋の中は樹皮と一斗缶を切り開いたブリキで内装が施されていたなどというディテールをトンチははっきり口にしたのだった。どうやら、かつてここに岩小屋が存在したことは事実のようだった。それが今は跡形もない。岩場の様子からすると、かなり以前に崩壊したらしい。一成も深雪も沈黙した。自分たちの心の拠《よ》りどころは隠し小屋を見つけることだった。そのためだけの川旅だった。それが今、水泡に帰したのだ。自分の役目とはいったいなんだったんだ？　一成はそう自問せずにはいられなかった。しかし、それが詮ないことであることも承知していた。

「……帰ろう」

一成は思いを振り切るように岩場に背を向け、ザイルに手をかけてルンゼをくだった。深雪もつづいた。トンチはザイルを固定していた結びを解き、例によってルンゼを滑りくだった。一成と深雪はそれからオババの遺骨を土に埋め、墓石の代わりに小さなケルンを作った。深雪は泊まり場で作ったおにぎりとオババが好きだったという酢コンブをケルンに供え、一夜漬けで暗記してきた祝詞《のりと》を捧《ささ》げた。トンチは一連の儀式をずっと不思議そうに眺めているだけだったが、最後は深雪に促されてケルンの前で合掌した。

「トンチ、いつかまた一緒にここへこようね」と深雪がいった。「下にもお墓はあるけど、あんたのお義母《かあ》さんの魂はきっとここにいたがるわ。だから私たちが逢《あ》いにくるの」

「もう下にはいないのか」とトンチが訊ねた。

「う～ん、どうかなあ？　たまには遊びにきてくれるかも」

トンチはどういうわけか笑いこけた。

「なんで笑うのよ？」

「おっかあには無理だ。ヨボヨボで川なんか歩けっこない」

深雪は一成に眼交ぜして微笑んだ。

時刻は午前十一時になろうとしていた。急いで泊まり場に戻って荷物をまとめれば明るいうちに下山できる。ここに未練を残していてもなんの意味もない。一成は出発を促した。母にあれだけ大見得を切りながら、結局、解答は見つけ出せなかった。だが、人生とはすべからくそういうものなのではないか。とにかくやれるだけのことはやった。そのことを成果と受け止め、早く東京に戻って自分の日常を新しくはじめるのだ。一成はそういい聞かせ、自分を蝕《むしば》み尽くそうとする敗北感を追い払った。三人はオババに別れを告げ、歩きはじめた。しばらく行ったところで一成が立ち止まった。デジカメを持参していたことを思い出し、おそらくはもう二度と訪れることはないであろうカクネ里の光景を写真に収めておきたいと考えたのだ。それもまた自分自身に対する一種のいい訳的な行為のような気がしたが、ここの風景だけは母に見せたいと思ったのも事実だった。ザックの雨蓋《あまぶた》のポケットに入れていたカメラを深雪に取り出してもらい、一成はそれを手にして振り返った。

最初は錯覚かと思った。しかし、そうではなかった。

「おい」一成は深雪の腕を摑んだ。「ちょっと見てくれ」

ついさっき一成たちが築いたケルンの傍らに人が立っていた。その人影は朧気《おぼろげ》で、白っぽく半透明に見え、まるで陽炎《かげろう》の向こう側にいるように揺らいでいる。だが、錯覚でも幻でもない。華奢《きゃしゃ》で髪の長い少女が、カクネ里に降り注ぐ夏の陽光の下にその姿を晒《さら》しているのだった。少女はケルンを見おろすように佇《たたず》み、一成たちには横顔を向けていた。

「きみにも見えるか」と一成が訊ねた。自分でも気づかないうちに深雪の手を握っていた。深雪は手を握り返し、「見えるよ」と囁《ささや》くような声でいった。「きっと翠さんね」

その声が聞こえたかのように少女はゆっくりとこちらに顔を向けた。表情は判然としない。笑顔のようにも泣き顔のようにも見えるし、ただ単に虚ろな視線を向けただけのようにも見える。一成の背筋に冷たいものが走り抜けたが、それは恐怖心ではなかった。なにかと触れ合えたという興奮、カクネ里に足を踏み入れた時と同じような激情に彼はわなないたのだ。深雪も同じ気持ちでいることが、一成には握っている手を通してわかった。そして、数秒後。カクネ里に吹き抜けた一陣の風にさらわれるように少女の姿は掻き消えた。

「あっ……」

大事なものが指を擦り抜けてしまったというように深雪が小さな声を発した。

その時、一成は確信した。翠はやはりこの地で果てたのだ、と。そして、一成の脳裏には昨夜の悪夢のイメージが唐突に蘇《よみがえ》った。あれはやはり翠の思念がトンチを媒介して自分に伝えられたということではないのか。とすると、夢の中で聞いた土砂崩れのような轟音《ごうおん》は……。一成はハッとした。岩小屋が崩壊したまさにその時、翠がその中にいたということは考えられないか。彼女は生き埋めになったのかもしれない。いや、待てよ。では、あの火のイメージはなんだ？　彼女はなぜ火を恐れるのだ？

一成の思考は混乱の果てに停止した。特異能力者でもなんでもない自分がいくら考えたところで、真実などわかろうはずもない。岩小屋があった場所を掘り返してみるべきだという考えも一瞬よぎったが、そんな大それたことができる装備はないし、仮に掘り返してみて翠の骨が出てきたとしても、それでどうなるというのだ？　さらなる迷宮に自分を追いやるだけではないのか。もう自分にできることはない……。

一成は踵《きびす》を返し、下山の途に就いた。

登ることよりも降りる方が難しい——それは登山全般にいえることだが、沢登りも例外ではなかった。というより、その言葉をもっとも痛感させられるのが沢登りという行為だった。川の下降は遡行《そこう》よりもはるかに難しく、危険を伴った。遡行時になにげなく通過したところが下降時には難所に変貌《へんぼう》している。水流も勾配《こうばい》も、そして自分の意思や力のベクトルもこぞって下方を向いているから、ちょっとしたアクシデントが大事になってしまう。人間はある程度の抵抗を受けて進むくらいがちょうどいいのだ——一成はそのことを身に染みて感じた。とにかく彼はよく転んだ。苔《こけ》に足を滑らせて転び、浮き石を踏んで転び、飛び石伝いの徒渉に失敗して転び……あげくに肘《ひじ》を擦《す》り剝《む》いたし、受け身を取ろうとして手首を痛めたし、腰も打った。裸になれば青痣《あざ》があちこちにできているに違いない。昨日は一成のことを褒めそやした深雪がついに堪《たま》りかねて、「しゃきっとしなさい！　ヘタすると命にかかわるよ」と厳しく檄《げき》を飛ばした。しかし、その深雪にしても下降の難儀さにしばしば顔をしかめていた。往路で高巻きに苦労したスノーブリッジの区間は、トンチの機転で滝をロワーダウンし、スノーブリッジの下を通過した。最大の難所を予想外の短時間でクリアできたので、一成と深雪の表情はようやく和らいだ。

三人はある枝沢の合流地点で休憩を取った。疲労の色を隠せない一成と深雪に対して、トンチひとりが余裕綽々《よゆうしゃくしゃく》といった体《てい》で、石の上に腰かけて煙草を旨《うま》そうにくゆらせた。トンチは彼がよくそうするように風に運ばれる紫煙の行方を眼で追っていた。そして、なにかを口走った。独り言のようにも聞こえたが、一成は「なんだい？」と訊《き》き返した。

「オニマサの冷蔵庫がある」とトンチはいった。

「冷蔵庫？」

一成にはなんのことかわからなかったが、深雪は激しく反応し、トンチのそばに駆け寄った。「冷蔵庫替わりの穴蔵があったのね？」

トンチは頷《うなず》いた。

「どこ？」

「この上」とトンチは枝沢の上流を振り仰いだ。

深雪が興奮を湛《たた》えた眼を一成に向けた。一成も思わず立ちあがった。疲れは瞬時にふっ飛んでいた。「トンチ、おれたちをそこへ案内してくれないか」

三人は枝沢を遡《さかのぼ》りはじめた。幅が一メートルにも満たない小さな階段状の沢だった。それが左にカーブしながら急角度で北側の斜面に突きあげている。五、六十メートルも進んだところでトンチは川筋を逸れ、藪《やぶ》に分け入った。すぐ崖《がけ》に突き当たり、一成と深雪はそこで一様に顔を強張《こわば》らせた。人の背丈の半分ほどの大きさの横穴が黒々と口を開けていた。その脇には穴を塞《ふさ》ぐのに使用していたと思われる古い筵《むしろ》の残骸《ざんがい》が腐り落ちている。トンチは「こっちは崩れてないや！」と素《す》っ頓狂《とんきょう》な歓声をあげた。彼なりに一成たちのカクネ里での失望を察していて、今度こそ使命を果たせたと思ったのかもしれない。穴からは冷気が吹き出していた。

「きっと風穴か氷穴だわ」と深雪がいった。

吹き出してくる冷気とは別のものに一成の身は締めつけられた。ここには絶対になにかがある。そう確信した。三人は背中の荷物をおろして穴の脇に置いた。各人がヘッドランプを装着すると、まずはトンチが身を縮めて穴に入り込み、深雪、一成とつづいた。狭いのは入口だけで、中は意外なほど広かった。三人の中でもっとも長身の一成ですら頭を少しさげれば立って歩けるだけの高さがある。入ってすぐのところの壁面に年代物のカンテラがぶらさがっていた。横穴はややくだり勾配で奥につづいている。ひどく寒かった。しばらく進むと、壁面がヘッドランプの光を反射して宝石のように輝きはじめた。氷柱《つらら》だ。見事な氷の造形とそれが放つ美麗な光彩に一成は息を呑んだ。深雪がいったように、ここは天然の氷穴なのだ。冷気も湿気も静寂も、千年単位の昔からここに澱《よど》んでいたかのように思われる。

突然、先を行く深雪が悲鳴をあげて一成に抱きついた。躰《からだ》の位置を擦り替えて前に移動した一成は、そこに信じられないものを見た。

穴蔵の突き当たり、三畳ほどの空間に古い行李《こうり》や木箱や段ボールが積んであり、その傍らに健一が仰向《あおむ》けに寝そべっていた。トンチがしゃがみ込んで健一の顔や髪を覆っている霜を降り払っている。一成はしばらく立ち竦《すく》み、わなわなと唇を震わせた。やがてゆっくりと引き寄せられるように近づいて膝《ひざ》を折り、地べたに這《は》う姿勢になって健一の顔にそっと手を触れてみた。指先に痛みのような冷たさを感じた。凍りつき、生物本来の柔らかい質感は消え失《う》せている。しかし、まるで生きているようだった。ヘッドランプのハレーションで顔色こそ鑞《ろう》じみて見えるが、表情は生前となんら変わらない。疲れてそこに横たわり、ついつい眠ってしまった――そんなふうに一成の眼には映った。

「久しぶりだな、親父……」

一成は健一の耳元に囁いた。嘆きもしなかったし、取り乱すこともなかった。状況の異常さがかえって彼の感情を鈍化させていた。

「父ちんなのか」とトンチが訊《たず》ねた。「ほんとに父ちんなのか」

いつものトンチらしくない同情的なその声音に、一成の死にかけていた感情が蘇生《そせい》した。彼は頷きながら短い嗚咽《おえつ》を洩《も》らした。そして、震える声でいった。「これは岳流なんだよ。トンチも知っているだろう」

トンチが動揺する顔を一成は初めて見た。一成は父親から躰を離し、状況をよく観察した。健一は一成が見たこともないカーキ色の雨合羽《あまガッパ》の上着を身につけていたが、合羽の下は失踪《しっそう》した当時のままの服装だった。パンツもそうだ。ただし、足には地下足袋《たび》を履いている。照明替わりに使ったのか、百円ライターが左肩の脇に落ちていた。そのすぐ近くにはシースナイフがあった。それがどんな用途に使われたかはすぐにわかった。ナイフには血がこびりついており、健一の腹部には刺された痕跡《こんせき》があった。噴き出した血が衣服をどす黒く染めている。ナイフがここにあることで、一成はまず自殺を疑った。だが、時代劇じゃあるまいし、自殺の手段に割腹を選ぶというのは少し考えにくいことだった。かといって、他殺と断定することにも無理がある。犯人が兇器《きょうき》を捨て置くはずがないからだ。その解答のヒントになりそうなものを深雪が見つけた。穴蔵の入口近く、陽光が射し込むあたりに血痕《けっこん》らしき黒い染みがあった。暗くてたしかめようがないが、地べたの至るところに同じものがあるのかもしれない。つまり、健一は誰かに刺され、相手の兇器を奪った上で――ひょっとすると腹にナイフを突き刺されたままの状態で――ここに逃げ込み、ほどなく絶命したのではないか。もうひとつ、一成の眼が捉《とら》えたのは、蓋《ふた》が開けられた行李の脇に落ちている大判のクラフト封筒だった。その表面にもくっきりと指型の血痕が残されている。おそらくは健一が死の直前まで執心し、薄れゆく意識と闘いながら必死の思いで行李の中から取り出したに違いない封筒……。一成がそれに手を伸ばそうとした時、深雪が「触っちゃダメ!」と怒鳴った。「現状保存して、早く警察に報《しら》せた方がいいわ」

「でも……」

「犯罪があったことは間違いないわ。それを証明できるものをようやく見つけたのよ。ナイフにも封筒にも犯人の指紋が残されているかもしれない。このままにしておきましょう」

もっともな話だった。しかし、一成は封筒の中身を覗《のぞ》きたいという衝動を抑えることができなかった。ここにきて真相の解明を引き延ばすことは、それがたとえ数時間のことにせよ耐えがたい苦痛に感じられた。一成は軍手をはめて封筒を摑《つか》んだ。

「やめなさいったら!」

深雪の悲鳴のような声を無視し、一成は封筒を開けた。札の束が五つ入っていた。一万円札がおそらく五百枚。紙幣はかなり古いもので、図柄は聖徳太子だった。

「なんだろう、この金は?」

大金を眼にしたことで深雪の中に怯《おび》えが生じたらしく、「早く……早くここを出て袴田のおじさんに報せようよ」と彼女らしからぬ懇願口調でいった。

今度は一成も深雪の言葉を受け入れた。三人は足早に穴蔵を出た。ところが、まるでそれを待ち受けていたかのように藪の中から作業服姿のふたりの男が姿を現した。ひとりは一成の知らない男だった。もうひとりは……。

「三人とも背中合わせでそこに座ってもらおうか」猟銃を携えた堀場裕太が、まるで災厄が飛び込んできたとばかりに疲れた表情でそういった。「面倒をかけるなよ。いっておくが、この銃はお飾りじゃないぞ」

37

一成たちは地べたに座らされ、自分たちが持参したザイルで簀《す》巻《ま》きのようにぐるぐる巻きに縛られた。トンチだけがかなり激しく抵抗したので、そのぶん相手の鉄槌《てっつい》も容赦がなく、堀場に銃身で頭を殴られて血を流すハメになった。

三人を拘束し終えた堀場は氷穴の暗がりに眼を遣《や》り、「なるほど、こんなところにこんな穴蔵があったのか」と感心したようにいった。

「どうしてあんたがここにいるわけ？」堀場に向けられている深雪の双眸《そうぼう》は憎悪に燃えていた。「私たちを尾行してきたの？」

堀場は冷ややかな眼で深雪を見返した。「そいつは最初の質問としては少々おかしくないか。こんな目に遭わされているのに、おまえはこっちの素姓を訊ねようともしない。つまり、そんなことは先刻ご承知だったというわけだ」

「当然でしょう。あんたの悪名は世間に轟《とどろ》いてるわよ」

「そういう次元の話じゃないだろう。おまえらはおれの携帯の番号まで知っている。ずいぶんご執心の様子じゃないか」

　感づかれていた。だが、どうして？「なぜ電話をしたのがおれだとわかった？」と一成が訊ねた。

「わからなかったさ。ああいうチラシが出まわり、おまえが鹿島の婆さんの近くにいると知った時点で疑わしいとは思ったが、確証はなかった。だから、〝村山さん〟にたしかめてもらったんだよ」

「村山……？」あの電話だ。「じゃあ、あれはそっちの息のかかった人間だったのか」

「いわずもがな、だ。おまえは電話で〈堀場組〉のワゴン車云々《うんぬん》と口にした。その小娘がパートナーであることも教えてくれた。それだけヒントをくれれば、あとは造作もない。小娘と洋子に接点があることはすぐにわかったから、洋子を問いつめたのさ。お陰であいつは一週間も店に出られないご面相になっちまったがな」

「洋子を殴ったのね」深雪がいきりたった。「このゲス野郎！」

「こっちに腹を立てるのはお門違いってもんだろう。おまえらが洋子を巻き込んだんだ」

　堀場のいう通りだ。一成は自分の浅はかさに眩暈《めまい》を憶《おぼ》えた。自分の振る舞いがいろいろな人々を傷つけ、窮地に追い込んでゆく……。

「洋子には罪滅ぼしをさせなければならなかった。それで、おまえのところに探りの電話を入れさせたのさ。するとどうだ、おまえは迂闊《うかつ》にも〈カクネ里へ行くつもりだ〉と口走り、ご親切に日程まで教えてくれた」

深雪の顔が青ざめた。一成の知らないところでそういう事実があったらしい。

「こっちはおまえらを尾行したわけじゃない。先まわりして高みの見物を決め込んでいたのさ。お陰で面白いものを見つけさせてもらった」と堀場はまた氷穴に眼を遣った。

「この穴を見つけることが目的だったのか」と一成がいった。「いや、それだけじゃないな。あんたが老体に鞭打《むちう》ってわざわざこんなところまで出張ってきたのは、おれたちを人気のない山中で殺す気だったからだ。この穴の中にいるおれの親父と同じようにな」

堀場が意外そうな顔をした。「ほう、あいつの死体はここにあるのか」

「死体だって？」堀場の連れの男が色めき立った。「どういうことだい、堀場さん？　死体だとか、殺すだとか……。おれはそんな物騒なことに巻き込まれるのは御免だぜ」

手拭《てぬぐ》いを捩《ね》じり鉢巻《はちま》きのように頭に巻いている五十がらみのその男はすっかりおよび腰の様子だった。「あんたはそんなことはいわなかったじゃ……」

「今さらガタガタ騒ぐんじゃない！」と堀場が怒鳴りつけた。「責任はおれが取る。あんたには絶対迷惑はかけん」

「だがよ……」

「おれが潰《つぶ》れりゃ、あんたも倒れる。一蓮托生《いちれんたくしょう》ってやつさ。そのことをよく考えろよ」

〝鉢巻き男〟は詳しい事情も教えられないまま無理やり同行させられたのだろう、ふたりの関係がぎくしゃくしていることは一成の眼にも明らかだった。そこに付け入る隙があるともいえるし、逆にその不安定さが危険極まりないともいえる……。

「あんたも三苦とかいう手下に死なれてパートナー選びに苦労しているらしいな」と一成は挑発するようにいい、鉢巻き男に視線を移した。「とっとと下山した方が身のためですよ。うかうかしていると、殺人の共犯にされてしまう」

鉢巻き男の視線が気弱く揺らいだ。

「きいたふうなことを吐《ぬ》かすな！」

堀場は息巻いた。顔は紅潮し、こめかみには血管が浮き出ている。彼は動揺を隠しきれない鉢巻き男の方につかつかと歩み寄り、肩を抱いて耳元になにごとか囁《ささや》いた。鉢巻き男は不承不承、堀場に付き従うことを選択したようで、猟銃を託されておずおずと銃口を一成に向けた。だが、決して一成と視線を合わせようとはしなかった。一方の堀場は胸ポケットに差していたマグライトを点灯し、氷穴に入り込んだ。しばらくして段ボールを抱えて出てくると、それを穴の外に置き、また引き返して行った。何度か往復して荷物をすべて運び出すと、堀場は穴蔵から這《は》い出し、肩で息をした。

「見事なもんだ。ほんとうに天然の貯蔵庫じゃないか。こんな場所を見つけるとは、おまえの祖父さんはまったく大した男だよ。何年も山で生き延びられたわけだな」

堀場は息を弾ませながら場にそぐわない感想を述べた。それから中腰になって荷の中身を検分しはじめた。出てくるものは、どれもこれも昔の食糧品の類いだった。缶詰、米、干物、調味料……。堀場は最初のうちはひとつひとつ丁寧に取り出していたが、次第に苛《いら》立《だ》ちを募らせ、段ボールや行李《こうり》をひっくり返して中身を全部地面にぶちまけた。目的のものを探し当てることができなかったようで、彼は小さく舌打ちし、力任せに段ボールのひとつを拳《こぶし》で叩《たた》き潰した。瞬間後、常軌を逸したまなざしを一成と深雪のアタックザックに向けて立ちあがると、それらも同様にひっくり返して中身をぶちまけた。

「あの金以外に、ほんとうになにもなかったのか！」堀場の眼には焦燥と狂気が宿っていた。「おまえらはなにも持ち出さなかったのか！」

「持ち出していない」

堀場はいきなり一成の頬に平手打ちを喰らわせた。「ほんとうだな？」

「あんた自身がたった今、そのことを証明したばかりじゃないか」

一成は哀れみの籠《こも》った視線を堀場に返した。この男はほとほと疲れ果てている。そして、精神のバランスを崩している。そう思った。

「そんな眼でおれを見るな！」堀場はまた一成の頬をぶった。だが、ぶったあとの手は痙《けい》攣《れん》のように小刻みに震え、その顔には戸惑いのようなものが滲《にじ》んだ。感情の乱れのままに一成に手をあげたことを後悔しているようだった。

「ここにきたということは、おまえは父親からなにか聞いていたはずだ」

「なにを聞いていたっていうんだ？　第一、この場所を知っていたのはおれじゃない。トンチが教えてくれたんだ」

堀場の視線がトンチを射た。「こいつが？」

トンチは臆せず堀場を見返し、めずらしく威嚇の台詞《せりふ》を吐いた。「ミーちんを苛《いじ》めるやつは殺す。鉈《なた》で頭を叩き割る」

一瞬、気圧《けお》されたような顔つきになった堀場だが、すぐに苦笑いを浮かべた。「まったく不思議な男だな。ちょこちょこ姿は見かけていたが、おまえは昔から同じような風体で、ちっとも年を取らない。いいや、昔から老けていたということか。おまえだけが時間とは関係なく生きているようだ」

「ちゃんと事情を説明してくれ」と一成がいった。「なぜ親父は殺されなければならなかったんだ？　あんたはいったいなにを探しているんだ？」

「今日びのガキどもはどいつもこいつも目上の者に対する口のきき方を知らんな。〈説明してくれ〉じゃなく、〈説明してください〉だろう」

「親父を殺した男に敬語が使えるか」

「そいつはとんだ誤解だ。おまえの父親を殺したのはおれじゃない」

「じゃあ、誰だ？」

「〈誰ですか〉といい直せ」

「……」

「いい直せ！」

「……誰ですか」

「大迫孝行さ」と堀場はあっさり告げた。「孝行が岳流を……いや、健一を刺した。おまえらが泊まったあの広河原でな。ところが、健一は夜の闇にまぎれて逃げちまった。軽い傷じゃなかったはずだから、どこかで野垂れ死んでいると思っていたが、まさかこんなところに逃げ込んだとはな。いくら捜しても死体が見つからなかったわけだ」

「大迫孝行はなぜ親父にそんなことをしたんだ……したんですか」

「知ってどうなる？　無駄なことだ」

「やはりおれたちを殺すということか」

わかりきったことを訊《き》くなとばかりに堀場は冷たく笑った。「死に方は選《よ》り取り見取りだぞ。おまえはどうしてもらいたい？　崖《がけ》から突き落とされたいか。川で溺《おぼ》れ死にたいか。森の中で腐って獣の餌になりたいか。それとも父親と一緒にこの穴蔵で生き埋めになりたいか。そうだ、それがいい。四人まとめて埋葬してやる」

と、一成の頭にひらめくものがあった。あの悪夢の中で炸裂《さくれつ》した爆発音だ。「そうか、あんたは過去にも同じことをしたんだ。カクネ里で翠さんを生き埋めにしたな？」

堀場の顔に狼狽《ろうばい》がよぎった。「なんだと……？」

「いや、違う。理由はわからないが、あんたは翠さんを火炙《ひあぶ》りにしたあげく、ダイナマイトかなにかを使って岩小屋を崩したんだ。土木関係者ならダイナマイトくらい入手できる」

「黙れ、小僧！」

「あんたは孝行より質《たち》が悪い。そんな残酷な殺し方をするなんて……」

「黙れといったら黙れ！」堀場は一成の胸倉を摑《つか》んだ。「誰にそんなヨタ話を吹き込まれた？　いいや、わかっているぞ。鹿島の婆さんだな。あのババアがおまえにそういったんだろう。あんなインチキのいうことがほんとうであるはずがない」

　それを教えてくれたのはオババではない。トンチだ。だが、一成はいい放った。「オババの力はインチキじゃない。あんただってそう思っているんだ。でなければ、そんなに動揺するはずがない！」

　その時、まったくふいに一成の頭の中に〝相似形〟ができあがった。〈現在〉と〈過去〉のシンメトリー。孝行が父を刺し、堀場が自分たちを生き埋めにしようとしている。その堀場が過去にも同じようなことをしたとすれば……。漠然と真相が見えたような気がし、一成は思わずそれを口走っていた。

「わかったぞ！　武藤という人を殺したのもほんとうは孝行で、祖父は身代わりだったんだ。あの五百万円も、親父が養子に入ることになったのも、その見返りだったんだな？」

堀場は忌まわしいものを遠ざけるがごとく一成の躰を突き放すと、よろよろと後退《あとずさ》って尻餅《しりもち》をつくように木箱の上に腰をおろした。荷運びによる疲労が脚にきているようだし、心はもっと疲れているようだった。なにもかも面倒になってしまったという顔つきで肩を落とし、足許《あしもと》に虚ろな視線を漂わせた。そして、独りごちるように「おまえも鹿島の婆さんも、なにもわかっちゃいないんだ」と呟《つぶや》いた。一成とオババはおろか、この世には自分のことを理解してくれる人間などひとりもいないという嘆きのように聞こえた。

「そうかな？　あんたは図星を指されたという顔をして……」

「違う！」堀場が語気鋭く一成の言葉を遮った。唾《つば》が飛び、彼自身の口許《くちもと》を汚した。

「じゃあ、説明してくれよ。いったい過去になにがあったんだ？」

堀場はなにかをいいかけて言葉を飲み込み、そのまま沈黙した。一成はといえば、死を宣告されたというのに不思議なほど度胸が据わっていた。今は恐怖心よりも、真実を知りたいという欲求が飢餓感のように彼を支配していた。そのためならなんでもする。宥《なだ》めたり、賺《すか》したり、へりくだったり、挑発したり……堀場がそうしろと命じるならば土下座することも辞さないつもりだった。いや、堀場はむしろ話したがっている。一成はそう感じていた。殺人者だと指差されたことが彼の心の奥底を刺激したことは間違いない。真実か、少なくとも真実の断片《かけら》くらいはいい当てている。堀場は否定したが、その必死さがかえって怪しい。濡《ぬ》れ衣《ぎぬ》を着せられることを恐れる者の声ではなく、罪を悔いている者のそれに聞こえた。その後の沈黙も意味深長だ。堀場はほんとうは釈明したいのではないか……。

「あんたが翠さんを殺したんじゃないのか」一成は今度はおもねるような口調で問い質《ただ》した。「話してくれ。いや……話してください。お願いします」

堀場は聞いているのかいないのか、俯《うつむ》いたままでいる。

業を煮やした一成は一転、「話してくれ！」と喚《わめ》き声をあげた。「おれはオニマサの孫で、岳流の息子だ。知る権利がある！」

堀場はゆっくりと眼線を擡《もた》げ、一成の顔を凝視した。そして、ふっと溜息《ためいき》のような微笑を洩《も》らした。一成の顔に彼らの顔を重ね見たのかもしれない。

「……昔の話だ。ずっとずっと昔のな」と堀場は静かに話しはじめた。「それなのに、いつまで経っても昔にならない。健一が現れ、今度は息子のおまえが現れた。オニマサの血族はどうしてこうも昔のことを運んでくるんだ。忘れさせてくれないんだ」

いっていることは嘆きにほかならないのに、一成の耳にはなぜか昔のことを懐かしんでいるような、慈しんでいるような響きを伴って聞こえるのだった。

「おまえのいった通りさ。オニマサは人など殺していない。あれは替え玉だった」

「やはり……」

「真犯人《ホンボシ》は、これもおまえの推察通り、大迫孝行だ。殺した方も殺された方もろくでなしでな、チンピラ同士のつまらん喧嘩の果てに武藤が命を落としちまったのさ。孝行がしでかした不祥事に泡を喰《く》ったのが父親の大迫喜一郎だ。当時、県会議員だった喜一郎は、自分の政治生命を脅かすことになる事件を闇に葬ろうとした。あの男は馬鹿息子を懲らしめるつもりで、孝行本人に〈遺体を工事現場に埋めてこい〉と命じたが、あろうことか介添え役にこのおれを指名しやがった。おれの将来を保証するとかなんとか、いろんな飴玉《あめだま》をおれの眼の前にぶらさげて協力を仰いだんだ。おれは引き受けたよ、その役目をな。おいしい話ばかりで、断わる理由など見つからなかった。おれが殺したわけじゃないという気楽さも、正直あった。だが、引き受けた一番の理由は、尊大極まりない喜一郎がこのおれに土下座せんばかりに頭をさげたということだった。

結局、おれと孝行は籠川の奥の河川工事の現場に武藤の遺体を運んだ。現場に着き、遺体を車から引きずり降ろしたまさにその時、まるで見計らったようにオニマサがそこに現れた。たぶんあの男は山暮らしに必要な物資を飯場から盗み出そうとしていたんだろう。ところが、その盗人風情が死体遺棄の現場に出くわした途端、聖人君子に変貌《へんぼう》しやがった。山刀をおれたちに突きつけ、〈その遺体と一緒にただちに警察へ出頭しろ〉といい、おれたちを逃がさないために自分も同行するといい張った。始末が悪いことに、オニマサは孝行と武藤の素姓を知っていた。街の盛り場でふたりの顔を何度か見かけていたらしい。おれは咄嗟《とっさ》に〈見逃してくれたら大迫喜一郎があんたに礼を尽くすだろう〉といった。金銭的なことはもちろん、健一のことであの男はいわば〝お尋ね者〟になっていたから、下界で捜索の音頭取りをしている喜一郎を黙らせることもできると誘惑したわけだ」

「祖父はその誘惑には……」

堀場は首を横に振った。「乗らなかった。それどころか馬鹿にされたと思ったようで、ますます激怒して、おれたちを警察に引っ張って行こうとした」

「じゃあ、どうして事件は捩じ曲げられたんだ？」

「慌てるな。説明する。走りはじめた車の中で突然、オニマサが〈警察へ行く前に喜一郎に逢《あ》わせろ〉といい出した。おれが大迫邸に車を向けようとすると、電話をかけて喜一郎をある場所へ呼び出せという。それはオニマサが街でただひとり信頼していた在日朝鮮人のオヤジが経営する屋台だった」

「事件の発端となったとされている屋台だな？」

堀場は頷《うなず》いた。「おれが公衆電話で喜一郎を呼び出し、オニマサはオニマサで事前にそのオヤジと電話でなにごとかを示し合わせた。そのあと、屋台で合流したオニマサと喜一郎の間でどんなやり取りがあったのか、詳しいことはおれは知らない。武藤の遺体を載せたまま車の中で孝行と待機していたからな。そして、話し合いを終えた喜一郎はおれたちに〈遺体をもとの事件現場に戻しておけ〉といい、おれたちはわけがわからぬまま命じられた通りにした。朝になって武藤の遺体は発見され、そのまた次の朝にオニマサが警察に自首した。殺してもいない男を殺したといってな」

「なぜだ？」

「なぜ？　おかしなことをいうやつだな。おまえ自身が看破したじゃないか。オニマサと喜一郎との間で替え玉の密約が交わされたからに決まっているだろう。しかも、それは喜一郎の方から持ちかけた話じゃない。オニマサがいい出したことなんだぞ」

「嘘だ！」

「嘘なもんか。世間に知られている事件の筋書きもすべてオニマサが作ったものだ。おれと孝行、それに懇意にしていた屋台のオヤジを目撃者に仕立てあげてな」

「脅迫者になるならまだしも、どうして殺人者の汚名をかぶる必要があるんだ？」そう、それこそが替え玉を指摘した当人である一成にも理解できないところだった。祖父は喜一郎に弱みでも握られていたのか。「なにかからくりがあるに決まっている」

「からくりなどあるもんか。オニマサの真意もおれにはわからん。だが、敢《あ》えていうなら、あの時、あの男は人生から降りる決意をしたのかもしれん」

「人生から降りる……？」

「もうこの世に自分の身の置きどころはないとオニマサは悟ったんだろう。山窩《さんか》みたいな生活をいつまでもつづけられるはずがない。あの男ひとりならなんとかなったかもしれんが、そばには幼い健一がいた。人間なんてものは、連れがいるとかえって弱くなってしまうものさ。ひとりの時のように我武者羅《がむしゃら》には進めなくなるものさ。オニマサも、もはやかつてのオニマサじゃなかった。たったひとりで黒部に入り込んだ職漁師時代の超然とした雰囲気は消え失《う》せ、ただのくたびれた初老の男になっていた。無理に無理を重ねていたんだ。山だって、オニマサの理想とする山とはほど遠いものになっていただろう。ひっきりなしに登山者は入り込む。道路はできる。ダムはできる。それがまた人を呼んで山は荒れ放題になり、堕落する一方だった。オニマサにとっての楽園などもうどこにも存在しなかった。あの男は行き場を失い、追いつめられていたんだ。ただ意地だけで山暮らしをつづけていたが、孝行の事件に偶然遭遇したことで、その意地がぽっきりと折れてしまったに違いない。運命だと思ったのかもしれんな。健一のためにも、このあたりで完全に人生から降りてしまった方がいい。オニマサはそんなふうに考えたんだとおれは想像している」

「だからといって、殺人犯の替え玉にならなくても……」

「オニマサは自分に罰を与えようとしたのかもしれん。綺麗事《きれいごと》では済ませたくないという裏返しの自尊心があったのかもしれん。ただ単に投げやりになっていただけかもしれん。そのあたりの心情はおれには理解できんし、あの男の選んだ道を肯定する気にもなれん」

「警察は？　警察はそんな偽装にあっさり騙《だま》されたのか」

「疑う理由がどこにある？　自首してきたのは悪名高きオニマサだぞ。それ見たことかと警察はせせら笑うだけで、まともな裏取り捜査もしなかった。おれも事情聴取を受けたが、相手の刑事《デカ》はやっつけ仕事もいいところだった。それどころか、あわよくば未解決の殺人事件までオニマサの犯行に仕立てかねない様子だった」

まるで『藪《やぶ》の中』だ。『羅生門』だ。一成はそう思った。亀谷は〈警察はオニマサのことをそれなりに遇した〉といった。立場が違うと、話の色合いはこうも変わるものなのか。

「いずれにしても、おまえの祖父さんは殺人者でこそなかったが、喜一郎に魂を売ったという意味では同罪だ。孝行の身代わりになる代償として、オニマサは即金で五百万円、さらに健一が身を寄せることになる母親の実家に支度金として一千万円を振り込むことを喜一郎に要求した」

「たった一千五百万で……」

「それでも当時としては法外な大金だった」

「じゃあ、ここにあった五百万はやはり……」

「間違いない、あの時の金だ。オニマサは金の入った封筒をこの穴蔵に隠し、〈困ったことがあったら、ここにきて封筒を開けろ〉と息子にいい残して自首した。しかし、健一は子供心に胡散臭《うさんくさ》いものを感じたようで手を付けず、東京の母親の実家ですごすうちに封筒のことなどすっかり忘れちまった」

「じゃあ、親父は封筒の中身が金であることを知らなかった？」

「それがあとで行き違いを生んだんだ。あいつは何十年も経ってから、父親の手によってここに〝なにか〟が隠されたことを思い出し、それをおれに告げたのさ」

「そうか、あんたたちはその〝なにか〟を金以外のものと思い込み、親父にここへ案内させようとしたわけだ。それなのに、目的を達する前に孝行が親父を刺した……」

「孝行はなにかに取り憑《つ》かれていたんだ。まともじゃなかった」

「人の命を奪っておいて、〈まともじゃなかった〉で済まされるか」

「あの男も、結局は報いを受けたさ。狂い死にしたんだからな」

「狂い死に？　孝行は鉄砲水に飲《の》まれたんじゃないのか」

堀場はその質問には応《こた》えず、つと黙り込んだ。

一成は質問を変えた。「あんたたちの探し物はなんなんだ？　まだそれを聞いていない」

「オニマサは金以外に、事件の経緯と約束事をはっきり紙に書き記せと喜一郎に要求した。つまり、念書だな。喜一郎としてはそのての文書を残すことはもちろんためらったが、背に腹は替えられない。結局は要求を呑むより仕方なかった。考えてみれば、それほど不利な条件というわけでもない。なにしろ健一という実質的な人質があったわけだからな」

「あんたたちはその念書を探しているわけか」

「どうかな？　喜一郎はそのつもりかもしれん。おれはそんなものはないと思っている」

「いっている意味がわからない。謎かけめいたいい方はよしてくれ」

「オニマサは小細工をしていたんだよ。おれがそのことを喜一郎の口から聞かされたのは、オニマサが出所した昭和四十六年のことだった……」

39

近郷を束ねる大庄屋《しょうや》だった江戸時代の昔からその佇《たたず》まいをとどめ、市の重要文化財にも指定されている大迫邸。鬱蒼《うっそう》としたスギの防風林に囲まれているその古びた邸《やしき》の薄暗い応接間で堀場はソファに沈み込んでいた。当主の喜一郎は煙管《キセル》をふかして落ち着きなく部屋を歩きまわっており、テーブルを挟んで堀場と向かい合う位置には仏頂面の孝行が座っている。孝行は二十代半ばにして現在は喜一郎の従兄弟《いとこ》が社長を務める〈大迫組〉の常務取締役であり、いずれは父親の地盤を引き継いで政界へ進出することが当然視されていた。「オニマサは最初から企《たくら》んでおったのだ！」と喜一郎が忌々《いまいま》しげに吐き捨てた。「となれば、ムショ暮らしもさぞかし愉《たの》しかったに違いない。少しは後ろめたく思っていたこっちがアホのようだわ。あの男はきっとにやにやして待っておったんだぞ。娑婆《しゃば》に出てこのおれをいたぶることをな」

「ですが、オニマサはあらたに一千万を受け取り、それと引き換えに念書を差し出した。にもかかわらず脅迫をつづけるとおっしゃるんですか」と堀場が訊《たず》ねた。

「考えてみれば、念書などいくらでも写しが撮れる。しかも、だ。あの男はこそこそテープまで録《と》っておった」

「テープ？」

「屋台での会話を密かに録音しくさったのだ。昨日、そのことを聞いた時にはどうせはったりだろうと思ったが、ついさっきあの男が電話をよこして受話器越しにテープを再生した。ほんものだ。クソッ！　屋台のあのオヤジもグルだったんだ」

そういえば——堀場はあの日のことを思い出した。正之助は喜一郎と逢《あ》う前に公衆電話でオヤジとなにごとか話していた。それがつまり隠し録りの打ち合わせだったというわけか。「テープなんぞに証拠能力がありますかね？」

「仮に念書の写しがあって、それと一緒にどこかに出まわってみろ。警察が相手にせんでも、世間は騒ぐぞ」喜一郎はその〝騒ぎ〟とやらをまざまざと眼にしたように怖気《おぞけ》をふるった。「そんなことになったら、大迫の家はおしまいだ」

「オニマサは社長を……いや、先生を必要以上に恐れているだけかもしれません。今は娑婆に出てきたばかりで、なにかにつけて臆病《おくびょう》になっているでしょうし、被害妄想に囚《とら》われているんじゃありませんか。勝手に身の危険を感じていて、そのせいでまだ保険を残しておきたいのかもしれない」

「恐れているだと？　臆病になっているだと？　そんな殊勝な態度には見えんかったぞ。あの男はな、〈就職の件はご心配いただかなくて結構。その代わり、娑婆でこれから生活の基盤を築くための資金を一千万ほど都合してくれ。あんたとおれが対等でありつづけるためにテープはしばらく手許《てもと》に置かせてもらう〉と吐《ぬ》かしおったんだ。あの男はこれからもおれを喰《く》いものにするつもりだぞ」

「一生つづくぜ、父さん！」と孝行が大声を出した。「あいつはおれのことにも口出ししやがった。今のうちになんとかしなきゃ、この先ずっと振りまわされることになるぞ」

「孝行さんのことに口出ししたとはなんのことです？」と堀場が訊ねた。

「〈間違っても倅《せがれ》を政治家なんぞにしようと思うな。こいつにはそんな資格はない〉とほざきおった。テープをこっちに渡さないのはその抑止の意味もあるそうだ。倅に向かって〈武藤の墓の月参りを欠かすな〉ともいったな。ふん、偉そうに。山猿風情が今さら義士気取りで説教を垂れおって」

「なんでおれが武藤のアホンダラの墓参りなんかしなきゃならねえんだ」孝行が応接テー

ブルを蹴《け》った。「ったくよぅ！　ムカつくぜ、あの野郎」

この放蕩《ほうとう》息子の頭の中ではものの見事に記憶の掏《す》り替えが行われているらしく、まるで自分は無関係であるといわんばかりの態度だった。堀場は侮蔑《ぶべつ》の眼で孝行の顔をちらと盗み見て、すぐに喜一郎に視線を返した。「オニマサは今、どこにいます？」

「昨夜は〈みさご〉に泊まったはずだが」

駅からそう離れていない木賃宿《きちんやど》だ。

「直接逢《あ》って話し合いましょう」

「あの男の息子を交渉材料に使えないか」と喜一郎がいった。

「そうだ、それがあいつの急所なんだ！」と孝行は膝《ひざ》を叩《たた》いた。「東京にいるガキを攫《さら》っちまおう」

堀場は溜息《ためいき》をついた。この親にしてこの子あり。まったく胸の悪くなるような父子《おやこ》だった。彼は努めて冷静にいった。「こっちがテープを確保するまではなるべく穏便に話を進めましょう。相手の真意もまだよくわかりませんし、徒《いたずら》に刺激しない方がいい」

「堀場さんよぅ、あんたは仕事もそうだが、やり方がまわりくどいんだよ。見ていて苛々《いらいら》するぜ」と孝行はいい、父親の方に身を乗り出した。「父さん、いっそのこと殺《や》っちまったらどうだ？　今度は慎重にさ。あんなやつが世の中から消えても、誰も気にしないって」

喜一郎は顔こそしかめたが、口に出して叱ったりはしなかった。

「孝行さん、不穏当な発言は慎んでもらいたい。もとはといえば、あなたのそういう粗暴な性格が招いた事態なんだ。それでお父さんもこうして苦労しておられる」

親がいわないから、堀場がいってやった。孝行は不貞腐《ふて》れて鼻を鳴らし、喜一郎は気まずそうに視線をあらぬ方に逸《そ》らした。

「とにかく、これから〈みさご〉へ行ってみます」

堀場は席を立った。一刻も早くこの父子から遠ざかりたかった。それでも堀場の背中に「頼む」と声をかけるだけ父親の方がマシだった。息子はそっぽを向いたままだった。

しかし、堀場は正之助と逢うことはできなかった。彼は早朝に宿を出立し、何処《いずこ》へともなく姿を消していた。二、三、心当たりを当たったものの、その後の足取りはさっぱり摑《つか》めなかった。堀場が出所後の正之助の姿を初めて眼にしたのは、それから約三週間後のことだった。その時はすでに時機を失《しっ》し、彼と話し合うという目的は果たされなかった……。

十月も押し迫ったある晴れた日の午前中のことだった。白馬村にほど近い市道の道路改修工事の現場監督に当たっていた堀場は、喜一郎の突然の訪問を受けた。わざわざそこまで喜一郎が自ら車を運転してきて作業中の堀場を呼び出し、助手席に招き入れたのだった。

「あの馬鹿がまた弾《はじ》けおった」

運転席の喜一郎がそういった時、堀場はオニマサのことをいっているのだと思った。だが、違った。喜一郎はこの世の終わりを告げるように苦渋に満ちた表情でいった。「倅が……孝行がオニマサを刺し殺しおった」

「なんですって？」

「ずっと留守にしていて、ついさっき家に帰ってきたと思ったら、戦利品のように札束をおれに投げてよこした。あの男の荷物から奪い返した一千万だ」

そういえば、ここ数日、孝行は〈大迫組〉の社屋に姿を現していなかった。

「孝行さんははっきり殺したといったんですか」

「最初はいい渋っていたが、結局は白状した。あの男が持っていたのは例の金だけで、念書の写しもテープも見当たらなかったそうだ」

念書の写し――堀場はその存在を疑問視していた。オニマサには脅迫の魂胆などなく、服役中は念書によって、出所後はテープによって己と息子の身の安全を担保しようとしていただけではないのか。一千万はいわば手切金のつもりで要求したのではないのか。堀場がそんな考えに大きく傾きはじめていた矢先に、それをたしかめる術《すべ》を孝行が暴力的に奪ってしまったのだ。

「現場はどこです？」と堀場は訊ねた。

「カクネ里とかいっておった。鹿島川のずっと奥の」

堀場は舌打ちし、密室の中なのに声を潜めていった。「まさか先生のご指示じゃないでしょうね？」

喜一郎はギョッとしたように眼を剝《む》いた。「た、たわけたことをいうな！」滑稽《こっけい》なほどの狼狽《ろうばい》ぶりだった。「倅は知り合いを総動員してオニマサの行方を捜しておったが、昨日の午後、とうとうあの男を見つけた。鹿島の河原っ端を歩いておったそうだ。オニマサのヤサを突き止められるのではないか。ひょっとするとテープや念書の写しもそこに隠してあるのではないか。倅はそう考えて密《ひそ》かに尾行する気になったらしい。オニマサが向かった先はカクネ里の隠し小屋だった。追いついた倅はオニマサにテープの在処《ありか》を問い質《ただ》した。あの男は口を割るどころか、〈テープの在処など金輪際教えない。この先ずっとおまえたち父子を懲らしめてやる〉と凄《すご》んだそうだ。それで倅は逆上して……」

「いささか粉飾の臭いがしますね」堀場は不信感を隠さなかった。「孝行さんは最初からオニマサを殺すつもりであとをつけたんじゃありませんか」

喜一郎はなにかをいいかけて「うっ」と言葉に詰まった。眼にもいつもの力がなく、虚ろだ。ここまでくると、さすがに愚息を庇《かば》い立《だ》てすることはできないようだった。

「孝行さんはちゃんと遺体を始末したんでしょうね？」

「そのことなんだ！」喜一郎の眼が現実の光を取り戻した。「隠し小屋というのは要するに岩小屋のことで、まずもって人眼には触れそうもないところだから、倅は遺体をそこに置きっ放しにしてきたそうだ。近いうちに発破で崖《がけ》ごと吹っ飛ばして埋めるとかなんとかいっておるが、それまでほんとうに発見されないかどうか、それが心配でな……」

「大丈夫でしょう。誰もあんなところに行きゃしませんよ。もうじき雪も降りますし」

「しかし、雪が本格的に降るまでにはまだ間があるし、世の中にはどんな酔狂がおるとも知れない。始末は早いに越したことはないと思うんだ。できれば今日のうちにでも……」

「だったら、息子さんのケツを叩くんですな」

「あいつは慣れない川歩きでクタクタだ。河原で夜を明かして一睡もしておらんようだし、あちこち怪我もしておる。それに発破を扱ったこともない。おまえが行ってくれんか」

　堀場は耳を疑った。「はあ？」

「またかと思うだろうが、こんなことはおまえにしか頼めんのだ。我慢してくれ。その代わり、おまえの願いはなんでも聞き入れる。独立の件も急ごう。資金的なことは心配無用だぞ。おれが全面的にバックアップするし、銀行にも口を利く。独立後の仕事だって不自由はさせん。〈堀場組〉は設立と同時に県内有数の優良企業だ」

　七年前の口約束と一緒だった。今度のことはあの時の付帯条件だとでもいうのか。それとも七年前のことは堀場の失策とカウントされていて、契約を白紙に戻しているつもりか。

　堀場は眼の前の男をぶちのめしたい衝動に駆られたが、そこはぐっと堪《こら》えた。

「頼む」と喜一郎は泣きそうな声でいった。

「条件があります」

　足許を見られて無体な要求をされると思ったのだろう、なにも聞かないうちから喜一郎は飼い犬に手を嚙《か》まれたとでもいうような顔つきになった。

「孝行さんのケツを本気で叩いてください。私はその岩小屋の場所を知らない。彼に案内してもらいます。発破作業にも手伝いが必要ですし」

「しかし、あいつは……」

「疲れていようがなんだろうが、自分がしでかしたことの後始末くらいやらせなきゃダメですよ。いつでも誰かが尻拭《しりぬぐ》いをしてくれる。この先もそんなふうに思われて好き放題やられたら、こっちはたまったもんじゃない。這《は》ってでも行けと説得してください」

「……わかった」

「こんなことはいいたくないですがね、孝行さんは少し異常です。今度こそ厳しくお灸《きゅう》を据えて心を入れ替えさせないと、あの人はいずれ先生の命取りになりますよ」

いつにない堀場の苦言に喜一郎は一瞬、不興顔を晒《さら》したが、彼もそこは我慢した。「あいつにはほとほと困っておるのだ。小さい頃は気持ちの優しい子だったのに……」

堀場は喜一郎の憂愁など無視し、空を見あげた。「もう日は短い。そうとなったら、すぐにでも出発しなければなりません。正午までに孝行さんを大谷原《おおたんばら》によこしてください」

堀場はそう告げて車を降り、喜一郎の運転するセドリックを苦々しい表情で見送った。

まったく休憩《きゅうそく》を取ることなく歩きづめに歩いたが、堀場と孝行がシラタケ沢との合流地点に差しかかる頃には夕暮れがすぐそこまで迫っていた。川の水量は一年でもっとも少なく、雪渓も消耗している時季だ。しかし、水の冷たさが障壁となって、ふたりの体力を容赦なく奪っていた。道中、孝行は幾度となく「もう歩けない。休ませてくれ」と泣き言を洩《も》らした。堀場自身も無理をせず河原で一夜を明かすことを考えないでもなかったが、孝行の顔が苦痛に歪《ゆが》めば歪むほど逆に堀場の怒りは滾《たぎ》り、川を遡《さかのぼ》る足は早まった。こんなことは一分でも一秒でも早く片づけてしまいたかった。そして、孝行をとことん苦しめてやりたかった。孝行が弱音を吐くと、堀場は怒りに任せて「おまえには休む資格なんかない。ホトケさんへの供養だと思って先を急げ！」と怒鳴りつけたり、川歩きに役立つと思って持参したピッケルを振りかざして脅しあげたりもした。父親の忠犬だとばかり思っていた堀場があからさまな敵意を剝《む》き出しにするので、孝行は驚き、恐れ、憤慨した。ふたりの間は険悪になり、次第に口をきかなくなっていた。

異変が起きたのは、ふたりがカクネ里に足を踏み入れたまさにその時だった。上流に人影があった。岸辺の草むらに腰をおろしている。堀場は（まさか）とは思いつつ、喜一郎の危惧《きぐ》が的中したのかもしれないと背筋が寒くなった。——遺体を発見されたか⁉

近づいてみると、それは中学生か高校生くらいの華奢《きゃしゃ》な少年だった。堀場はますます混乱した。こんなところに子供がいるとは。しかも、たったひとりで。少年は放心したように虚ろな視線を漂わせ、頻《しき》りとなにごとか呟《つぶや》いている。身なりは紺色の防寒着に同じ色合いのジャージのズボン、頭には日本手拭《てぬぐ》いをかぶり、足許は地下足袋《たび》だった。堀場たちの存在にはまったく気づいておらず、おたがいの顔の造作がわかるほどまでに接近しても一向にこちらに注意を向けようとしない。相変わらず腑《ふ》抜けた顔つきで、ぶつぶつと念仏のように独り言を洩らしている。なんとも薄気味悪い様だった。「おい」と堀場が声をかけると、少年はようやく眼線を向けたが、まるで鬼に出くわしたとでもいうような驚愕《きょうがく》の表情を浮かべ、地べたに這い蹲《つくば》って落雷から身を守るような姿勢を取ると、躰《からだ》を病的に痙攣《けいれん》させた。堀場が駆け寄って少年の細い肩を抱き、「どうした？」と訊《たず》ねた。少年はわなわなと震え、フイゴのように激しい息を洩らすだけだ。上体を抱き起こすと、眼は完全に焦点を失っていた。明らかに錯乱状態にある。堀場はある予感に駆られながら、「大丈夫、大丈夫」と少年を慰め、暖めるように背中を撫《な》で擦《さす》った。少年の躰は饐《す》えたような獣じみた臭いを発散していた。何日も風呂《ふろ》に入っていないことは確実だった。

「おまえはオニマサの倅《せがれ》だな？」と堀場は訊ねた。

堀場は過去に一度だけ健一の姿を眼にしたことがある。七年前、警察の事情聴取に応じた際、大町署内で婦人警官に手を引かれている幼い男の子と擦れ違い、「あれがオニマサの息子だ」と刑事に教えられたのだ。たったそれだけの邂逅《かいこう》だったが、そして、少年期から青年期にかけての歳月がその容貌《ようぼう》を劇的に変えていたが、それでも堀場は眼の前の少年が健一であることを確信していた。しかし、今は東京の母親の実家で暮らしているはずでは？　健一が家出していて、出所後の正之助がその行方を捜しまわっていた事実を堀場が知るのは後日のことだった。

「いったいなにがあったんだ？　おまえはどうしてこんなところにいる？」

堀場の矢継ぎ早の質問に、少年はまったく応《こた》えようとしなかった。震えおののき、うわ言めいた呟きを繰り返すばかりだ。堀場は少年の頬を平手で張った。ハッと我に返ったように眼を見開いたのも束の間、少年は今度は絶叫した。溜《た》め込んでいた恐怖を一気に吐き出すような、あるいは躰が引き裂かれたとでもいうような悲痛な叫び声だった。堀場は思わず少年を抱き竦《すく》め、その耳元に「しっかりするんだ」と繰り返し囁《ささや》いた。少年は幼児に戻ってしまったように堀場の腕の中でしばらく泣きじゃくり、そのあげく嘔吐《おうと》した。堀場は彼を四つん這いにさせたが、出てくるのは唾液《だえき》とも胃液ともつかぬものばかりだった。とっくに精神力は限界を超えていたのだろう、少年は吐き気が治まると、草むらに突っ伏して気を喪《うしな》った。

「完全にイカれてやがるな、このガキは」孝行が近づいてきて気味悪げに少年を覗《のぞ》き込んだ。「こいつはほんとうにオニマサのガキなのかい？」

「イカれさせたのはおまえだ」と堀場は冷たくいい放った。「この子はオニマサの死体を見ちまったんだ」

「そういうことなら、このガキも始末しねえと……」

堀場は鬼の形相で孝行を睨《にら》みつけた。「いいか、おれの質問に正直に応えろよ。おまえが殺したのはオニマサだけか」

「……」

「おまえの耳には聞こえなかったか。この子は妙なことを口走っていた。〈おっとうがまた殺した〉とな」

「ほんとうかい？」

孝行がにたにたと嫌らしく笑いはじめた。

「なにがおかしい？」

孝行の笑いは哄笑《こうしょう》に変わった。「そうか……そういうことか」

「説明しろ！」

「まあ、隠し小屋に行けばわかっちまうことだから白状するけどさ、そこには女の死体も転がっているんだよ」と孝行は開き直った。

「なんだと？」

「黙っていて悪かったな。オニマサのことだけで親父はぶっ倒れちまいそうなほど泡を喰《く》っていたから、いいそびれちまったんだ。でもよ、こいつは傑作だぜ。ということは、このガキはオニマサが女を殺して、オニマサは自殺したとでも思ってるんじゃねえのか」

堀場は立ちあがり、孝行の胸倉を摑《つか》んで激しく揺さぶった。「女とは誰だ？」

「知らねえよ」

堀場は孝行を突き放し、ピッケルの柄で孝行の左太股《ふともも》を思いきり殴りつけた。孝行は不様にひっくり返った。

「てめえ、なにしやがるんだ！」

堀場は孝行の喉元《のどもと》にピッケルの石突きを突きつけた。「この腐れ外道めが！　いったい何人殺したら気が済むんだ」堀場の血は沸騰し、血管が限界まで膨張していた。「女とはどこの誰だ？　白状しやがれ！」

孝行もさすがに殺気を感じたようで、恐怖に顔を引き攣《つ》らせた。「だ……だから、知らねえって。どういうわけか隠し小屋にいて、おれがオニマサを殺《や》るところを見てやがったんだ。証人は残せねえだろうが」

堀場は怒りのあまり眼が眩《くら》んだ。

「でもよ、このガキが勘違いしてくれているとしたら、おれたちはついてるぜ、堀場さん」

「なにが〈おれたち〉だ。おまえと一緒にするな」

「一緒だよ」孝行はまた嫌らしく笑った。「親父に尻尾《しっぽ》を振って悪事に荷担しているくせに、今さら聖人君子面するんじゃねえよ」

「……」

孝行はピッケルを腕で弾《はじ》いて立ちあがり、これみよがしに衣服の汚れを払った。「あんたの振る舞いは親父に報告させてもらうぜ」

「勝手にしろ」

「さあて、そのガキはどうするよ？　勘違いは好都合だが、あとで騒がれるのも面倒だ。やっぱり殺っちまおうか」

堀場は倒れている少年を見た。この子はずっと父親を武藤殺しの犯人だと思っていた。だからこそ、今日目撃したものを誤認し、父親がまた罪を重ねた上に自決したと思い込んだに違いない。堀場は正之助が犯した最大の罪を知った。それは我が子の人生を愚弄《ぐろう》し、捩《ね》じ曲げたことだ。

「どうするんだよ、堀場さん？」

堀場は空を仰いだ。「もうすぐ日が暮れる。この子のことはあとだ。とにかく隠し小屋を始末しちまうぞ」

そこからは孝行に先導させ、堀場は崖《がけ》上の隠し小屋へ向かった。そして、十代の少年ならずとも精神を破壊されてもおかしくないほど凄惨《せいさん》な場面をそこで目撃することになった。孝行が白状した通り、岩小屋の中には正之助とまだ年端も行かない少女が血を流して倒れていた。だが、ふたりの亡骸《なきがら》もさることながら、堀場をさらに驚かせ、震えあがらせたのは、もっと小さなものの存在だった。小屋の中が薄暗いこともあって、その正体を彼は咄《とっ》嗟《さ》には理解できなかった。最初は爬虫類《はちゅうるい》か、さもなくばこの世のものではない異形の生物のように錯覚した。眼を凝らし、初めてそれが人間の赤ん坊だと気づいた。下半身裸の少女の足許《あしもと》、夥《おびただ》しい血液と羊水の海の中に臍《へそ》の緒《お》をつけたままの男の赤ん坊が転がっていたのだ。明らかに月足らずの未熟児で、体色は新生児特有の淡紅色ではなく、鬱血《うっけつ》したようなおぞましい紫色だった。

堀場は息を呑み、殴られたように立ち竦《すく》んだ。

40

一成は思わず眼を剥《む》いた。「赤ん坊だって？」

「ああ、そうだ」と堀場は頷《うなず》いた。「あの娘が産んだ子さ。父親は健一だよ」

「！」

「もともと目立たない腹だったのか、孝行も娘が妊娠していたことには気づかなかったようだ。察するに、孝行に刺されたあとも娘はしばらく息があったんだろう。刺されたショックで産気づき、最後の力を振り絞って赤ん坊を産み落としたに違いない」

「なんてことだ……」

「長い間、あの時眼にした光景はおれにとって謎だった。あの娘が武居翠だということも、ずっとあとになって知ったことだ。おれなりに想像することはあったが、去年、健一から直接話を聞いてようやくすべてが呑み込めた。母親の実家に預けられてからも健一はちょくちょく大町を訪れていたんだ。あいつにとっては、懐かしい山と自分を慰めてくれる翠だけが心の縁《よすが》だった。そうこうしているうちに、思春期特有の一途《いちず》な思い込みが健一を家出という行動に奔《はし》らせた。あろうことか、あいつは現代の落人《おちうど》になろうとしたのさ」

「落人に？」

「子供の頃に聞いた伝説を真似てカクネ里に隠れ棲《す》み、父親と同じように山で生き延びようとしたんだ。それしか自分が生きる術《すべ》はないと考えた。幼稚で現実離れした妄想だが、健一は本気だった。翠は最初のうちはなんとかあいつを思いとどまらせようとしたらしい。ところが、あの娘にもアクシデントが起きた。健一の子供を身籠《みごも》ってしまったことだ。しかも……」

「ふたりが姉弟《きょうだい》であるという事実を、翠さんは知ってしまった」

「ほう、鹿島の婆さんはそんなことまでおまえに喋《しゃべ》ったのか。婆さんは娘の妊娠に気づいていたか」

「それは聞かなかった」

当時、翠は親元を離れていたから、オババが娘の躰《からだ》の変調に気づかなかったとしても無理はない。それとも、オババはなにかを察していたのか……。

「翠は思い悩んだあげく健一と行動を共にすることにした」と堀場は話をつづけた。「ふたりは自分らを犬畜生にも悖《もと》る存在だと罵《ののし》り、運命を呪ったが、死のうとはしなかった。いや、半分は死んだ気になって、ふたりして同じ妄想に身を委《ゆだ》ねようとしたのかもしれん。あの岩小屋には、どこで調達してきたのか、哺乳瓶《ほにゅうびん》やらなにやら育児道具が見事に揃っていた。まるでママゴトのような光景だったが、本人たちは本気で子供を産み育てるつもりになっていたらしい」

父は妊娠を恐れていた――一成はようやく合点がいった。恐れるはずだ。心ならずも腹違いの姉との間に子をもうけて思い悩み、おそらくは世界中を敵にまわすような覚悟で父親になろうとしたにもかかわらず、結局はその子の悲惨な誕生を目撃することになったのだから。女の体内に宿る命こそが父にとっては呪詛《じゅそ》であり、禍《わざわい》であり、破滅を意味した。母が妊娠した当時、父の記憶が戻っていたとは思えないが、やはり深層心理ではそれを忌避していたに違いない。

「たまたまあの時は健一が物資を調達するために下山していて、その間にオニマサが岩小屋を訪れた。オニマサは喜一郎からふんだくった金を息子に手渡すつもりだったんだろう。

それともまた父子《おやこ》で一緒に暮らすことを夢見ていたか……。そこを孝行に付け狙われたというわけだ」堀場はポケットを探って煙草を取り出した。ライターを着火したその途端、ハッとしたような表情になって一成を見た。「そういえば、おまえはさっき火炙《ひあぶ》りがどうのこうのと妙なことを口走ったな。どうせ鹿島の婆さんの入れ知恵だろうが、そいつはとんだ誤解だぞ。おれたちは三人を茶毘《だび》に付しただけだ」

「茶毘に？」

「あの姿のままではあまりにも忍びなかったから、薪《まき》を集めて遺体を焼いた。一晩かけてな。昔は遭難者の死体もそうやって山で焼いたもんだ」

それが火のイメージの正体だったのか。だが、少し妙だと一成は思った。

「あとはおまえのいった通りさ。翌朝、発破で岩場を崩してからおれたちは下山した」

「親父は？」

「おれたちが作業に没頭している間に姿を消しちまった。ひとりで下山し、衰弱しきって河原で倒れていたところを釣人に保護され、病院に収容された。そのことを知ったおれはすぐさま病院に駆けつけ……」

「ちょっと待て。あんたはひとつ嘘をついている。というか、敢《あ》えてそれを伏せている」

「なんだと？」

「赤ん坊は生きていたんじゃないのか」

「……」

「生きていたんだろう？」一成は今、悪夢のほんとうの意味をやっと理解できたような気がした。赤ん坊の泣き声、火、爆発音、岩雪崩——トンチを媒介して自分に伝えられたものは、死後の翠の思念だったのではないか。翠は……いや、翠の母性は死してなお我が子を襲う災禍を認識し、戦慄《せんりつ》していたのではないか。「赤ん坊は炎の中で産声と断末魔の声を同時にあげた。あんたは赤ん坊を焼き殺したんだ」

「そうじゃない！」堀場は激しく首を振って否定した。「そうじゃないぞ。あの有様を見たら、誰だって死産だったと思うはずだ。それなのに、薪が燃え盛った頃、突然赤ん坊が激しく泣きはじめた。信じがたいことだがな。なんとかしようにも、火の勢いが強くてもはや手の施しようがなかった。それに、だ。こんな山奥で未熟児を拾って、どうやって生かして帰れというんだ？　仮に生き延びられたとしても、まともに育つわけがない。血を分けた姉弟の間にできた子供なんだぞ」

「詭弁《きべん》よ！　それはあとでわかったことじゃないの」深雪が久しぶりに声を発した。「だいたい、あんたが判断をくだせる問題じゃないわ。殺していいという理由にもならない」

「うるさい！　ほんとうに泣いたのかどうかもわからん。あれは幻聴だったのかもしれん」

「幻聴じゃないさ」と一成はいった。「赤ん坊はたしかに泣いたんだ。生きていたんだ」

堀場は怯《ひる》んだように視線を泳がせた。

「故意にせよ、不可抗力にせよ、あんたが人の命を奪ったことは事実だわ」と深雪がなじった。「孝行と同じ穴の狢《むじな》よ」

「なんとでもほざけ。せいぜい今のうちにな」

「あんたは自分の弱さから眼を背けている人間だ」と一成はいった。「仕方なく汚れ仕事を請け負っている、自分も被害者だというような顔をしているが、それもこれもあんた自身が招いたことじゃないか。あんたという人は、結局最後は大迫家の意向に従うんだ。どんな理不尽なことでもな。喜一郎にやれといわれれば、おれの親父も殺したに違いない」

堀場は黙って一成の言葉の毒を浴びていた。どういう心境でいるのか、薄笑みを湛《たた》えているようにさえ見える。

「いや、きっとそういう謀議もあったはずだ。でも、悲惨な体験のショックで親父は記憶を喪《うしな》った。しかも、もともと親父は岩小屋の惨事を祖父の仕業と誤解していたフシがある。念書とテープの問題が未解決だったから、それに繋《つな》がる糸を断ち切らないでおくという判断もあった。だから、辛うじて親父は生かされたんだ。前言は撤回する。養子縁組は替え玉の見返りなんかじゃない。もちろん、孤児になった親父のためにしてくれたことでもない。あんたたちは親父を監視下に置いたんだ。沢村家の人間はあんたの知り合いか。それとも大迫喜一郎の知り合いなのか」

堀場は歪《いびつ》な笑みを見せた。「おれの女房の遠縁に当たるのさ、死んだ沢村の婆さんがな。あの縁組は、健一の境遇を不憫《ふびん》に思った喜一郎がひと肌脱いだことになっていて、当時はなかなかの美談として一部では語られたもんだ」

「ということは、沢村の祖父母も事情を知っていた?」

「すべてを話したわけじゃないが、すべてを隠したわけでもない。まあ、そんなところだ。こっちはそれなりの支度金も用意した。その代わり、健一に記憶を取り戻すような兆候が顕《あらわ》れたら、即座に連絡をよこすという約束だった」

なんたることだ。富田社長が「恩人」と表した人物たちまでもが片棒を担いでいたとは。

「結局、あの夫婦が生きているうちにそういうことはなかったし、こっちが健一と逢《あ》うこともなかった。このまま昔の話は埋もれてゆくとばかり思っていたんだが……」

「だが、そうはならなかった。いったい親父の記憶はいつ戻ったんだ?」

「ここ数年、恢復《かいふく》の兆候はあって、昔のことを繰り返し夢に見たり、断片的な映像が突然頭の中に浮かぶようなこともあったようだ。そこにきて、たまたまカクネ里のことを書いた新聞記事を読み、炙《あぶ》り出しかなにかのように記憶が蘇《よみがえ》ったといっていた」

やはり相田教授の文章が引き金だった。「あんたたちはその記事を書いた大学教授にも厭《いや》がらせをしたな」

堀場は意外そうな顔をした。「ほう、そんなことまで知っていたのか」

「さらに、このあたりを入山禁止にしようと盛んに働きかけていた。親父の遺体、孝行の指紋がベタベタついているであろう兇器《きょうき》、この山のどこかに隠されていると喜一郎が思い込んでいる念書の写しとテープ……それらを他人の眼に触れさせないために」

「あれは喜一郎の被害妄想による完全な勇み足だった。誰もカクネ里に近づけさせないように、あの男はなりふり構わず関係方面に圧力をかけていた。そんなことをすれば、かえって世間の耳目を集めてしまうといったんだが……」

　堀場がそこでなにげなく上空に眼を向けた。不穏な雲が湧き出していた。昨日と同様、大気の状態はひどく不安定のようで、雨が降り出しそうな気配が濃厚だった。気を急《せ》いた堀場が中途半端に話を切りあげかねないと感じた一成は慌てて別の質問をぶつけた。

「親父が殺された事情をちゃんと説明してくれ」

　堀場はゆっくりと視線を一成に移した。「記憶を取り戻した健一は、自分なりに調べてオニマサたちの死体がいまだに発見されておらず、事件にもなっていないことを知った」

「そうか、親父はそれをおかしいと思ったんだ。カクネ里であんたと孝行に出くわし、自ら〈おっとうがまた殺した〉と口走ったんだから。そもそもあんたたちがそんなところに偶然居合わせたことが不自然だ。親父はそこに悪事の臭いを嗅《か》ぎ取り、あんたを問いつめようとして大町に……」

「たしかに同じ疑問を健一も口にしたな。なぜおれたちがあそこにいたのか、なぜ事件は公にならなかったのか……。おれはこう応《こた》えた。〈おまえが家出したと聞いて喜一郎氏が心を痛め、おれたちを捜索に差し向けた。岩小屋の事件はおまえの将来のことを慮《おもんぱか》っておれたちが隠蔽《いんぺい》した〉とな。あいつはそれで納得していた」

「納得しただって？　その場凌《しの》ぎみたいなそんな説明でか」

「おれたちの行状をあげつらう以前に、健一にはほかに懸案があったのさ。あいつは自分自身の思い込みを疑っていた。ほんとうにオニマサが翠を殺したのか。実はその逆だったのではないか、とな」

「逆？　翠さんが祖父を殺したかもしれないということか」

「動機の点を考えれば、そっちの方が理に適《かな》っている。オニマサに動機はない。だが、翠にはある。なにしろオニマサの奔放な生き方が結果的に健一と翠を追いつめたわけだからな。翠が憎き父親を刺し殺し、自らも命を絶った――その可能性もあり得ると健一は考えたわけだ。あの時の光景をどう解釈すればいいのかわからなくなって、健一はひどく混乱していた。記憶を取り戻したことでかえって記憶の袋小路に嵌《は》まり込んでしまい、考えても詮《せん》ないことに縛られて一歩たりとも動けなくなっていた。おれたちが岩小屋を始末したと聞いて、健一はその解釈をおれに求めたのさ」

「あんたは親父になんといった？」

「忘れろ――そういった。〈真相はおれにもわからん。だが、どっちが殺したかなんて話はもういい。一切合切をもう一度忘れて、この三十年におまえが築きあげてきた人生を大切にして生きろ〉とな。健一も一度はおれの言葉に従う気になった。ところが、あいつは子供の頃にオニマサに託された封筒のことをついでのように思い出してしまった。病的な健忘症が恢復したことで、自然に忘れていったことまで連鎖反応のように蘇ったんだろうな。すべてを忘れるつもりになっていたあいつも、封筒にはひどく固執した。封筒の中身だけはどうしても見届けたいといって聞かなかった。おれはなんとか隠し場所を聞き出そうとしたが、健一は〈現地に行ってみなければわからない〉という」

「それで一緒に行くことになったわけだ。その日のうちにか」

「いや、なんの準備もなかったから、日をあらためて行くことにした。ところが……」

「大迫父子《おやこ》がことを急いた？」

堀場は頷《うなず》いた。「健一が記憶を取り戻し、おれを大谷原に呼び出したことは喜一郎にも報告済みだった。その時点で喜一郎はすでに戦々恐々でな。健一がオニマサになにかを託《ことづ》かっていて、自分たちを貶《おとし》めようとしていると思い込んでいた。焦った喜一郎は孝行を差し向けてきて健一を拘束した。封筒のことを知ると泡を喰《く》って、即座におれたちをこの山に登らせた。なんのことはない、勝手に馬脚を顕して健一の不信を買ったというわけだ」

「封筒を手に入れたら、あんたたちは親父を殺すつもりだった。そうなんだな？」

「喜一郎はそう命じたが、おれは健一を生かすことを考えていた。これはほんとうだぞ。喜一郎の拙策で健一はたしかに疑惑を持ちはじめていたが、封筒さえこっちが取り押さえれば、なんとかごまかせると思った。孝行のせいですべてぶち壊しになっちまったがな」

「あんたは孝行がなにかに取り憑《つ》かれていたといったな。狂い死にしたともいった。いったいどういうことなんだ？」

「過去にしでかしたことを考えれば、もともと孝行にはそういう素地があったのかもしれんが、ここ五年ばかりは明らかに精神を病んでいた。オニマサや翠がまだ生きていると口走ったり、岩小屋が誰かに掘り返されるという強迫観念に囚《とら》われてカクネ里に出かけようとしたり……。実際、何度も鹿島川を遡《さかのぼ》ろうとして大怪我を負ったりもしている。あの男の奇行ぶりはもはや世間に対して取り繕えないところまできていて、そのために議員も辞職せざるを得なかった。あの日の孝行も完全に錯乱状態だった。あの男は健一のことをオニマサだと思い込んで襲いかかったんだ」

「どうしてそんな危なっかしい男を一緒に連れて行った？」

「孝行自身が決着をつければトラウマを克服できる。狂気の元凶を取り除ける——喜一郎はそう考えたんだろう。もっとも、喜一郎の親心はいつも裏目に出ると決まっているが」

父は孝行から逃れたというより、死ぬ前になんとしても封筒の中身をたしかめたくて水穴に辿《たど》り着いたのだ。絶望的なその所業を思って一成は唇を噛《か》んだ。

「鉄砲水に流された時も、孝行は家族の監視の眼を逃れてこの川を遡ろうとしていた。喜一郎がいうことにも一理あるのかもしれん。孝行はオニマサたちに呪い殺されたのさ」

「おれの身内を化け物みたいにいうな。孝行の自業自得だろうが」

堀場がまた空を見あげた。雲行きがいよいよ怪しくなっている。いや、すでに上流部では降雨があるらしく、細かい雨粒が風に運ばれてきて一成たちの頰を濡《ぬ》らした。

「こいつは大雨になるな」と堀場はいった。「お喋《しゃべ》りはここまでとするか」

一成は焦った。「こっちにはまだ訊《き》きたいことがある」

「質問も打ち切る！」堀場はぴしゃりといい放った。「よし、計画は変更だ。おまえらには増水した鹿島川で溺死《できし》してもらう。気の毒だが、父親とは離れ離れになるということだ。

悪く思うなよ」

「おれたちはこれまでに知ったこと、推察したことを複数の人間に伝え、その上でここにきている。三人が揃って死んだりすれば、疑惑の眼は当然そっちに行くぞ」

「おまえらは遭難するんだ。どうしてこっちに疑惑の眼が向けられる？」

「あんたたちは何度そうやってリセットに失敗してきた？　おれたちを殺しても新たな禍根を残すだけだぞ」

「何度でもリセットしてやるさ。こうなったらな」

堀場は陰鬱《いんうつ》な笑みを見せて立ちあがった。疲労が募っているようで脚がふらついた。そのことが自分で許せないとでもいうように彼は舌打ちし、鉢巻き男から乱暴に猟銃を奪って銃口を一成に向けた。黒々とした孔《あな》に見つめられた一成は思わず眼を瞑《つむ》り、恐怖に身を強張《こわば》らせた。

「撃ったら、遭難の偽装工作はご破算ね」と深雪がいった。

「必要とあらば撃つ。躊躇《ちゅうちょ》はせんぞ。工作なんぞあとでどうにでもなるんだ」堀場の物言いはどことなく投げやりだった。「さあ、立て！」

背中合わせで簀巻《すま》きにされている三人は呼吸を合わせて立ちあがった。

「そのまま本流まで歩け」

「こんな格好じゃ無理だ」

「歩け！　転がってでもそのまま行くんだ」と堀場は無理を強要した。

「無理よ！」と深雪が猛抗議した。

間髪容れず銃声が轟《とどろ》いた。堀場が威嚇射撃を行ったのだ。一成と深雪は撃たれたように首を竦《すく》めた。鉢巻き男も虚を衝《つ》かれてぽかんと口を開けている。トンチだけが平然としていた。

「行け！」

銃身を振って指示する堀場の眼には狂気とも諦念《ていねん》ともつかぬ暗い光が宿っていた。ついに雨が本格的に降り出し、森に雨音が広がった。三人はなんとか歩調を合わせて牛歩の歩みを開始した。正面を向いて歩けるのはトンチだけ。一成と深雪はカニ歩きのような格好だ。すぐさま深雪が倒木に足を取られてよろけ、三人のスクラムは重心を崩して潰《つぶ》れた。

堀場が「グズグズするな！」と怒鳴り、銃の先で一成の肩をつついた。

立ちあがった時、一成はきな臭い匂いを嗅《か》いだような気がした。と同時に、氷穴の異変を眼にした。穴蔵から白い煙が漂い出ている。

「火事よ！」と深雪が叫んだ。

煙は見る見る間に勢いを増して濛々《もうもう》と噴き出し、崖《がけ》に沿って垂直に立ちのぼった。穴の中では薪《まき》が爆《は》ぜるような音が反響し、炎の揺らぎも見える。

「おい、あんたはあの中になにを仕掛けた⁉」と一成が堀場に怒鳴った。

堀場は茫然《ぼうぜん》と氷穴を凝視している。

「いったいなにをしたんだ？」

堀場は棒のように立ち竦み、「おれは……おれはなにもしていないぞ」と消え入りそうな声で応《こた》えた。

すると、氷穴から今度は赤ん坊の泣き声が聞こえてきた。最初は低く籠《こも》るような声だった。それが次第に大きく鮮明になり、やがては耳を聾《ろう》するほどの大音響になった。

「なんなんだよ、この声は？」と鉢巻き男も怯《おび》えをあらわにした。

「この男が殺した赤ん坊の声さ」と一成は冷たくいい放った。

次の瞬間、その場にいる全員が凍りついた。煙の中に突如として人影が立ったのだ。鉢巻き男は仰天して後退《あとずさ》り、樹の根に躓《つまず》いて尻餅《しりもち》をついた。堀場は慌てて銃口を向け、銃爪《ひきがね》に指をかけた。人影は滑るように五人に近づいてきた。翠だった。ただし、カクネ里のケルンの墓標の脇に佇《たたず》んでいた時とは様子が少し違っていた。はっきりとした質感、存在感があり、生きている人間となんら変わりない。髪が長く、ひどく痩《や》せていて、蛹《さなぎ》から羽化したばかりのセミのように色白で、ある種の齧歯類《げっしるい》動物を思わせるコケティッシュな顔立ちをしている。黒眼がちの大きな眼には邪気の断片もなく、口許《くちもと》には薄笑みさえこぼれていた。異様なのはその身なりで、上半身にはその年頃にしては地味すぎる臙脂色《えんじいろ》のセーターを着込んでいるが、下半身は裸だった。しかも、骨っぽくてか細い少年じみた両脚は鮮血に染まっている。表情が穏やかなだけに、その出《い》で立ちとのギャップが不気味だった。

堀場が悲鳴とも唸《うな》り声ともつかぬ声を発し、翠に向けて発砲した。しかし、弾は翠の躰《からだ》を突き抜けて背後の崖に当たっただけだ。翠は平然と佇み、やはり薄笑みを絶やさずに静かなまなざしを堀場に向けている。堀場は気忙《きぜわ》しく弾を込めると、つづけざまに二発撃った。が、同じ徒労を繰り返しただけだった。堀場は獣じみた声をあげ、性懲りもなく再び銃爪を引いた。もう弾は発射されなかった。完全に正気を喪《うしな》った堀場は力任せに銃を翠の方に投げつけると、今度は腰に提げた鞘《さや》から鉈《なた》を抜き出した。

「おれがなにをしたっていうんだ？」と堀場が喚《わめ》いた。「おまえたちを死なせたのはおれじゃない」

まるで堀場の気持ちをはぐらかすように翠は笑っている。

「おれは殺してない。殺してないぞ！」

そう叫ぶやいなや、堀場が鉈を振りあげて翠に襲いかかった。が、翠に切りかかったはずの堀場は、その実、空を切ってたたらを踏んだ。翠の姿は一瞬にして消えていた。と同時に、堀場の頭上で凄《すさ》まじい爆発音が炸裂《さくれつ》した。彼は崖の上を仰ぎ見た。そして、迫りくる己の死を悟った。いくつもの巨大な岩塊が降り注いできた。彼はそれらの下敷きになる前に、もっと小さな拳《こぶし》大の石をまともに頭にくらって頭蓋骨《ずがいこつ》を砕かれ、即死していた。

それは規模の小さな崖崩れ、いや、むしろ規模の大きい「落石」といった程度のものだった。しかし、人ひとり死なせるには十分の破壊力があった。年来の心の中の宿敵ともいうべき堀場の最期を深雪は見届けた。だが、その瞬間、意外なことに彼女は悲鳴をあげ、涙を流していた。彼女の父親がいっていたように、死は平等に人間の業を浄化するものらしい。崖崩れの土煙がおさまる頃には、氷穴の煙も嘘のように消失していた。いつの間にか赤ん坊の泣き声も聞こえなくなり、雨音だけが山間を支配していた。

一成は傍らで腰を抜かしている鉢巻き男に「ロープを解いてくれ」といった。男は茫然《ぼうぜん》自失《じしつ》といった顔で一成を見つめ返した。

「解いてくれ」と一成は繰り返した。

男はハッと我に返り、三人の方に近づいてロープを解きにかかった。その間も彼はおどおどと四方に眼を配り、「今のはなんだったんだ？　おれたちは幻を見たのか」と震える声で呟《つぶや》いた。

「幻じゃありませんよ」と一成はいった。「四人が同じ幻を見るはずがない。現に堀場はあそこで息絶えている」

「おれはなにも知らなかったんだ」と男はおもねるようにいった。「堀場に付き合ってくれといわれて……。まさかこんなことに……」

「わかっています」と一成はいった。「おれたちはあなたのことをどうこうするつもりはない。でも、ここで見聞きしたことを警察には証言してください」

男は米搗蝗虫《こめつきばつた》のように何度も頷《うなず》いた。「ああ、わかった」

「ただし、あなたが見た女の子のことは内緒にした方がいい」

「当然だ。そんなことを口走ったら、こっちの正気を疑われる」

縛《いまし》めを解かれた一成は、堀場の壮絶な死にショックを受けている深雪の肩を抱き、いった。「もう誰も死なせたくなかったのに、結局こんなことになってしまった……」

「あんたのせいじゃないわ」

深雪は肩に置かれた一成の手にそっと指先を触れさせた。

「無線機は？」と一成は訊《たず》ねた。

「ザックの中」

「麓《ふもと》と連絡を取って、状況を報《しら》せてくれ」

「わかった」

立ちあがり、ザックの方に駆け寄りかけた深雪が振り返り、いった。「あのさ、堀場がいっていたテープのことなんだけど……」

一成は顔をしかめた。「テープだとか念書だとか、そんな話はもういいよ。うんざりだ」

「でも……」

「でも、なんだ？」

「ひょっとすると、私たちはそれを見つけたかもしれないわ」

そういって深雪はトンチの方を見た。

エピローグ――8月中旬――

遠見尾根の登山道に、一成、深雪、そして史子の三人がいた。

天気がよければ、巌《いわお》の究極の集合体ともいうべき五龍岳《ごりゅうだけ》のどっしりとした勇姿を間近に望め、カクネ里を抱く鹿島槍ヶ岳北壁を真正面に見渡すことができる絶景ポイントだが、今日は生憎《あいにく》濃い霧がずっと立ち込めており、その名に反して「遠くを見る」ことはできなかった。もっとも、遠見尾根の名は細かい起伏に富んだ地形、つまり「タワミの多い尾根」を語源とする説もある由。一成はそのことを同行してくれた深雪から聞いた。しかし、その深雪にしても実際にこの道を登るのは初体験とのことだった。

一成と深雪が腰をおろして休んでいる場所から少し離れた岩場、堆《うずたか》く積まれたケルンの傍らに史子がいる。彼女は背中を一成たちに向けて小さな折り畳み椅子に座り、頬杖《ほおづえ》をついて鹿島槍方向をじっと見据えていた。その脇には三脚が立っており、一眼レフのカメラの望遠レンズが史子の視線と同じ方角を向いている。あたかも念で霧を払い除《の》けようとしているかのように、史子はもうずいぶん長い時間、そうやって黙り込んだまま微動だにしていなかった。

「せっかくここまできたのに、お母さんには気の毒なことをしちゃったなあ」と深雪が自分の責任のようにいった。

「仕方ないさ、天気のことだから」一成は諦《あきら》め顔で応えた。「カクネ里が失くなってしまうわけじゃない。近いうちにまた出直してくるよ」

――どうしてもこの眼でカクネ里を見てみたい。

史子のその希望を叶《かな》えるための山登りだった。今は亡き健一のための慰霊登山といってもいい。さすがに鹿島川を遡《さかのぼ》るわけにはいかず、深雪の提案で遠見尾根の登山道を辿《たど》ることになった。テレキャビンや遊歩道などが整備されている山麓《さんろく》部こそハイキング気分でいられたが、その先はなかなかどうして本格的な山登りになり、一成は喘《あえ》ぎ喘ぎここまできたのだった。当初の予定ではもっと手前のポイントで目的を果たして引き返すはずだったが、一向に霧が晴れないので、ついつい「もうちょっと、もうちょっと」を足を延ばしてしまった。

深雪が腕時計に眼を遣《や》った。「帰りのことを考えると、そろそろ引き返した方がいいんだけど……」

おそらく母は素直には「うん」といわないだろうと一成は思った。それどころか、彼女の背中は一切の他人の干渉を拒むような頑《かたく》なさを発している。道中もずっとそうだった。なにやかやと気遣って話しかける一成や深雪に対し、史子は気のない生返事ばかりを返していた。もちろん慣れない山歩きによる疲労のせいもあるだろう。だが、思いつめたように一歩一歩登山道を踏み締める史子の歩調はさながら憎しみを刻むようで、表情にも鬼気迫るものがあり、一成は見ていて痛々しかった。妻である自分とひとり息子をうっちゃって、勝手に心の故郷に還《かえ》ってしまった夫のことをまだ許せないでいる——一成は母の心境をそう想像した。母はカクネ里に向かって罵声《ばせい》のひとつでも叫ばなければ気が済まないのかもしれない……。

「おふくろがあんな調子だから、あと十分だけ待ってくれよ」と一成はいった。

「わかった。それにしても残念だなあ。もともと霧が出やすいところではあるんだけど、よりによってこんな日にねえ……」

深雪が手作りのサンドウィッチを一成に振る舞った。彼女はちらと史子を一瞥《いちべつ》したが、お裾《すそ》分《わ》けで史子の心が晴れるわけでもないと悟ったらしく、声をかけなかった。

「ねえ、あのテープは聞いてみた？」と深雪が訊ねた。

「ああ。オーディオマニアの友達のデッキで再生してみたけど……」

「どうだった？」

「どうもこうもないよ。ほとんど再生不能だね。なにせ旧《ふる》い代物で保存状態も最悪だったから、劣化が激しくてさ。梱包《こんぽう》されていたとはいえ、何度も水に浸《つ》かったりして湿気に侵《や》られたせいか、テープがボロボロなんだ。すぐに切れちゃうわ、ヘッドに絡まっちゃうわで、友達に迷惑がられちゃったよ」

「そう……」

「ところどころ聞き取れないこともないけど、もともとの録音状態がこれまたひどくてね。

マイクの感度は悪いし、音が沈んでいて人の声が念仏にしか聞こえない」

「でもまあ、それでよかったのかもね」

「うん、おれもそう思う。仮に再生できたとしても、あのテープが証明しているのはどのみち昔の事件のことだし、いってみれば祖父の〝悪巧み〟が録音されているわけだからね」

堀場がいっていた〈オニマサのテープ〉はたしかに存在した。発見の経緯は拍子抜けするほど単純だった。深雪がある予感に駆られ、「オニマサから大事なものを預かってないか」とトンチを問い質《ただ》したのだ。すると、トンチはお気に入りのショルダーバッグの中からそれを取り出した。小さなオープンリールのテープで、プラスティックのケースに入れられ、さらにビニール袋に包まれていた。仮出所したオニマサはトンチに逢《あ》い、「これを大事にしまっておいてくれ」といってテープを託したらしい。以来、三十年以上もトンチはオニマサの言葉を遵守し、釣り具などと一緒にそれを肌身離さず持ち歩いていた。トンチにとってはオニマサから譲り受けたものはすべて宝物であり、その多くがバッグに押し込まれていたのだ。生前のオババが「あの鞄《かばん》にはよっぽどの宝物をしまってあるんだよ」といっていたことが、深雪の予感を生んだという。しかし、念書の写しはなかった。堀場の想像通り、それは喜一郎の被害妄想の産物であって、実在していないのだろうと一成は思った。

「それにしても、再生不能のテープといい、ありもしない念書といい、喜一郎たちはずっと幻に踊らされていたんだな」

「愚かね」

「愚かだし、哀れだな」

「でもね、私、ちょっと納得できないな。考えてみると、喜一郎だけなのよ。昔の事件に関わっていて、今でものうのうと生きてるのは……」

「生かされることが一番の罰になることもあるさ。これから大迫喜一郎は大変だぞ。孝行の件でスキャンダルになることは必定だし、場合によっては喜一郎自身が告発される可能性もある。そうなったら、栄華を誇った大迫家も没落しかねない。あれほどの高齢で、そんな修羅場を迎えることになるんだぜ」

「喜一郎にとっては死ぬより辛《つら》いことかもね」

一成はふと溜息《ためいき》をついた。「おれはオババのいったことをまっとうできたのかな？　過去を正すことなんてできたのかな？　やっぱり誰も幸せになれなかったような気がするけど……」

「それはあんたが判断することじゃなくて、未来が決めることなのよ、きっと。あんたは不当に消されたものを掘り起こして白日のもとに引き出した。自分の肉親の瑕疵《きず》も含めてね。そこには未来に繋《つな》がるなにかの意味があったはずよ。あんたは過去と未来の橋渡しをしたのかもしれない」

「えらく哲学的なことをいうなあ。さすがに大学に復帰しただけのことはある」

深雪はおどけるように顔をしかめた。「ほんとはこっちにいたいんだけどね。でもまあ、居心地がよすぎて進歩がなさそうだから、修行のつもりで行ってくるわ」

「頑張れよ、女子大生。たまには連絡を取りたいから、携帯を買えよ」

「気が向いたらね」

その時、史子が「見て、見て！」と叫んだ。「あれでしょ？　あれがカクネ里なんでしょう？」

一成たちが眼を遣ると、まるで史子の祈りが通じたかのように霧のベールがそこだけ剝《は》がれ、光射すカクネ里がその全貌《ぜんぼう》を現していた。相田があの記事に記していたように、そこはまるで雲間に浮かぶ天国、永遠の安息を約束された楽園のように見えた。

史子は憑《つ》かれたようにカメラのシャッターを押している。

一成が静かに歩み寄って史子の肩に手を置いた。「母さん、そんなにものすごい望遠レンズでなにを撮ろうっていうんだよ？　カクネ里はすぐそこに見えるじゃないか」

史子がシャッターを押す手を止め、息子の方を見た。

「なんだか親父があそこにいて、たくさん写真を撮れば偶然そこに写り込むとでも考えているみたいだな」

「……」

「もしかしたら、おれに感化されてオカルト好きになっちゃった？」と一成は陽気にいった。「でもさ、心霊写真なんてそんなに一生懸命になって撮るものじゃないと思うよ」

「心霊写真だなんて……」

「親父はもうあそこにはいないと思うな」一成は精一杯の優しさを込めていった。「母さんもその眼で見ただろう。親父は一年近くも山に放置されていたのに、生前の姿のままだった。あれは親父がそう願って起こした奇跡なんじゃないかな。親父はあの姿で家に帰りたかったんだよ。躰《からだ》だけじゃない。魂だって、きっと母さんのもとに戻っているさ」

史子が泣き笑いのような顔になって「そうかな？」といった。

「そうさ」

一成には、父の御霊《みたま》を昔の家族と一緒にカクネ里に遊ばせ、また眠らせてやりたいという裏腹な気持ちもある。いつか母の理解が得られれば、深雪がオババにそうしてあげたように、父の遺骨を持ってカクネ里を再訪しようと一成は思った。

霧が晴れたのはやはり僥倖《ぎょうこう》のようだった。カクネ里はほんの束の間、人の眼にその姿を晒《さら》しただけで、すぐにまた厚い霧の底に沈んで見えなくなった。

※主な登山用語解説

【スノーブリッジ】　谷を埋めていた雪がとけて、橋のようにアーチ状に残った雪渓。
【高巻き】　沢登りなどで、滝や岩場などを避けて悪場の先に出ること。
【スリング】　耐荷性のある、輪になった平たい帯状のロープ。
【廊下帯《ゴルジュ》】　両側を切り立った岩壁に挟まれた谷のこと。
【アタックザック】　登攀《とうはん》用のリュックサックの一種。岩などにぶつかりにくい縦長形状。
【ネオプレーン】　ウエットスーツや沢登り用品に使われている、断熱性・保温性に優れた合成ゴム。
【ウエーディングシューズ】　沢登りや川渡りのために設計された靴。滑りにくい造りになっている。
【レッグループ・ハーネス】　ウエストや太股に回してクライミング時の安全確保のために使うベルト。
【カラビナ】　バネ式の開閉部がある金属製の輪で登攀器具を接続するための使用する。
【ギアループ】　カラビナなど登攀器具を所持するためのループ。
【ヘツリ（トラバース）】　足場の悪い沢の岸壁をへばりつくようにして横に進むこと。山の急斜面を横断する場合や谷の絶壁に沿った道のことをいう場合もある。
【ガレ場】　山腹のひどく崩壊している場所。
【プルージック結び】　ザイルに細いロープを結びつける方法。
【ロワーダウン】　登攀を終えたクライマーが、ロープにぶら下がって降りたり、降ろしてもらうこと。

サイレント・ブラッド

北林《きたばやし》一《いつ》光《こう》

角川文庫 16973

平成二十三年八月二十五日　初版発行

発行者―井上伸一郎
発行所―株式会社角川書店
東京都千代田区富士見二―十三―三
電話・編集（〇三）三二三八―八五五五
〒一〇二―八〇七八

発売元―株式会社角川グループパブリッシング
東京都千代田区富士見二―十三―三
電話・営業（〇三）三二三八―八五二一
〒一〇二―八一七七
http://www.kadokawa.co.jp

印刷所―旭印刷　製本所―BBC
装幀者―杉浦康平

き 32-2　ISBN978-4-04-394458-3　C0193

角川文庫発刊に際して

角川源義

第二次世界大戦の敗北は、軍事力の敗北であった以上に、私たちの若い文化力の敗退であった。私たちの文化が戦争に対して如何に無力であり、単なるあだ花に過ぎなかったかを、私たちは身を以て体験し痛感した。西洋近代文化の摂取にとって、明治以後八十年の歳月は決して短かすぎたとは言えない。にもかかわらず、近代文化の伝統を確立し、自由な批判と柔軟な良識に富む文化層として自らを形成することに私たちは失敗して来た。そしてこれは、各層への文化の普及滲透を任務とする出版人の責任でもあった。

一九四五年以来、私たちは再び振出しに戻り、第一歩から踏み出すことを余儀なくされた。これは大きな不幸ではあるが、反面、これまでの混沌・未熟・歪曲の中にあった我が国の文化に秩序と確たる基礎を齎らすためには絶好の機会でもある。角川書店は、このような祖国の文化的危機にあたり、微力をも顧みず再建の礎石たるべき抱負と決意とをもって出発したが、ここに創立以来の念願を果すべく角川文庫を発刊する。これまで刊行されたあらゆる全集叢書文庫類の長所と短所とを検討し、古今東西の不朽の典籍を、良心的編集のもとに、廉価に、そして書架にふさわしい美本として、多くのひとびとに提供しようとする。しかし私たちは徒らに百科全書的な知識のジレッタントを作ることを目的とせず、あくまで祖国の文化に秩序と再建への道を示し、この文庫を角川書店の栄ある事業として、今後永久に継続発展せしめ、学芸と教養との殿堂として大成せんことを期したい。多くの読書子の愛情ある忠言と支持とによって、この希望と抱負とを完遂せしめられんことを願う。

一九四九年五月三日